THE INHERITANCE GAMES

상속 게임

상속 게임

제니퍼 린 반스 **지음** 공민희 **옮김**

초판 1쇄 발행일 2021년 10월 21일 **초판 4쇄 발행일** 2021년 11월 25일

펴낸이 이숙진 **펴낸곳** (주)크레용하우스 **출판등록** 제5-80호

주소 서울 광진구 천호대로 709-9 **전화** (02)3436-1711 **팩스** (02)3436-1410

홈페이지 www.crayonhouse.co.kr **이메일** crayon@crayonhouse.co.kr

THE INHERITANCE GAMES by Jennifer Burgett

Copyright © 2020 by Jennifer Lynn Barnes

All rights reserved.

This Korean edition was published by Crayon House Co., Ltd. in 2021 by arrangement
with Jennifer Burgett c/o Curtis Brown Ltd. through KCC(Korea Copyright Center Inc.), Seoul.

Images © Shutterstock

Design by Lisa Horton

Published by arrangement with Penguin Random House Children's,
a division of The Random House Group Limited.

* 빛은책들은 재미와 가치가 공존하는 ㈜크레용하우스의 도서 브랜드입니다.
* KC마크는 이 제품이 공통안전기준에 적합하였음을 의미합니다.

ISBN 978-89-5547-871-6 03840

THE INHERITANCE GAMES

상속 게임

제니퍼 린 반스 지음 공민희 옮김

빚은책들

1

나는 어릴 때 엄마가 생각해 낸 기발한 게임을 하며 놀았다. 소리 안 내기 게임. 누구 쿠키가 더 오래가나? 게임. 지금도 제일 좋아하는 마시멜로 게임은 난방을 틀지 않으려고 중고 상점에서 산 털옷을 입고 마시멜로를 먹는 것이었다. 전기가 끊기면 우리는 손전등 게임을 하고 놀았다. 우리는 어디든 걸어가는 법이 없었다. 늘 뛰었다. 바닥은 항상 용암으로 꿀렁였고 베개는 요새를 짓는 벽돌이었다.

우리가 가장 오래 즐긴 비밀 있어요 게임은 엄마가 누구나 마음속에 비밀 하나쯤은 가져야 한다면서 알려 주었다. 어떤 날은 엄마가 내 비밀을 알아맞혔다. 못 맞히는 날도 있었지만 우리는 매주 그 게임을 했고 내가 열다섯이 된 해 엄마의 비밀 하나가 병원에서 드러났다.

그다음, 엄마가 돌아가셨다는 것밖에 난 모른다.

"공주님, 네 차례야." 걸걸한 목소리가 날 다시 현실로 불러냈다. "종일 이러고 있을 시간이 없다고."

"난 공주님이 아니거든요." 내가 발끈하며 나이트 하나를 옮겼다. "당신 차례예요, 늙은 양반."

해리가 날 째려보았다. 난 그가 몇 살인지 정말 모른다. 어쩌다 그가 노숙자가 되어, 우리가 아침마다 체스를 두는 이 공원에서 사는지도 알지 못한다. 내가 아는 거라곤 그가 만만찮은 적수라는 것뿐이다.

그가 체스판을 노려보며 투덜거렸다. "넌 정말 못됐어."

말을 세 번 더 옮기고 나서 내가 이겼다. "체크메이트. 그게 무슨 뜻인지 알죠, 해리."

그가 짓궂게 웃었다. "그래, 내 아침밥을 네가 사도록 해." 이것이 우리가 지금껏 내기해 온 조건이다. 내가 이기면 그는 공짜 아침밥을 거절할 수 없다.

그가 진 게 좀 고소했다. "여왕이 되니 좋네요."

♟

겨우 지각을 면할 정도로 겨우 학교에 도착했다. 난 뭐든 빠듯하게 하는 버릇이 있다. 성적도 마찬가지다. 최대한 적게 노력해서 A를 받을 수 없을까를 고민한다. 게을러서가 아니다. 실용적인 거지. 추가 근무를 하고 받는 아르바이트 수당은 98점을 92점과 맞바꿀 만한 충분한 가치가 있다.

스페인어 수업 시간에 영어 숙제를 하고 있는데 교장실에서 날 호출했다. 난 눈에 띄지 않는 부류의 여학생이다. 교장 선생님과의 면담에 소환될 일이 없다. 나 같은 부류는 튀지 않을 만큼만 문제를 일으킬 뿐이고 나는 요즘 아무 짓도 하지 않았다.

"에이버리." 앨트먼 교장 선생님이 인사를 건넸지만 환대는 아니었다. "앉으렴."

난 자리에 앉았다.

교장 선생님은 책상을 사이에 두고 팔짱을 꼈다. "왜 불려왔는지 넌 알고 있을 것 같은데."

해리의 아침밥(그리고 가끔은 내 밥)을 사 줄 돈을 모으려고 주차장에서 매주 포커판을 벌인 것만 빼면 난 학교 측의 주의를 끌 만한 일을 저지른 적이 없다. "죄송합니다." 난 최대한 착한 목소리로 말했다. "하지만 전 모르겠어요."

앨트먼 교장 선생님은 잠시 가만히 있다가 스테이플러로 찍은 종이 뭉치를 내 앞에 내밀었다. "이건 어제 네가 본 물리학 시험 답안지란다."

"그런데요?" 내가 대답했다. 교장 선생님이 바라던 대답이 아니었지만 그것 말고 할 말이 없었다. 이번만큼은 실제로 공부를 했으니까. 내가 이렇게 불려올 정도로 시험을 못 쳤다곤 상상이 가지 않았다.

"예이츠 선생님이 점수를 매겼단다, 에이버리. 너만 유일하게 만점을 받았어."

"잘됐네요." 난 *그런데요?*라고 다시 말하지 않으려고 무진장 애썼다.

"잘된 일이 아니야. 예이츠 선생님은 학생들의 능력을 최대치로 끌어내려고 일부러 까다롭게 출제했어. 이십 년 동안 한 번도 만점자가 나온 적이 없었지. 그러니 뭐가 문젠지 알겠니?"

난 가만히 있지 못하고 본능적으로 반응했다. "선생님이란 사람이 학생 대부분이 통과 못 하도록 시험을 낸다고요?"

앨트먼 교장 선생님이 눈살을 찌푸렸다. "에이버리, 넌 훌륭한 학생이야. 네 처지에선 정말 대견하지. 하지만 넌 이 정도로 잘한 적이 없잖니."

그 말은 사실이지만 왜 한 방 먹은 것 같은 기분이 들까?

"네 형편은 이해한단다." 앨트먼 교장 선생님이 말을 이었다. "하지만 이 자리에서는 솔직하게 말해야 해." 선생님이 내 눈에 시선을 고정했다. "예이츠 선생님이 모든 시험지를 클라우드에 저장해 놓는 걸 알고 있었니?" 그는 내가 컨닝을 했다고 생각한다. 날 무시하는 눈빛으로 쳐다보니. 이런 굴욕은 처음이다. "난 널 도와주려는 거란다. 에이버리. 네 형편에선 엄청나게 잘해 줬지. 네가 혹시라도 진로에 대한 꿈을 품고 있다면 그게 틀어지는 걸 보고 싶지 않구나."

"*혹시라도*요?" 내가 되물었다. 내가 남자였다면, 아빠가 치과의사, 엄마는 가정주부인 부모를 두었다면 그는 내가 진로에 대한 꿈을 *혹시라도* 품었을 거라고 말하진 않을 거다. "전 이 학년이에요." 난 이를 갈았다. "내년에 최소 대학에서 필요한 두 학기 학점은 따놓고 졸업할 거예요. 제 시험점수면 코네티컷 대학교에 장학금을 신청할 수 있겠죠. 거긴 미국에서 계리학으로 최고인 대학 중 한 곳이에요."

앨트먼 교장 선생님이 인상을 썼다. "계리학이라고?"

"통계적으로 위험을 예측하는 학문이죠." 포커와 수학을 복수 전공하는 데 가장 근접한 학과다. 게다가 세계에서 가장 취업이 잘되는 과이기도 하고.

"계획적으로 위험을 무릅쓰는 걸 좋아하나, 그램스 양?"

커닝을 말하는 건가? 정말 화가 머리끝까지 치밀었다. 하지만 난 체스를 두는 상상을 했다. 그리고 마음속으로 말을 옮겼다. 나 같은 소녀는 화를 내선 안 된다. "전 커닝을 하지 않았어요." 난 침착하게 말했다. "대신 공부했죠."

난 틈틈이 공부했다. 다른 수업 시간에, 교대 근무 사이 휴게 시간에, 밤샘 대신 잠을 줄여가면서. 예이츠 선생님이 만점이 불가능한 시험을 내기로 악명이 높은 걸 알았기에 만점이 *가능한* 시험이라고 다시 정의를 내려주고 싶었을 뿐이다. 이번 한 번은 적은 노력으로 최대의 효율을 내기보다 내가 어디까지 잘할 수 있는지 알고 싶었다.

그리고 *이 점수가* 내 노력의 결과다. 왜냐면 나 같은 소녀는 불가능한 시험과 싸워 이길 수 없다고 생각하니까.

"재시험을 볼게요." 난 격앙되거나 혹은 상처받은 것처럼 들리지 않게 하려고 애썼다. "똑같이 만점을 받을 거예요."

"예이츠 선생님이 새로운 시험을 준비해 뒀다면 어쩌겠

니? 첫 시험만큼 어렵고 문제도 전부 새로 냈단다."

난 전혀 망설이지 않았다. "시험을 칠게요."

"시험은 내일 삼 교시에 볼 거고 미리 말해 두지만 너한테 훨씬 득이 되는 건 바로……."

"지금 볼게요."

앨트먼 교장 선생님이 날 빤히 쳐다봤다. "뭐라고 했니?"

아, 착하게 말해야 하지? 고분고분해야 한다는 걸 깜박했다. "재시험을 지금 바로 이 자리, 교장실에서 볼게요."

2

"힘들었어?" 리비 언니가 물었다. 언니는 나보다 일곱 살 많은데 자신의 일이나 내 일에 과몰입해서 탈이다.

"괜찮아." 내가 대답했다. 교장실에 불려간 이야기를 해 봐야 언니의 걱정만 늘 거고 예이츠 선생님이 내 재시험 점수를 매기기 전까지 다른 사람이 해 줄 수 있는 일 같은 건 없다. 난 얼른 화제를 돌렸다. "오늘 팁을 두둑이 받았어."

"얼마나 많이 받았는데?" 언니는 제멋대로이면서 살짝 괴기스러운 패션 스타일이지만 성격 면에선 완전 낙천적이라 음식 값이 대부분 6.99달러인 싸구려 식당에서 100달러를 팁으로 받는 건 언제고 일어날 수 있는 일이라고 생각하는 유형이다.

난 구겨진 1달러짜리 지폐 뭉치를 언니의 손에 쥐여 주었다. "월세에 보태기 충분할 정도야."

언니는 돈을 받지 않으려고 했지만 난 얼른 손을 뺐다. "지폐를 너한테 던져 버릴 거야." 언니가 강하게 나왔다.

난 대수롭지 않다는 듯 어깨를 으쓱였다. "그럼 얼른 피하지 뭐."

"넌 정말 막무가내야." 리비 언니가 마지못해 돈을 챙기고 뜬금없이 머핀 틀을 꺼내며 날 노려보았다. "대신 이 머핀을 *받아야 할 거야*."

"네, 분부대로 합죠." 쭉 뻗은 언니의 손에서 머핀을 챙기려다 그 너머 주방 카운터를 보았고 언니가 구운 게 머핀이 전부가 아니란 걸 알았다. 컵케이크도 있었다. 가슴이 철렁 내려앉았다. "세상에, 안 돼. 언니."

"네가 생각하는 그런 거 아냐." 언니가 장담했다. 언니는 미안하거나 죄책감이 들면 컵케이크를 굽는 사람이다. 화 좀 풀라고 컵케이크를 굽는 것이다.

"내가 생각하는 게 아니라고?" 난 조용히 물었다. "그럼 그 사람이 다시 우리 집으로 들어오는 건 아니지?"

"이번에는 다를 거야." 언니가 큰소리쳤다. "게다가 이번에는 초콜릿 컵케이크라고!"

내가 제일 좋아하는 맛이다.

"절대 달라지지 않아." 난 그렇게 말했다. 하긴 언니가 내 말을 믿었다면 진작 그랬겠지.

때마침 만났다 헤어졌다를 반복하는 언니의 남친이 나타났다. 벽에 주먹질을 하지만 자신이 여친을 때리지 않는 사람이란 걸 뿌듯하게 여기는 인간이다. 그는 카운터에서 컵케이크 하나를 집은 다음 날 쓱 쳐다봤다. "안녕, 미성년자."

"드레이크." 언니가 주의를 줬다.

"농담이야." 드레이크가 미소를 지었다. "농담인 거 자기도 알잖아. 자기랑 자기 동생은 농담을 즐기는 법을 배워야 해."

온 지 1분도 채 되지 않았는데 그는 이미 문제를 일으키고 있었다. "이건 옳지 않아." 난 언니한테 말했다. 그는 언니와 내가 같이 사는 걸 바라지 않았고 그 문제로 계속 언니를 괴롭힐 게 분명하다.

"여긴 네 집도 아니잖아." 드레이크가 쏘아붙였다.

"에이버리는 내 동생이야." 리비 언니가 사정했다.

"배다른 동생이지." 드레이크가 정정하고는 다시금 미소를 지었다. "농담인 거 알지?"

농담은 아니었지만 틀린 말도 아니었다. 리비 언니와 나는 아버지가 같고 어머니가 다르다. 아버지는 현재 행방을 알 수 없는 상태다. 우리는 자라면서 1년에 한두 번 얼굴을 봤다. 2년 전 언니가 내 양육권을 가질 거라고 누구도 예상하지 못했다. 언니는 어렸다. 혼자 먹고살기에도 벅찼다. 하지만 언니는 *리비*라는 사람이다. 사람을 사랑하는 것밖에 할 줄 모르는 사람.

난 언니한테 조용히 말했다. "드레이크가 여기 있겠다면 내가 집에서 나갈래."

언니는 컵케이크 하나를 든 채 양손으로 꽉 안았다. "난 최선을 다하고 있어, 에이버리."

언니는 미안한 짓은 못 하는 사람이다. 드레이크는 그런 언니를 곤란하게 만드는 걸 즐겼다. 언니에게 상처를 주려고 날 이용했다.

난 그가 벽 말고 다른 걸 주먹으로 내려치는 날이 올 때까지 가만히 기다릴 수 없다.

"언니 곁에 내가 있어야 한다면 난 내 차에서 지낼게."

3

거의 유물에 속하는 내 폰티액은 고철 덩어리지만 그나마 히터는 작동한다. 가끔 멈추기도 하지만.

난 식당 뒤쪽, 다른 사람의 눈에 안 보이는 곳에 차를 세웠다. 언니가 문자를 보냈지만 답을 보낼 기분이 아니라서 그냥 휴대전화만 빤히 쳐다보았다. 액정이 깨졌다. 데이터는 사실 없는 것과 마찬가지라 인터넷을 쓸 순 없지만 무제한 문자는 가능하다.

리비 언니 말고 내 인생에 문자를 보낼 가치가 있는 사람이 한 명 더 있다. 난 맥시에게 짧지만 다정하게 문자를 보냈다. *누가 돌아왔게?*

곧바로 답이 오지 않았다. 맥시의 부모님은 '휴대전화 금지' 시간 신봉자라 자주 그 애의 전화기를 가져갔다. 간간이 문자를 검열하기도 해서 난 드레이크의 이름도 말하지 않았고 지금 밤을 보내는 곳이 어디인지 한마디도 쓰지 않았다. 맥시의 가족도, 나를 담당하는 사회복지사도 내가 머물러야 할 곳에 있지 않다는 사실을 알아선 안 된다.

휴대전화를 내려놓고 조수석에 놔둔 책가방으로 슬쩍 눈길을 돌렸지만 남은 숙제는 내일 아침에 하기로 마음먹었다. 좌석을 젖히고 눈을 감았는데 잠이 안 와서 조수석 사물함을 열고 엄마가 남겨 준 유일하게 가치 있는 물건을 꺼냈다. 엽서 뭉치다. 그것도 수십 장. 우리가 함께 가기로 약속했던 곳들의 풍경이 담긴 엽서다.

하와이, 뉴질랜드, 마추픽추. 차례로 넘겨보며 내가 식당 주차장이 아니라 다른 장소에 있다고 상상해 봤다. 도쿄, 발리, 그리스. 얼마나 그러고 있었을까. 알림음이 울렸다. 전화기를 보니 드레이크에 관한 내 메시지에 맥시가 답을 보냈다.

미를 친 여자야. 그리고 잠시 뒤에 한 통이 더 왔다. *괜찮아?*

맥시는 8학년 여름에 이사 갔다. 우리는 주로 문자로 대화했고 그 애의 부모님이 보기 때문에 욕은 쓰지 않았다.

덕분에 욕 비슷한 문장을 만드는 솜씨가 급속히 늘었다.

난 괜찮아. 이 정도면 나 대신 맥시가 더 열을 내기 충분하다.

그 씨를 발라 먹을 개의 아들은 숨을 멈추라고 해!!

잠시 뒤에 내 전화가 울렸다. "진짜 괜찮아?" 전화를 받으니 맥시가 물었다.

난 목이 메어 무릎에 놓아둔 엽서 뭉치를 내려다보았다. 난 고등학교를 졸업할 거다. 자격이 되는 모든 장학금에 지원할 거다. 멀리 가서 돈을 많이 받게 해 줄 경쟁력 있는 학위를 딸 거다.

그리고 세상을 여행할 거다.

난 길게 한숨을 쉰 다음 맥시의 질문에 답했다. "알잖아, 맥시. 난 항상 정신줄 잘 붙들고 있어."

4

다음 날 난 차에서 잔 대가를 톡톡히 치렀다. 온몸은 쑤셨고 식당 화장실에 있는 종이 타월로는 택도 없어서 제대로 씻고 말리려면 체육 시간이 끝날 때까지 기다려야 했다. 머리에 물기가 남은 상태로 다음 수업에 들어갔다. 몰골이 엉망이지만 괜찮다. 학교에서는 아무도 나를 주목하지 않으니까. 있어도 그만 없어도 그만.

"로미오와 줄리엣에는 속담이 아주 많이 나와요. 세상과 인간사에 관한 내용을 간결하고 함축적인 지혜로 드러냈죠." 영어 선생님은 커피를 과다 복용한 게 아닌지 진심으로 의심스러울 정도로 젊고 열성이 넘치는 사람이다. "셰익스피어에서 한 걸음 물러나 볼까요. 일상 관련 속담의 예를 들어볼 사람?"

찬밥 더운밥 가릴 처지가 아니다. 그 속담이 떠올랐다. 머리가 지끈거리고 물방울이 등으로 흘러내렸다. 필요는 발명의 어머니. 바란다고 다 이루어지는 것은 아니다.

그때 교실 문이 열렸다. 사무직원이 선생님이 자신을 볼 때까지 기다렸다가 온 교실에 다 들리게 큰 소리로 말했다. "에이버리 그램스는 교장실로 가 주세요."

그 말은 곧 누가 내 시험점수를 매겼다는 의미다.

♟

사과를 받을 거란 기대는 안 했지만 앨트먼 교장 선생님이 비서 책상 앞까지 나와 방금 교황을 알현한 사람처럼 반짝이는 눈빛으로 날 맞이할 거라는 예상도 못 했다. "에이버리 왔구나!"

누구도 그렇게 날 반긴 적이 없기에 내 머릿속에서 경고음이 울렸다.

"이리 오렴." 선생님이 교장실 문을 열었을 때 형광 파란색으로 염색한, 익숙한 포니테일이 슬쩍 보였다.

"리비 언니?" 내가 물었다. 언니는 화장기 없는 얼굴에 해골 무늬 병원복 차림인 걸 보니 직장에서 곧바로 온 듯하다. 근무 중에 말이다. 요양원 잡역부는 중간에 마음대로 자리를 뜰 수 없다.

뭔가 잘못되지 않는 한.

"혹시 아빠가……." 난 차마 말을 이을 수 없었다.

"너희 아버지는 괜찮으셔." 그 말을 한 사람은 언니도, 앨트먼 교장 선생님도 아니었다. 난 정신이 없는 상태로 언니 너머를 쳐다보았다. 교장 선생님 자리에 누가 앉아 있었다. 나보다 나이가 그리 많아 보이지 않는 남자다. *대체 뭐가 어떻게 된 거지?*

그는 양복을 입었다. 수행단이라도 거느리고 다녀야 할 사람처럼 보였다.

그가 말을 이었다. "리키 그램스 씨는 잘 살아 있고 어제부로 디트로이트에서 한 시간 거리인 미시간 외곽의 한 모텔로 안전하게 옮겨졌어." 풍부한 저음의 목소리는 침착하고 분명했다.

난 그를 똑바로 보지 않으려고 했지만 실패했다. *금발. 창백한 눈동자. 종이도 베어 버릴 만큼 날카로운 턱선.*

"당신이 그걸 어떻게 알아요?" 내가 다그쳤다. 신용불량자인 아버지가 어디 있는지 딸인 *나*도 모르는데. 그런데 어떻게 저 사람이?

양복을 입은 젊은 남자는 내 질문에 대답하지 않았다. 그는 한쪽 눈썹을 들어 올렸다. "앨트먼 교장 선생님? 잠시 자리를 좀 피해 주시겠어요?"

교장 선생님이 자기 사무실에서 내쳐지는 걸 항변하려는 듯 입을 벌렸지만 젊은 남자의 눈썹이 더 높게 올라갔다.

"우린 합의가 된 걸로 알고 있습니다만."

앨트먼 교장 선생님이 헛기침을 했다. "물론입니다." 그러고는 몸을 돌려 교장실을 나갔다. 문이 닫히고 난 교장 선생님을 내몬 젊은 남자를 대놓고 노려봤다.

"네 아버지가 있는 곳을 내가 어떻게 아느냐고 묻는 거군." 그의 눈동자는 양복과 같은 회색이었는데 은빛처럼 반짝였다. "일단 내가 다 알고 있다고 추측하는 게 최선일 테지."

목소리는 참 듣기 좋았다. 내용만 빼면. "자기가 다 안다고 생각하는 남자라." 내가 툴툴거렸다. "참신하네요."

"칼날 같은 혀를 가진 소녀군." 그의 은회색 눈동자가 날 응시했고 입꼬리가 위로 씰룩거렸다.

"당신은 누구죠?" 내가 물었다. "용건이 뭔데요?" *나한테.* 내 안의 무언가가 이렇게 덧붙였다. *나한테 용건이 뭔데요?*

"나는 말을 전하러 왔어." 그가 대답했다. 꼭 집어 말할 수 없는 이유로 내 가슴이 요동치기 시작했다. "기존 방식으로 전달하기엔 꽤 어려운 일이라."

"그렇다면 아마 제 잘못이겠죠." 옆에서 언니가 소심하게 나섰다.

"그게 어떻게 언니 잘못이야?" 난 은회색 눈동자를 피할 핑계를 준 언니에게 감사하며 고개를 돌렸고 덕분에 다시 째려보고 싶다는 감정을 억누를 수 있었다.

해골 무늬 작업복을 입은 사람이 보여줄 수 있는 가장 진실한 태도로 언니가 말했다. "네가 우선 알아야 할 건, 그 편지가 진짜라고 생각지 못했어."

"무슨 편지?" 내가 물었다. 이 방에서 상황을 모르는 사람은 나뿐이다. 마치 선로에 서 있는데 어느 방향에서 열차가 올지 모르는 기분이었다.

"편지는 우리 할아버지의 변호사가 삼 주도 더 전에 너희 집으로 보낸 내용증명이야."

양복을 입은 청년의 목소리가 날 감쌌다.

"난 사기라고 생각했어." 언니가 내게 말했다.

"내가 장담하는데 그건 사기가 아니야." 그가 조용히 말했다.

난 얼굴이 번지르르한 남자의 장담은 절대 안 믿는다.

"내가 다시 말해 주지." 그가 우리 사이에 놓인 책상 앞에서 팔짱을 낀 채 오른손 엄지로 가볍게 왼쪽 커프스단추를 문지르며 말했다. "난 그레이슨 호손이라고 해. 우리 할아버지의 자산을 관리하는 댈러스 소재 로펌인 '맥나마라, 오르테가 앤 존스'를 대신해 여기 왔어." 그레이슨의 창백한 눈동자가 날 똑바로 봤다. "우리 할아버진 이달 초에 돌아가셨어." 무거운 침묵이 흘렀다. "할아버지 존함은 토비아스 호손이야." 그레이슨은 내 반응을 자세히 살폈다. 아니 더 정확하게 말하자면 아무 반응 없는 날 살폈다고 해야 할까. "이름을 들으니 뭐 떠오르는 게 없니?"

여전히 선로에서 갈등하는 기분이었다. "네. 그래야 하나요?"

"우리 할아버지는 아주 부유하신 분이야, 그램스 양. 우리 가족을 비롯해 수년간 할아버지를 모시던 사람들과 더불어 네 이름이 할아버지 유언장에 있더군."

들어도 이해가 안 갔다. "당신 할아버지의 *뭐*요?"

"할아버지의 유언장." 그레이슨이 입가에 살짝 미소를 띤 채 말했다. "할아버지가 너한테 무엇을 남겼는지 정확히 난 모르지만 유언장을 공개하는 날 너도 참석해야 해. 너 때문에 몇 주째 유언장 공개가 미뤄지고 있어."

난 똑똑한 사람인데 그레이슨 호손이 하는 말은 무슨 스웨덴 말처럼 알아들을 수 없었다.

"당신 할아버지가 왜 나한테 뭘 남긴 거죠?"

그레이슨이 자리에서 일어났다. "그게 핵심이겠지?" 그는 책상 앞으로 나왔고 갑자기 난 열차가 어느 방향에서 올지 정확하게 알았다.

그로부터다.

"널 대신해 내가 여행 계획을 잡아 뒀어."

이건 초대가 아니다. 소환이다. "당신이 뭔데……." 내가 따지려는데 언니가 말을 잘랐다.

"잘됐네요!" 언니가 내게 곁눈질하며 말했다.

그레이슨이 씩 미소를 지었다. "잠시 두 사람이 이야기할 시간을 줄게." 그는 불편할 정도로 오래 내 눈을 쳐다본 다음 아무 말 없이 출구로 걸어갔다.

언니와 나는 그가 나간 뒤 5초 동안 입도 뻥긋하지 않았다. "오해하지 말고 들어." 언니가 마침내 말문을 열었다. "난 그가 구세주라고 생각해."

무슨 뜬금없는 소린지. "확실히 그런 것 같네." 그가 자리를 비운 지금에야 그가 내게 미치는 영향력을 무시할 수 있었다. 대체 어떤 인간이 저렇게 자기 확신이 완벽할 수 있

21

을까? 태도, 말투, 단어 선택의 모든 측면에서 자신감이 흘러넘쳤다. 권력이라는 건 그에게는 중력처럼 피할 수 없는 인생의 한 부분인가보다. 세상은 그레이슨 호손의 의지에 따라 움직인다. 돈으로 살 수 없는 것도 그의 눈빛을 보내면 구할 수 있을 것이다.

"못 박아 두는데, 난 아무 데도 안 갈 거야." 언니한테 말했다.

리비 언니는 포니테일의 검은 끄트머리를 만지작거렸다. "몇 주 전부터 편지가 오기 시작했어. 보호자인 내 앞으로. 편지에는 네가 유산을 받게 되니 연락처를 알려 달라고 적혀 있었어. 난 사기라고 생각했어. 외국 왕자라면서 이메일로 사기 치는 그런 거 말이야."

"내가 만나본 적도, 들어본 적도 없는 이 토비아스 호손이라는 사람이 왜 날 자기 유언장에 올렸을까?"

"나도 모르겠어. 하지만 *저 사람은……*." 언니가 그레이슨이 나간 쪽을 가리켰다. "사기가 아니야. 저 사람이 앨트먼 교장 선생님을 다루는 걸 봤지? 둘이 합의했다는 게 뭘 것 같아? 뇌물? 아니면 협박?"

둘 *다지*. 난 그렇게 말하려다 말고 휴대전화를 꺼내 학교 와이파이로 접속했다. 작고한 토비아스 호손을 검색하니 한 건이 떴고 우리는 뉴스 헤드라인을 읽었다. *유명 독지가 78세에 사망.*

"독지가가 무슨 말인지 넌 알아?" 리비 언니가 진지하게 물었다. "*부자*라는 뜻이야."

"기부를 하는 사람을 뜻해." 내가 정정해 주었다.

"그러니까…… *부자*지." 언니가 날 흘겨봤다. "*네가 그 기부 대상자라면?* 몇백 달러 정도 남겼다고 손자를 직접 보내진 않았을 거야. 분명 수천 달러는 되겠지. 넌 그 돈으로 여행을 가거나 아니면 대학 등록금으로 쓰거나 혹은 차를 바꿔도 돼."

다시 심장 박동이 빨라지는 걸 느꼈다. "전혀 알지 못하는 사람이 뭐하러 나한테 돈을 남겨?" 난 헛된 꿈을 꾸지 않으려고 마음을 다잡았다. 한 번이라도 몽상에 빠지면 멈출 자신이 없어서다.

"어쩌면 그 사람이 네 엄마와 친분이 있지 않을까?" 언니가 의견을 냈다. "난 모르겠지만 네가 그 유언장 공개 장소에 가야 한다는 건 확실해."

"그렇다고 무작정 떠날 순 없어." 내가 언니한테 말했다. "언니도 마찬가지고." 언니는 직장을 빠져야 한다. 난 수업과 아르바이트를 빠지게 된다. 그렇지만…… 이 여행을 떠난다면 적어도 잠깐은 드레이크한테서 언니를 떼어 놓을 수 있다.

게다가 만일 이게 다 진짜라면……. 그 가능성을 생각하지 않기란 이미 힘들어지고 있었다.

"난 이틀은 쉬어도 돼." 리비 언니가 말했다. "전화를 좀 돌렸어. 네가 아르바이트하는 곳에도." 언니가 내게 팔을 뻗었다. "가자, 에이버리. 우리 둘만 가는 여행이니 즐겁지 않을까?"

언니가 내 손을 꼭 쥐었다. 잠시 뒤 나도 언니 손을 꽉 잡았다. "유언장을 공개하는 장소가 어딘데?"

"텍사스야!" 언니가 씩 웃었다. "게다가 그쪽에서 그냥 우리 표를 예약해 준 게 아니야. 무려 일등석이라고."

5

난 비행기를 타 본 적이 없다. 1만 피트 상공에서 내려다 보며 텍사스보다 더 먼 목적지로 가는 상상을 했다. 파리, 발리, 마추픽추. 언제인가 가 보고 싶어서 마음속에 담아 둔 곳들로 말이다.

하지만 지금은…….

옆자리의 리비 언니는 공짜 칵테일을 홀짝이며 한껏 기분을 내는 중이다. "셀카 찍자." 언니가 말했다. "바짝 붙고 머리통 좀 들어봐."

통로 맞은편에 한 숙녀가 탐탁잖은 표정으로 언니를 흘겨보았다. 그녀가 언짢은 이유가 언니의 헤어스타일 때문인지, 작업복 대신 입은 군복 무늬 재킷 때문인지, 징이 박힌 초커 때문인지, 언니가 찍으려는 셀카 때문인지, 아니면 *머리통*이라는 말을 대놓고 한 것 때문인지 난 확실히 모르겠다.

최대한 건방진 표정으로 난 언니한테 기대고 머리통을 한껏 높이 들었다.

언니가 내 어깨에 자기 머리를 대고 사진을 찍더니 셀카를 보여 주며 말했다. "착륙하는 대로 너한테 보내 줄게." 잠시 웃는 얼굴이 사라졌다. "온라인에 떠돌게 하지 마, 알겠지?"

드레이크는 언니가 어디 있는지 모르지? 난 언니한테 자기 인생을 살라고 다시 충고해 주고 싶은 마음을 억눌렀다. 말다툼하고 싶지 않았다. "안 올려." 그리 크게 손해 볼 건 없다. SNS 계정이 있지만 주로 맥시에게 디엠을 보내는 용도로 쓸 뿐이다.

그리고 말이 나온 김에…… 난 휴대전화를 꺼냈다. 비행기 모드로 바꾸면 문자가 되지 않지만 일등석에는 공짜 와이파이가 있었다. 난 무슨 일이 있었는지 맥시에게 알린 다음 남은 비행시간 내내 토비아스 호손에 대해 열심히 검색했다.

그는 정유 사업으로 큰돈을 벌었고 그 뒤로 사업을 다각화했다. 그레이슨이 자기 할아버지가 '부유한' 사람이라고 했고 신문에 독지가라고 난 것으로 봐서 난 그가 백만장자일 거라고 예상했다.

하지만 예상은 보기 좋게 빗나갔다.

토비아스 호손은 단순히 '부유'하거나 '잘사는' 사람이 아니었다. 그가 어떤 사람인지 격식을 갖춰 설명하는 용어가 없어서 비속어로 말하자면 떼부자쯤 된다. 억만장자, 여기서 억이 하나가 아니라 여러 개다. 그는 미국에서 아홉 번째로 부유한 인물이고 텍사스주 최고 갑부다.

462억 달러. 순자산이 그만큼이다. 숫자가 너무 커서 실감이 안 났다. 얼굴 한 번 본 적 없는 사람이 내게 뭔가를 남긴 이유를 궁금해하는 게 멈춰지고 얼마를 남겼는지가 궁금해지기 시작했다.

맥시가 착륙 직전에 답장을 보냈다. *너 지금 나한테 거짓말하는 거야?*

난 씩 웃었다. *아니. 난 지금 합법적으로 텍사스행 비행기 안에 있다고. 이제 착륙할 거야.*

맥시는 딱 한마디만 했다. *말아먹을.*

우리가 공항 검색대를 통과하자마자 흰 정장을 차려입은 검은 머리 여성이 나타났다. "안녕하세요, 그램스 양." 그녀가 나에게 인사한 뒤 언니에게도 똑같이 했다. "그램스 양."
그리고 우리가 따라올 거라고 예상한 듯 몸을 돌렸다. 분하
지만 우리 둘 다 그랬다. "알리사 오르테가예요." 그녀가 자
기 소개를 했다. "맥나마라, 오르테가 앤 존스 로펌에서 나
왔습니다." 잠시 말을 멈추고 그녀가 곁눈질로 날 쳐다봤
다. "정말 연락하기 힘들었어요."

난 어깨를 으쓱였다. "차에서 사는데 어쩌겠어요."

"저 애는 차에 *사는* 게 아니에요." 리비 언니가 재빨리 덧
붙였다. "아니라고 말씀드려."

"이렇게 와 줘서 정말 기쁩니다." *맥나마라, 오르테가 앤
존스에서 나온 알리사 오르테가*는 내가 입을 열 때까지 기
다리지 않았다. 난 이 대화의 절반이 겉치레라는 걸 직감했
다. "텍사스에 머무는 동안 두 분은 호손 가족의 손님으로
대접받습니다. 제가 회사의 연락 담당자가 될 거고요. 여기
있는 동안 필요한 것이 있으면 절 찾으세요."

변호사들은 시간당 비용을 받지 않나? 난 그런 생각이
들었다. 호손 가족은 이 개인적인 픽업에 얼마를 지불할
까? 이 여성이 변호사가 아닐 수도 있다는 가능성 따윈 전
혀 고려하지 않았다. 그녀는 이십대 후반으로 보였다. 이야
기를 나누다 보니 그레이슨 호손을 만났을 때와 뭔가 같은
기분이 들었다. *그녀도 중요한 인물이다.*

"필요한 게 있나요?" 자동문을 향하며 알리사 오르테가가

가 물었다. 문이 제때 열리지 않을까 봐 걷는 속도를 줄이거나 하지도 않았다.

난 그녀가 유리문에 부딪히지 않는지 확인한 뒤에 대답했다. "정보를 좀 주실래요?"

"좀 더 구체적으로 말해 주세요."

"유언장에 뭐라고 쓰여 있는지 당신은 아나요?" 내가 물었다.

"전 모릅니다." 그녀가 길가에 대기 중이던 검은 세단을 가리켰다. 그리고 뒷좌석 문을 열어주었다. 난 안으로 들어갔고 언니가 뒤따랐다. 알리사는 조수석에 탔다. 운전석에는 이미 누군가 있었다. 난 운전사를 보려고 했지만 얼굴이 잘 보이지 않았다.

"조금만 기다리면 유언장 내용이 무엇인지 알게 될 겁니다." 그녀는 감히 건드릴 수 없는 흰 정장처럼 깔끔하고 단정하게 말했다. "우리 모두 알게 될 거예요. 당신이 호손 하우스에 도착한 직후 유언장 낭독이 있을 예정입니다."

호손 *씨네* 집이 아니라. 호손 *하우스*다. 무슨 영국 영주의 저택 이름처럼.

"우리가 머물 곳이 거긴가요?" 리비 언니가 물었다. "호손 하우스?"

돌아가는 비행기표는 내일이다. 우리는 1박 2일용으로 짐을 쌌다.

"원하는 침실을 고를 수 있을 거예요." 알리사가 확인해 주었다. "호손 씨가 그 땅을 사고 집을 지은 지 오십 년이 되었고 매년 건축적 경이로움을 더했어요. 총 침실 수는 잊어버렸지만 서른 개 이상이에요. 호손 하우스는…… 아주 대단하죠."

그게 우리가 그녀로부터 얻은 가장 많은 정보였다. 난 내 운을 시험해 보았다. "제 생각에 호손 씨도 *아주 대단한* 사람인 것 같은데요?"

"제대로 맞혔습니다." 알리사가 흘끗 날 돌아보았다. "호손 씨는 추리력이 뛰어난 사람을 좋아하셨어요."

그때 무슨 예감 같은 이상한 기분이 들었다. *그래서 날 고른 걸까?*

"그분을 어떻게 아세요?" 옆에서 언니가 물었다.

"저희 아버지는 제가 태어나기 전부터 토비아스 호손의 변호사로 일하셨어요." 알리사 오르테가는 더는 권위적인 말투를 쓰지 않았다. 목소리가 한결 부드러워졌다. "어릴 때 자주 호손 하우스에 가서 놀았어요."

호손은 그녀에게 단순한 고객이 아니야. "제가 왜 여기 왔는지 짐작 가는 게 있나요?" 내가 물었다. "왜 저한테 뭔가를 남겼을까요?"

"자선에 관심이 많나요?" 아주 평범한 질문처럼 알리사 가 물었다.

"아닐걸요?" 내가 대답했다.

"호손이라는 성을 가진 누군가 탓에 인생이 망가진 적이 있나요?" 알리사가 계속 말했다.

난 그녀를 빤히 쳐다본 다음 이번에는 좀 더 자신 있게 대답했다. "아뇨."

알리사는 미소를 지었지만 눈빛은 아니었다. "운이 좋군요."

6

호손 하우스는 언덕 위에 자리했다. 엄청 넓게. 대저택이라기보다 왕궁에 더 가까운 모양새였다. 정문 앞에 차량 여섯 대가 서 있고 낡은 오토바이 한 대가 부품을 팔려고 내놓은 것처럼 따로 떨어져 있었다.

알리사가 오토바이를 쳐다보았다. "내쉬가 집에서 만들었나 보네요."

"내쉬요?" 리비 언니가 물었다.

"호손 가문의 첫째 손자예요." 알리사가 오토바이에서 눈을 떼고 저택을 쳐다봤다. "손자가 모두 네 명이죠."

네 명의 손자라. 그 손자 중 내가 이미 만난 한 명이 불현듯 떠올랐다. 그레이슨. 완벽한 맞춤 양복. 은회색 눈동자.

전부 다 안다는 듯 거만한 말투.

　알리사는 이해가 간다는 듯한 표정으로 날 쳐다보았다. "저기 사는 누가 뭘 어쩌든 간에 호손에게 마음을 뺏기지 말아요."

　"그럴 일 없어요." 얼굴만 보고도 내 생각을 읽을 수 있다고 여기는 그녀의 태도가 짜증 났다. "내 마음에는 빗장이 확실히 닫혀 있거든요."

♟

　로비는 어느 저택보다 컸다. 이 집을 지은 사람이 로비에서 무도회를 열려면 입구를 두 배로 키워야 한다고 생각했는지 100제곱미터는 족히 돼 보였다. 돌로 된 아치 입구가 로비 양 측면에 자리했고 정교한 나무 세공 장식으로 2층 높이의 천장을 꾸몄다. 그냥 쳐다만 봐도 감탄이 절로 나왔다.

　"도착했군." 익숙한 목소리가 들려 퍼뜩 정신이 들었다. "딱 맞춰 왔어. 당연히 비행에 어려움은 없었지?"

　그레이슨 호손이 다른 양복을 입고 서 있었다. 이번에는 검은색이다. 셔츠와 넥타이도 색을 맞췄다.

　너구나. 알리사가 차가운 눈초리로 그와 인사했다.

　"내가 끼어들어서 화가 난 건가?" 그레이슨이 물었다.

"넌 열아홉이야." 알리사가 쏘아붙였다. "그런 식으로 굴면 곤란하지 않겠니?"

"그럴지도." 그레이슨이 치아를 반짝이며 씩 웃었다. "걱정해 줘서 고마워." *끼어들었다*는 그레이슨의 말이 날 데리러 왔다는 뜻임을 깨닫는 데 시간이 걸렸다. 그가 말했다. "숙녀분들, 겉옷을 벗어 제게 주시겠어요?"

"그냥 입고 있을게요." 이질감을 느끼며 내가 대답했다. 이곳과 나 사이에 보호막이 한 겹 더 있어야 할 것 같았다.

"그쪽은요?" 그레이슨이 언니에게 부드럽게 물었다.

여전히 로비에 홀린 상태로 리비 언니가 겉옷을 벗어서 그에게 건넸다. 그레이슨이 돌 아치 한 쪽 아래로 걸어갔다. 반대편에는 복도가 있었다. 작은 사각형 패널이 벽을 따라 일렬로 붙어 있었다. 그레이슨이 한 패널에 손을 올리고 밀었다. 그는 손을 90도로 돌려 다음 패널을 밀었고 손놀림이 워낙 빨라 바로 이해하지 못했지만 적어도 두 개는 더 밀었다. 팡 하는 소리가 나며 문이 나타나더니 나머지 벽이 각자 분리돼 활짝 열렸다.

"대체 무슨……." 내가 입을 열었다.

그레이슨이 팔을 뻗어 옷걸이를 꺼냈다. "겉옷을 보관하는 옷장이야." 그걸로는 설명이 부족했다. 오래된 집에 있는 평범한 옷장이라는 식의 잘난 척이다.

알리사는 그레이슨의 유능한 손에 우릴 넘기라는 뜻으로

받아들인 듯했고, 난 입을 벌린 채 물고기처럼 서 있지 않으려고 애썼다. 그레이슨이 옷장을 닫았는데 옷장 깊은 곳에서 소리가 나는 걸 듣고 그가 멈췄다.

끽 하다가 쾅 소리가 났다. 옷 뒤에서 발소리가 들리더니 어둠 속에서 사람 형체가 옷 틈을 비집고 나와 조명 앞에 섰다. 그도 양복을 입었지만 그레이슨과의 공통점은 그게 다였다. 소년은 그 옷장 안에서 낮잠이라도 잤는지 양복이 엄청나게 꼬깃꼬깃했다. 재킷 단추도 채우지 않았다. 넥타이는 목 주변으로 헐렁하게 걸쳤다. 키가 크지만 검정 곱슬머리에 동안이다. 눈동자는 밝은 갈색으로 피부색과 같았다.

"내가 늦은 거야?" 그가 그레이슨에게 물었다.

"네 시계에 물어 보지 그래."

"제임슨 형은 아직 안 왔어?" 소년이 질문을 바꿨다.

그레이슨의 표정이 굳었다. "아직."

그러자 소년이 씩 웃었다. "그럼 난 늦은 게 아니네!" 그는 그레이슨에게서 시선을 돌려 언니와 날 쳐다보았다. "저들이 우리 손님이구나! 예의도 모르는 그레이슨 형이 소개해 주지 않았군요."

그레이슨이 턱 근육을 실룩거렸다. "이쪽은 에이버리 그램스." 그가 격식을 갖추며 말했다. "그리고 언니 리비 양이야. 숙녀분들, 이쪽은 제 동생 알렉산더예요." 그레이슨의 말이 거기서 끝난 줄 알았는데 그가 눈썹 한쪽을 들어 올리고 이렇게 덧붙였다. "알렉산더가 이 집에서 제일 어리답니다."

"이 집에서 내가 제일 잘생겼지." 알렉산더가 말했다. "무슨 생각하는지 알아. 내 옆의 이 진지한 인간이 아르마니 수트에 찰떡이라는걸. 하지만 내가 궁금한 건 저 미소로 세상을 들었다 놨다 할 수 있냐는 거지. 금발 여배우와 제임스 딘이 합쳐진 것 같은 저 외모로?" 알렉산더는 한 가지 방식으로밖에 말할 수 없는 사람 같았다. 무조건 빨리. "아니." 그가 질문에 스스로 답했다. "아니, 그럴 수 없어."

마침내 그가 긴 혼잣말을 멈춰서 다른 사람이 말할 기회가 생겼다. "만나서 반가워요." 리비 언니가 대답했다.

"옷장에 쭉 있었던 거야?" 내가 물었다.

"비밀 통로거든." 그가 대답한 뒤 손으로 바짓가랑이의 먼지를 털었다. "여긴 이런 통로가 아주 많아."

7

휴대전화를 꺼내 사진을 찍고 싶어 손이 근질근질했지만 참았다. 리비 언니는 거리낌이 없었다. "숙녀분……." 사진을 찍는 언니 앞으로 알렉산더가 끼어들었다. "하나만 물을

게요. 롤러코스터 위에 서 있는 기분이 어때요?"

난 언니의 눈이 진짜 튀어나오는 줄 알았다. "여기 롤러코스터도 있나요?"

알렉산더가 씩 웃었다. "정확히 롤로코스터는 아니지만." 그다음 190센티가 넘는 호손 가문의 '꼬맹이'가 언니를 로비 뒤쪽으로 데리고 갔다.

난 너무 놀라 말문이 막혔다. 어떻게 집 안에 '정확히 롤러코스터는 아닌' 롤러코스터가 있을 수 있지? 내 옆에서 그레이슨이 코웃음을 쳤다. 그가 쳐다보는 걸 알아차리고 난 눈살을 찌푸렸다. "왜요?"

"아무것도 아니야." 말은 그렇게 했지만 그의 기울어진 입꼬리는 정반대라고 알려 주었다. "그냥…… 네가 표정을 전혀 숨기지 못해서."

아니. 그렇지 않다. 리비 언니는 항상 나를 보고 속을 알 수 없는 사람이라고 했다. 포커페이스 덕분에 나 혼자서 해리의 아침 식사 몇 달치 경비를 모금할 수 있었다. 그러니 난 표정이 잘 드러나지 않는 사람이다.

내 얼굴은 튀는 부분이 전혀 없다.

"알렉산더 일은 사과할게." 그레이슨이 말했다. "말하기 전에 생각하는 기본적인 개념 따윈 없고 삼 초도 가만히 못 있는 아이야." 그가 아래를 내려보았다. "컨디션이 안 좋은 날이라도 우리 중 제일 잘생겼지."

"오르테가 양이 당신들이 네 명이라던데요." 그 말이 불쑥 튀어나왔다. 난 이 가족에 대해 더 알고 싶었다. 그에 대해서. "그러니까 손자가 넷이라고요."

"형제가 세 명 더 있어." 그레이슨이 알려 주었다. "어머니는 같지만 아버지가 다 달라. 자라 이모는 자식이 없어." 그가 내 너머를 응시했다. "그리고 우리 가족과 관련해서 내가 미리 두 번째로 사과해야 할 것 같아."

"어머, 그레이슨!" 한 여성이 천을 휘감고 우리 앞에 나타났다. 나풀거리는 치마가 차분해진 뒤 난 그녀의 나이를 짐작해 보았다. 삼십대 이상 오십대 이하. 그 이상은 모르겠다. "그레이트 룸에서 다들 우리를 기다리고 있어." 그녀가 그레이슨에게 말했다. "아니면 곧 기다리게 되겠지. 네 동생은 어디 있니?"

"어머니, 구체적으로 누굴 찾는지 말해 주세요."

그 소리에 여성이 어이없다는 듯 눈을 굴렸다. "날 '어머니'라고 부르지 마, 그레이슨 호손." 그녀가 내 쪽으로 몸을 돌렸다. "저 애가 날 때부터 점잖았을 거라고 생각하겠죠?" 그녀는 엄청난 비밀을 숨기고 있는 듯한 뉘앙스를 풍겼다. "하지만 그레이슨은 속을 많이 썩였어요. 진짜 자유로운 영혼이라. 네 살이 될 때까지 옷을 입힐 수 없었어요, 정말로. 솔직히 내가 시도도 하지 않았지만." 그녀는 잠시 말을 멈추더니 대놓고 날 살폈다. "당신이 바로 에바군요."

"에이버리예요." 그레이슨이 지적했다. 유아기 때 나체주의자였다는 과거가 부끄러울 만도 한데 그는 전혀 내색하지 않았다. "이쪽은 에이버리예요, 어머니."

여성은 한숨을 쉬었지만 미소를 지었다. 아들의 존재만으로도 뿌듯하다는 것을 숨길 수 없다는 듯이. "항상 아이들한테 내 이름을 부르라고 시켰죠. 나와 동등하게 키우려고요, 알죠? 하지만 난 딸이 갖고 싶었어요. 아들을 넷을 낳은 다음……." 그녀가 세상에서 가장 우아하게 어깨를 으쓱해 보였다.

객관적으로 보자면 그레이슨의 어머니는 오버하는 스타일이다. 하지만 주관적으로는? 자꾸 보면 정들 것 같다.

"생일이 언젠지 물어봐도 될까요?"

그 질문에 난 놀랐다. 나도 말할 수 있는 입이 있다. 하지만 제때 대답할 수 없었다. 그녀가 내 뺨에 손을 올렸다. "전갈자리? 아니면 염소자리? 분명 물고기자리는 아닐 테고."

"어머니." 그레이슨이 끼어든 다음 말을 정정했다. "스카이."

스카이가 그녀의 이름이고 그레이슨이 별자리에 따라 나를 추궁하는 그녀를 막으려고 이름을 불렀다는 걸 알아차리기까지 좀 시간이 걸렸다.

"그레이슨은 착한 애예요." 스카이가 말했다. "너무 착해서 탈이지." 그리고 내게 윙크했다. "나중에 얘기해요."

"그램스 양이 벽난로 옆에 앉아서 이야기를 나누거나 타로 카드를 같이 볼 만큼 오래 머물 것 같지는 않은데." 스카이와 비슷하거나 좀 더 나이가 있는 또 다른 여성이 대화에 끼어들었다. 스카이가 나풀거리는 스타일에 정보 과잉이라면 이 여성은 깔끔한 펜슬 스커트에 진주 차림이다.

"난 자라 호손-칼리가리스예요." 그녀가 날 쳐다보았고 이름만큼이나 표정도 근엄했다. "실례지만 우리 아버지를 어떻게 아는지 물어도 될까요?"

휑뎅그렁한 로비에 침묵이 내려앉았다. 난 침을 삼켰다. "전 몰라요."

그레이슨이 날 쳐다보는 시선이 느껴졌다. 영원 같은 시간이 지난 뒤 자라가 내게 살짝 미소를 지었다. "아무튼 우린 당신이 와 줘서 고마워하고 있어요. 지난 몇 주간 힘든 시간을 보냈고 그 점을 충분히 짐작하리라 생각해요."

지난 몇 주 동안 아무도 날 찾지 않았는데. 난 그런 생각이 들었다.

"자라?" 깔끔한 검정 양복 차림의 남성이 다가와 그녀의 허리에 팔을 둘렀다. "오르테가 씨가 할 말이 있대." 남편으로 보이는 그 남성은 나한테 거의 눈길을 주지 않았다.

스카이가 수습에 나섰다. "우리 언니가 사람들과 '할 말'이 있다는군요." 그녀가 계속 말했다. "난 대화를 해요. 애정이 듬뿍 담긴 대화를. 아주 솔직하게. 그래서 아들 넷을 낳았죠. 네 명의 매력적인 남성과 근사하고 *사적인* 대화를……."

"그쯤에서 그만두면 선물을 줄게요." 그레이슨이 고통스러운 얼굴로 말했다.

스카이가 아들의 뺨을 토닥였다. "뇌물, 협박, 매수. 너도 진짜 호손 사람이구나." 그녀가 의미심장한 미소를 내게 보였다. "그래서 우리가 이 아이를 상속예정자이라고 부르죠."

그녀의 목소리와 '상속예정자'이라는 말을 들을 때 비친 그레이슨의 표정에서 나는 호손 가족들이 얼마나 유언장 공개를 기대하고 있는지를 과소평가해 왔다는 걸 알았다.

그들도 유언장에 뭐라고 적혀 있는지 모르는 거야. 난 갑자기 규칙도 모르고 게임에 참가한 기분이 들었다.

스카이가 한 팔로 나를, 다른 팔로는 그레이슨을 감싸고 말했다. "자, 우리 같이 그레이트 룸으로 갈까요?"

8

그레이트 룸은 로비의 3분의 2 정도 규모였고 정면에 보이는 엄청나게 큰 석재 벽난로가 인상적이었다. 벽난로 주위로는 괴물 석상이 장식돼 있었다.

그레이슨은 언니와 나를 윙백 체어에 앉히고 자신은 앞쪽에 양복을 입고 서 있는 좀 더 나이 많은 신사들에게로 갔다. 그들은 자라 부부와 이야기를 나누고 있었다.

변호사들이야. 난 알아차렸다. 몇 분 뒤 알리사가 합류했고 난 거실에 있는 다른 사람들을 살폈다. 최소 육십대는 돼 보이는 백인 부부. 양쪽 출입구를 똑바로 볼 수 있는 벽에 기대선 군인 같은 사십대 흑인 남자. 분명 형제인 것 같은 인물과 같이 있는 알렉산더. 그 사람은 이십대 중반으로 보였다. 덥수룩한 머리에 양복과는 어울리지 않는 낡은 카우보이 부츠를 신었다.

내쉬. 알리사가 알려 준 이름이 떠올랐다.

그리고 노부인이 그들에게 다가갔다. 내쉬가 손을 내밀었지만 부인은 알렉산더를 택했다. 알렉산더는 부인을 곧장 리비와 내게로 데려왔다. "우리 증조 할머니셔." 그가 말했다. "대단한 여성이시지."

"뭐 그렇게까지." 할머니가 팔을 찰싹 때렸다. "난 이 녀석의 증조 할머니라우." 할머니는 거리낌 없이 내 옆 빈자리에 앉았다. "여기 떠도는 먼지보다 두 배는 더 나이를 많이 먹었다는 뜻이지."

"할머니는 감성적이셔." 알렉산더가 신나게 말했다. "그리고 날 제일 좋아하시지."

"제일 좋아하는 사람은 *네*가 아니야." 할머니가 반발했다.

"모두 날 좋아하잖아요!" 알렉산더가 씩 웃었다.

"구제 불능인 너희 할아버지랑 너무 많이 닮았구나." 할머니가 불평했다. 그녀는 눈을 감았고 손을 살짝 떨었다. "끔찍한 인간." 애정이 담긴 말투였다.

"호손 씨 어머니신가요?" 리비 언니가 점잖게 물었다. 언니는 어른들을 돕는 일을 하고 있어서 이야기도 잘 들어준다.

할머니는 다시 코웃음을 칠 기회를 얻어 기뻐했다. "호손은 사위지."

"할머니가 제일 좋아하셨어." 알렉산더가 정리해 주었다. 말속에 애절함이 담겼다. 그들은 몇 주 전 이미 그를 보냈지만 난 슬픔을 느낄 수 있었다. 아니 실제로 맡을 수 있었다.

"괜찮니, 에이버리?" 옆자리에 앉은 언니가 물었다. 난 그레이슨이 내가 표정을 못 숨기는 사람이라고 말한 걸 떠올렸다.

장례식과 추모보다는 그레이슨 호손에 대해 생각하는 편이 나았다.

"괜찮아." 난 언니에게 대답했지만 괜찮지 않았다. 2년이 흘렀지만 엄마에 대한 그리움이 쓰나미처럼 밀려왔다. "밖에 좀 나갔다 올게." 난 억지로 미소를 지었다. "신선한 공기를 좀 마셔야겠어."

자라 부인의 남편이 내 앞길을 막았다. "어디 가니? 이제 막 시작할 참인데." 그가 내 팔목을 꽉 잡았다.

난 그의 손길을 뿌리쳤다. 이 사람들이 누구건 상관없다. 누구도 내 몸에 손대지 못한다. "호손 씨는 손자가 네 명이라고 들었어요." 내가 쌀쌀맞게 대꾸했다. "세어 보니 아직 한 명이 안 왔네요. 전 금방 돌아올 거예요. 나갔다 온 줄도 모를 정도로."

난 현관이 아닌 뒷마당으로 갔다. 거길 마당이라고 부를 수 있을지 모르겠지만. 청결하게 관리되었고 분수가 보였다. 조각상이 놓인 정원에다가 온실까지 갖췄다. 내 시야 끝까지 펼쳐진 *대지*다. 나무가 심어진 곳도 있고 공터인 곳도 있었다. 지평선을 향해 걸어가면 결코 돌아오지 못할 만큼 넓다는 걸 쉽게 예상할 수 있었다.

"*예가 아니오고 한 번이 없음이라면 삼각형 하나에는 변이 몇 개일까?*" 머리 위에서 누가 물었다. 고개를 드니 발코니 끄트머리 난간에서 조심스럽게 균형을 잡고 있는 남자가 보였다. 그는 *술에 취했다.*

"그러다 떨어져."

그가 히죽거렸다. "흥미로운 제안인데."

"그건 제안이 아니야." 내가 대답했다.

그는 나른한 미소로 반응했다. "호손 가문에선 제안이 부끄러운 일이 아니야." 그의 머리카락은 그레이슨보다 짙고 알렉산더보다는 옅었다. 그는 셔츠를 입지 않았다.

한겨울에 참 탁월한 선택이야. 난 속으로 비아냥거렸지만 상반신을 훑어 내려가는 내 시선을 어쩌지 못했다. 몸매가 날렵했고 복근이 있었다. 쇄골부터 엉덩이까지 길고 좁은 흉터가 보였다.

"네가 바로 그 미스터리한 소녀구나."

"난 에이버리야." 내가 이름을 알려 주었다. 난 호손 사람들과 그들의 슬픈 분위기를 피해 여기로 나왔다. 이 사람한테서는 그런 흔적이 보이지 않았다. 마치 인생이 커다란 장난 같은 것인 양 했다. 그는 집안사람만큼 슬퍼하지 않았다.

"네가 뭐라고 하든 널 미소, 미스터리 소녀라고 불러도 될까?"

난 팔짱을 꼈다. "아니."

그는 난간에 발을 올리고 섰다. 그가 비틀거릴 때는 간담이 서늘해졌다. *그는 슬퍼하고 있어. 그리고 지금 너무 높은 곳에 서 있어.* 엄마가 돌아가셨을 때도 난 자책하지 않았다. 그렇다고 그런 기분을 느끼지 않았다는 말은 아니다.

그는 한 발에 체중을 싣고 다른 발을 밖으로 뻗었다.

"그러지 마!" 내가 더 말하기 전에 그가 몸을 틀더니 손으로 난간을 잡고 허공에 매달렸다. 등 근육에 힘이 들어가고 어깻죽지가 솟은 상태로 그가 몸을 낮추더니…… 뛰어내렸다.

그는 내 바로 옆에 착지했다. "넌 여기 있으면 안 돼. 미소."

방금 발코니에서 셔츠도 입지 않고 뛰어내린 사람은 *내*가 아니다. "너도 마찬가지야."

내 심장이 얼마나 두근거리는지 그가 알까 궁금했다. 그가 아무렇지 않은지도 궁금했다.

"내가 해야 하는 걸 하지 말아야 할 것보다 적게 한다면 그게 나일까?" 그가 입술을 씰룩거렸다.

제임슨 호손. 난 속으로 말했다. 가까이서 보니 눈동자 색이 인상적이었다. 굉장히 깊고 진한 녹색.

"그게 나일까?" 그가 의도적으로 되물었다.

난 그의 눈동자에서 시선을 돌렸다. 그의 복근에서도. 아무렇게나 젤을 바른 머리에서도. "취했군." 난 그렇게 말했다. 그리고 다시 안으로 들어가야 한다는 사실에 짜증을 느끼며 두 마디를 덧붙였다. "그리고 두 개."

"뭐라고?" 제임슨 호손이 물었다.

"첫 수수께끼 정답 말이야." 내가 대답했다. "*예가 아니오고 한 번이 없음*이라면 삼각형 하나의 변은…… *두 개*라고." 내가 어떻게 정답에 도달했는지 설명할 생각 따윈 하지 않았다.

"내가 졌어, 미소." 제임슨이 내 옆을 느긋하게 지나치며 맨 팔을 내게 살짝 스쳤다. "내가 졌다고."

9

난 몇 분 더 밖에 있었다. 이 하루가 현실 같지 않았다. 내일이면 난 코네티컷으로 돌아갈 것이다. 살짝 더 부자가 되어 이야깃거리를 가지고 가면 좋겠고, 다시는 호손 사람들을 볼 일이 없겠지.

다시는 *이런* 근사한 경관을 볼 수 없겠지.

그레이트 룸으로 돌아가니 제임슨 호손은 기적적으로 셔츠를 입고 양복 재킷까지 걸친 상태였다. 그가 날 향해 미소를 짓고 살짝 경례했다. 그 옆 그레이슨은 잔뜩 긴장한 채 서 있었다.

"이제 모두가 모였으니 시작하겠습니다." 변호사 한 사람이 말했다.

변호사 세 사람이 삼각 대형으로 섰다. 말하는 사람은 알리사와 같은 검은 머리에 갈색 피부로 자신만만한 표정이다. 난 그가 '맥나마라, 오르테가 앤 존스' 중 오르테가라고 생각했다. 존스와 맥나마라인 듯한 두 사람이 양옆에 섰다.

언제부터 유언장 공개에 변호사가 네 명이나 있게 된 걸까? 문득 궁금했다.

오르테가가 거실 구석구석까지 들리도록 우렁차게 말했다. "여러분은 토비아스 태터솔 호손의 마지막 유언을 듣고자 이곳에 모였습니다. 호손 씨의 지침에 따라 제 동료들이 지금부터 여러분 개개인에게 남긴 편지를 전달하겠습니다."

다른 두 사람이 방을 돌며 봉투를 하나씩 건넸다.

"유언장 공개가 끝난 뒤 편지를 읽어 보시기 바랍니다."

나한테도 봉투가 전해졌다. 겉면에 내 성과 이름이 캘리그래피로 적혔다. 리비 언니가 변호사를 쳐다봤지만 그는 언니를 지나쳐 다른 사람들에게 봉투를 계속 전달했다.

"호손 씨는 이 유언장 공개 시 다음과 같이 지칭한 인물들이 참석할 것을 규정하셨습니다. 스카이 호손, 자라 호손–칼리가리스, 내쉬 호손, 그레이슨 호손, 제임슨 호손, 알렉산더 호손, 그리고 코네티컷 뉴캐슬의 에이버리 카일리 그램스."

마치 알몸으로 이 자리에 앉아 있는 것 같은, 그런 기분이 들었다.

오르테가가 말을 이었다. "모두 오셨으니 유언장 공개를 시작하겠습니다."

그 소리에 옆에 있던 리비 언니가 내 손을 꼭 잡았다.

오르테가가 유언장을 읽었다. "나, 토비아스 태터솔 호손은 신체와 정신이 온전한 상태로 이 유언을 남깁니다. 돈과 실물 자산을 포함한 모든 재산을 다음과 같이 상속하는 바입니다."

"오랜 세월 내게 충실했던 앤드류와 로티 라플린 부부에게 각각 십만 달러씩, 여기에 내 텍사스 사유지 서쪽 경계에 자리한 웨이백 별채에서 평생 무료로 살 수 있는 권한을 준다."

앞서 만났던 늙은 하인 부부가 서로에게 몸을 기댔다. 내 머릿속엔 온통 그 말뿐이었다. *10만 달러.* 라플린 부부는 유언장 공개 자리에 참여할 의무가 없는데도 10만 달러를 받았다. 그것도 각자!

난 숨 쉬는 법을 다시 익히려고 부단히 애썼다.

"내가 기억하는 것보다 더 많이, 다양한 방식으로 내 목숨을 구해 준 경호팀장 존 오렌에게 현재 '맥나마라, 오르테가 앤 존스' 사무실에 보관 중인 내 공구 상자 속 물품과 삼십만 달러를 남긴다."

토비아스 호손이 아는 사람들이야. 심장이 쿵쾅거리는 채로 스스로에게 말했다. *그를 위해 일하는 사람들이라고. 그에겐 중요한 사람들이지. 난 아무도 아니잖아.*

"장모인 펄 오데이에겐 매년 십만 달러의 연금을 비롯해 별지에 정한 대로 의료비용 신탁을 남긴다. 먼저 세상을 떠난 아내 앨리스 오데이 호손 소유의 모든 보석은 자신에게 잘 어울린다고 생각하는 그녀의 어머니에게 나의 사망과 동시에 양도하는 바다."

할머니가 헛기침을 했다. "쓸데없는 생각들 하지 마라." 그녀가 거실 전체를 향해 말했다. "내가 제일 오래 살 거니까."

오르테가가 미소를 지었지만 이내 그 미소는 사라졌다. 그가 낭독을 멈추었다가 다시 읽었다. "내 딸, 자라 호손-칼리가리스와 스카이 호손에게 내가 사망하는 날과 시간을 기점으로 남은 모든 빚을 탕감할 자금을 남긴다." 여기서 오르테가가 다시 멈췄고 그의 입술이 하나로 붙었다. 다른 두 변호사는 앞만 쳐다보며 호손 가족 누구와도 눈을 맞추지 않았다.

"추가로 스카이에게는 진짜 북쪽이 어디인지 늘 알 수 있도록 내 나침반을, 자라에게는 내가 그 애 엄마에게 사랑받았듯이 변함없이 전적으로 사랑하길 바라는 의미로 내 결혼반지를 남긴다."

다시 이어진 정적은 전보다 더 고통스러웠다.

"계속하세요." 자라의 남편이 말했다.

오르테가가 천천히 읽었다. "내 딸들에게는 각각 앞서 언급한 것 이외에 일회성으로 오만 달러의 유산을 남긴다."

5만 달러라고? 자라의 남편이 화가 나 소리친 직후 난 그 말밖에 생각나지 않았다. *토비아스 호손이 딸에게 자기 경호팀장보다 더 적은 돈을 남기다니.*

갑자기 그레이슨을 상속예정자라고 칭했던 스카이의 말이 완전히 새로운 의미로 다가왔다.

"너 때문이야." 자라가 스카이를 쳐다보았다. 그녀는 목소리를 높이지 않았지만 그런 것과 마찬가지였다.

"나 때문에?" 스카이가 분개해서 반문했다.

"아빠 토비가 죽은 뒤로 변했어." 자라가 말을 이었다.

"실종이야." 스카이가 지적했다.

"뭐라고, 맙소사!" 자라가 이성을 잃었다. "네가 아빠의 생각을 조종한 거잖아, 스카이! 속눈썹을 알랑거리며 아빠가 우리를 빼놓고 모든 것을 넘기도록. 바로 네……."

"*아들들*." 스카이가 기분 좋게 말했다. "언니가 하려던 말이 *아들들*이잖아."

"이모가 하려던 말은 *새끼들*이에요." 내쉬 호손은 이곳에서 제일 심하게 텍사스 억양을 구사했다. "전에도 들어본 적이 있는데."

"나한테 아들이 있었다면……." 자라가 목소리를 높였다.

"하지만 없잖아." 스카이가 그 목소리를 가라앉혔다. "안 그래, 자라 언니?"

"*그만해*." 자라의 남편이 끼어들었다. "우리가 이 문제를 해결해 보자고."

"안타깝지만 해결할 길은 없습니다." 오르테가가 다시 논쟁에 끼어들었다. "유언은 변경할 수 없으며 그렇게 하려고 하는 사람에게는 엄청난 불이익이 따르게 됩니다."

난 그 말뜻을 대략, 입 닥치고 가만히 있어로 해석했다.

"자, 계속 읽겠습니다." 오르테가가 손에 든 유언장으로 눈길을 돌렸다. "내 손자들, 내쉬 웨스트브룩 호손, 그레이슨 데번포트 호손, 제임슨 윈체스터 호손, 알렉산더 블랙우드 호손에게는……."

"전부 다 준다겠지." 자라가 씁쓸하게 웅얼거렸다.

오르테가가 그녀의 목소리를 덮었다. "각각 이십오만 달러씩을 스물다섯 번째 생일에 상속한다. 그전까지 신탁담당인 알리사 오르테가가 관리한다."

"무슨……." 알리사가 충격을 받은 목소리로 말했다. "그러니까…… 무슨 일이죠?"

"당신이 하려던 말은 *무슨 지랄맞은 일이잖아.*" 내쉬가 친절하게 알려 주었다.

토비아스 호손은 손자들에게 전부 물려주지 않았다. 그의 자산을 놓고 보자면 눈곱만큼 남긴 셈이다.

"대체 어떻게 돌아가는 거야?" 그레이슨이 또박또박 날카롭게 물었다.

토비아스 호손은 손자들에게 전부 물려주지 않았다. 딸들에게도 남기지 않았다. 내 머리가 거기서 멈췄다. 귀가 윙윙거렸다.

오르테가가 손을 들었다. "여러분, 부디 제가 마저 낭독하게 해 주세요."

462억 달러. 난 생각했다. 심장이 갈비뼈를 뚫고 나오려고 바둥거렸고 입은 바싹 타들어 갔다. *토비아스 호손은 462억 달러의 자산가인데 손자들에게 총 100만 달러를 남*

*겼어. 딸들에게는 총 10만 달러를. 50만 달러는 하인에게,
할머니의 연금으로……*

이 수학 등식에 더하기는 없다. 더할 수 없었다.

현장에 있던 사람들이 하나둘 날 쳐다보기 시작했다.

오르테가가 유언장을 읽었다. "남은 내 재산은, 모든 부
동산과 화폐성 자산, 그 밖에 언급하지 않은 소유물은 에이
버리 카일리 그램스에게 남긴다."

10

사실일 리가 없어.

이건 있을 수 없는 일이야.

난 꿈을 꾸고 있어.

이건 내 망상이라고.

"남은 전부를 저 애한테 준다고요?" 스카이의 날카로운
목소리가 혼미한 내 정신을 깨웠다. "왜죠?" 내 별자리를
궁금해하고 자기 아들과 연인에 대해 실컷 얘기해 주던 여
성이, 그랬던 스카이가 지금은 사람을 죽일 것 같은 표정을
지었다. 진짜로 죽일 듯한.

"저 애가 대체 누군데?" 자라의 목소리는 날이 섰고 종소
리만큼 분명했다.

"착오가 생긴 게 분명해." 그레이슨은 그런 부분에 익숙한 사람처럼 말했다. *뇌물, 협박, 매수.* 난 생각했다. '상속 예정자'가 나를 어떻게 할까? *사실일 리가 없어.* 심장 박동, 모든 숨소리가 고스란히 느껴졌다. *이건 있을 수 없는 일이야.*

"그의 말이 맞아요." 주변의 외침 탓에 정신이 없던 내가 웅얼거렸다. 난 좀 더 큰 소리로 말했다. "그레이슨의 말이 맞아요." 사람들이 내 쪽을 보기 시작했다. "착오가 생긴 게 분명해요." 난 쉰 목소리로 말했다. 막 비행기에서 뛰어내린 것 같았다. 스카이다이빙을 하고 낙하산이 펴지길 기다리는 사람처럼 정신이 없었다.

이건 현실이 아니야. 그럴 리가 없어.

"에이버리." 언니가 내 옆구리를 쿡쿡 찌르며 착오 타령 좀 그만하고 입 다물라는 분명한 메시지를 보냈다.

하지만 그럴 리 없다. 무슨 혼선이 빚어진 게 분명하다. 얼굴도 본 적 없는 생판 남이 나에게 462억 달러의 유산을 남기다니. 그런 일은 있을 수 없다, 당연히.

"들었지?" 스카이가 내가 한 말을 물고 늘어졌다. "심지어 에바조차 이건 터무니없는 일이라는 데 동의하고 있잖아."

이번만큼은 그녀가 내 이름을 의도적으로 잘못 불렀다는 확신이 섰다. *모든 부동산과 화폐성 자산, 그밖에 언급하지 않은 소유물은 에이버리 카일리 그램스에게 남긴다. 그러*

니 스카이 호손은 이제 내 이름을 알고 있는데…….

그들 모두가 알고 있다.

"어떤 착오도 없다는 점을 분명히 알려 드립니다." 오르테가가 나와 눈을 맞춘 뒤 다른 사람들 쪽으로 고개를 돌렸다. "더불어 토비아스 호손 씨의 마지막 유언과 증서는 절대 변경할 수 없다는 점도 알려 드리는 바입니다. 세부 사항은 이제 에이버리 양의 문제이므로 불평은 이쯤에서 그만두는 것이 좋겠습니다. 다만 한 가지 분명히 알리자면 유언 규정에 따라 에이버리 양의 상속에 반발하는 사람이 있다면 해당 당사자에게 주어진 몫을 전적으로 몰수하겠습니다."

*에이버리 양의 상속*이라니. 정신이 아찔하고 속이 메스꺼웠다. 누가 눈 깜짝할 사이에 물리학의 법칙을 변경해 중력 계수가 바뀌는 바람에 내 몸이 적응하지 못하는 것 같았다. 세상이 축에서 벗어나 빙글빙글 돌았다.

"이의를 제기할 수 없는 유언은 없어요." 자라의 남편이 신랄한 목소리로 반박했다. "이런 큰 액수가 걸려 있는 문제에선."

"마치 할아버지를 전혀 모르는 사람처럼 말하네요." 내쉬 호손이 끼어들었다.

"산 넘어 산이야." 제임슨이 웅얼거렸다. "수수께끼 속에 또 수수께끼." 그의 진녹색 눈동자가 날 쳐다보는 걸 느낄 수 있었다.

"넌 그만 가 봐." 그레이슨이 냉담하게 내게 말했다. 부탁이 아니다. 명령이다.

"엄밀히 말해……." 알리사 오르테가가 막 비소를 삼킨 목소리로 말했다. "여긴 에이버리의 집이야."

분명 그녀는 유언장의 내용이 무엇인지 몰랐다. 그녀도 가족들처럼 어둠 속에 가만히 있었다. *어쩜 토비아스 호손이 이런 식으로 뒤통수를 칠 수 있을까? 대체 어떤 사람이 자기 살과 피가 섞인 가족에게 이럴 수 있나?*

"전 이해가 안 가요." 아무리 생각해도 말이 되지 않기에 난 어지럽고 멍한 상태로 크게 말했다.

"제 딸 말이 맞습니다." 오르테가가 중립적인 태도를 고수했다. "그램스 양, 전부 당신 소유입니다. 재산뿐 아니라 호손 하우스를 포함한 호손 씨의 부동산까지 모두. 상속 조건에 따르면, 제가 향후 자세히 알려 드리겠지만, 현 입주자는 당신이 이사를 지시하기 전까지만 이곳에 살 수 있습니다." 그의 목소리가 사방으로 울려 퍼졌다. "어떤 상황에서든 세입자가 당신을 쫓아낼 수 없습니다" 그는 진지하게 말을 이었고 그의 말은 경고가 되어 꽂혔다.

갑자기 쥐 죽은 듯 조용해졌다. *저들이 날 죽일 거야. 이 방에 있는 누군가가 정말로 날 없애 버릴 거야.* 내가 퇴역 군인이라고 생각한 남자가 나와 토비아스 호손 가족 사이에 섰다. 그는 아무 말 없이 가슴 앞으로 팔짱을 끼고 날 자기 뒤에 둔 채 나머지 사람들을 감시했다.

"오렌!" 자라가 충격에 빠져 소리쳤다. "당신은 이 가문을 위해 일하는 사람이잖아요."

"전 호손 씨를 위해 일합니다." 존 오렌이 말을 멈추고 종이 한 장을 들어 올렸다. 그게 편지라는 걸 알아차리기까지 시간이 좀 걸렸다. "제가 에이버리 카일리 그램스 양 밑에서 계속 일해 달라는 호손 씨의 마지막 부탁이 적힌 문서입니다." 그가 슬쩍 날 쳐다보았다. "경호원으로서. 경호가 필요할 테니까."

"우리를 그렇게 버리면 안 돼요!" 알렉산더가 내 왼쪽에서 소리쳤다.

"한 걸음 물러나!" 오렌이 말했다.

알렉산더가 두 손을 들어 올렸다. "폭력은 쓰지 않아요. 난 평화적으로 대할게요!"

"알렉산더 말이 맞아." 제임슨이 이 모든 상황이 게임인 양 씩 웃었다. "다들 널 원하고 있어, 미소. 이건 *세기의 스토리*가 될 거야."

*세기의 스토리*라니. 이게 장난이 아니라는 징조가 나타나면서부터 내 머리가 돌아가기 시작했다. 난 공상에 빠진 게 아니다. 꿈을 꾸고 있는 것도 아니다.

난 상속녀다.

55

난 뛰쳐나갔다. 정신을 차리니 밖에 있었다. 호손 하우스의 현관문이 쾅 하고 닫혔다. 차가운 공기가 얼굴을 때렸다. 숨을 쉬고 있는 건 확실하지만 몸 전체가 내 것이 아닌 듯 멀게 느껴졌다. 충격을 받으면 이렇게 되는 걸까?

"에이버리!" 리비 언니가 날 따라 집 밖으로 나왔다. "괜찮니?" 언니가 걱정스러운 표정으로 날 살폈다. "게다가, 지금 제정신이니? 누군가 너한테 돈을 준다잖아. 넌 되돌려 주려고 노력할 필요 없어!"

"언니도 그러잖아." 내가 지적했다. 머릿속이 너무 크게 울려 내 생각이 들리지 않았다. "내가 생활비를 주려고 할 때마다 말이야."

"지금 돈 몇 푼 가지고 말하는 게 아니잖아!" 언니의 파랑 머리가 포니테일 밖으로 삐져나왔다. "수백만 달러가 걸려 있다고."

수백억 달러지. 난 속으로 지적했지만 그 말을 하기 싫다는 듯 내 입술은 움직일 기미가 없었다.

언니가 내 어깨에 손을 올렸다. "에이버리, 이게 무슨 의미인지 생각해 봐. 넌 다시는 돈 걱정할 필요가 없어. 네가 원하는 건 뭐든 살 수 있고 하고 싶은 것도 다 할 수 있어. 네가 가지고 있는 엄마의 엽서 있잖아?" 언니가 몸을 앞으로 구부려 자기 이마를 내 이마에 댔다. "넌 어디든 갈 수 있어. 그 가능성을 상상해 보라고."

물론 해 봤다. 이 우주가 나 같은 소녀는 절대 가질 수 없는 걸 원하도록 놀리는 잔인한 농담이라고 느끼면서도……

호손 하우스의 거대한 현관문이 쾅 하고 열렸다. 난 놀라 움찔했고 내쉬 호손이 밖으로 나왔다. 정장 차림이지만 그는 모든 면에서 정오에 라이벌과 만날 준비를 마친 카우보이 같았다.

난 팔로 몸을 감쌌다. 수백억 달러. 그보다 더 적은 돈을 두고도 전쟁이 벌어져 왔다.

"긴장 풀어, 꼬맹이." 내쉬의 텍사스 특유의 억양은 위스키처럼 느리고 부드러웠다. "난 돈을 바라지 않아. 한 번도 그런 생각을 한 적이 없어. 난 돈을 가질 자격이 있는 사람이랑 어울리는 게 더 재미있거든."

호손 형제 중 가장 나이가 많은 그의 눈길이 내게서 리비 언니에게로 향했다. 내쉬는 훤칠하고 근육질에 구릿빛 피부였다. 언니는 체구가 작고 말랐고 짙은 립스틱과 형광 머리카락 덕분에 창백한 피부가 두드러졌다. 3미터 반경 안에 있어도 두 사람은 안 어울리는 것처럼 보였지만 그럼에도 그가 천천히 언니에게 미소를 지었다.

"잘 있어요." 내쉬가 언니에게 말했다. 그는 자기 오토바이로 느긋하게 걸어간 다음 헬멧을 쓰더니 잠시 뒤 사라졌다.

언니가 오토바이 뒤를 빤히 쳐다보았다. "그레이슨에 대해 한 말 취소야. 어쩌면 저 *남자*가 구세주일지 몰라."

지금 우리에겐 호손 형제 중 누가 제일 근사한지 따지는 것보다 더 큰 문제가 있다. "우린 여기 있어선 안 돼, 언니. 분명 가족들은 내쉬만큼 유언에 무신경하지 않을 거야. 우린 돌아가야 해."

"내가 같이 갈게." 굵직한 목소리가 들렸다. 뒤돌아보니 존 오렌이 현관문 옆에 서 있었다. 문 여는 소리를 못 들었는데.

"경호 같은 건 필요 없어요. 그냥 여기서 벗어나고 싶어요."

"넌 평생 경호원이 필요할 거야." 그가 아주 사무적으로 말해서 전혀 반박할 수 없었다. "긍정적인 측면에서 보자면 난 운전도 할 수 있거든." 그가 공항에서 우릴 데려온 차 쪽으로 고갯짓을 했다.

♟

난 오렌에게 우리를 모텔로 데려다 달라고 부탁했다. 그런데 그는 내가 한 번도 본 적 없는 근사한 호텔로 차를 몰

앗고 알리사 오르테가가 로비에서 우리를 기다리고 있었다.

"난 유언장을 전부 읽어 보았어." 그게 그녀의 *인사말*인가 보다. "너에게 주려고 사본을 가져왔어. 네 방으로 가서 자세한 걸 살펴보도록 하자."

"내 방이요?" 내가 물었다. 도어맨은 모두 턱시도를 입었다. 로비에는 샹들리에가 *여섯* 개나 달렸다. 근처에서는 한 여성이 1.5미터가 넘는 하프를 연주하고 있었다. "우린 이런 방에서 잘 형편이 안 돼요."

알리사가 내게 아주 측은한 표정을 지었다. 그리고 곧바로 자신의 본분으로 돌아갔다. "넌 이 호텔의 소유주야."

내가…… 뭐라고? 리비 언니와 나는 로비에 서 있는 다른 고객들이 보내는 '저런 서민이 여기 왜 왔지?' 같은 눈길과 마주하고 있었다. 그런 내가 *이 호텔의* 소유주일 리 없다.

알리사가 말을 이었다. "더군다나 유언은 지금 공증되고 있어. 돈과 부동산 예탁을 해제하는 데 시간이 좀 걸리겠지만 그동안 '맥나마라, 오르테가 앤 존스'에서 네게 필요한 건 뭐든 해 줄 거야."

리비 언니가 눈썹을 찌푸리며 인상을 썼다. "그게 로펌이 하는 일인가요?"

"짐작했겠지만 호손 씨는 우리의 가장 큰 고객 중 한 분이죠." 알리사가 친절하게 말했다. "그가 우리의 *유일한* 고객이라고 하는 편이 더 정확하겠죠. 그리고 지금……."

"지금, 그 유일한 고객은 나군요." 난 사태를 파악하고 입을 열었다.

♟

유언장을 읽고 다시 읽고 또 읽는 데 거의 한 시간이 걸렸다. 토비아스 호손은 내 유산 상속에 단 한 가지 조건을 달았다.

"넌 지금부터 사흘 안에 호손 하우스에 들어가 일 년 동안 살아야 해." 알리사가 최소 두 번은 그 부분을 지적했지만 내 머리가 당최 입력할 생각을 안 했다.

"제가 수백억 달러를 상속받는 데 걸린 유일한 조건이 *반드시* 저택에 들어가 살아야 한다는 거죠."

"맞아."

"이 돈을 상속받길 기대하는 많은 사람이 아직 살고 있는 그 집 말이죠. 그리고 전 그들을 쫓아낼 수 없고요."

"특수한 상황을 제외하면 그 말이 맞아. 굳이 위안을 찾자면 집이 아주 *크다*는 거야."

"제가 거절하면요? 혹은 호손 가족들이 절 죽이면요?"

"아무도 널 죽이지 않아." 알리사가 침착하게 말했다.

"당신이 그 가족들과 가까이 지내며 살았다는 거 알아요." 리비 언니가 친절하게 말하려고 애썼다. "하지만 그들이 도끼 살인마처럼 내 동생한테 덤벼들 거라 백 퍼센트 장담해요."

"특히 도끼에는 찍혀 죽고 싶지 않아요." 내가 강조했다.

"위험도는 낮아." 오렌이 웅얼거렸다. "최소한 도끼가 관련된 위험도는."

그가 농담했다는 걸 이해하기까지 시간이 걸렸다. "전 심각해요!"

"날 믿어." 그가 대답했다. "나도 알아. 하지만 난 호손 가족에 대해서도 알지. 손자들은 절대 여자에게 손을 대지 않고 여자들은 너와 법정 공방을 벌일 테지만 도끼는 없을 거야."

"게다가 텍사스주에선, 상속자가 유언 공증 기간에 사망하는 경우 유산은 원상복구 되지 않고 상속자 자산의 일부가 돼." 알리사가 덧붙였다.

나한테 자산이 있었나? 난 멍하니 생각했다. "내가 그들과 같이 살길 거절한다면요?" 목구멍에 큰 공이 걸린 것 같은 상태로 다시 물었다.

"제 동생은 상속을 거절한 게 아니에요." 리비 언니가 눈에서 레이저를 쏘며 날 쳐다봤다.

"네가 사흘 안에 호손 하우스로 들어가지 않으면, 네 소유 자산은 자선단체에 기부될 거야." 알리사가 말했다.

"토비아스 호손 가족이 아니라요?" 내가 물었다.

"아니야." 알리사의 중립적인 표정이 살짝 일그러졌다. 그녀는 오랫동안 호손 사람들을 알고 지냈다. 지금은 내 밑에서 일하고 있지만 그걸 달가워하지 않았다.

어떻게 좋아할 수 있을까?

"당신 아버지가 유언장을 받아 적었죠?" 난 이 미친 상황을 머릿속으로 정리하려고 애쓰며 물었다.

"로펌의 다른 파트너들과 함께." 알리사가 확인해 주었다.

"그분이 당신한테……." 난 내가 묻고자 하는 말을 더 완곡하게 표현할 방법을 찾다가 포기했다. "그분이 당신에게 *이유*를 말해 주던가요?"

왜 토비아스 호손은 자신의 가족에게 유산을 상속하지 않았을까? 왜 모든 걸 *나*한테 남겼을까?

"우리 아버지가 이유를 아시는 것 같진 않아." 알리사가 말했다. 그녀가 날 응시했고 객관적이던 얼굴이 또 한번 흐트러졌다. "넌 아니?"

12

"무슨 일이야?" 맥시가 거칠게 말했다. "이런, *씨*…… *상에 무슨 일이야?*" 그녀는 속삭임 정도로 목소리를 낮춘 다음 실제로 욕을 했다. 여긴 12시가 지났지만 그 동네는 두 시간 늦다. 난 맥시의 엄마가 휴대전화를 빼앗을 거라고 예상했지만 아무 일도 일어나지 않았다.

"어째서?" 맥시가 물었다. "무슨 이유로?"

난 무릎에 놓인 편지를 내려다보았다. 토비아스 호손이 내게 편지를 남겼지만 유언장이 공개된 뒤로 몇 시간이 지날 때까지 봉투를 열어 볼 엄두가 나지 않았다. 지금 난 홀로 *내 소유의* 호텔 펜트하우스 스위트룸 발코니에서 내 차보다 더 비싼, 포근하고 발에 질질 끌리는 가운을 입고 얼어붙어 있다.

"어쩌면 태어났을 때 병원에서 바뀌치기가 된 걸지도 몰라." 맥시는 텔레비전을 많이 보고 책 중독이라고 해도 과언이 아니다. "어쩌면 네 어머니가 오래전에 그 사람의 목숨을 구했을 수도 있잖아. 어쩌면 그 사람이 네 고조할아버지한테 엄청난 돈을 빌렸을지도 모르고. *아니면 고성능 컴퓨터 알고리즘을 통해 네가 선정된 것일지도 몰라!*"

난 코웃음을 쳤다. 어쨌든 친구 덕분에 애써 피하려 했던 말을 정확히 입 밖으로 꺼낼 수 있게 되었다. "맥시, 어쩌면 우리 아빠가 친부가 아닐지도 몰라."

이게 가장 납득 가는 설명이 아닐까? 어쩌면 토비아스 호손은 생면부지의 남에게 상속한 것이 *아닐* 수도 있다. 이쩌면 내가 가족일지도 *모른다.*

나에겐 비밀이 있어…… 난 엄마의 모습을 마음속에 그

려 보았다. 엄마가 그 말을 얼마나 많이 했던가.

"괜찮아?" 수화기 너머로 맥시가 물었다.

난 내 이름을 캘리그래피로 적은 봉투를 내려다보았다. 그리고 침을 삼켰다. "토비아스 호손이 내게 편지를 남겼어."

"그걸 넌 아직 안 뜯어 봤어?" 맥시가 물었다. "에이버리, 이런 반할……."

"맥시!" 수화기 너머로 맥시 어머니의 목소리가 또렷하게 들렸다.

"반할이요, 엄마. 전 *반할*이라고 했어요. '이런 반할 만한 귀여운 것들……'이라고요." 잠시 정적이 흘렀다. "에이버리? 이만 끊어야겠어."

난 심장이 쫄깃해졌다. "또 통화할 거지?"

"응." 맥시가 약속했다. "그때까지 그. 편지를. 읽어봐."

그렇게 맥시가 전화를 끊었고 나도 끊었다. 편지 봉투 입구 쪽으로 엄지를 집어넣었는데 노크 소리가 나서 멈췄다.

스위트룸 문 앞에서 오렌이 대기했다. "누구예요?" 내가 그에게 물었다.

"그레이슨 호손이야." 오렌이 대답했다. 난 문을 쳐다보았고 오렌이 자세히 말했다. "우리 경호팀에서 그가 위협적이라고 생각했다면 여기까지 올려보내지 않았을 거야. 난 그레이슨을 믿어. 하지만 네가 그를 만나고 싶지 않다면……."

"아뇨." 내가 대답했다. *지금 내가 뭐 하는 거지?* 시간이 늦었고 미국 귀족이 순순히 왕좌를 내줄 리가 없는데. 하지만 그레이슨이 날 보는 눈길에는 무언가가 있었다. 처음 만났을 때부터…….

"문을 열어 주세요." 내가 오렌에게 말했다. 그는 문을 연 다음 한 걸음 물러났다.

"안으로 들어오라고 하지도 않아?" 그레이슨은 더 이상 *상속자*가 아니지만 목소리는 여전히 거만했다.

"당신은 여기 오면 안 돼요." 난 가운 옷깃을 단단히 여미며 말했다.

"나도 한 시간 동안 나에게 똑같은 말을 되뇌었는데 결국 여기 와 버렸어." 그의 눈동자는 멍했고 머리카락은 헝클어져 잠을 설친 사람이 나뿐만이 아니라는 걸 알려 주었다. 그는 오늘 모든 걸 잃었다.

"그레이슨." 내가 입을 열었다.

"네가 어떻게 이럴 수 있는지 모르겠어." 그가 내 말을 잘랐고 목소리는 위험하면서도 부드러웠다. "네가 어떻게 우리 할아버지를 구워삶았는지 아니면 여기서 무슨 음모를 꾸미는지 모르겠다고."

"난 아무것도……."

"내가 지금 말하고 있잖아, 그램스 양." 그가 자기 손바닥을 문에 댔다. 내가 그의 눈빛을 착각한 거였다. 우수에 찬 눈빛이 아니다. 찬 바람이 쌩쌩 부는 얼음 같은 눈초리지. "네가 어떻게 이런 일을 꾸몄는지 증거는 없지만 내가 찾고 말 거야. 이제 널 봤으니까. 네가 누구고 뭘 할 수 있는지 알았으니 가족을 지키기 위해 내가 못 할 일은 *없어*. 네 속셈이 뭔지 모르겠지만 이 음모가 얼마나 오래가든 간에 난 진실을 밝힐 거고 그렇게 되면 넌 하느님에게 도움을 청해야 할 거야."

오렌이 시야에 들어왔지만 난 그가 행동할 때까지 기다리지 않았다. 난 그레이슨이 물러날 정도로 충분히 세게 문을 민 다음 쿵 하고 닫았다. 심장이 쿵쾅거렸고 그가 다시 노크하며 문 뒤에서 소리치길 기다렸다. *아무 반응이 없었다.* 난 천천히 고개를 숙였고 내 시선은 금속을 따라가는 자석처럼 손에 든 편지 봉투로 향했다.

마지막으로 오렌을 흘끗 쳐다본 다음 난 침실로 들어갔다. *그. 편지를. 읽어 봐.* 이번에는 그렇게 했고 봉투에 든 카드를 꺼냈다. 메시지는 두 마디 정도로 짧았다. 난 카드를 뚫어지게 쳐다보면서 인사말, 메시지, 서명을 읽고 또 읽었다.

친애하는 에이버리
미안하구나.
−T. T. H.

13

미안하다고? 뭐가 미안하다는 거지? 다음 날 아침까지 그 질문이 여전히 내 머릿속에서 맴돌았다. 평생 처음 늦잠을 잤다. 일어나 보니 오렌과 알리사가 스위트룸 주방에서 조용히 이야기를 나누고 있었다.

너무 조용히 말해서 들을 수 없었다.

"에이버리." 오렌이 먼저 날 봤다. 난 그가 알리사에게 그레이슨에 대해 말했는지 궁금했다. "너랑 같이 살펴볼 몇 가지 경호 규칙이 있어."

'그레이슨 호손에게 문을 열어 주지 말 것' 같은 거?

"넌 지금 타깃이 됐어." 알리사가 사무적으로 말했다.

그녀가 호손 사람들은 위협하지 않을 거라고 줄곧 말했기에 난 이렇게 물을 수밖에 없었다. "무슨 타깃이요?"

"당연히 파파라치지. 우리 회사는 그동안 이 일을 비밀에 부쳐왔지만 그리 오래 버티지 못할 거고 다른 문제도 있어."

"납치." 오렌이 아무렇지 않게 그 말을 했다. "스토킹. 사람들이 협박할 거야. 항상 그러니까. 넌 어린 여자라 상황이 더 나빠지겠지. 네 언니의 허락을 받고 그녀도 돌아가는 즉시 보호할 계획을 다 준비해 두었어."

납치, 스토킹, 협박. 그 말들을 어떻게 받아들여야 할지 몰랐다. "리비 언니는 어디 있어요?" 언니가 돌아가고 난 뒤를 언급하기에 내가 물었다.

"비행기에." 알리사가 말했다. "정확히 말해서 네 전용 기에."

"저한테 비행기가 있어요?" 난 정말 이 상황에 익숙해지지 않을 것 같다.

"여러 대야." 알리사가 말해 줬다. "그리고 헬리콥터도 한 대 있는데 지금 여기엔 없어. 네 언닌 지금 네 물건과 자기 물건을 챙기러 갔어. 네가 호손 하우스에 들어가야 하는 날짜가 다되었고 우린 네가 여기 있는 게 최선이라고 생각했어. 널 오늘 밤 안에 집 안으로 들여보내는 것이 가장 이상적이지."

"곧 사방으로 소식이 퍼질 거야." 오렌이 진지하게 말했다. "넌 모든 신문 일 면을 장식할 거야. 모든 뉴스앵커가 널 헤드라인으로 보도할 거고 모든 소셜미디어의 최고 인기 검색어에 오르겠지. 누군가에게 넌 신데렐라와 다름없으니까. 다른 누군가에게는 마리 앙투아네트고."

누군가는 내가 되고 싶어 한다. 누군가는 영혼 깊은 곳에서부터 날 증오한다. 처음으로 오렌이 옆에 차고 있는 권총이 내 눈에 들어왔다.

"여기 꼼짝 말고 있는 게 최선이야." 오렌이 차분하게 말했다. "네 언니가 오늘 밤까지 돌아올 테니까."

그렇게 남은 오전 시간을 알리사와 나는 *당장 에이버리
의 삶 뿌리 뽑기*라고 내가 속으로 정한 게임을 시작했다.
난 아르바이트를 그만뒀다. 알리사는 날 자퇴시켰다.

"제 차는 어쩌고요?" 내가 물었다.

"조만간 오렌이 가져다줄 거지만 원한다면 배로 실어 올
수도 있어." 알리사가 제안했다. "아니면 개인 용도로 새 차
를 뽑아도 되고."

그녀는 슈퍼에서 껌을 사는 것처럼 아무렇지 않게 말하
고 있다.

"세단이 좋니, 아니면 에스유브이?" 알리사가 휴대전화
를 들고 클릭 몇 번으로 차를 살 수 있다는 걸 제대로 보여
주었다. "색상은?"

"잠시만 시간을 줘요." 난 침실로 돌아왔다. 침대는 비정
상적으로 높고 베개도 많았다. 난 침대에 올라가 산만큼 쌓
은 베개에 등을 기대고 휴대전화를 꺼냈다.

문자, 전화, 디엠을 보내도 맥시는 감감무소식이다. *분
명 전화기를 압수당했고 아마도 노트북도 마찬가지일 거
다.* 그 말인즉 변호사는 차를 사는 큰일을 피자를 주문하는
듯이 말하지만 맥시가 내게 적절한 조언을 해 줄 수 없다는
뜻이다.

이건 너무 비현실적이야. 내가 주차장에서 잠을 잔 지 채 24시간이 지나지 않았다. 가장 최근에 돈을 헤프게 쓴 건 간간이 사 먹는 아침 샌드위치 정도였는데.

아침 샌드위치. 난 생각했다. *해리.* 난 침대에 앉았다. "알리사?" 내가 그녀를 불렀다. "새 차를 사고 싶지 않고, 그 돈을 다른 데 쓰고 싶다면, 그렇게 해도 돼요?"

해리가 머물 집을 구할 자금을 구하고 그 돈을 그가 받게 하는 건 쉽지 않은 일이지만 알리사는 자신이 처리하겠다고 말했다. 내가 지금 사는 세상이 이렇다. 그저 말만 하면 *처리*가 된다.

이런 상황이 지속될 리 없다. 그럴 수 없다. 얼마 못 가 누군가 이 사태가 일종의 착오라는 걸 파악할 것이다. *그러니 난 그때까지 즐기면 된다.*

리비 언니를 데리러 갔을 때 난 그 생각을 최우선으로 하고 있었다. 언니가 *내* 전용기에서 나올 때 말이다. 알리사가 언니를 소르본 대학에 입학시켜 줄 수 있을지 궁금했다. 아니면 작은 컵케이크 가게를 하나 사 주거나. 혹은……

"리비 언니." 언니의 얼굴을 본 순간 모든 생각이 멈췄다. 언니의 오른쪽 눈이 멍들고 엄청나게 부풀어 올랐다.

언니는 침을 꿀꺽 삼켰지만 눈길을 피하진 않았다. "내 말이 맞잖아라고 하면 난 버터스카치 컵케이크를 만들어 매일 너한테 먹일 거야."

"내가 알아야 할 문제가 있나요?" 알리사가 언니의 멍든 눈을 보면서도 아주 침착하게 물었다.

"에이버리는 버터스카치를 싫어해요." 리비 언니는 그게 문제인 듯 말했다.

난 이를 갈았다. "알리사, 로펌에서 살인청부업자에게 일을 의뢰할 수 있어요?"

"아니." 알리사는 직업적인 목소리를 고수했다. "하지만 난 인맥이 좋아. 알아봐 줄 수는 있어."

"그 말이 농담이라고 확신하진 못하겠네요." 언니가 대꾸하고는 내 쪽으로 몸을 돌렸다. "그 이야기는 하고 싶지 않아. 그리고 난 괜찮아."

"그렇지만."

"난 괜찮다고."

난 입을 다물었고 우리는 곧장 호텔로 돌아갔다. 몇 가지 마지막 준비를 끝내고 곧바로 호손 하우스로 떠날 계획이었다.

하지만 상황은 늘 계획대로 되는 게 아니다.

"문제가 생겼어." 오렌은 그리 걱정하는 말투가 아니었지만 알리사는 곧바로 휴대전화를 내려놓았다. 오렌이 스위트룸의 발코니 쪽으로 고갯짓을 했다. 알리사가 밖으로 나가 아래를 내려다보고 욕을 했다.

난 무슨 일인지 보려고 오렌을 밀치고 발코니로 갔다. 호텔 입구에서 경호원들이 집회를 여는 것처럼 보이는 무리와 사투 중이었다. 플래시가 터지자 난 무슨 상황인지 알아차렸다.

파파라치다.

그렇게 모든 카메라가 일제히 발코니를 올려다보았다. 날 향해서.

14

"당신 회사에서 비밀에 부치기로 한 걸로 아는데." 오렌이 알리사를 쳐다보았다. 알리사는 오렌에게 인상을 쓰더니 재빨리 세 통의 전화를 걸었다. 그중 두 통은 스페인어로 했고, 내 경호팀장에게로 돌아왔다. "우리 쪽에서 흘린 게 아니에요." 그녀의 눈동자가 곧바로 언니에게 향했다. "당신 남자친구예요."

리비 언니의 목소리는 거의 속삭임에 가까웠다. "전 남친이에요."

"미안해." 리비 언니는 벌써 열두 번도 넘게 사과했다. 언니는 드레이크에게 전부 말했다. 유언장에 관한 내용과 내상속 조건, 지금 우리가 머무는 곳까지. *낱낱이 다.* 난 언니가 왜 그랬는지 잘 안다. 언니가 떠난다는 사실에 그는 화를 냈을 거다. 언니는 그를 달래려고 했겠지. 그리고 언니가 돈에 대해 말하는 순간 그 인간이 따라가겠다고 했을 게 분명하다. 호손의 재산을 탕진할 계획을 세우기 시작했을 거고. 그래서 안쓰러운 언니는 자기가 돈을 쓸 수 있는 게 아니고, *그의 돈도 아니라고* 말했을 것이다.

그놈이 언니를 때렸다. 언니는 그와 헤어졌다. 그놈이 앙심을 품고 언론에 까발렸다. 그래서 지금 저들이 여기 와 있는 거다. 오렌은 날 옆문으로 피신시켰다.

"저기 있다!" 어떤 목소리가 외쳤다.

"에이버리!"

"에이버리, 여기 좀 봐요!"

"에이버리, 미국 최고의 십대 갑부가 된 소감이 어때요?"

"세계에서 가장 어린 백만장자가 된 느낌은요?"

"토비아스 호손과 어떻게 아는 사이죠?"

"당신이 토비아스 호손의 숨겨진 딸이라는 소문이 사실인가요?"

난 재빨리 SUV에 올라탔다. 문이 닫히자 기자의 질문 세례가 작게 들렸다. 출발하고 나서 딱 절반을 갔을 때, 문자 한 통을 받았다. 맥시가 아니다. 모르는 번호였다.

문자를 보니 뉴스 헤드라인을 캡처한 이미지가 나왔다. *에이버리 그램스: 호손의 상속녀는 누구인가?*

이미지와 함께 짧은 메시지가 있었다.

안녕, 미스터리 소녀. 공식적으로 넌 유명인사가 되었어.

호손 하우스 정문 앞엔 더 많은 파파라치가 있었지만 그들을 지나쳐 안으로 들어가니 세상과 멀어졌다. 환영 파티는 없었다. 제임슨도, 그레이슨도, 호손가 누구도 없었다. 커다란 현관문 앞에 도착했는데 문이 잠겨 있었다. 알리사가 저택 뒤편으로 갔다. 그녀는 난감한 표정으로 다시 나타났다. 그리고 내게 커다란 봉투를 건넸다.

"법적으로 호손 가족은 너에게 열쇠를 넘길 의무가 있어. 사실대로 말하면……." 알리사가 인상을 썼다. "호손 가족은 짜증 나는 인간들이야."

"그게 법조계 용어인가?" 오렌이 냉담하게 물었다.

난 봉투를 뜯어 봤고 호손 가족이 정말로 내게 열쇠를 넘겨준 걸 알았다. 봉투에는 100개의 열쇠가 있었다.

"어느 게 현관 열쇠인지 알아요?" 내가 물었다. 열쇠들은 평범하지 않았다. 상당히 크고 화려한 장식이 달렸다. 전부 골동품처럼 보였고 각각이 두드러지고 다른 디자인에 다른 금속을 썼으며 길이와 크기도 제각각이었다.

"네가 찾아야지." 누군가 말했다.

고개를 드니 위로 인터컴이 보였다.

"장난은 그쯤 해둬, 제임슨." 알리사가 말했다. "너희가 생각하는 것만큼 귀엽지 않거든."

대답이 없었다.

"제임슨?" 알리사가 다시 불렀다.

침묵이 흘렀고 다시 목소리가 나왔다. "난 널 믿고 있어, 미소."

인터컴이 꺼지고 알리사는 길게 짜증 섞인 한숨을 쉬었다. "하느님, 절 호손에게서 벗어나게 해 주세요."

"미소?" 리비 언니가 어리둥절해 물었다.

"미스터리 소녀의 약자야." 내가 알려 주었다. "여기 왔을 때 제임슨 호손이 붙여 준 별명이지." 난 손에 든 열쇠 꾸러미로 시선을 옮겼다. 이것들을 전부 써 보는 게 분명한 해결책이다. 그러다 하나가 맞으면 운이 좋은 거겠지. 하지만 운만으로는 충분하지 않다. 이미 난 세상에서 제일 운 좋은 소녀니까.

내 일부는 내가 그럴 자격이 있길 바랐다.

난 열쇠뭉치를 훌훌 넘기며 손잡이 디자인을 유심히 살폈다. *사과, 뱀, 소용돌이무늬.* 고풍스럽고 근사한 알파벳이 적힌 열쇠도 있었다. 숫자가 적힌 열쇠, 형태가 있는 열쇠, 하나는 인어고 다른 네 개는 눈 모양인 열쇠.

"어때?" 알리사가 불쑥 말했다. "내가 전화를 할까?"

"아뇨." 난 열쇠에서 현관으로 시선을 돌렸다. 잠금장치의 디자인은 단순한 기하학 형태로 내가 지금까지 살핀 열쇠 중 어느 것과도 맞지 않았다. *이건 쉬운 일이야.* 난 생각했다. *단순해.* 그다음에 이런 생각이 들었다. *하지만 충분히 단순하지는 않아.*

난 체스를 두며 이 점을 많이 배웠다. 전략이 복잡해 보일수록 상대가 단순한 대답을 찾을 확률이 낮다. 누군가 내 나이트를 노리게 만든다면 폰으로도 상대의 나이트를 잡을 수 있다. *세부적인 부분은 무시해. 복잡한 부분은 무시하라고.* 난 열쇠 손잡이에서 실제로 자물쇠에 들어가는 부분으로 초점을 옮겼다. 열쇠의 전체 크기는 다르지만 끝 부분은 열쇠마다 비슷했다.

단순히 크기만 비슷한 게 아니야. 난 나란히 놓인 열쇠 두 개를 보며 그 점을 깨달았다. 실제로 자물쇠 안으로 들어가는 부분이 동일했다. 난 세 번째 열쇠로 시선을 옮겼다. *마찬가지다.* 이제 열쇠를 하나씩 비교해 보기 시작했다. *같다. 같고. 또 같다.*

이 꾸러미에 달린 열쇠는 100개가 아니었다. 빨리 넘겨 볼수록 확신은 더 커졌다. 맞지 않는 크기의 열쇠 24개를 복사해서 서로 다르게 보이도록 꾸민 거고 그러니까…….

"이거예요." 마침내 다른 것들과 다른 열쇠 하나를 찾았다. 인터컴에서 잡음이 났지만 제임슨이 아직 거기 있다고 해도 아무 말도 하지 않았다. 열쇠를 자물쇠에 넣었고 돌리는 순간 아드레날린이 온몸으로 퍼졌다.

유레카.

"현관 열쇠를 어떻게 찾았어?" 리비 언니가 물었다.

대답은 인터컴이 해 주었다. 제임슨 호손이 이상하리만큼 사색적인 목소리로 말했다. "표면적으로 상당히 달라 보이는 것도 가끔 속은 같거든."

15

"집에 온 걸 환영해, 에이버리." 알리사가 로비로 들어가 내쪽으로 몸을 돌리고 말했다. 문지방을 넘을 때는 숨이 멎을 것 같았다. 마치 버킹엄궁이나 호그와트로 들어섰는데 이곳이 *내 것*이라는 말을 들은 느낌이다.

"이 복도를 따라 내려가면 극장, 음악 감상실, 온실, 일광욕실……." 알리사가 설명해 주었다.

난 그 방들 중 절반이 *어떤* 용도인지도 몰랐다.

알리사가 말을 이었다. "물론 그레이트 룸은 이미 봤고, 정식 다이닝룸은 더 멀리 있고 그다음에 주방, 요리사의 주방……."

"요리사도 있어요?" 무심결에 그 말이 입 밖으로 흘러나왔다.

"일식, 이탈리아, 타이완, 채식, 파티시에도 초빙할 수 있지요." 한 남성이 말했다. 뒤돌아보니 유언장 공개 때 거실 입구에 서 있던 나이 든 부부가 있었다. *라플린 부부.* 기억이 났다. "하지만 제 아내가 날마다 요리를 담당한답니다." 라플린이 퉁명스럽게 말을 이었다.

"호손 씨는 아주 서민적이셨어요." 라플린 부인의 눈초리가 나에게로 향했다. "필요 이상으로 외부인이 집 안을 헤집고 다니는 걸 싫어하셔서 제 요리를 주로 드셨어요."

그녀가 *집*을 강조하고 날 *외부인*으로 여기는 걸 확신할 수 있었다.

"의뢰에 따라 움직이는 직원이 수십 명이야." 알리사가 알려 주었다. "그들은 모두 월급을 받지만 연락이 왔을 때만 일해."

"일을 하려면 일할 사람도 있어야 하죠." 라플린이 무뚝뚝하게 말했다. "그리고 가능한 아주 조심스럽게 이루어집니다. 그들이 여기 와 있다는 것조차 모르는 경우가 더 많지요."

"하지만 난 알아." 오렌이 말했다. "이곳에서 들고나는 움직임은 엄격하게 기록되니 누구도 철저한 신원조사를 거치지 않고 정문을 통과할 수 없어. 일용직 노동자, 청소 용역, 정원사, 마사지사, 요리사, 스타일리스트, 소믈리에까지. 그들은 전부 내 경호팀을 통과한 사람들이야."

소믈리에, 스타일리스트, 요리사, 마사지사. 내 두뇌가 그 목록을 뒤에서부터 훑었다. 정신이 아찔했다.

"이 복도 아래쪽에 체육관이 있어." 알리사가 다시 투어 가이드 역할로 되돌아왔다. "실제 크기의 농구장과 라켓볼장, 암벽등반용 벽, 볼링장……."

"볼링장*이요?*" 내가 물었다.

"레인이 네 개밖에 없지만." 집에 볼링장이 있는 게 당연하다는 듯 알리사가 말했다.

내가 적절한 반응을 보이려고 애쓰는 와중에 뒤쪽 현관문이 열렸다. 하루 전 내쉬 호손이 여기서 튀어나와 인상적인 모습을 보여 주었는데 또다시 그였다.

"오토바이를 타는 카우보이야." 리비 언니가 내 귀에 속삭였다.

내 옆에 있던 알리사가 경직되었다. "정리가 대충 다 됐으면 난 회사에 가서 서류를 검토할게." 그녀가 정장 주머니에서 새 휴대전화를 꺼내 내게 건넸다. "내 번호, 라플린,

오렌의 번호도 저장했어. 필요한 게 있으면 전화해."

알리사는 내쉬에게 한마디도 하지 않고 자리를 떴고 그는 떠나는 그녀를 가만히 지켜보았다.

"저 여자를 조심하세요." 문이 닫히자 라플린 부인이 호손의 첫째에게 말했다. "무시당한 여자의 분노만큼 무서운 건 없어요."

그 말에 난 촉이 왔다. *알리사와 내쉬.* 내 변호사가 호손 가의 남자에게 반하지 말라고 조언했고 그들 중 한 명과 엮여 인생을 망친 적이 있냐고 물었을 때 난 아니라고 했다 그녀의 반응은 *운이 좋구나*였다.

"리리가 적이랑 어울린다고 너무 단정 짓지 마세요." 내쉬가 라플란 부인에게 말했다. "에이버리는 누구의 적도 아니에요. 여기 적은 아무도 없어요. 이게 그가 원한 거예요."

그는 토비아스 호손이다. 이미 저세상 사람이지만 그의 영향력은 컸다.

"이건 에이버리의 잘못이 아니에요." 내 옆에서 언니가 날 두둔했다. "내 동생은 그저 어린애일 뿐이라고요."

내쉬가 언니에게 시선을 돌리자 그녀는 어쩔 줄 몰라했다. 내쉬는 머리카락으로 사이로 보이는 언니의 멍든 눈을 뚫어지게 쳐다보았다. "얼굴이 왜 이래?" 그가 낮은 목소리로 물었다.

"난 괜찮거든요." 언니가 턱을 삐죽 내밀었다.

"그런 것 같네." 내쉬가 부드럽게 대답했다. "근데 마음이 정리되면 나한테 이름을 알려 줄래요? 내가 기억하게."

언니에겐 그 말이 효과가 있었다. 언니는 나 말고 다른 사람에게 허를 찔리는 데 익숙하지 않았다.

"리비." 오렌이 언니의 주의를 끌었다. "시간이 있으면 당신 일을 봐줄 헥터를 소개해 주고 싶군요. 에이버리, 내쉬는 내가 없을 때 도끼로 널 찍어 죽이거나 다른 사람이 그렇게 하도록 놔두지 않을 거라 장담할게."

그 소리에 내쉬가 코웃음을 쳤고 난 오렌을 노려보았다. 내가 호손 가족을 불신하고 있다는 것을 굳이 상기시켜 주지 않아도 됐다! 리비 언니가 오렌을 따라 저택의 깊숙한 곳으로 갔고 난 호손 형제 중 맏이가 언니의 뒷모습을 어떻게 바라보는지 제대로 알게 되었다.

"우리 언니를 건드리지 마세요." 내가 내쉬에게 말했다.

"넌 방어적이구나. 그리고 진흙탕 싸움도 불사하려는 것처럼 보이는데 난 그 특별한 조합을 존중하는 바야."

멀리서 쾅 하고 부딪히는 소리가 나더니 다시 육중하게 쿵 하는 소리가 났다.

내쉬가 골똘히 생각에 잠긴 채로 말했다. "저게 내가 되돌아온 이유야. 그리고 말한 것처럼 난 한가하게 돌아다니는 존재가 아니야."

또다시 쿵 소리가 났다.

내쉬가 눈을 굴렸다. "이거 재미있는데." 그가 근처 복도로 빠르게 걸음을 옮겼다. 그리고 어깨 너머로 돌아보았다. "너도 따라와, 꼬맹이. 불의 세례식이라고 들어 봤지?"

16

내쉬는 다리가 길어서 느긋하게 걸었지만 따라잡으려면 난 종종걸음을 옮겨야 했다. 우리가 지나칠 때마다 모든 방을 쳐다봤지만 흐릿한 예술 작품과 건축양식, 자연광뿐이었다. 긴 복도 끝에서 내쉬가 문을 활짝 열었다. 난 싸움판을 볼지도 모르겠다고 예상했다. 그런데 그레이슨과 제임슨이 서재 맞은편에 서 있는 걸 보고 숨이 턱 막혔다.

서재는 둥근 모양이었다. 4.5~6미터 정도 높이의 책 선반이 쭉 펼쳐져 있고 모든 선반에 하드커버 책이 빼곡히 꽂혀 있다. 나무 선반의 색은 짙었다. 연철로 만든 네 개의 계단이 방을 가로질러 놓여 있었는데, 나침반이 북쪽을 향하듯이 나선을 이루며 올라갔다. 서재 중앙에는 지름이 족히 3미터는 돼 보이는 커다란 나무 둥치가 있었다. 멀리서도 수명을 가늠할 수 있는 나이테가 선명하게 보였다.

그 둥치가 책상 용도라는 걸 깨닫기까지 좀 시간이 걸렸다.

이 방이라면 평생 머물 수 있어. 난 생각했다. 평생 이 방에 틀어박혀 절대 나가지 않을 거야.

"그래." 내쉬가 내 옆에서 동생들을 살피며 말했다. "누구 엉덩이부터 걷어차 줄까?"

그레이슨이 보고 있던 책에서 눈길을 들었다. "우리가 또 주먹다짐을 해야 하는 거야?"

"내가 먼저 나서야겠네." 내쉬가 그렇게 말하고는 계단 한 곳에 기대 서 있는 제임슨을 쳐다보았다. "내가 기다려야 해?"

제임슨이 히죽거렸다. "좀 꺼져 줄래, 형?"

"에이버리를 너희 멍청이들 틈에 놔두고?" 내쉬가 내 이름을 입에 올리기 전까지 둘 중 누구도 뒤에 서 있던 내 존재를 인식하지 못했고 그렇게 난 투명망토에서 벗어났다.

"그램스 양은 별로 걱정하지 않아." 그레이슨이 은회색 눈동자를 번뜩이며 말했다. "그녀는 분명 자신을 돌볼 능력이 있거든."

그 말뜻은 이렇다. *난 비천하고 돈만 밝히는 꽃뱀이다.*

"그레이슨 형의 말은 신경 쓰지 마." 제임슨이 느긋하게 말했다. "우린 아무도 형 말에 관심을 안 줘."

"제임슨." 내쉬가 말했다. "그 입 다물어."

제임슨은 형의 말을 무시했다. "그레이슨 형은 약 올리는 올림픽에 나가려고 준비하는 사람 같아. 수상 가능성이 충분하다고 봐. 조금만 더…….”

좋은 *까치처럼 굴면.* 난 맥시로 빙의해 생각했다.

“그만둬.” 내쉬가 투덜거렸다.

“무슨 얘기 중이었어?” 알렉산더가 문 앞에 나타났다. 그는 사립학교 교복 차림이었는데 아주 자연스럽게 재킷을 벗었다.

“아무 얘기도 안 했어.” 그레이슨이 말했다. “그리고 그램스 양은 이제 자리를 뜨려는 참이야.” 그가 슬쩍 날 쳐다봤다. “너도 얼른 짐을 풀고 싶겠지.”

난 이제 억만장자인데 그는 아직도 내게 이래라저래라하고 있다.

“잠시만.” 알렉산더가 갑자기 인상을 쓰고 방 안의 동태를 살폈다. “나만 빼놓고 여기서 싸움판을 벌인 거야?” 난 여전히 싸움이나 다툼의 뚜렷한 흔적을 보지 못했지만 알렉산더는 내가 보지 못한 무언가를 알아차린 것이 분명했다. “학교를 빼먹었어야 했는데, 결국 이런 구경거리를 놓치는군.” 그가 슬픈 목소리로 말했다.

*학교*라는 말이 나오자 내쉬가 알렉산더에서 제임슨으로 눈길을 돌렸다. “교복을 안 입었잖아.” 그가 알아차렸다. “땡땡이를 쳤니, 제임슨? 그건 엉덩이 두 대 몫이야.”

알렉산더는 엉덩이란 말을 듣고 씩 웃고는 발치에 있던 공을 튕겨 내더니 경고도 없이 내쉬를 바닥으로 쓰러뜨렸다. 형제간의 친근하고 즉흥적인 레슬링이다.

"내가 제압했어!" 알렉산더가 기뻐하며 소리쳤다.

내쉬는 발목으로 알렉산더의 다리를 감고 그를 뒤집어 땅에 내리꽂았다. "오늘은 아니야, 동생." 내쉬가 씩 웃은 다음 다른 두 동생을 보고 한층 사악한 표정을 지었다. "오늘은 아니라고."

그들 네 사람은 한 팀이다. 그들은 호손이다. 난 아니다. 난 지금 그걸 실질적으로 느끼고 있다. 그들에게는 외부인은 낄 수 없는 유대감이 있다.

"그만 가 볼게요." 내가 말했다. 난 여기 속하지 않았고 그대로 있는다면 지켜보는 것 말고는 할 일이 없으니까.

"넌 아예 여길 떠도 돼." 그레이슨이 간결하게 대답했다.

"입 다물어, 그레이슨." 내쉬가 말했다. "끝난 건 끝난 거야. 노친네가 그랬다면 물릴 수 없다는 걸 너도 나만큼 잘 알잖아." 내쉬가 제임슨에게 고개를 돌렸다. "그리고 너의 자기 파괴적인 성향은 네가 생각하는 것만큼 사랑스럽지 않아."

"에이버리가 열쇠를 알아냈어." 제임슨이 가볍게 말했다. "우리보다 더 빨리."

내가 서재에 들어오고 난 이후 처음으로 네 형제가 긴 침묵에 빠졌다. *왜들 저러는 거지?* 난 의구심이 생겼다. 그 순간 긴장감, 짜릿함, 참을 수 없는 경계가 느껴졌다.

"저 애한테 열쇠를 줬어?" 그레이슨이 침묵을 깼다.

난 열쇠꾸러미를 손에 들고 있었다. 갑자기 아주 무겁게 느껴졌다. *나한테 줘선 안 되는 거였나 보다.*

"우리는 법적으로 넘겨줄 의무가 있어."

"열쇠 하나지." 그레이슨이 천천히 제임슨을 향해 걸어가더니 그가 손에 들고 있던 책을 딱 덮었다. "우리가 법적으로 넘겨줄 의무가 있는 건 열쇠 하나지. 제임슨, 그 열쇠가 아니라고."

난 잘못 엮였다는 생각이 들었다. 기껏해야 일종의 테스트라고 생각했다. 하지만 그들이 이야기하는 모습으로 봐선 테스트 이상의 전통 같은 것인가 보다.

통과의례.

"저 애가 어떻게 할지 궁금했어." 제임슨이 한쪽 눈썹을 들썩였다. "얼마 만에 풀었는지 알고 싶지 않아?"

"안 돼." 내쉬가 화를 냈다. 난 그가 제임슨의 질문에 대답하는 건지 아니면 그레이슨에게 동생을 그만 추궁하라고 말하는 건지 알 수 없었다.

"그만 일어나도 돼?" 내쉬 밑에 깔려 있던 알렉산더가 끼어들었다. 확실히 다른 형제들을 합한 것보다 유머 감각이 뛰어났다.

"안 돼." 내쉬가 대답했다.

"저 애는 특별하다고 했잖아." 그레이슨이 계속 압박해오자 제임슨이 웅얼거렸다.

"저 애한테서 떨어지라고 말했지." 그레이슨이 제임슨의 바로 앞에서 멈췄다.

"두 사람이 다시 말을 텄구나!" 알렉산더가 기뻐하며 소리쳤다. "잘됐어."

하나도 안 잘됐거든. 내 바로 앞에서 폭풍이 형성되는 걸 보느라 눈을 떼지 못한 상태로 난 생각했다. 키는 제임슨이 더 크고 어깨는 그레이슨이 더 넓었다. 제임슨의 얼굴에 드리운 히죽거림이 그레이슨의 냉철한 표정과 대조됐다.

"호손 하우스에 온 걸 환영해, 미스터리 소녀." 제임슨의 환영사는 나보다 그레이슨에게 더 중요한 것 같았다. 무엇 때문에 벌어진 싸움이건 간에 최근 일어난 일에 대한 단순한 의견 차이는 아닌 게 분명했다.

나 때문에 벌어진 일도 아니다.

"날 미스터리 소녀라고 부르지 마." 서재 문이 닫힌 뒤로 난 거의 말을 하지 않았지만 관중 역할도 슬슬 지겨워졌다. "내 이름은 에이버리야."

"그럼 상속녀라고 불러 줄게." 제임슨이 제안했다. 그는 햇살이 내리비치는 쪽으로 발걸음을 옮겼다. 이제 그와 그레이슨이 마주 보고 섰다. "어떻게 생각해, 그레이슨 형? 우리의 새 주인에게 더 잘 어울리는 별명이 어느 쪽일까?"

주인. 제임슨은 상속예정자가 모든 것을 잃었다면 자신

의 처지쯤은 개의치 않는다는 듯이 말했다.

"난 널 보호하려는 거야." 그레이슨이 천천히 말했다.

"형이 보호하는 유일한 사람은 바로 형 자신뿐이라는 걸우리 둘 다 아는 걸로 아는데." 제임슨이 대답했다.

그레이슨은 죽은 사람처럼 꼼짝도 하지 않았다.

"알렉산더." 내쉬가 막냇동생을 일으켜 세웠다. "에이버리가 머물 방을 보여주지 않을래?"

그건 선을 넘지 못하게 막는 시도거나 혹은 한 사람이 이미 선을 넘었다는 징조다.

"날 따라와." 알렉산더가 자기 어깨로 가볍게 내 어깨를 툭 쳤다. "가는 길에 쿠키도 좀 챙기고."

그 말이 이 방의 긴장감을 해소하려는 의도였다면 잘되지 않았지만 잠시나마 그레이슨의 시선을 제임슨에게서 분산시키는 효과는 있었다.

"쿠키는 안 돼." 그레이슨은 제임슨의 말이 그의 숨통을 완전히 끊어 버려 말문이 막힌 것 같은 목소리로 말했다.

"알았어." 알렉산더가 상냥하게 대답했다. "끝까지 양보하지 않는군, 그레이슨 호손 형. 쿠키는 안 먹을게." 알렉산더가 나한테 윙크했다. "우린 스콘을 먹을 거야."

17

"첫 번째 스콘을 난 연습용 스콘이라고 불러." 알렉산더가 스콘을 통째로 입안에 밀어 넣고 나에게도 하나 건넨 다음 자기 것을 삼키고 계속 강의를 이어나갔다. "세 번째 아니 *네 번째* 스콘을 경험하기 전까진 스콘 먹기 전문가가 될 수 없지."

"스콘 먹기 전문가라." 난 진지한 표정으로 그 말을 따라 했다.

"넌 태생적으로 의심이 많구나." 알렉산더는 눈치가 빨랐다. "여기서는 그게 잘 통하겠지만 실증론적 인간사의 관점에서 보자면 스콘에 대한 절대 미각은 하룻밤 사이에 완성되지 않아."

오렌이 슬쩍 보여서 그가 언제부터 우리를 따라왔는지 궁금했다. "우리가 왜 여기서 스콘 이야기를 하는 거야?" 내가 알렉산더에게 물었다. 오렌은 호손 형제가 나에게 물리적인 위협을 가하지 않을 거라 주장했지만 그래도 알렉산더가 최소한 내 인생을 끔찍한 것으로 만들려고 노력할 수는 있다! "넌 내가 싫지 않아?" 내가 물었다.

"네가 싫지." 알렉산더가 대답하곤 행복하게 세 빈째 스콘을 먹어 치웠다. "눈치챘는지 모르겠지만 내가 먹을 블루베리 스콘을 남기고 너한테는 *레몬* 맛 스콘을 줬어. 그게 내가 널 개인적으로, 그리고 도덕적으로 싫어하는 정도야."
알렉산더는 *레몬 맛*이라고 말할 때는 몸서리를 쳤다.

"지금 농담하자는 거 아니야." 난 토끼굴에 빠져 이상한
나라로 들어온 것 같았고 구덩이에서 다른 구덩이로 넘어
가며 잔인한 주기를 반복하는 것 같았다.

산 넘어 산이야. 제임슨이 한 말이 떠올랐다. *수수께끼
속에 또 수수께끼.*

"내가 왜 널 싫어하겠어, 에이버리?" 마침내 알렉산더
가 물었다. 전에는 없던 감정이 그의 목소리에서 묻어났다.
"이런 짓을 한 사람은 네가 아닌데."

토비아스 호손이 그랬지.

"어쩌면 넌 아무 잘못도 없겠지." 알렉산더가 어깨를 으
쓱였다. "어쩌면 넌 그레이슨 형이 생각하는 것처럼 사악한
천재일 수도 있어. 하지만 다른 사람들이 네가 우리 할아버
지를 구슬려 이런 일을 벌였다고 *생각할지* 몰라도 결국 구
슬린 쪽은 할아버지란 걸 난 장담해."

토비아스 호손이 내게 남긴 편지를 떠올려 보았다. 단 두
마디. 설명은 없었다.

"너희 할아버지는 대단한 사람이야." 내가 알렉산더에게
말했다.

그가 네 번째 스콘을 집어 들었다. "맞아. 할아버지를 기
리며 이 스콘을 먹겠어." 그는 그렇게 했다. "이제 네 방을

보어 줄까?"

분명 숨은 꿍꿍이가 있을 거야. 알렉산더 호손은 보이는 게 다가 아닌 인물이다. "방향만 알려 줘." 내가 말했다.

"그게 말이지……." 호손 형제 중 막내가 인상을 썼다. "호손 하우스는 길 찾기가 좀 어려워. 미로에서 아기가 *월리를 찾아라*를 한다고 상상해 봐. 월리가 바로 네 방이야."

난 그 이상한 문장을 이해해 보려고 애썼다. "호손 하우스는 특이한 구조로 되어 있구나."

알렉산더가 다섯 번째이자 마지막 스콘을 집어 먹었다. "누가 너한테 논리정연하게 말한다고 칭찬한 적 있어?"

♟

"호손 하우스는 텍사스주에서 가장 큰 개인 소유의 주거지야." 알렉산더가 날 계단으로 데려갔다. "몇 제곱미터인지 알려 줄 수 있지만 그건 추정치에 불과해. 터무니없이 큰데다가, 성처럼 생긴 다른 구조물들과 호손 하우스가 차별되는 점은 크기만이 아니야. 우리 할아버지는 매년 최소 방 하나 혹은 한 동을 늘렸어. 마우리츠 코르넬리스 에셔가 레오나르도 다빈치의 빼어난 디자인을 가지고 손자를 현혹시킨다고 생각해 봐……."

"그만해." 내가 말했다. "새로운 규칙이야. 넌 더 이상 이 집이나 너를 포함해 거주하는 사람을 설명할 때 미사여구를 사용할 수 없어."

그 말에 알렉산더가 과장된 제스처로 가슴에 손을 올려놓았다. "너무 가혹하잖아."

난 어쩔 수 없다는 듯 어깨를 으쓱였다. "내 집이니까 내 맘이야."

그가 멍하니 날 바라보았다. 나도 내 입에서 그런 말이 나올지 몰랐지만 알렉산더 호손에게서 풍기는 느낌이 내가 굳이 사과할 필요가 없다고 알려 주었다.

"너무 일러?" 내가 물었다.

"난 호손이야." 알렉산더가 최대한 위엄 있는 표정을 지었다. "기 죽이는 말에 너무 이른 때란 없어." 그는 투어 가이드 역할을 재개했다. "자, 말했듯이 동관은 사실 북동쪽이고 이 층에 자리해. 길을 잃으면 우리 할아버지를 찾아." 알렉산더가 벽의 초상화 쪽으로 고갯짓을 했다. "지난 몇 달간 여기가 할아버지 거처였거든."

난 토비아스 호손의 사진을 인터넷에서 봤지만 초상화를 보고 나니 눈을 뗄 수 없었다. 백발에 내가 봤던 이미지보다 얼굴에 주름이 더 많았다. 눈은 그레이슨과 흡사했고 몸은 제임슨과, 턱은 내쉬와 같았다. 알렉산더와는 눈이나 코는 아니지만 외형상 비슷한 부분이 있었다.

"난 너희 할아버지를 본 적조차 없어." 내가 초상화에서 시선을 거두고 알렉산더를 쳐다봤다. "만난 적이 있다면 기억했을 거야."

"확실해?" 알렉산더가 물었다.

그 말에 난 다시 초상화를 쳐다봤다. *내가 억만장자를 만난 적이 있었나? 단 1초라도 우리가 스쳐 지나간 적이 있었을까?* 내 머릿속은 멍했고 한마디 말만 계속 울렸다.

미안하구나.

18

알렉산더는 내가 머물 건물을 구경할 수 있도록 자리를 떴다.

내가 머물 건물. 그 말이 터무니없이 느껴졌다. *그것도 내 저택 안에 있는.* 처음에 본 네 개의 문이 스위트룸으로 이어졌고 각 방은 킹사이즈 침대가 작아 보일 만큼 컸다. 옷장은 족히 침실의 두 배는 되었다. 게다가 욕실은 또 어떻고! 빌트인 좌석에 딸린 샤워기와 *최소* 세 종류의 샤워헤드가 있었고, 엄청난 욕조는 컨트롤 패널로 조정하며, 반투명 거울 안쪽에는 텔레비전이 붙어 있었다.

어안이 벙벙한 상태로 복도에 있는 다섯 번째이자 마지막 문으로 갔다. *침실이 아니다.* 문을 열자 알 수 있었다.

서재다. 커다란 가죽 의자 여섯 개가 발코니를 바라보며 말굽 형태로 자리했다. 벽에는 유리 진열대가 열을 맞추었다. 일정하게 간격을 둔 진열대에는 박물관에서나 볼 법한 물건들이 놓였다. 정동석, 골동품 무기, 오닉스와 돌로 만든 동상들. 발코니 맞은편이자 방의 뒤쪽에 책상이 있었다. 가까이 다가가니 커다란 청동 나침반이 내장된 게 보였다. 난 손가락으로 나침반을 만져 봤다. 나침반이 북서쪽을 가리키자 책상 안에서 칸 하나가 활짝 열렸다.

이곳은 토비아스 호손이 생의 마지막 몇 달을 보낸 곳이야. 난 생각했다. 갑자기 열린 칸만으론 만족스럽지 않았다. 토비아스 호손의 책상 모든 서랍을 샅샅이 훑고 싶었다. 분명 그가 무슨 생각을 했는지 알려 줄 무언가가 있을 거다. 내가 왜 이곳에 왔고, 왜 그가 가족을 밀어내고 날 선택했는지. 혹시 내가 그에게 깊은 인상이라도 심어준 걸까? 그가 나에 대해 무언가를 알고 있을까?

아니면 *엄마와 관련이 있을까?*

난 가까이 다가가 열린 서랍을 보았다. 안에 T 형태로 새겨진 깊은 홈이 나 있었다. 그 홈을 손가락으로 만져 보았다. 아무 일도 일어나지 않았다. 다른 서랍도 시도해 보았지만 아무 일도 일어나지 않았다.

책상 뒤 선반에 명판과 트로피가 잔뜩 놓였다. 난 그쪽으로 걸어갔다. 첫 번째 명판에는 금빛 배경에 *미합중국이*

라고 새겨져 있고 그 아래로 문장이 찍혔다. 글씨가 작아서 그게 특허증이라는 걸 알아차리는 데까지 시간이 걸렸다. 특허 소유주는 토비아스 호손이 아니었다.

특허는 알렉산더가 낸 거였다.

벽에는 다른 특허증이 적어도 여섯 개가 더 있고, 세계 기록 예닐곱 개, 각종 트로피가 놓였다. 서핑보드, 검, 메달도 있었다. 검은 띠도 여러 개였다. 챔피언십 우승컵, 일부는 *전국대회* 우승컵으로 모터크로스, 수영, 핀볼까지 다양했다. 액자에 넣어둔 만화책 시리즈 네 권은 수퍼히어로물이고 영화로도 나왔는데 작가가 네 명의 호손 손자들이었다. 그레이슨의 이름이 적힌 사진 잡지도 보였다.

이건 단순한 전시가 아니다. *성지*다. 토비아스 호손이 특출난 네 손자에게 바치는 신전. 이건 말이 안 된다. 네 명의 손자, 게다가 세 명은 십 대인 그들이 이 정도로 큰 성취를 이루었다는 점도, 그런 손자의 업적을 자기 서재에 전시해 둔 사람이 그들 누구에게도 유산을 *전혀* 상속하지 않았다는 사실도 말이다.

알렉산더가 했던 말이 귓가에 맴돌았다. *네가 우리 할아버지를 구슬려 이런 일을 벌였다고 생각할지 몰라도 결국 구슬린 쪽은 할아버지란 걸 난 장담해.*

"에이버리?"

이름이 들린 순간 난 트로피에서 물러났다. 그리고 재빨리 책상 서랍을 닫았다.

"여기 있어." 내가 대답했다.

리비 언니가 문 앞에 나타났다. "이건 현실이 아니야." 언니가 말했다. "이 공간 자체가 *말이 안 돼.*"

"내 말이 그 말이야." 난 언니의 눈두덩이 아닌 호손 하우스의 대리석에 집중하려고 했지만 그럴 수 없었다. 멍이 더욱 심해졌다.

언니가 팔짱을 꼈다. "난 괜찮아." 내가 빤히 쳐다보는 걸 알아차리고 하는 말이다. "별로 아프지도 않았어."

"제발 그놈이랑 끝났다고 말해 줘." 말릴 새도 없이 그 말이 내 입에서 튀어나왔다. 리비 언니는 지금 핀잔이 아니라 위로가 필요한데. 하지만 드레이크가 언니의 *전* 남친이라는 부분을 짚고 넘어가지 않을 수 없었다.

"내가 지금 여기 와 있잖아, 안 그래?" 언니가 말했다. "난 *널* 선택했어."

난 언니에게 *자신을* 선택하라고 입 아프게 잔소리를 했었다. 언니는 머리카락을 흩날리며 발코니를 향해 몸을 돌렸다. 한참 조용히 있다가 언니가 입을 열었다.

"우리 엄마는 날 때리곤 했어. 정말로 스트레스를 받았을 때 그랬지. 싱글맘이고 상황이 힘들었으니까. 난 이해할 수 있었어. 그래서 그냥 좋은 게 좋은 거라고 여기려고 참고 애썼지."

난 얻어맞으면서도 자신을 때린 사람에게 고분고분하게 구는 어린 언니의 모습을 떠올려 봤다. "리비 언니……."

"드레이크는 날 사랑했어, 에이버리. 난 그걸 알고 이해하려고 엄청 노력했지……." 언니가 팔로 자신을 감쌌다. 새로 칠한 검정 매니큐어가 보였다. *눈두덩이 멍이랑 세트네.* "하지만 네 말이 맞아."

난 가슴이 좀 아팠다. "난 그러지 않길 바랐어."

언니는 잠시 그 자리에 서 있더니 발코니로 가서 문을 열었다. 나도 따라갔고 우리 두 사람은 밤공기를 맞았다. 그 아래로 수영장이 보였다. 누군가 수영하고 있는 걸로 보아 온수가 나오는 것이 분명하다.

그레이슨이다. 생각하기 전에 몸이 먼저 반응했다. 접영을 하는 그의 팔이 난폭하게 효과적으로 물살을 때렸다. 그리고 그의 등 근육은…….

"너한테 할 말이 있어." 옆에서 언니가 말했다.

그 소리에 수영장과 그 사람에게서 겨우 시선을 거둘 수 있었다. "드레이크에 관한 거야?"

"아니. 들은 이야기가 좀 있어서." 언니가 침을 삼켰다. "오렌이 내 경호원을 소개해 줄 때 자라의 남편이 하는 소리를 들었어. 그들이 검사를 하는 중이래. 유전자 검사. 널 말이야."

자라와 그녀의 남편이 어떻게 내 DNA 샘플을 채취했는지 알 순 없지만 그리 놀랍진 않았다. 나도 그런 생각을 했다. 남을 유언장에 올리는 사건에 대한 가장 단순한 설명이 그 사람이 사실은 남이 *아닌* 경우기 때문이다. 그러니까 제일 간단한 설명은 *내가* 호손이라는 거다.

그렇다면 난 그레이슨에게 눈길을 줄 이유가 없다.

언니가 말을 이었다. "토비아스 호손이 네 아버지라면, 그러면 우리 아빠, *내* 아빠는 친부가 아닌 거야. 따라서 우리가 아빠가 같지 않고 같이 자란 것도 아니니까……."

"우리가 자매가 아니라는 말은 꺼내지도 마."

"그래도 넌 내가 계속 여기 있길 바라니?" 리비 언니가 손가락으로 자기 초커를 만지작거리며 물었다. "만약 아니라면……."

"난 언니가 여기 있었으면 좋겠어." 내가 약속했다. "무슨 일이 있어도."

19

그날 저녁, 평생 가장 오랫동안 샤워를 해 봤다. 뜨거운 물이 끊임없이 나왔다. 샤워 부스의 유리 문이 열기를 가둬서 마치 전용 사우나에 있는 것 같았다. 고급스러운 큰 타월로 몸을 닦은 뒤 꾀죄죄한 잠옷을 걸치고 이집트산 면으로 만든 시트가 확실해 보이는 침대 위로 몸을 던졌다.

얼마나 그렇게 누워 있었는지 모르겠는데 무슨 소리가 났다. 목소리다. "촛대를 당겨."

난 곧바로 자리에서 일어나 벽에 바싹 붙었다. 무기가 필요한 경우를 대비해 침실 스탠드 위에 놔둔 열쇠 꾸러미를 본능적으로 집어 들었다. 내 눈동자가 말을 한 사람을 찾으려고 방 안을 살폈지만 아무도 보이지 않았다.

"벽난로 위 촛대를 당겨, 상속녀. 내가 계속 여기 끼어 있길 *바라는 게* 아니라면."

싸울지 도망칠지 갈팡질팡하던 마음이 짜증으로 변했다. 난 실눈을 뜨고 방 뒤쪽 돌로 된 벽난로를 살폈다. 확실히 벽난로 선반에 나뭇가지 모양의 촛대가 있는 게 보였다.

"이건 분명 스토킹이야." 난 벽난로 혹은 더 정확하게 그 뒤편에 있는 소년에게 말했다. 하지만 촛대를 당기지 않을 수 없었다. 누가 그런 부탁을 거절할 수 있을까? 난 나뭇가지 모양의 촛대 아래쪽을 손으로 잡았다. 저항이 느껴졌고 벽난로 뒤에서 다른 제안이 나왔다.

"그냥 앞으로 당기지 말고 살짝 꺾어."

난 시키는 대로 했다. 나무 촛대가 돌아갔고 *딸깍*하는 소리가 나더니 벽난로 뒤편의 벽이 바닥에서 3센티미터 정도 떴다. 잠시 뒤, 그 틈에서 손끝이 나타나더니 완전히 열어 버렸다. 그 틈에서 제임슨 호손이 걸어 나왔다. 그가 몸을 편 다음 촛대를 원래대로 세우자 방금 나왔던 입구가 천천히 다시 덮이기 시작했다.

"비밀 통로야." 그가 불필요한 설명을 했다. "이 집에는 이런 게 아주 많아."

"그걸 편리하다고 생각해야 해? 아니면 두렵다고 여겨야 할까?"

"네가 말해 봐, 미스터리 소녀. 넌 편리하다고 생각하니 아니면 두렵니?" 그는 잠시 생각할 시간을 주었다. "혹은 네가 흥미를 느낄 가능성은?"

처음 제임슨 호손을 만났을 때 그는 술에 취해 있었다. 이번에는 입에서 술 냄새가 나지 않았지만 유언장 공개 이후 그가 얼마나 잤는지 의구심이 생겼다. 머리카락은 단정했지만 번뜩이는 녹색 눈동자에서 거친 뭔가가 느껴졌다.

"넌 열쇠에 대해 묻지 않았어." 제임슨이 구겨진 미소를 보였다. "난 네가 열쇠에 대해 물어볼 거라고 기대했거든."

내가 열쇠 꾸러미를 들었다. "네가 한 짓이군."

내 말은 질문이 아니었고 그도 그렇게 받아들이지 않았다. "호손 가문의 전통이야."

"난 가족이 아니야."

그가 고개를 한쪽으로 기울였다. "넌 그렇게 믿니?"

난 토비아스 호손을, 그리고 자라의 남편이 이미 진행 중인 유전자 검사를 생각했다. "모르겠어."

"우리가 가족이라면 참 안타까울 거야." 그의 입꼬리가 천천히 올라가 날카로운 미소를 지었다. "안 그래?"

나와 호손 형제가 무슨 사이지? *그의 미소 따윈 그만 생각해. 그의 입술을 그만 쳐다봐. 제발 그만하라고.*

"너에게는 이미 가족이 차고 넘칠 만큼 많다고 생각하는데?" 난 팔짱을 꼈다. "너 또한 스스로 생각하는 것만큼 자연스럽지 못해. 뭔가 바라는 게 있군."

난 항상 수학에 능했다. 항상 논리적이었다. 그는 여기, 내 방에 어떤 꿍꿍이를 가지고 날 꼬드기러 왔다.

"얼마 지나지 않아 다들 너한테서 뭔가를 바라게 될 거야, 상속녀." 제임슨이 미소를 지었다. "문제를 낼게. 우리 가족 중 몇 명이나 네가 기꺼이 포기하길 바랄까?"

그의 건방진 목소리와 말본새에도 불구하고 난 그에게 다가가고 싶다는 충동을 느꼈다. 정말 *어처구니가 없다.*

"날 상속녀라고 부르지 마." 내가 쏘아붙였다. "질문에 대답하지 않고 수수께끼 같은 궤변만 늘어놓을 거면 경호원을 부르겠어."

"그거야, 미스터리 소녀. 난 수수께끼를 낸 게 아니야. 그럴 필요가 없거든. 네가 바로 수수께끼고 퍼즐이고 게임이야. 우리 할아버지가 던진."

제임슨이 아주 강렬한 눈빛으로 쳐다보고 있어 난 고개를 돌릴 수 없었다.

"이 집에 왜 그렇게 비밀 통로가 많을까? 어떤 자물쇠에도 들어가지 않는 열쇠가 왜 이리 많을까? 우리 할아버지 책상은 전부 비밀 칸이 있어. 극장에 오르간이 있는데 특정 음을 연달아 연주하면 숨은 서랍이 열려. 내가 어릴 때부터 돌아가신 날까지, 매주 토요일 아침에 할아버지는 형들과 나를 앉혀 놓고 수수께끼, 퍼즐, 불가능한 도전을 던져 주고 풀게 하셨지. 그리고 할아버지가 돌아가셨어. 그런데……." 제임슨이 내게로 한 걸음 다가왔다. "네가 나타났어."

내가.

"그레이슨 형은 네가 사람을 구슬리는 능력자라고 생각해. 이모는 널 호손 핏줄이라고 확신하고. 하지만 난 네가 할아버지가 낸 마지막 수수께끼이자 풀어야 할 마지막 퍼즐인 것 같아." 그는 한 걸음 더 다가와 간격을 좀 더 좁혔다. "할아버지는 이유가 있어서 널 선택한 거야, 에이버리. 넌 특별해. 그리고 내 생각에, 할아버지는 우리, 아니 *내가* 그 이유를 알아차리길 바라는 것 같아."

"난 퍼즐이 아니야." 내 심장이 목까지 올라와서 쿵쾅대는 걸 느낄 수 있었다. 그는 내 맥박이 보일 정도로 가까이 와 있다.

"아니, 맞아." 제임슨이 대답했다. "우리 모두 그래. 네가 우리에 대해 알아보려고 하지 않았다고 말할 생각일랑 마.

그레이슨 형, 나, 어쩌면 알렉산더까지."

"이 모든 일이 너한테는 그저 게임일 뿐이야?" 난 그가 더 다가오는 것을 막으려고 팔을 뻗었다. 그는 내 손바닥에 가슴을 대고 마지막 걸음을 옮겼다.

"모든 것이 게임이야, 에이버리 그램스. 인생에서 우리가 결정할 수 있는 유일한 부분은 이기는 경기를 할 거냐는 거지." 그가 다가와 내 얼굴에 묻은 머리카락을 넘겨 주었고 난 놀라 뒤로 물러났다.

"당장 나가." 난 천천히 말했다. "다음에는 평범한 문을 이용해." 평생 누구도 그처럼 날 부드럽게 쓰다듬어 준 적이 없다.

"화가 났구나." 제임슨이 말했다.

"말했잖아. 바라는 게 있으면 말해. 이 방에 와서 내가 얼마나 특별한지 떠들지 말고. 내 얼굴에 손대지도 말고."

"넌 특별해." 제임슨의 손은 그 자리에 있었지만 자극적인 눈빛은 바뀌지 않았다. "나는 이유를 찾고 싶어. 왜 너지, 에이버리?" 그가 한 걸음 물러나 사이에 공간을 만들었다. "그것도 알고 싶지 않다고 말하지 마."

알고 싶다. 당연히 알고 싶다.

"이걸 여기 놔둘게." 제임슨이 봉투를 들어 보여 준 뒤 벽난로 선반 위에 조심스럽게 내려놓았다. "읽어봐. 그런 다음 이 상황이 이겨야 하는 게임이 아니라고 말해 봐. 이게 수수께끼가 아니라고 말해 보라고." 제임슨은 촛대에 손을 댔고 다시 벽난로 통로가 열렸다. 그는 목표물인 나를 향해 이별의 눈길을 보냈다. "할아버진 너에게 전 재산을 남겼어, 에이버리. 그리고 할아버지가 우리한테 남긴 건 *너야*."

20

제임슨이 어둠 속으로 사라지고 벽난로 문이 닫힌 지 한참 지났지만 난 그 자리에 멍하니 서 있었다. 이것이 내 방에 있는 유일한 비밀 통로일까? 이런 저택에서 내가 혼자 있다고 정말로 확신할 수 있을까?

결국 난 제임슨이 선반 위에 남긴 봉투를 가지러 갔다. 내 안의 모든 것이 그가 한 말에 반발하고 있는데도. 난 퍼즐이 아니다. 난 그냥 십대 소녀일 뿐이다.

봉투를 뒤집어보니 흘림체로 쓴 제임슨의 이름이 보였다. *이건 그의 편지야.* 난 알아차렸다. *유언장을 공개할 때 그가 받은 편지.* 난 여전히 내 편지에 담긴 내용을 알지 못했고 토비아스 호손이 *무얼* 사과하는지 모른다. 어쩌면 제임슨의 편지가 그 부분을 확실히 해 줄지도 모른다.

그래서 봉투를 열고 편지를 꺼냈다. 메시지는 내 것보단 길었지만 더 심하게 말이 안 됐다.

제임슨,

알고 지낸 악마가 모르는 사람보다 낫다. 권력은 부패한
다. 절대 권력은 절대적으로 부패한다. 반짝인다고 다 금은
아니다. 죽음과 세금을 제외하고 확실한 건 아무것도 없다.
하느님의 은총이 없었다면 누구라도 그런 상황에 처할 수
있다.

판단하지 말라.

― 토비아스 태터솔 호손

♟

다음 날 아침까지 난 제임슨의 편지 내용을 암기했다. 며
칠 동안 잠을 못 자 정신이 나가서 횡설수설하는 사람이 쓴
것처럼 들렸다. 머릿속에서 그 말을 되뇔수록 제임슨이 옳
을지도 모른다는 가능성으로 마음이 기울기 시작했다.

편지에 뭔가가 있어. 제임슨의 것과 내 것에. 해답, 아니
적어도 단서가.

커다란 침대에서 뒹굴어 나와 충전기를 뽑았는데 내 옛
날 휴대전화의 전원이 꺼져 있었다. 전원 버튼을 몇 차례
세게 누르자 운 좋게도 켜졌다. 지난 24시간 동안 벌어진
일을 어디서부터 맥시에게 설명해야 할지 몰랐지만 누군가
와 이야기해야 했다.

현실인지 확인하는 과정이 필요했다.

100통이 넘는 부재중 전화와 문자가 와 있었다. 갑자기 알리사가 내게 새 휴대전화를 사 준 이유를 분명히 깨달았다. 수년간 말 한마디 섞지 않은 사람들이 내게 메시지를 보냈다. 날 모른 척하던 인간들이 내 시선을 끌려고 아우성쳤다. 같이 아르바이트 하던 동료, 반 아이들, 심지어 *선생님들*까지. 그중 절반이 어떻게 내 연락처를 알았는지 모르겠다. 새 휴대전화로 인터넷에 들어가 보니 내 이메일과 SNS에는 더 난리가 났다.

수천 통의 메시지가 와 있었는데 대다수가 모르는 사람들이 보낸 거였다. *누군가에게 넌 신데렐라와 다름없으니까. 다른 누군가에게는 마리 앙투아네트고.* 가슴이 철렁했다. 난 휴대전화 두 대를 모두 내려놓고 자리에서 일어나 손으로 입을 막았다. 이런 일이 생길 줄 알았다. 전혀 충격적이진 않았다. 다만 준비가 되지 않았을 뿐.

어떻게 이런 일에 마음의 준비를 할 수 있단 말인가?

"에이버리?" 어떤 목소리가 방문에서 들렸다. 여자지만 리비 언니는 아니다.

"알리사?" 난 침실 문을 열기 전에 다시 한번 확인했다.

"아침 식사를 걸렀잖아." 이런 대답이 돌아왔다. 사무적이고 딱딱한 말투는 알리사의 것이다.

난 문을 열었다.

"네가 뭘 좋아할지 몰라서 라플린 부인이 이것저것 준비했어." 알리사가 말했다. 처음 보는 이십대 초반쯤의 여성이 쟁반을 들고 그녀를 따라 방으로 들어왔다. 여성은 쟁반을 작은 탁자에 놓은 다음 슬쩍 내 쪽을 보더니 아무 말 없이 방을 나섰다.

"꼭 필요한 경우에만 직원이 들어오는 걸로 아는데요." 문이 닫힌 뒤 내가 알리사에게 몸을 돌렸다.

알리사는 길게 한숨을 쉬었다. "그 직원은 아주 아주 충직하고 지금은 매우 잘 관리되고 있어." 알리사가 문 쪽을 가리켰다. "저 애는 새로 뽑은 직원인데 내쉬의 사람 중 한 명이지."

난 눈살을 찌푸렸다. "내쉬의 사람이라니, 그게 무슨 말이에요?"

알리사의 자세는 전혀 흐트러지지 않았다. "내쉬는 방랑벽이 좀 있어. 훌쩍 떠나고 여기저기 돌아다녀. 쥐구멍만한 가게에서 한동안 바텐더로 일하기도 했고. 그러다 불나방처럼 돌아왔을 땐 언제나 그렇듯 절박한 영혼 한두 명을 데리고 와. 짐작 가겠지만 호손 하우스에는 할 일이 아주많고 호손 씨는 내쉬가 거둔 영혼들에게 일자리를 주는 버릇이 있었어."

"저 여자는 이제 막 여기 온 거예요?"

"여기 온 지 일 년쯤 됐어." 알리사의 목소리에는 아무 감

107

정이 없었다. "그녀는 내쉬를 위해서라면 목숨도 버릴 거야. 대다수가 그렇지."

"그녀와 내쉬가……." 난 어떻게 말해야 할지 몰랐다. "관계가 있어요?"

"아니!" 알리사가 날카롭게 소리쳤다. 그녀는 한숨을 쉬고 말을 이었다. "내쉬는 자기 지위를 이용해 누군가를 이용하지 않아. 구세주 콤플렉스가 있지만 그런 식은 아니야."

난 더는 궁금증을 가지고만 있을 수 없어서 입 밖으로 꺼냈다. "내쉬가 당신 전 남친이었군요."

알리사가 턱을 치켜올렸다. "우리는 잠시 약혼했던 사이야. 우린 어렸어. 문제도 있었고. 하지만 장담하는데 네 대리인 일을 하는 데는 어떤 이해충돌도 없어."

약혼했었다고? 난 놀라 입이 벌어지려는 걸 억지로 참았다. 내 변호사가 호손과 결혼할 계획이었고 그 과거사를 밝히는 걸 전혀 꺼리지 않는다고?

"네가 원한다면 네 담당자를 회사의 다른 사람으로 바꿔줄 수도 있어." 알리사가 꼿꼿하게 말했다.

난 얼빠진 듯 그녀를 쳐다보는 걸 그만두고 상황을 이해하려고 애썼다. 알리사는 그저 직업에 충실했고 일에 관해서는 무서울 정도로 뛰어나다. 게다가 파혼한 상황에서 그녀가 호손 가문에 충성할 이유가 *없다.*

"괜찮아요." 내가 말했다. "새 담당자는 필요 없어요."

그 말에 알리사의 입꼬리가 아주 실짝 올라갔다. "난 실례를 무릅쓰고 널 하이츠 컨트리 데이에 입학시킬 거야." 알리사는 자신의 다음 일정으로 아주 효과적으로 넘어갔다. "알렉산더와 제임슨이 다니는 학교야. 그레이슨은 작년에 졸업했어. 네 상속 소식이 언론에 알려지기 전에 등록을 마치거나 적어도 부분적으로 적응하길 바랐지만 우리는 당장 급한 것부터 처리해야 해." 그녀가 내게 눈짓을 했다. "넌 호손 상속녀지만 호손이 아니야. 그 사실이 유복한 아이들이 많은 컨트리 데이와 같은 곳에서도 이목을 끌 거야."

유복하다니. 부자에게 부자란 말을 쓰지 않고 부르는 방법이 몇 가지나 될까?

"전 사립학교 애들 정도는 가뿐히 다룰 수 있어요." 난 확신이 전혀 없었지만 그렇게 말했다.

알리사가 내 휴대전화를 슬쩍 쳐다봤다. 그녀가 몸을 구부리고 땅에서 옛날 휴대전화를 집어 들었다. "이건 내가 대신 처리해 줄게."

그녀는 무슨 사달이 벌어졌는지 파악하려 하지 않았다. 무음 진동이 어떤 징조라고 한다면 지금도 끊이지 않고 벌어지고 있다.

"잠시만요." 내가 그녀에게 말했다. 난 휴대전화를 잡고 메시지는 무시한 다음 맥시의 번호로 들어갔다. 난 그 번호를 새 휴대전화로 옮겼다.

"네 새 전화번호를 누구에게 알려 줄지 엄격하게 정하는 것이 좋을 거야. 상황이 쉽게 수그러들지 않을 테니까."

"상황이라." 언론의 주목. 모르는 사람들의 문자 세례. 내 존재에 무관심했던 사람들이 갑자기 절친인 척하는 것.

"컨트리 데이의 학생들은 좀 더 신중하게 굴 거야. 그래도 대비하는 편이 좋아. 끔찍하게 들리겠지만 돈이 곧 권력이고 권력은 자석과도 같아. 넌 이틀 전 너와는 다른 사람이야."

난 반박하고 싶었지만, 제임슨에게 보낸 토비아스 호손의 편지를 떠올리며 그 말을 되새겨 보았다.

권력은 부패한다. 절대 권력은 절대적으로 부패한다.

21

"내 편지를 읽었지?" 제임슨 호손이 SUV 뒷좌석 내 옆으로 슬그머니 들어와 앉았다. 오렌이 이미 내게 자동차의 방범 기능을 설명해 주었다. 창문은 방탄유리고 선팅을 짙게 했다. 토비아스 호손은 유인책이 필요한 경우를 대비해 같은 SUV 차량을 여러 대 소유했다.

듣자 하니 하이츠 컨트리 데이 스쿨로 갈 때는 그 차들을 이용하지 않았다고 한다.

"알렉산더도 태워야 해?" 오렌이 운진석에서 백미러로 제임슨과 눈을 마주치고 물었다.

"알렉산더는 금요일마다 일찍 학교에 가잖아요." 제임슨이 말했다. "특별 활동이 있는 날이라."

오렌의 시선이 내게로 향했다. "같이 가도 괜찮겠니?"

어젯밤 벽난로를 통해 내 침실로 들어온 제임슨 호손과 가까이 있는 게 괜찮냐니? *그가 내 얼굴을 만지고……*

"괜찮아요." 난 기억을 일그러뜨리며 오렌에게 대답했다.

시동을 건 뒤 그가 어깨 너머로 슬쩍 돌아보았다. "에이버리는 중요해." 오렌이 제임슨에게 말했다. "사고가 생기면……"

"그녀 먼저 구하겠죠." 제임슨이 말을 매듭지었다. 그는 중앙 콘솔에 발을 올리고 문에 기댔다. "할아버지는 항상 호손 남자의 목숨이 아홉 개라고 하셨어요. 전 다섯 개 이상 쓴 것 같진 않아요."

오렌이 다시 앞을 보았고 우린 출발했다. 방탄유리지만 문을 통과할 때 살짝 함성이 들렸다. 파파라치다. 전에는 최소 열두 명 정도 있었다. 지금은 그보다 두 배, 아니 더 돼 보였다.

하지만 그리 오래 관심을 둘 수 없었다. 난 기자들에게서 고개를 돌려 제임슨을 쳐다봤다. "여기." 난 가방에서 내 편지를 꺼내 그에게 건넸다.

"난 너한테 내 걸 보여줬어." 제임슨이 이중적인 의미가 담긴 말장난을 했다. "너도 네 걸 보여주네."

"닥치고 읽기나 해."

그는 시키는 대로 했다. "이게 다야?" 그가 편지를 훑어보고 물었다.

난 고개를 끄덕였다.

"할아버지가 왜 사과하는지 알겠어?" 제임슨이 물었다. "네 과거에 엄청나게 그리고 모르게 벌어진 잘못이라든지?"

"하나 있지." 난 침을 삼키고 시선을 피했다. "하지만 당신 할아버지가 우리 엄마에게 엄청나게 특이한 혈액형을 줘서 결국 이식 명단 맨 밑에 있게 만든 사람이 아니라면 아마 아닐 거야."

난 거칠다기보단 비아냥조로 들리도록 애썼다.

"네 편지는 나중에 다시 살피자." 제임슨은 내 목소리에 담긴 모든 감정의 힌트를 무시하는 예의를 보여 주었다. "내 편지에 집중해 봐. 난 궁금해, 미스터리 소녀. 넌 그게 무슨 의미라고 생각해?"

이건 또 다른 테스트라는 걸 난 직감했다. *내 가치를 보여 줄 기회다. 도전을 받아 주겠어.*

"네 편지는 속담으로 되어 있어." 난 분명한 예시부터 들었다. "*반짝인다고 다 금은 아니다. 절대 권력은 절대적으로 부패한다.* 네 할아버지는 돈과 권력이 위험하다고 말했어. 그리고 첫 줄인 *알고 지낸 악마가 모르는 사람보다 낫다*의 의미는 분명하지 않아?"

그의 가족은 토비아스 호손이 잘 알고 있는 악마다. 반면 난 그가 알지 못하는 악마다. *그렇다면 왜 나일까? 내가 생판 남이라면 그는 어떻게 날 골랐을까? 지도에 다트를 던져서? 맥시가 상상한 컴퓨터 알고리즘을 이용해서?*

내가 남이라면 왜 그는 미안해하는 거지?

"계속해 봐." 제임슨이 다그쳤다.

난 집중했다. "*죽음과 세금을 제외하고 확실한 건 아무것도 없다.* 이 문장이 나한텐 네 할아버지가 죽음을 예견한 것처럼 들리는데?"

"우린 할아버지가 아픈 줄도 몰랐어." 제임슨이 웅얼거렸다. 그건 남 일 같지 않다. 토비아스 호손은 분명 비밀을 간직하는 데 선수였을 거다. 우리 엄마처럼. *그가 엄마를 안다고 해도 난 그가 모르는 악마다. 엄마를 알아도 나는 여전히 남이다.*

제임슨이 옆에서 날 자세히 살피는 통에 그가 내 머릿속을 꿰뚫어 보는 게 아닐까 의심했다.

"*하느님의 은총이 없었다면 누구라도 그런 상황에 처할 수 있다.*" 난 다시 편지의 내용으로 돌아가 마지막 부분을 살폈다. "상황에 따라 우리는 서로 다른 처지에 놓일 수 있어." 난 그렇게 해석했다.

"부유한 남자애가 극빈자가 될 수 있지." 제임슨이 센터 콘솔에서 다리를 내리고 고개를 완전히 내 쪽으로 돌렸다. 그의 진녹색 눈동자를 보는 순간 온몸이 잔뜩 긴장했다. "그리고 극빈층에 있던 여자애가 바로……,"

공주, 수수께끼, 상속녀, 게임이 되는 거다.

제임슨이 미소 지었다. 이게 테스트라면 난 통과한 거다. "표면적으로 편지는 우리가 이미 아는 걸 적어 놓았어. 할아버지가 돌아가시고 모든 걸 모르는 사람에게 넘겼고 많은 이의 행운이 뒤바뀌었지. 왜? 권력이 부패했으니까. 절대 권력은 절대적으로 부패한다."

아무리 애를 써도 그에게서 시선을 뗄 수 없었다.

"그럼 넌 어때, 상속녀?" 제임슨이 말을 이었다. "넌 부패하지 않을 것 같아? 그래서 할아버지가 재산을 네 손에 넘긴 걸까?" 그의 입술 끄트머리에 드러난 표정은 미소가 아니었다. 그게 마력이 아니고는 정확히 무엇인지 모르겠다. "난 우리 할아버지를 알아." 제임슨이 뚫어지게 날 쳐다봤다. "여긴 더 많은 의미가 담겨 있어. 말장난이야. 암호라고. 숨겨진 메시지야. *뭔가 있어.*"

그가 내 편지를 돌려줬다. 난 편지를 받고선 내려다보았다. "네 할아버지가 내 편지에는 이니셜로 서명했어." 난 마지막 관찰 결과를 보여 주었다. "그리고 네 편지에는 이름이 제대로 적혀 있지."

"그래서?" 제임슨이 가볍게 물었다. "그걸로 우리가 뭘 할 수 있는데?"

우리라니. 어떻게 호손과 내가 *우리*가 될 수 있지? 조심해야 해. 오렌, 그리고 알리사에게 들었으니 거리를 유지해야 한다. 하지만 이 가족에게는 무언가 있다. 이 형제에게는 뭔가가 있어.

"거의 다 왔어." 앞자리에서 오렌이 말했다. 그가 우리의 대화를 쭉 들었다고 해도 전혀 티를 내지 않았다. "더 컨트리 데이 행정팀에 상황을 간단하게 설명했어. 몇 년 전에 이 형제들이 입학하고 나서 난 이 학교의 경호직에서 사퇴했지. 넌 여기서 잘 지낼 거야, 에이버리. 하지만 상황이 상황이니만큼 캠퍼스를 떠나선 안 돼." 차가 경호원이 서 있는 문을 통과했다. "난 가까이에 있을 거야."

난 제임슨과 내 편지에서 눈을 돌려 이 차 밖에서 날 기다리는 것들을 보았다. *여기가 고등학교라고?* 창밖 너머의 광경을 보니 대학이나 박물관 같았다. 모든 학생이 예쁘고 미소 짓고 있는 카탈로그에 나오는 곳 같았다. 갑자기 내가 받은 교복이 내 몸에 맞지 않는다는 느낌이 들었다. 난 머리에 주전자를 쓰고 우주 조종사로 변신한 척하든지, 스타처럼 보이려고 립스틱을 얼굴에 떡칠하고 패션쇼 놀이를 하던 어린아이였다.

다른 세상에서 난 갑자기 매력적인 목표물이 되었다. 하지만 여기선? 이렇게 부자로 자란 사람들 사이에서 나 같은 여자애는 그저 가짜이지 않을까?

"난 퍼즐과 달리기가 싫어, 미스터리 소녀……." SUV가 멈출 때 제임슨의 손은 이미 차 손잡이에 가 있었다. "이 학교에서의 첫날 네가 하지 말아야 할 건 다른 사람에게 나랑 친하게 보여선 안 된다는 거야."

22

제임슨은 눈 깜짝할 새 사라졌다. 버건디 재킷과 반짝이는 머릿결의 홍수 속으로 사라졌고 나만 여전히 차에서 안전벨트를 맨 채 움직이지 못하고 있었다.

"그냥 학교일 뿐이야." 오렌이 말했다. "그냥 애들일 뿐이라고."

유복한 애들이겠지. 평범하다는 기준이 아마도 '그냥' 뇌전문 외과의나 아주 잘나가는 변호사의 자식 정도일 테고. 그들이 생각하는 *대학*은 아마 하버드나 예일일 테지. 그런 곳에서 난 주름치마에 읽을 줄 모르는 라틴어가 남색 문장으로 새겨진 버건디 재킷을 걸치고 있다.

난 새 휴대전화를 집어 들어 맥시에게 문자를 보냈다. *에이버리야. 바뀐 새 번호고. 연락 줘.*

앞 좌석을 한 번 더 흘끔거린 뒤 억지로 차 문을 열었다. 내 응석을 받아주는 게 오렌의 역할은 아니니까. 그는 날 보호하는 일을 하지만 내가 차에서 내리는 순간 받게 될 모든 눈초리를 대신 받아 줄 수는 없다.

"수업이 끝나고 다시 여기서 만나나요?"

"여기 있을게."

난 오렌이 다른 주의 사항을 알려 줄까 싶어서 잠시 기다린 다음 차 문을 열었다. "태워 줘서 고마워요."

♟

아무도 날 쳐다보지 않았다. 수군거리는 사람도 없었다. 사실 본관으로 들어가는 쌍둥이 아치길을 걷는데 전혀 반응이 없는 것이 다분히 의도적이라는 분명한 촉이 왔다. 쳐다보는 눈이 없다. 말도 없다. 그저 몇 걸음마다 아주 가벼운 눈길을 보낼 뿐이다. 내가 누굴 쳐다보든 그들은 고개를 돌렸다.

내가 여기 온 게 별일 아닌 것처럼 보이게 하려는 거라고, 이런 걸 신중함이라고 한다고 나를 달랬지만, 무도회장에 갔을 때 모두 복잡한 왈츠, 트위스트, 턴을 돌면서 날 투명 인간 취급하는 것 같은 그런 기분이 들었다.

아치길 거의 끝까지 갔을 때 긴 검은 머리가 긴 소녀가 날 무시하는 분위기에 용기를 얻었는지 경주마가 형편없는 기수를 떨쳐버리듯 움직였다. 그녀는 의도적으로 날 쳐다봤고 그 애 주변 여자애들도 한 명씩 똑같이 그렇게 했다.

내가 그들에게 다가갔을 때 검은 머리 여자애가 무리에서 내 쪽으로 한 걸음 나왔다.

"난 테아야." 그녀가 웃으며 말했다. "네가 에이버리구나." 완벽하게 친절한 목소리가 뮤지컬 대사처럼 들렸다. 자기 목소리를 조금만 들려줘도 선원들이 알아서 바다로 뛰어드는 걸 파악한 사이렌처럼 능숙했다. "내가 교무실이 어딘지 알려 줄까?"

♟

"교장 선생님은 맥고완 박사님이셔. 프린스턴대에서 박사학위를 받으셨지. 교장 선생님이 적어도 삼십 분은 널 교장실에 잡아 두고 *기회*와 *전통*을 말씀하실 거야. 커피 마시겠냐고 물어보면 그러겠다고 해. 교장 선생님이 직접 로스팅한 건데 맛이 아주 끝내주거든." 테아는 지금 우리가 엄청난 눈총을 받고 있다는 걸 잘 아는 것 같았다. 그 애는 또한 그걸 즐기는 듯 보였다. "교장 선생님이 네 시간표를 주면 매일 점심시간이 있는지 꼭 확인해. 컨트리 데이는 모듈러 스케줄링이라고 해서 육 일 주기로 돌아가는 형태야. 물론 우린 학교에 주 오 일밖에 안 오지만. 수업은 무슨 과목이든 한 주기 안에 세 번에서 다섯 번 있으니 네가 주의하지 않으면 에이 데이와 비 데이는 점심시간도 없이 풀로 수업을 들어야 하고 씨나 에프 데이에는 수업이 아예 없는 경우도 생겨."

"알겠어." 난 머리가 빙빙 돌았지만 억지로 한마디 더 건넸다. "고마워."

"이 학교 애들은 켈트족 신화에 나오는 요정들 같아." 테아가 가볍게 말했다. "우리한테 요긴한 걸 빚지는 게 아니라면 고마워할 필요는 없어."

그 말에 어떻게 대꾸해야 할지 몰라 난 아무 말도 하지 않았다. 테아도 딱히 나쁘게 받아들이지 않았다. 초상화가 쭉 걸린 긴 복도로 안내할 때는 그녀가 입을 다물었다. "우린 별로 나쁜 애들이 아냐, 정말로. 우리 대부분은 그래. 나와 있는 한 넌 괜찮을 거야."

그 말이 마음에 맺혔다. "난 누가 없으면 더 괜찮을 거야."

"그 편이 낫겠지." 테아가 동조하듯 말했다. 아무래도 돈 때문에 주변에 사람이 없길 바라는 것이라고 오해한 눈치였다. 그럴 수밖에 없다. 테아의 검은 눈동자가 내 눈동자를 살피다가 소박한 미소를 띠며 말했다. "그 집에서 그 남자애들과 사는 건 분명 힘들겠지."

"나는 괜찮아."

"어머, 얘!" 테아가 고개를 저었다. "호손가에 없는 게 하나 있다면 괜찮음이지. 그들은 네가 여기 오기 전부터 비비 꼬이고 엉망이었고 네가 가고 난 뒤로도 여전히 꼬이고 엉망일 거야."

가다니. 테아는 정확히 내가 어딜 간다고 생각하는 걸까?

우리는 이제 복도 끝에 도착해 교장실 문 앞까지 왔다. 문을 여니 남학생 네 명이 일렬로 튀어나왔다. 넷 다 피를 흘리며 웃고 있었다. 네 번째로 나온 아이는 알렉산더였다. 그가 날 보았고 그런 다음 내가 누구와 있는지도 봤다.

"테아." 그가 인사했다.

그녀가 아주 다정한 미소를 지어 보이고는 한 손을 들어 그의 얼굴에 가져갔다. 아니 더 정확하게는 피가 흐르는 그의 입술로 가져갔다. "알렉산더. 네가 졌나 보네?"

"로봇 배틀 데스 매치 파이트 클럽에서 패자란 있을 수 없지." 알렉산더가 냉정하게 말했다. "오로지 승자와 로봇이 폭발한 사람만 있을 뿐이야."

난 토비아스 호손의 서재를 떠올려 보았다. 벽에 걸려 있던 특허증. 알렉산더 호손은 어떤 부류의 천재일까? 천잰데 눈썹은 왜 저 모양으로 태워 먹었을까?

그 말을 할 틈도 없이 테아가 먼저 나섰다. "난 에이버리한테 교무실을 보여 주고 컨트리 데이에서 살아남는 유용한 팁을 좀 알려 줬어."

"멋진데!" 알렉산더가 감탄했다. "에이버리, 항상 유쾌한 테아 칼리가리스가 자기 삼촌이 우리 이모랑 결혼했다는 걸 말해 줬어?"

자라의 성이 호손–칼리가리스다.

"자라 이모와 네 삼촌이 유언장에 반대할 방법을 찾고 있다는 소릴 들었는데." 알렉산더는 테아를 바라보며 말했지만 나한테 경고해 주는 거란 감이 왔다.

테아를 믿지 마.

테아가 우아하게 살짝 어깨를 으쓱이고는 의연하게 굴었다. "난 몰랐어."

23

"넌 미국사와 철학 수업을 듣게 될 거야. 과학과 수학은 현재 진도를 따라야 하는데 수업량이 그리 많진 않을 거란다." 맥고완 박사가 커피로 목을 축였다. 나도 그렇게 했다. 테아가 말한 것처럼 커피 맛이 정말 좋아서 난 그 애의 말을 어디까지 믿어야 할지 고심했다.

그 집에서 그 남자애들과 사는 건 분명 힘들겠지.

그들은 네가 여기 오기 전부터 비비 꼬이고 엉망이었고 네가 가고 난 뒤로도 여전히 꼬이고 엉망일 거야.

자신을 맥 박사로 부르라고 한 교장 선생님이 말을 이었다. "선택 교과는 의미화 수업이 좋을 것 같구나. 의미가 예술을 통해 어떤 방식으로 전달되는지 공부하는 과목이고 지역 박물관, 예술가, 극 제작사, 발레단, 오페라 등 체험학습이 포함돼 있단다. 호손 재단의 후원 하에 오래전부터 이런 시도를 해왔고 너도 그 수업을…… 유용하다고 생각할 거야."

호손 재단? 난 가까스로 그 말을 따라 하지 않을 수 있었다.

"장래에 대한 네 의견을 좀 들어보고 남은 과목을 정하는 것이 좋겠구나. 넌 뭘 좋아하니, 에이버리?"

앨트먼 교장 선생님이 내게 했던 말을 고스란히 들려주고 싶어 입이 근질근질했다. 난 미래에 대한 계획이 있는 소녀다. 하지만 그 계획은 항상 현실이 좌우했다. 취직이 100퍼센트 보장되는 대학 전공을 골랐다. 지금은 그 진로를 고수하는 편이 좋다. 이 학교는 예전 학교보다 자료가 더 많겠지. 이 학교는 내가 표준화된 시험을 치르고 고등학교에서 딸 수 있는 대학 학점을 최대한 늘리며, 4년이 아닌 3년 안에 대학을 졸업할 수 있도록 도움을 줄 것이다. 지금 이 카드를 잘 쓰면 자라 부부가 토비아스 호손의 유언을 무효화시킨다고 해도 난 이득을 볼 수 있다.

하지만 맥 박사는 단순히 계획을 물은 것이 아니다. 그녀는 내가 무엇에 열정이 있는지 물었다. 호손 가족이 성공리에 유언을 바꾼다고 해도 난 어느 정도 돈을 받을 수 있을 테다. 그들이 날 쫓아내려고 기꺼이 내줄 금액은 얼마나 될까? 최악의 경우, 내 이야기만 팔아도 대학 학비를 충분히 벌고도 남는다.

"여행이요." 입에서 불쑥 그 말이 나왔다. "항상 여행을 가고 싶었어요."

"어째서?" 맥 박사가 천천히 날 쳐다봤다. "다른 장소에 매력을 느끼는 이유가 뭐니? 예술 작품? 아니면 역사? 사람과 그들의 문화? 아니면 자연 세계에 대한 궁금증이니? 네가 보고 싶은 게 산맥과 절벽, 바다와 거대한 세쿼이아 나무, 열대우림······."

"네." 난 맹렬하게 대답했다. 눈물이 흐르는 걸 느꼈지만 왜 그러는지 도무지 모르겠다. "전부 다요. *맞아요.*"

맥 박사가 팔을 뻗어 내 손을 잡았다. "네가 고를 수 있는 선택과목 목록을 줄게." 그녀가 부드럽게 말했다. "외국에서 공부하는 건 네 특별한 상황상 내년까진 불가능하겠지만 그 이후에 네가 고려해 볼 만한 근사한 프로그램이 우리 학교에 있단다. 어쩌면 그 부분이 좋아서 졸업을 미루고 싶을지도 몰라."

누가 일주일 전에 나한테 단 1분이라도 더 고등학교에 머물고 싶게 하는 것이 *뭐라도 있는지* 물었다면 난 그 질문을 한 사람이 미쳤다고 생각했을 거다. 하지만 이곳은 평범한 학교가 아니다.

내 인생에 이제 평범한 건 아무것도 없다.

24

정오가 다 돼 맥시에게서 전화가 걸려 왔다. 하이츠 컨트리 데이가 모듈러 스케줄링을 운영한다는 것은 시간표에 휴식 시간이 있다는 뜻이다. 복도를 돌아다닐 수 있다. 댄스 스튜디오, 암실 혹은 체육관 중 어느 곳에 가도 상관없다. 정확히 말하자면 점심시간이다. 그래서 맥시가 전화했을 때 말리는 사람도, 신경 쓰는 사람도 없이 한가하게 빈 강의실로 들어가던 중이었다.

"여긴 천국이야." 내가 맥시에게 말했다. "*진짜. 천국이*라고."

"그 저택이?"

"학교 말이야." 난 한숨을 쉬었다. "내 시간표를 네가 봐야 하는데. 게다가 수업은 또 어떻고!"

"에이버리, 엄청난 돈을 상속받아 놓고는 새 *학교* 이야기를 하고 싶은 거야?" 맥시가 단호하게 말했다.

난 친구에게 할 이야기가 지나치게 많았다. 그래서 그 애가 아는 것과 모르는 것이 무엇인지 기억해야 했다. "제임슨 호손이 할아버지가 남긴 편지를 보여 줬는데 정말 이상한 퍼즐, 수수께끼 같은 내용이었어. 제임슨은 내가 풀어야 할 퍼즐이라고 확신하고 있어."

"지금 난 제임슨 호손의 사진을 보고 있어." 맥시가 말했다. 물을 내리는 소리가 들려 그녀가 화장실에 있다는 걸 알았다. 그 학교는 여기만큼 자유시간이 후하지 않다. "내 소감은, 그는 팩스에 능할 것 같다는 거야."

그게 무슨 말인지 곧바로 알아듣지 못했다. "맥시!"

"그냥 그렇다고. 팩스 기계도 잘 알 것처럼 생겼어. 아마도 다이얼을 정말 잘 돌리겠지. 장거리 팩스도 가능할걸."

"네가 지금 무슨 소리를 하는지 도통 모르겠어."

그녀가 풋 하고 웃었다. "나도 마찬가지야! 여기서 그만 둘게. 시간이 별로 없거든. 우리 부모님은 이 모든 일 때문에 겁에 질렸어. 그래서 지금 수업을 빼먹는 건 좋지 않아."

"너희 부모님이 겁에 질렸다고? 어째서?"

"에이버리, 내가 얼마나 많은 전화를 받았는지 알아? 기자가 우리 집에 찾아왔어. 엄마는 내 소셜미디어, 이메일 전부 다 없애 버릴 거라며 난리야."

맥시와 내 우정이 특별히 공공연하다고 생각해 본 적이 없었는데 분명 비밀은 아니었다.

"기자들이 너와 인터뷰하려는 거구나." 난 정신을 집중하려고 애쓰며 말했다. "나에 대해서."

"뉴스를 *봤어?*" 맥시가 물었다.

난 침을 삼켰다. "아니."

잠시 정적이 흘렀다. "그러면…… 보지 마." 그 조언이 크게 와닿았다. "이건 엄청난 사건이야, 에이버리. 넌 괜찮니?"

난 얼굴에 붙은 머리카락을 입으로 불었다. "난 괜찮아. 변호사와 경호원이 지켜 주니까 살해당할 가능성은 희박해."

"넌 경호원도 있구나." 맥시가 부러워했다. "젠장, 네 인생은 이제 완전 근사해졌어."

"전용 직원, 하인도 있는데 그들은 날 싫어해. 호손 하우스는 평생 본 적이 없는 그런 모습이야. 그리고 가족들도! 그 형제들 말이야, 맥시. 그들은 특허도 세계 기록도 있고 거기다……."

"난 지금 그들 사진을 *전부* 보고 있어." 맥시가 말했다. "나한테 와, 맛있는 매력덩어리들아."

"매력덩어리라고?"

"수호자인가?"

난 너털웃음을 터트렸다. 맥시와 통화하기 전까지 내가 얼마나 이렇게 웃고 싶었는지 잊고 있었다.

"미안해, 에이버리. 그만 끊어야 할 것 같아. 문자 보내. 하지만……."

"네 말 잘 들으라고?" 내가 끼어들었다.

"그 사이 근사한 것 좀 사."

"이를테면?"

"내가 목록을 보낼게." 맥시가 약속했다. "사랑해, 몹쓸 것아."

"나도 사랑해, 맥시." 친구가 전화를 끊은 뒤에도 난 잠시 동안 전화기를 귀에 대고 있었다. *네가 여기 있으면 좋을 텐데.*

결국 난 학교 식당을 찾았다. 스무 명 남짓이 밥을 먹고 있었다. 그중 테아가 있었다. 그녀가 발로 자기 테이블 의자를 살살 밀었다.

저 애는 자라의 조카야. 난 스스로에게 주의를 주었다. *그리고 자라는 내가 사라지길 바라고 있어.* 그렇지만 난 그 자리에 앉았다.

"오늘 아침에 내가 좀 강하게 다가갔다면 미안해." 테아가 같은 자리에 있던 다른 소녀들을 흘끗 살피며 말했다. 모두가 그 애만큼 아주 반짝반짝 빛나고 아름다웠다. "네 입장을 알고 싶었거든."

난 그게 어떤 미끼인지 알아차렸지만 묻지 않을 수 없었다. "뭘 알고 싶은데?"

"호손 형제 말이야. 오랫동안 모든 남자애가 그들을 동경해 왔고 그들을 좋아하는 모든 여학생이 데이트를 꿈꿔. 외모나 행동도 근사하잖아." 테아가 잠시 말을 멈췄다. "호손

과 가깝다는 이유로 사람들이 너를 보는 방식조차 달라졌
잖아."

"가끔 알렉산더와 같이 공부했었어." 다른 소녀 중 한 명
이 말했다. "그 일 전에……." 그녀가 말끝을 흐렸다.

무슨 일 전을 말하는 거지? 내가 놓치고 있는 부분이 있
었다. 뭔가 아주 큰.

"그들은 마법과 같아." 테아가 특이한 표정을 지었다.
"그들의 궤도 안에 있으면 너도 마법을 느낄 거야."

"천하무적이 되지." 누군가 끼어들었다.

난 우리가 만난 날 2층 발코니에서 뛰어내린 제임슨과
앨트먼 교장 선생님의 책상에 앉아 눈썹 한쪽을 까닥거려
교장 선생님을 몰아냈던 그레이슨을 생각해 보았다. 그리
고 알렉산더가 있다. 190센티미터에 가까운 키, 환한 웃음,
피를 흘리며 로봇 폭발을 이야기하는 애.

"그들은 네가 생각하는 그런 사람이 아니야." 테아가 말
했다. "나라면 호손과 같은 집에 살지 않을 거야."

날 화나게 하려고 이러는 걸까? 내가 호손 하우스를 떠
나면, 그 집을 나가면 난 상속 자격을 잃게 된다. 그걸 테아
가 아는 걸까? 이 애 삼촌이 그렇게 하라고 시켰을까?

오늘이 오기까지 난 이곳에서 짝퉁 취급을 받을 거라 예
상했다. 이 학교에 다니는 여학생이 호손 남자애들에게 매
달리거나 혹은 남녀 모두 그 애들을 대신해서 내게 화를 낼

수도 있다고 생각했다. 그런데 이건…….

이건 다른 문제다.

"이만 가봐야겠어." 내가 자리에서 일어서자 테아도 같이 일어났다.

"나를 네 마음대로 생각해도 돼." 테아가 말했다. "하지만 이 학교에서 호손 형제들과 얽힌 마지막 여자애가 어떻게 됐는지 알아? 그 집을 자주 들락거리던 소녀가? 그 앤 죽었어."

25

입안에 음식을 가득 욱여넣고 학교 식당을 나섰지만 다음 수업 시간까지 어디에 가 있으면 좋을지 알 수 없었고 마찬가지로 테아가 거짓말하고 있는지도 알 수 없었다. *그 집을 자주 들락거리던 소녀가?* 내 머릿속에서 계속 같은 말이 들렸다. *그 앤 죽었어.*

복도를 따라 내려가다 다른 복도 쪽으로 방향을 틀었는데 알렉산더 호손이 근처 연구실에서 용처럼 생긴 기계 같은 걸 들고 튀어나왔다.

난 테아가 방금 한 말을 떠올리느라 아무 생각이 없는 상태였다.

"너도 로봇 용을 잘 다룰 수 있을 것 같아." 알렉산더가 말했다. "자." 그가 용을 내 손에 건넸다.

"이걸로 날 더러 뭘 어쩌라고?"

"네가 눈썹에 얼마나 애착이 있는지에 달렸지." 알렉산더가 하나 남은 눈썹을 아주 높이 추켜세웠다.

대답을 생각해 보았지만 아무 말도 나오지 않았다. *그 집을 자주 들락거리던 소녀가? 그 앤 죽었어.*

"출출해?" 알렉산더가 물었다. "전용 홀은 저쪽이야."

테아의 뜻대로 되는 게 싫었지만 난 그를 비롯한 모든 호손 가족을 경계하고 있었다. "전용 홀?" 난 평소처럼 보이려고 애쓰며 되물었다.

알렉산더가 씩 웃었다. "구내식당의 사립학교 버전이지."

알렉산더가 로봇 용의 머리를 쓰다듬었다. 용의 입에서 연기가 한 줌 피어올랐다.

그들은 네가 생각하는 그런 사람이 아니야. 경고하는 테아의 목소리가 들리는 듯했다.

"테아한테 뭔 소릴 들은 거지?" 알렉산더가 묻더니 손가락을 딱딱거렸다.

난 용이 폭발하기 전에 그에게 돌려줬다. "테아 이야기는 하고 싶지 않아."

"그럴 것 같더라니. 나도 테아에 대해 말하기 싫어. 대신 어젯밤 너랑 제임슨 형이 주고받은 속닥거림을 이야기해 볼까?"

그는 자기 형이 내 방에 왔던 걸 알고 있었다. "그건 속닥거림이 아니었어."

알렉산더가 날 빤히 보았다. "형이 너한테 자기 편지를 보여 줬지?"

난 그걸 비밀에 부쳐야 할지 확신이 안 섰다. "제임슨은 편지가 단서라고 생각해." 내가 대답했다.

알렉산더는 잠시 조용하더니 전용 홀 반대쪽으로 고갯짓을 했다. "따라와."

그렇게 하지 않으면 홀로 빈 강의실을 찾아야 하기에 그를 따라나섰다.

"나도 지곤 했어." 우리가 모퉁이를 돌았을 때 알렉산더가 갑자기 말했다. "토요일 아침 할아버지가 우리에게 과제를 줬을 때 난 항상 지는 쪽이었어." 왜 그가 나한테 이런 말을 하는지 알 수 없었다. "내가 제일 어렸지. 제일 경쟁력이 떨어졌어. 스콘이나 복잡한 기계에 정신이 팔리기 일쑤였어."

"하지만……." 내가 즉시 반응했다. 그의 목소리를 듣고 무언가 있다는 걸 알았다.

"하지만 우리 형들이 결승선을 향하며 서로 이기려고 애쓸 때 난 호의적으로 내 스콘을 할아버지와 나눴지. 할아버지는 엄청 수다쟁이고 이야기와 사실, 모순을 잔뜩 안고 있었어. 그중 어떤 이야기를 듣고 싶어?"

"모순?"

"사실을 알려 줄게." 알렉산더가 *하나 남은* 눈썹을 꼼지락거렸다. "할아버지는 미들네임이 없어."

"뭐라고?"

"우리 할아버지는 처음부터 토비아스 호손으로 태어났어. 미들네임 없이 말이야."

난 토비아스 호손이 알렉산더의 편지에도 제임슨의 것과 똑같이 서명했는지 알고 싶었다. *토비아스 테터솔 호손*이라고 말이다. 내 편지에는 풀네임의 이니셜을 썼는데.

"네 편지를 보여 달라고 한다면 보여 줄 거야?" 난 알렉산더에게 물었다. 그는 자신이 할아버지의 게임에서 늘 꼴찌였다고 말했다. 그렇다고 그가 이 게임을 하지 않는다는 의미는 아니다.

"지금, 재미있는 게 뭔지 알아?" 알렉산더가 두꺼운 나무 문 앞에 날 세워 놓고 물었다. "저기 있으면 넌 테아로부터 안전할 거야. 그 애가 감히 발을 들이지 못하는 공간이 몇 곳 있어."

난 문에 달린 깨끗한 판유리 안을 흘끔거렸다. "도서관?"

"기록보관소." 알렉산더가 능글맞게 정정해 주었다. "*도서관*의 사립학교 같은 곳이지. 혼자 있고 싶은 공강 시간에 가기 좋은 곳이야."

난 머뭇거리며 문을 열었다. "너도 들어갈 거야?"

알렉산더가 눈을 감았다. "안 돼." 다른 설명은 하지 않았다. 그가 가고 난 뒤 난 무언가를 놓치고 있다는 느낌을 떨칠 수 없었다.

어쩌면 여러 가지를 놓치고 있는지도 몰랐다.

그 집을 자주 들락거리던 소녀가? 그 앤 죽었어.

26

기록보관소는 고등학교 부속시설이라기보다는 대학 도서관 같았다. 실내는 아치와 스테인드글라스로 이루어졌다. 셀 수 없이 많은 선반에 모든 종류의 양서가 꽂혔고 보관소 중앙에는 직사각형 테이블 열두 개가 있는데 빌트인 조명이 달리고 커다란 돋보기도 옆에 붙어 있어 매우 근사했다.

하나를 빼곤 테이블이 전부 비었다. 한 소녀가 내게 등을 지고 앉아 있었다. 적갈색 머리칼은 내가 봤던 누구보다도 진한 붉은 색이었다. 난 그녀에게서 멀리 떨어진 테이블에서 문 쪽을 보고 앉았다. 그 애가 책장을 넘기는 소리가 고요한 보관소를 울렸다.

난 가방에서 제임슨의 것과 내 편지를 꺼냈다. *태터솔.*

토비아스 호손이 제임스의 편지에 서명한 미들네임을 손가락으로 만지작거리다 내 편지에 흘려 쓴 이니셜을 쳐다봤다. 필체는 일치했다. 어딘가 찜찜해 계속 보다가 그게 뭔지 알아차렸다. *그는 유언장에도 미들네임을 썼어. 그게 여기서 중요한 점이라면? 그 부분이 유언이 적합하지 못하다는 것을 증명하는 거라면?*

난 알리사에게 문자를 보냈다. 곧바로 답이 왔다. *수년 전에 합법적으로 개명한 거야. 문제없어.*

알렉산더는 그의 할아버지가 미들네임 없이 토비아스 호손으로 *태어났다고* 말했다. 그걸 나한테 알려 준 이유가 뭘까? 어쩌면 호손이라는 성을 가진 사람은 누구든 결코 이해할 수 없을 거라는 깊은 의구심을 느끼며 난 책상에 달린 돋보기로 손을 뻗었다. 내 손바닥만큼 컸다. 난 두 편지를 돋보기 아래 나란히 놓은 다음 빌트인 조명을 켰다.

사립학교가 좋군.

종이는 불빛이 통과하지 못할 만큼 두꺼웠지만 돋보기 덕분에 글씨가 열 배는 더 커 보였다. 난 제임슨의 편지에 적힌 서명에 돋보기를 맞췄다. 이제 전에 보지 못했던 토비아스 호손의 필체를 세밀하게 살필 수 있다. r자를 약간 구부려 썼다. T는 비대칭이다. 그리고 미들네임은 다른 글자 사이보다 두 배는 더 공백이 있었다. 대조해 보니 공백 때문에 미들네임이 두 단어로 보였다.

태터솔(Tatters all). 태터스 올. "그러니까 모든 걸(all) 넝마로(tatter) 만들었다는 거야?" 난 입 밖으로 그 말을 내뱉었다. 새로운 발견이지만 그리 중요한 것 같지 않았다. 제임슨이 내 눈을 똑바로 보며 이 편지에 무언가가 있다고 확신했던 것만큼 중요한 것 같진 않았다. 알렉산더가 자기 할아버지가 미들네임이 없다고 지적했을 때만큼도 아니었다. 토비아스 호손이 합법적으로 자신의 이름에 태터솔을 더했다면 그 말인즉, 그가 직접 이름을 골랐을 가능성이 크다. *어떤 결말을 위해서?*

문뜩 이곳에 나 혼자 있는 게 아니라는 사실이 기억나 고개를 들었는데 적갈색 머리칼의 소녀는 사라지고 없었다. 난 얼른 알리사에게 또 다른 문자를 보냈다. *토비아스 호손이 언제 이름을 바꿨나요?*

그가 이름을 바꾼 시기가 가족에게 수백억 재산가 버전의 넝마만 남기고 모든 걸 나한테 상속하기로 결정한 이후일까?

잠시 뒤에 문자가 왔는데 알리사에게서 온 것이 아니었다. 제임슨이었다. 그가 어떻게 이 새 휴대전화나 전의 전화번호를 알아냈는지 모르겠다.

난 이제 알겠어, 미스터리 소녀. 넌?

그가 드론처럼 날 지켜보는 것 같아 주위를 두리번거렸지만 나뿐이었다.

미들네임 말이야? 내가 답장을 보냈다.

아니. 난 기다렸고 1분 뒤에야 다음 문자가 왔다. *편지의 끝맺음.*

제임슨이 준 편지의 마지막 부분에 눈길이 갔다. 서명 바로 앞에 두 단어가 있다. *판단하지 말라.*

호손의 족장이 가족에게 병을 숨긴 채 죽는 사건에 대해 판단하지 말아 달라는 의미일까? 죽음을 초월해 진행되는 게임을 판단하지 말라는 걸까? 그가 자기 딸과 손자들에 대한 재정 지원을 끊은 걸 판단하지 말라는 말일까?

난 제임슨의 문자로 다시 눈길을 돌렸고 그런 다음 편지를 처음부터 차근차근 읽어보았다.

알고 지낸 악마가 모르는 사람보다 낫다. 권력은 부패한다. 절대 권력은 절대적으로 부패한다. 반짝인다고 다 금은 아니다. 죽음과 세금을 제외하고 확실한 건 아무것도 없다. 하느님의 은총이 없었다면 누구라도 그런 상황에 처할 수 있다.

내가 제임슨이 돼 이 편지를 받는 상상을 해 봤다. 대답을 기대했는데 진부한 말만 들어 있다. 속담이라니. 머릿속에서 문득 다른 단어가 생각나 내 시선이 곧장 끝으로 향했다. 제임슨은 우리가 말장난이나 코드를 찾는다고 생각했다. 이름을 제외하고 이 편지의 모든 구절이 속담 혹은 그걸 약간 변형한 식이다.

한 문장만 빼고.

판단하지 마라. 속담에 관한 예전 영어 선생님의 수업은 거의 다 빠졌지만 그 두 단어로 시작하는 속담 하나는 생각났다.

'*표지만 보고 책을 판단하지 마라*'가 너한테 무슨 의미지? 내가 제임슨에게 물었다.

그가 곧바로 답장을 보냈다. *아주 잘했어, 상속녀.* 그리고 잠시 뒤에 이렇게 왔다. *확실히 의미가 있지.*

27

"우리는 무에서 유를 창조할 수 있어." 몇 시간 뒤 내가 말했다. 제임슨과 나는 바닥에서 천장까지 약 5.5미터 높이로 서재를 빙 둘러싸고 있는 선반에 가득 쌓인 책을 올려다보고 있다.

"호손 출신이거나 호손이 만든 거나, 항상 무언가 즐길 거리가 있지." 제임슨은 애들이 줄넘기하듯 단조로운 리듬을 탔다. 하지만 그가 선반에서 내게로 고개를 돌렸을 때 어린아이 같은 표정은 찾아볼 수 없었다. "호손 하우스에서는 무엇이든 의미 있는 것이 될 수 있어."

뭐든 그리고 누구든.

"할아버지가 낸 퍼즐 때문에 내가 얼마나 자주 이 방에 들락거렸는지 알기나 해?" 제임슨이 천천히 한 바퀴 돌았다. "내가 고심하는 걸 보면 할아버진 아마 무덤에서 신나서 데굴데굴 구르겠지."

"우리가 뭘 찾는 거라고 생각해?"

"그러는 넌 우리가 뭘 찾는다고 생각하는데, 상속녀?" 그는 도전적이거나 혹은 유혹적으로 들리게 말했다.

아니면 양쪽 다거나.

집중해. 내가 스스로에게 말했다. 내가 여기 있는 이유는 적어도 내 옆에 서 있는 저 사람만큼 수수께끼에 대해 잘 안다는 것이니까. 난 머릿속으로 수수께끼를 떠올려 보며 말했다. "*표지만 보고 책을 판단하지 마라*가 단서라면 우리는 책이나 표지를 찾아야 할 것 같아. 아니면 그 둘이 서로 일치하지 않는 걸 찾거나."

"다른 표지가 씌워진 책?" 제임슨의 표정에서는 그럴 가능성을 미리 고심했는지 여부를 읽을 수 없었다.

"아닐 수도 있어."

제임슨의 입술이 일그러졌다. 미소도 아니고 비웃음도 아니었다. "모두가 가끔 잘못 판단해, 상속녀."

유혹이자 도전이야. 난 잘못 판단하지 말아야 한다. 최소한 그와 있을 때는. 그 점을 내 몸이 빨리 인식해야 한다. 난 제임슨에게서 떨어져 천천히 방을 살폈다. 그랜드캐니

언의 낭떠러지에 서 있는 사람처럼 선반을 둘러보았다. 우리는 2층 높이에 달하는 많은 책에 둘러싸였다. "여기만도 수천 권은 돼 보여." 서재의 크기와 선반의 높이를 감안해서 다른 표지가 씌워진 책을 찾는다면…….

"몇 시간은 걸릴 거야." 내가 말했다.

제임슨이 치아를 드러내며 웃었다. "터무니없는 소리 하지 마, 상속녀. 며칠은 걸릴 테니까."

♟

우리는 조용히 작업에 착수했다. 둘 다 저녁 식사를 걸렀다. 초판본을 발견할 때마다 몸에 전율이 흘렀다. 간간이 책을 넘겨 보다 서명을 발견했다. 스티븐 킹, J. K. 롤링, 토니 모리슨. 그러다 결국 놀라 멈칫하는 걸 그만둘 수 있었다. 선반에서 책을 뽑아 표지를 벗기고 표지를 다시 입히고 책을 제자리에 꽂는 행동 말고 다른 건 전부 잊었다. 제임슨이 작업하는 소리가 들렸다. 각자 선반을 살피다가 서로에게 가까워질 때면 그의 존재가 느껴졌다. 그는 위쪽 선반을 맡았다. 난 아래쪽에서 작업했다. 마침내 난 바로 위에 서 있는 그를 슬쩍 올려다보았다.

"우리가 시간 낭비하는 거면 어쩌지?" 내 질문이 서재 안을 울렸다.

"시간이 돈이야, 상속녀. 넌 엄청나게 낭비한 거야."

"그렇게 부르지 말라니까."

"난 널 뭐라고 불러야 하는데 넌 미스터리 소녀도, 줄여서 미소라고 부르는 것도 좋아하지 않잖아."

난 이 방에 들어온 이후 한 번도 그를 부른 적이 없다. 이름을 부르지 않았다는 힌트를 주려다 말고 그를 빤히 쳐다본 다음 다른 질문을 했다.

"오늘 차에서 한 말이 무슨 뜻이지? 우리가 같이 있는 걸 아무도 봐서는 안 된다고 했던 말 말이야."

난 그가 책을 선반에서 꺼내 표지를 벗기고 다시 놓는 걸 반복하는 소리를 들었고 그런 다음에야 대답을 들을 수 있었다. "넌 하이츠 컨트리 데이라는 근사한 학교에서 하루를 보냈어." 그가 말했다. "내 말뜻이 뭐라고 생각해?"

제임슨은 항상 질문하는 쪽이고 모든 것을 그런 식으로 돌렸다.

"수군거리는 소리를 듣지 못했다느니, 그런 말은 하지 마." 제임슨이 위에서 웅얼거렸다.

난 내가 들은 말을 생각하느라 미동도 없이 서 있었다. "어떤 여자애를 만났어." 난 선반에서 작업을 이어갔다. 책을 꺼내고 표지를 벗기고, 표지를 입히고 책을 다시 꽂고. "테아라고 했어."

제임슨이 코웃음을 쳤다. "테아는 여자애가 아니야. 강철을 씌운, 허리케인을 씌운 회오리바람이지. 학교의 모든 여자애가 그녀를 추종해. 그 말은 곧 내가 달갑지 않은 인물이고 그렇게 된 지가 일 년째라는 뜻이야." 그가 잠시 말을 멈췄다. "테아가 너한테 뭐라고 했는데?" 제임슨은 대수롭지 않은 목소리로 말했다. 물론 표정에서도 아무것도 드러나지 않았지만 난 그 안에서 숨길 수 없는 부분을 포착했다. *그는 신경 쓰고 있어.*

불현듯 테아 이야기를 꺼낸 게 후회됐다. 불화를 조장하는 것이 아마 그 애의 목표일 테니까.

"에이버리?"

제임슨이 내 이름을 부르는 걸로 봐서 그는 단순히 물어본 게 아니었다. 그는 대답을 꼭 들어야 했다.

"테아는 줄곧 이 집에 관한 이야기를 해 줬어." 난 조심스럽게 말했다. "내가 여기 사는 게 어떨지에 대해서." 그건 사실이다, 아니 분명한 사실이다. "그리고 너희에 대해서도."

"네가 문제를 감추고 있지만 네가 하는 말이 실질적으로 사실이라면 그래도 그건 거짓일까?" 제임슨이 고상하게 물었다.

그는 진실을 원했다.

"테아가 어떤 여자애가 있었고 그 애가 죽었다고 알려 줬어." 난 상처에 붙인 밴드를 확 뜯어버리듯 어떤 비난이 돌아올지도 모르면서 덜컥 말해 버렸다.

머리 위 제임슨의 작업 속도가 느려졌다. 그가 다시 입을 열기 전까지 완전한 침묵이 흘렀다. 속으로 5초를 셌을 때 그가 다시 말했다. "그 애는 에밀리야."

왜인지 꼬집어 말할 순 없지만 내가 쳐다보고 있었다면 그는 말하지 않았을 거라는 확신이 들었다.

"그 애는 에밀리야." 그가 되풀이했다. "그리고 그녀는 그냥 여자애가 아니었어."

목구멍에서 숨이 턱 막혔다. 난 억지로 침을 삼키고 계속 책을 살폈다. 내가 그의 목소리 톤을 얼마나 간파하고 있는지 그에게 알리고 싶지 않아서다. *에밀리는 그에게 중요한 사람이야. 그녀는 여전히 그에게 중요하다고.*

"미안해." 내가 말했다. 그 이야기를 꺼낸 것도 미안하고 그 애가 죽은 것도 안타까웠다. "오늘은 이쯤 하기로 해." 시간이 늦었고 후회할 만한 다른 말을 꺼내지 않을 거라 장담할 수 없었다.

제임슨이 작업을 멈추고 계단을 내려왔다. 그는 나와 출구 사이에 섰다. "내일 같은 시간에 볼까?"

갑자기 그의 진한 녹색 눈동자를 절대 들여다봐선 안 된다는 촉이 왔다. "우린 꽤 많이 찾았어." 난 시선을 억지로 문 쪽으로 고정한 채 말했다. "더 빨리 찾는 방법을 알아내지 못하더라도 일주일 안에 모든 선반을 다 살필 수 있겠지."

내가 지나갈 때 제임슨이 몸을 앞쪽으로 구부렸다. "날 미워하지 마." 그가 가볍게 말했다.

내가 왜 너를 미워해? 가슴이 쿵쾅거렸다. 그가 방금 한 말 때문일까, 아니면 그가 나한테 가까이 왔기 때문일까?

"우리가 일주일 안에 끝내지 못할 이유가 좀 있어."

"그게 뭔데?" 그를 쳐다봐선 안 된다는 다짐을 잊어버린 채 물었다.

그가 내 귀에 입술을 바짝 가져다 댔다. "여기가 호손 하우스의 유일한 서재가 아니니까."

28

대체 이 저택엔 서재가 몇 개나 있는 걸까? 난 제임슨으로부터 멀어지면서 그 질문에만 몰두했다. 그의 몸이 나와 아주 가까이 있었다는 것도, 테아가 여자애가 죽었다고 말한 게 거짓이 아니라는 사실에도 집중하지 않았다.

에밀리. 마음속에서 속삭이는 그 이름을 지우려고 애썼지만 그러지 못했다. *그 애는 에밀리야.* 난 중앙 계단에 도착해 머뭇거렸다. 지금 방으로 돌아가서 잠을 청한다면 제임슨과의 대화를 머릿속에서 곱씹고 또 곱씹겠지. 혹시 그가 따라오는지 슬쩍 어깨너머로 살폈지만, 그가 아닌 오렌

이 보였다.

내 경호팀장이 여긴 안전하다고 내게 말했다. 그는 그렇게 믿고 있는 듯했다. 그럼에도 날 따라왔다. 자신이 모습을 드러내고 싶을 때까지, 그림자처럼 조용히.

"자러 가는 거니?" 오렌이 물었다.

"아뇨." 난 잠을 잘 수가 없고 눈을 감는다고 해도 그럴 수 없기에 돌아다니기로 했다. 긴 복도를 따라가니 극장이 나왔다. 영화관이 아니라 오페라 극장에 더 가까웠다. 벽은 금빛이고 붉은 벨벳 커튼이 무대를 감쌌다. 좌석은 경사면에 자리했다. 스위치를 올리니 둥근 천장에서 작은 조명 수백 개가 켜졌다.

호손 재단이 예술가들을 후원한다고 했던 맥 박사의 말이 떠올랐다.

그 옆방에는 악기가 잔뜩 있었다. 수십 개는 돼 보였다. 난 몸을 구부려 양옆에 S가 새겨진 바이올린을 집어 들었다.

"그건 스트라디바리우스야." 마치 위협하듯 목소리가 흘러나왔다.

돌아보니 그레이슨이 문 앞에 서 있었다. 그가 우리를 쫓아왔는지, 얼마나 오래 그랬는지 모르겠다. 날 쳐다보는 그의 동공은 깊이를 알 수 없었고 주변 홍채는 차가운 회색이었다. "조심히 다뤄 줘, 그램스 양."

"난 아무것도 망가뜨리지 않아요." 바이올린에서 물러나

144

면서 내가 말했다.

그레이슨의 목소리는 부드러웠지만 치명적이었다. "제임슨이랑 있을 때는 조심해야 할 거야. 내 동생이 최근에 가장 원하는 건 바로 너야. 그게 무엇이든 간에."

난 슬쩍 오렌을 살폈지만 그는 우리 사이에 오간 대화가 전혀 들리지 않는다는 듯 무덤덤한 표정이었다. *엿듣는 건 그의 일이 아니야. 그는 날 보호하는 사람이야. 그리고 그는 그레이슨이 위험한 인물이라고 생각하지 않아.*

"무엇이든이 날 말하는 건가요?" 내가 쏴붙였다. "아니면 당신 할아버지의 유언을 말하는 건가요?" 그들의 삶을 헤집어 놓은 건 내가 아니다. 하지만 난 여기 있고 토비아스 호손은 그렇지 않다. 논리적으로 따지자면 내 최고의 전략은 대면을 피하는 것, 그를 피하는 것임을 안다. 여긴 대저택이니까 그게 가능하다.

그레이슨과 이렇게 가까이 있으니 저택이 크다는 생각이 들지 않았다.

"우리 어머닌 며칠째 방에서 꼼짝도 하지 않으셔." 그레이슨이 날 똑바로 보며 말했다. "알렉산더는 오늘 자기까지 폭파할 뻔했어. 제임슨은 자기 인생을 망치지 않으려고 위험한 방법을 구상하고 있고, 우리 중 누구도 언론에 노출되지 않고 이 집을 떠날 수 없어. 그들이 초래한 재산상의 손해만도……."

아무 말도 하지 마. 돌아서. 관여하지 마. "난 뭐 쉬운 줄 알아요?" 내가 반문했다. "파파라치한테 쫓기는 걸 내가 좋아하는 것 같냐고요?"

"넌 돈을 원하잖아." 그레이슨 호손이 날 내려다보았다. "그런 배경에서 자랐는데 어떻게 돈을 마다할 수 있겠어?"

정말 잘난 척이 뚝뚝 흘러넘쳤다. "*당신이 돈을 원하지 않는 것처럼? 당신은 그런 배경에서 자랐으니까?* 어쩌면 난 평생 가진 게 없었지만 그래도……."

"넌 아무것도 몰라." 그레이슨이 천천히 말했다. "네가 얼마나 준비가 안 됐는지. 너 같은 여자애는 그럴 수 없어."

"당신은 날 모르잖아요." 분노가 혈관을 타고 흘러 그의 말을 잘랐다.

"알게 되겠지." 그레이슨이 말했다. "얼마 안 지나 너에 대한 모든 것을 파악할 거야." 내 몸의 모든 뼈마디가 그는 자기가 한 말을 지키는 사람이라고 알려 주었다. "지금은 내 권한이 적어 기금에 접근하지 못하지만 호손의 이름은 여전히 의미가 있어. 우리를 위해서라면 기꺼이 목숨을 바칠 사람이 항상 있거든." 그는 움직이지도, 눈을 깜박하지도 않았고 물리적으로 어떤 공격적인 행동도 취하지 않았지만 위협적이었고 그 점을 자기도 잘 알았다. "네가 뭘 숨기든 난 찾아낼 거야. 마지막 남은 비밀까지 낱낱이 파헤쳐 줄게. 며칠 안에 네 인생에 엮인 모든 사람에 대한 신상 명세를 확보할 거야. 네 언니, 네 아버지, 네 어머니…….”

“우리 엄마를 입에 담지 말아요.” 가슴이 옥죄어 왔다. 숨을 쉬기가 힘들었다.

“우리 가족한테서 떨어져, 그램스 양.” 그레이슨이 날 지나쳐 갔다. 내 말은 묵살당했다.

“안 그러면 어쩔 건데요?” 내가 그의 뒤에서 외쳤고 뭐에 씌었는지 모르지만 난 계속 말을 이었다. “아니면 에밀리한테 벌어진 일이 나한테도 벌어지나요?”

그레이슨이 갑자기 멈췄고 그의 온몸 근육이 곤두섰다. “그 애의 이름을 입에 올리지 마.” 화난 자세였지만 목소리는 무너지고 있었다. 마치 내가 그의 허를 찌른 것처럼.

제임슨뿐만이 아냐. 난 입술이 바짝 말랐다. *에밀리는 단순히 제임슨만의 문제가 아니었어.*

누군가 내 어깨에 손을 올렸다. 오렌이다. 그의 표정은 다정했지만 분명 내가 그 일을 들춰 내지 않길 바랐다.

“넌 이 집에서 한 달도 채 못 버틸 거야.” 그레이슨은 왕족이 칙령을 내리듯이 천천히 스스로를 추슬렀다. “솔직히 네가 일주일 안에 떠난다는 데 돈을 걸겠어.”

29

내 방으로 돌아온 직후 리비 언니가 전자기기들을 잔뜩 들고 찾아왔다. "알리사가 너한테 필요한 것들을 사라고 했어. 네가 자신을 위해서는 아무것도 안 샀다고 하더라고."

"그럴 시간이 없었어." 난 지쳤고 압도당했고 이 집에 들어온 이후 내 마음을 *어딘가*에 둘 정신이 없었다.

에밀리까지 포함해서.

"다행인 줄 알아." 리비 언니가 말했다. "난 남는 *게* 시간이거든." 언니가 전적으로 행복해하는 것 같진 않았지만 내가 더 캐묻기 전에 내 책상 위에 기기들을 내려놓기 시작했다. "새 노트북이야. 이건 태블릿이고. 네가 어디론가 도망치고 싶을 경우를 대비해서 로맨스 소설을 잔뜩 받아 둔 전자책 리더기도 있어."

"지금 내 *삶*이 도피야."

그 소리에 리비 언니가 웃었다. "헬스장에 가 봤어?" 감탄하는 목소리인 걸 보니 언니는 가 본 모양이다. "아니면 요리사가 있는 주방은?"

"아직 못 가 봤어." 갑자기 시선이 벽난로로 향했고 내 신경이 거기에 쏠려 있다는 걸 깨달았다. *누군가 저기 있을까? 넌 이 집에서 한 달도 채 못 버틸 거야.* 그레이슨의 말은 물리적인 위협이 아니다. *오렌도 내 목숨이 위험하리라*

고 여기지 않았다. 그렇지만 여전히 난 떨렸다.

"에이버리? 너한테 보여 줄 게 있어." 리비 언니가 내 새 태블릿 커버를 벗겼다. "분명히 말하는데 소리를 지르고 싶으면 질러도 돼."

"내가 왜……." 언니가 보여 준 화면을 보고 난 말문이 막혔다. 그건 드레이크의 동영상이었다.

그가 기자 옆에 서 있었다. 머리를 단정하게 빗은 것으로 보아 갑작스러운 인터뷰는 아니다. 화면에 자막이 떴다. 그램스 가족의 친구.

"에이버리는 늘 혼자였어요." 화면 속 드레이크가 말했다. "친구가 없었죠."

나한테는 맥시가 있고 그 애면 충분하다.

"그렇다고 에이버리가 나쁜 사람이라는 말은 아닙니다. 그냥 주목받고 싶어 안달이 난 것 같았어요. 주인공이 되고 싶어 했어요. 그런 여자애랑 부유한 노인이라……." 그가 말 끝을 흐렸다. "확실히 아빠 콤플렉스가 있었다고 해두죠."

리비 언니가 거기서 동영상을 껐다.

"내가 계속 봐도 돼?" 난 태블릿에 심장과 눈이 찔렸다는 제스처를 취했다.

"이게 제일 끔찍한 부분이야." 리비 언니가 내게 확신시 켰다. "이제 소리 지를래?"

언니한테는 싫어. 난 태블릿을 받아 관련 비디오를 살폈

다. 인터뷰나 해설 기사로 전부 나에 관한 내용이었다. 같은 반에 다니던 애들, 아르바이트 동료, 리비 언니의 엄마. 인터뷰를 쭉 무시하다가 그냥 넘어갈 수 없는 하나를 찾았다. 제목은 간단했다. *스카이 호손과 자라 호손—칼리가리스.*

두 사람이 언론 간담회장 같은 곳의 단상 뒤에 서 있었다. 그레이슨이 자기 엄마가 며칠째 방을 나서지 않고 있다고 주장했음에도 불구하고 말이다.

"아버진 대단한 분이셨어요." 자라의 머리카락이 바람에 은은하게 흔들렸다. 그녀가 사색적인 얼굴로 말했다. "아버진 혁신적인 기업가에다 한 세대에 한 명뿐인 자선사업가셨고 그 무엇보다 가족을 소중하게 여긴 분이셨어요." 그녀가 스카이의 손을 잡았다. "아버지를 추모하면서 우리는 아버지의 업적이 생과 더불어 사라지지 않을 거라 확신합니다. 호손 재단은 그대로 운영될 거예요. 아버지의 수많은 투자도 즉각적인 변화 없이 진행될 겁니다. 현 상황에서 복잡한 법적 부분은 말씀드릴 수 없지만 한 가지 확실한 건 저희는 관계기관과 노인학대 전문가, 의학과 법학 전문팀과 더불어 이 상황을 샅샅이 조사하고 있다는 겁니다." 그녀는 완벽히 극적으로 눈물을 흘리고 있는 스카이 쪽으로 몸을 돌렸다.

"아버지는 저희의 영웅이셨어요." 자라가 선언했다. "돌아가신 아버지가 피해자가 되는 상황을 가만히 두고 볼 수 없습니다. 그래서 유전자 검사 결과를 언론에 공개합니다. 자극적인 보도나 타블로이드지에 떠다니는 기사와 상반되게 에이버리 그램스는 아버지의 불륜으로 태어난 자식이 아니며 아버지는 전적으로 사랑받는 아내이자 저희 어머니인 분에게 결혼생활 내내 충실하셨음을 밝힙니다. 가족으로서 저희는 여러분처럼 최근 벌어진 일에 큰 충격을 받았지만 유전자는 거짓말을 하지 않습니다. 이 소녀가 누구든 간에 호손 가문의 자식이 아닙니다."

동영상은 거기서 끝났다. 난 말문이 막힌 채 그레이슨이 자리를 뜨면서 내뱉은 마지막 말을 떠올려 보았다. *네가 일주일 안에 떠난다는 데 돈을 걸겠어.*

"노인학대 전문가라고?" 리비 언니가 옆에서 기함했다.

"그리고 관계기관." 내가 덧붙였다. "거기에 의학 전문팀도 있어. 그녀는 치매에 걸린 노인을 기망한 일을 조사하고 있다고 직접적으로 밝히지 않았지만 확실히 그러고 있는 거야."

"저러면 안 돼." 파란 포니테일과 기괴한 화장이 화난 얼굴을 강조했다. "그냥 막 떠들게 내버려 둘 순 없어. 알리사에게 연락해. 너에게는 변호사가 있잖아!"

난 골치가 아팠다. 기대했던 일은 아니지만 걸린 액수의 규모로 볼 때 이건 피할 수 없는 일이다. 오렌이 그 여자들이 법적인 조치를 취할 거라고 나에게 경고했었다.

"알리사한테는 내일 전화할게. 지금은, 눈 좀 붙여야겠어."

30

"그들에겐 법적으로 기댈 기관이 없어."

아침에 알리사에게 연락할 필요가 없었다. 그녀가 알아서 날 찾아왔다.

"우리가 처리한다고 장담할게. 오늘 오후에 아버지가 자라와 콘스탄틴을 만나기로 하셨어."

"콘스탄틴이요?"

"자라의 남편 말이야."

테아의 삼촌이지. 난 속으로 생각했다.

"유언장 내용에 이의를 제기한다면 엄청난 손실이 발생한다는 걸 그들도 당연히 알고 있어. 자라의 빚이 상당한데 고소한다면 청산은 어려워. 자라와 콘스탄틴이 모르는 내용을 아버지가 그들에게 아주 분명하게 전할 거야. 판사가 호손 씨의 최종 유언이 아무 가치가 없고 법적으로 무효하다고 판단하면 재산 분배는 이전에 작성한 유언에 따라 이루어질 거야. 그러면 호손 가족은 이번보다 더 적은 금액을 받게 돼."

산 넘어 산. 난 유언장 공개 때 제임슨이 했던 말을 떠올린 다음 스콘을 두고 알렉산더와 나눴던 이야기도 떠올렸다. *네가 우리 할아버지를 구슬려 이런 일을 벌였다고 생각할지라도 결국 구슬린 쪽은 할아버지란 걸 난 장담해.*

"호손 씨는 이전 유언장을 언제 작성했어요?" 이번 유언을 강화할 목적으로 쓴 건지 궁금해서 물었다.

"이십 년 전 팔월에." 알리사가 그 가능성을 곧바로 기각했다. "전 재산을 자선단체에 기부한다는 내용이야."

"이십 년 전이요?" 내가 되물었다. 그건 내쉬를 제외하곤 호손의 손자들이 태어나기 전이다. "이십 년 전에 자기 딸들에게 상속하지 않기로 결정하고선 말도 안 해 줬단 거예요?"

"그런 것 같아. 그리고 어제 네가 물어본 건에 대한 답을 말해 줄게. 회사의 기록에 따르면, 이십 년 전 팔월에 호손 씨가 법적으로 개명했어. 그전까지는 미들네임이 없었고." 알리사는 정말로 유능하다.

토비아스 호손은 가족에게 재산을 상속하지 않겠다고 유언을 작성함과 동시에 스스로 미들네임을 만들었다. *태터솔. 태터스 올.* 제임슨과 알렉산더가 할아버지에 대해 알려 준 정보를 취합해 보면 그건 메시지다. 돈을 나에게 남긴 것이나 내 이전에 자선단체에 남긴 건 문제가 아니었다.

자기 가족에게 상속하지 않는 것이 문제다.

"이십 년 전 팔월에 대체 무슨 일이 있었던 거예요?"

알리사는 대답에 신중을 기했다. 난 인상을 쓰며 그녀가 여전히 내쉬에게 충성하는 게 아닌가 생각했다. 내쉬의 가족에게 말이다.

"호손 부부는 그해 여름 토비라는 아들을 잃었어. 열아홉으로 막내였지." 알리사가 잠시 말을 멈추더니 억지로 이어나갔다. "토비는 부모님과 별장에서 지낼 때 친구를 여럿 사귀었어. 그러다 불이 났지. 토비와 다른 세 아이가 목숨을 잃었어."

난 그녀가 하는 말을 마음속에서 정리하려고 애썼다. 토비아스 호손은 아들이 죽고 난 뒤로 자신의 유언에서 딸들을 제외했다. *아빠 토비가 죽은 뒤로 변했어.* 자라는 조카에게 상속 순위를 초월당했다고 생각해 이렇게 말했다. 난 스카이의 대답을 떠올렸다.

실종이야. 스카이는 그렇게 주장했고 자라는 이성을 잃었다.

"스카이는 왜 실종이라고 말한 거예요?"

내 질문에 알리사가 놀랐다. 분명 그녀는 유언장 공개 때 이야기가 오간 걸 기억하지 못했다.

"그날 밤 화재와 폭풍우 때문에 토비의 유해를 제대로 수습하지 못했거든."

난 머릿속으로 이 정보를 통합하려고 부단히 애썼다. "자

154

라와 스카이는 예전 유언이 무효라고 변호사를 통해 주장할 수 있지 않나요? 강압적으로 쓰였거나 슬픔 때문에 그가 제정신이 아니라거나 뭐 그런 식으로?"

"호손 씨는 매년 유언장을 재확인하는 문서에 서명했어." 알리사가 말했다. "네가 나타나기 전까지는 한 번도 바꾼 적이 없었지."

내가 나타나기 전까지라. 온몸에 소름이 끼쳤다. "그게 언젠데요?" 내가 물었다.

"작년이야."

무슨 계기로 토비아스 호손은 전 재산을 자선단체에 기부하는 대신 나한테 남기기로 마음을 바꿨을까?

어쩌면 토비아스 호손이 엄마를 알고, 돌아가신 것도 알지도 몰라. 그래서 미안했을 수도 있잖아.

"네 호기심이 충족됐다면 이제 그쯤하고, 좀 더 중요한 문제로 돌아갈까 해. 우리 아버지가 자라와 콘스탄틴을 잘 상대하실 거라 믿어. 우리에게 남은 가장 중요한 문제는 언론 노출인데······." 알리사가 마음을 독하게 먹었다. "즉, 네 언니 문제야."

"리비 언니 말이에요?" 전혀 예상하지 못한 부분이다.

"네 언니가 쥐 죽은 듯 가만히 있는 게 모두에게 이득이야."

"언니가 어떻게 그럴 수 있어요?" 세계적으로 가장 큰 이슈인데.

"네 언니에게 집 밖으로 나가지 말라고 최대한 빨리 조언할 거야." 리비 언니가 시간 말고는 아무것도 없다고 한 말이 생각났다. "네 언니가 원한다면 자선단체 일을 도울 수도 있지만 그전까지는 우리가 스토리를 제어할 수 있어야 하는데 네 언니는 좀…… 남의 이목을 끄는 편이지."

난 그 말이 리비 언니의 패션을 지적하는 건지, 멍든 눈을 말하는 건지 확신할 수 없었다. 속에서 화가 부글부글 끓었다. "언니는 자기 마음대로 입을 자유가 있어요." 난 딱 잘라 말했다. "언닌 하고 싶은 대로 할 수 있어요. 텍사스의 상류 사회나 타블로이드지에서 그걸 싫어한다면 정말 엿 같아요."

"지금은 예민한 상황이야." 알리사가 침착하게 대답했다. "특히나 언론은, 게다가 리비는……."

"언니는 언론에 떠벌리지 않았어요." 내 이름을 걸고 난 맹세할 수 있다.

"그녀의 전 남친이 그랬지. 그녀의 엄마가 그랬고. 두 사람 다 돈 나올 구멍을 찾고 있으니까." 알리사가 날 쳐다봤다. "복권 당첨자 대부분이 가족과 친구로부터 과도한 요구와 부탁을 받아 힘들어한다는 걸 말하지 않아도 알잖아. 넌 다행히 그런 일을 겪을 필요가 없지만 리비는 다른 문제야."

만일 내가 아니라 리비 언니가 상속받는 쪽이라면 언니

는 거절하지 못했을 거다. 언니는 자신의 등골을 빼먹으려는 사람 모두에게 퍼주고 또 퍼줄 거다.

"우린 그 어머니에게 한 차례 지급할까 고려 중이야." 알리사가 사무적으로 말했다. "너나 리비에 대해 언론에 말하지 않는다는 기밀유지협약서를 쓰고 말이지."

언니의 엄마에게 돈을 준다고 생각하니 속이 뒤틀렸다. 동전 하나도 받을 자격이 없는 여자다. 하지만 자기 엄마가 저녁 뉴스에 자꾸 등장해 자신을 팔아먹는 모습을 언니에게 보게 할 수는 없었다.

"알았어요." 난 이를 갈며 대답했다. "하지만 드레이크에 겐 *아무것도* 안 줄 거예요."

알리사가 살짝 치아를 보이며 미소 지었다. "그에게는 내가 재미 삼아 입마개를 씌울게." 그녀가 두꺼운 바인더를 꺼냈다. "그사이 난 너에 관한 핵심 정보를 수집했고 오늘 오후에는 네 옷장과 외모에 조치를 좀 해야겠어."

"내 *뭐라고요?*"

"네가 말했듯이 리비는 자기가 원하는 걸 입을 수 있지만 넌 그런 사치품이 없잖니." 알리사가 어깨를 으쓱였다. "이곳의 진짜 주인공은 바로 너야. 이곳과 어울리는 사람처럼 보이는 게 첫 번째 관문이야."

법과 홍보 문제로 시작된 이 대화가 어떻게 호손 가족의 비극을 거쳐 결국 내 변호사가 나에게 대변신을 하라고 지시하는 걸로 귀결됐는지 도무지 모르겠다.

난 알리사가 내민 바인더를 챙겨 책상에 놓은 다음 문을 향해 걸었다.

"어딜 가는 거니?" 알리사가 뒤에서 날 불렀다.

*서재*라고 말하려다가 그레이슨이 어제 경고한 말이 다시금 생각났다. "여기 볼링장이 있다고 하지 않았어요?"

31

정말로 볼링장이 있었다. 내 집 안에. *내 집 안에* 볼링장이 있다. '고작' 레인이 네 개뿐이지만 그것만 빼면 구색을 다 갖췄다. 볼 리턴도, 레인별로 핀 세터도 있었다. 시합용 터치스크린을 비롯해 머리 위에는 점수를 기록하는 55인치 모니터가 달렸다. 볼링공, 레인, 터치스크린, 모니터 그 모든 것에 정교하게 H가 새겨졌다. 어느 것도 내 것이 아니라고 알려 주는 의미로 받아들이지 않으려고 애썼다.

대신 제대로 된 공을 고르는 데 집중했다. 제대로 된 신발도. 왜냐하면 한쪽 선반 위에 적어도 40켤레는 족히 돼 보이는 볼링화가 쭉 놓여 있기 때문이다. *대체 누구한테 볼링화가 40켤레나 필요하지?*

터치스크린을 두드리며 내 이니셜을 입력했다. AKG. 잠시 뒤 모니터 위로 환영 문구가 나타났다.

호손 하우스에 온 걸 환영합니다, 에이버리 카일리 그램스 양!

그 문구를 보니 팔에 털이 곤두섰다. 내 이름을 여기에 프로그래밍하는 일이 지난 며칠간 누군가의 최우선 순위는 아니었을 텐데. 그 말인즉…….

"당신이 그랬어요?" 난 토비아스 호손에게 들리도록 큰 소리로 말했다. 지상에서 한 그의 마지막 행동이 이 환영 문구를 입력하는 거였을까?

온몸이 떨려오는 걸 애써 참았다. 두 번째 레인 끝에서 핀이 날 기다렸다. 난 진녹색에 은색 H가 새겨진 10파운드 짜리 볼링공을 집어 들었다. 옛날 우리 동네 볼링장에서 한 달에 한 번 99센트에 볼링을 칠 수 있는 행사를 열었다. 엄마와 나는 매번 갔다.

엄마가 여기 있었으면 좋겠다는 생각이 들었고 그러다 의구심이 생겼다. 엄마가 살아 있다면 내가 여기 올 수 있었을까? 난 호손 가의 자식이 아니다. 노인이 날 우연히 뽑은 게 아니라면, 내가 어쩌다 그의 시선을 끌지 않았다면 모든 걸 내게 남긴 그의 결정은 엄마와 관련 있을 것이다.

엄마가 살아 있다면 엄마한테 유산을 남길 건가요? 적어도 이번에는 토비아스 호손을 향해 큰소리로 외치지 않았

다. 대체 뭐가 미안한데요? 엄마한테 무슨 짓을 했어요? 엄마한테 혹은 엄마를 위해 해야 할 일을 하지 않았나요?

나에겐 비밀이 있어······. 엄마의 목소리가 들렸다. 평소보다 더 힘껏 공을 굴렸지만 고작 핀 두 개를 쓰러뜨렸다. 엄마가 여기 있었다면 날 놀렸을 거다. 난 집중한 다음 공을 굴렸다. 다섯 경기 뒤에 땀으로 얼룩졌고 팔이 쑤셨다. 기분이 좋았다. 헬스장에 가 볼 정도로 좋았다.

종합운동장이라고 말하는 게 더 정확할 듯싶다. 난 농구장을 건너갔다. 방은 L자 형태로 생겼고 L의 짧은 쪽에 웨이트 벤치가 두 개, 운동 기구가 여섯 대 놓였다. 뒤쪽 벽에 문이 있었다.

내가 오즈의 마법사에 나오는 도로시 역할을 하는 한······.

문을 열고 위를 올려다보았다. 2층 높이의 암벽등반용 벽이 자리했다. 하네스도 없이 최소 6미터 높이에 있는 거의 90도 경사면에서 안간힘을 쓰고 있는 사람이 보였다. 제임슨.

내가 온 걸 안 모양이다. "암벽 등반 해 본 적 있어?" 그가 물었다.

다시금 난 그레이슨의 경고를 떠올렸지만 이번에는 그레이슨 호손이 나한테 한 말 따위는 신경 쓰지 않기로 다짐했다. 난 벽으로 걸어가 베이스에 발을 올리고 잡을 수 있는 손잡이와 발 버팀대를 얼른 살폈다.

"처음이야." 한쪽으로 팔을 뻗으며 제임슨에게 대답했다. "하지만 빨리 배우는 편이지."

난 2미터 정도 올라가다가 난이도가 있는 돌출된 부분에서 멈췄다. 한쪽 다리를 발 받침에 대고 다른 다리로 벽을 디딘 후 오른팔을 다음 손잡이로 뻗었지만 아슬아슬하게 모자랐다.

결국 놓치고 말았다.

그 순간 절벽에서 손 하나가 잽싸게 내려와 날 잡았다. 제임슨은 공중에서 날 붙잡은 채 씩 웃었다. "뛰어내려도 돼. 아니면 내가 널 들어 올려줄 수도 있고."

그렇게 해 보든지. 난 그 말을 꾹 참았다. 오렌은 보이지 않았고 제임슨과 단둘이 있을 때 가장 꺼려지는 일이 더 높이 올라가는 것이다. 그래서 난 그의 팔을 놓고 충격에 대비해 몸을 감쌌다.

땅에 착지한 뒤 자리에서 일어나 제임슨이 다시 벽을 타는 걸 지켜보았다. 얇은 흰 티셔츠 너머로 힘이 들어간 탄탄한 근육이 보였다. *이건 좋은 생각이 아니야.* 내 자신에게 말했다. 가슴이 두근거렸다. *제임슨 윈체스터 호손은 아주 나쁜 인간이야.* 내 머릿속에서 그 말이 튀어나오기 전까지 내가 그의 풀네임을 기억하고 있다는 것조차 자각하지 못했다. *그를 그만 쳐다봐. 그를 생각하지 마. 내년엔 충분히 골치가 아플 거야…… 골치 아플 게 없이도.*

갑자기 누가 날 쳐다보는 느낌이 들어 재빨리 문 쪽으로 몸을 돌리니 그레이슨이 있었다. 그의 밝은 눈동자가 집중하려고 찌푸려져 있었다.

당신은 날 겁나게 하지 못해, 그레이슨 호손. 난 억지로 그에게서 몸을 돌려 침을 삼키고 제임슨에게 말했다. "서재에서 봐."

32

9시 15분에 도착했을 때는 서재가 텅 비어 있었지만 오래가지 않았다. 9시 30분에 제임슨이 도착했고 9시 31분에 그레이슨이 들어왔다.

"우리 오늘 뭐 하지?" 그레이슨이 동생에게 물었다.

"*우리*라니?" 제임슨이 곧바로 물었다.

그레이슨이 꼼꼼하게 소매를 걷어 올렸다. 그는 운동 후에 옷을 갈아입었고 갑옷처럼 뻣뻣한 깃이 달린 셔츠를 걸쳤다. "동생이 수상한 의도를 가진 침입자와 시간을 보내는데 형이 묻지도 못하는 거야?"

"내가 너와 있는 게 불안한 거야." 내가 해석해 주었다.

"난 연약한 온실 속 화초구나." 제임슨의 목소리는 가벼웠지만 그의 눈은 다른 말을 하고 있었다. "보호와 지속적인 감시를 받아야 하다니."

그레이슨은 비아냥에도 굴하지 않았다. "그런가 보지 뭐." 그가 미소를 지었지만 표정은 아주 날카로웠다. "우리 오늘 뭐 하지?" 그가 다시 물었다.

난 그의 목소리 속 무언가가 그렇게 무시 못 할 힘을 내는지 도무지 알 수 없었다.

제임스가 날을 세우고 대답했다. "상속녀와 나는 직감을 쫓아서 형이 터무니없는 일이라고 여길 것에 엄청나게 많은 시간을 전적으로 낭비하고 있는 중이야."

그 말에 그레이슨이 인상을 썼다. "난 그런 식으로 말하지 않아."

제임슨이 한쪽 눈썹을 들썩였다.

그레이슨이 눈살을 찌푸렸다. "너희 둘이 쫓는다는 직감이 뭔데?"

제임슨이 대답하지 않을 것이 확실해지자 내가 나섰다. 그레이슨 호손이라는 빌어먹을 인간에게 반해서 그런 건 아니다. 장기적으로 볼 때 이기는 전략 중 하나는 언제 상대의 기대에 따라 움직이고 언제 전복시키느냐를 판단하는 것이다. 그레이슨 호손은 나한테 아무것도 기대하지 않는다. *제대로 된 것은 아무것도.*

"우린 당신 할아버지가 제임슨에게 남긴 편지에 단서가 있다고 생각해요."

그레이슨의 날카로운 눈동자가 날 가볍게 살폈다. "단서뿐 아니라 왜 할아버지가 모든 걸 *너*에게 남겼는지에 대한 이유도 있지."

제임슨은 문에 기댔다. "할아버지답지 않아?" 그가 그레이슨에게 물었다. "마지막 게임으로?"

난 제임슨의 목소리에서 그레이슨이 그렇다고 대답하길 바란다는 걸 알 수 있었다. 그는 형의 동의 혹은 허락을 얻고 싶어 했다. 어쩌면 둘이 함께 이 문제를 해결하고 싶은 마음이 조금이나마 있는지도 모른다. 난 그레이슨의 눈동자에서도 순식간에 *어떤* 불꽃이 일렁이는 걸 봤지만 너무 빨리 꺼져 버려 조명과 내 마음이 장난질을 한 게 아닌지 의구심이 들었다.

그레이슨이 입을 열었다. "솔직히 말해서 제임슨, 네가 아직도 할아버지를 잘 안다고 생각하고 있다는 데 놀랐어."

"난 놀라움 덩어리지." 제임슨은 그레이슨에게 더는 바라지 않았다. 그의 눈빛 역시 사라졌다. "형은 언제고 자릴 떠도 돼."

"내 생각은 그렇지 않아." 그가 허공에 대고 말했다. "알고 지낸 악마가 모르는 사람보다 낫다. 권력은 부패한다. 절대 권력은 절대적으로 부패한다."

내가 재빨리 제임슨을 쳐다보니 그는 완전히 굳은 채로 서 있었다.

"할아버지가 형한테도 같은 메시지를 남겼군." 마침내 제임슨이 문에서 몸을 떼고 방 안으로 걸어 들어왔다. "똑같은 단서야."

"단서가 아니야." 그레이슨이 반박했다. "할아버지가 제정신이 아니라는 징조지."

제임슨이 형 쪽을 휙 돌아보았다. "형은 그렇게 믿지 않잖아." 그는 그레이슨의 표정과 자세를 꼼꼼히 살폈다. "판단하려 들 뿐이지." 제임슨이 얼른 날 쳐다봤다. "가능하다면 형은 자기 편지를 가지고 너에게 맞서려고 할 거야."

그레이슨이 편지를 자라와 콘스탄틴에게 이미 넘겼을지도 몰라. 하지만 알리사에 따르면 그건 중요하지 않다.

"이 유언 전에 다른 유언이 있었어요." 난 형제들을 번갈아 보며 말했다. "당신들 할아버지는 이번 유언보다 더 적은 액수를 가족에게 남겼죠. 그는 *나 때문에* 당신 형제한테 상속하지 않은 게 아니에요." 난 그레이슨을 쳐다봤다. "그는 당신이 태어나기도 전에 호손 가문 전체에 상속하지 않기로 마음을 먹었어요. 당신들 삼촌이 사망한 직후에 말이죠."

제임슨이 걸음을 멈췄다. "거짓말." 그의 온몸에 힘이 들어갔다.

그레이슨이 내 눈을 들여다보았다. "거짓말이 아니야."

일이 이렇게 진행되면 날 믿어주는 쪽은 제임슨이고 의심하는 쪽은 그레이슨일 것이라고 예상했다. 하지만 지금

두 사람 모두 날 빤히 쳐다보았다.

그레이슨이 먼저 눈길을 거뒀다. "너도 그 우울한 편지가 무슨 의미라고 생각하는지 말해 봐, 제임슨."

"그런데 왜 내가 그런 식으로 이 게임을 포기해야 하지?" 제임슨이 이를 갈며 말했다.

두 사람은 경쟁하던 사이다. 앞다투어 결승점을 향해 가고 있었다. 여긴 내가 있을 자리가 아니다. 이 둘 사이에 전혀 낄 수 없다는 생각을 떨쳐버릴 수 없었다.

"제임슨, 너도 내가 너희 둘과 함께 계속 여기 있을 자격이 있다는 걸 깨달았겠지? 네가 뭘 하는지 알아차리는 즉시 내가 무슨 생각을 할지 너도 알잖아. 나도 게임을 하려고 태어났어, 너처럼."

제임슨은 형을 노려보더니 미소를 지었다. "그건 수상한 의도가 있는 침입자에게 달렸지." 그의 미소가 조소로 바뀌었다.

그는 내가 그레이슨을 쫓아 버리길 바란다. 난 그럴 수도 있지만 우리가 이곳에서 시간 낭비만 할 가능성도 있고, 그레이슨 호손의 시간을 낭비하는 데도 특별히 불만이 있지 않다.

"그가 여기 있어도 돼."

방 안의 긴장감이 너무 팽팽해 칼로 자를 수 있을 지경이었다.

166

"알았어, 상속녀." 제임슨이 재빨리 내게 거친 미소를 보였다. "네가 좋을 대로 해."

33

추가 일손이 있다면 일이 더 빨리 진행되리라 기대했지만, 호손 두 명과 같은 공간에 갇힌 기분이 어떨지는 상상 못 했다. 특히나 이 둘과. 작업을 하는 동안 그레이슨이 내 뒤에, 제임슨은 내 위에 있어서 난 그들이 물과 기름처럼 늘 섞이지 않는 존재인지 궁금했다. 그레이슨은 항상 진지해서 탈이고 제임슨은 진지함이라고는 *전혀* 찾아볼 수 없기 때문이다. 내쉬가 호손의 왕좌를 차지하지 못할 것이 분명해졌을 때 이 둘이 상속자의 자리를 놓고 다투며 자랐을 것이다.

에밀리가 나타나기 전에는 서로 잘 지냈는지도 궁금했다.

"여긴 아무것도 없어." 그레이슨이 자기 말에 마침표라도 찍는 듯 책을 선반 위에 세게 내려놓았다.

"우연찮게 형도 여기 있을 필요가 없어."

"저 애가 여기 있으면 나도 여기 있을 기야."

"에이버리는 물지 않아." 드디어 제임슨이 내 이름을 제대로 언급했다. "솔직히 지금은 어떤 연관이 있을까 의심하고 있지만, 그녀가 한다면 나도 할 거야."

난 기가 막혀서 그의 목을 잡고 조를까 진지하게 생각했다. 그는 그레이슨을 꼬드기고 있고 거기에 날 이용했다.

"제임슨?" 그레이슨이 아주 침착한 목소리로 말했다. "입 다물고 찾기나 해."

나도 그렇게 했다. 책을 꺼내고, 표지를 벗기고, 표지를 입히고, 책을 다시 꽂고. 몇 시간이 흘렀다. 그레이슨과 나는 서로에게 다가가는 방향이었다. 그가 내 시야 끝에 들어올 정도로 가까워졌을 때 그가 겨우 나에게 들릴 법한 목소리로, 하지만 제임슨은 전혀 듣지 못할 정도로 조용히 말했다.

"내 동생은 할아버지의 죽음을 슬퍼하고 있어. 확실히 그 점을 이해해 주길 바라."

난 이해할 수 있었고 그렇게 하는 중이다. 난 아무 대꾸도 하지 않았다.

"저 애는 자극적인 걸 추구해. 고통, 두려움, 기쁨. 뭐든 상관없지." 그레이슨은 내가 자신의 말을 완전히 집중해서 듣고 있다는 걸 알았다. "제임슨은 상처받았고 그래서 이 게임을 빨리 진행하고 싶은 거야. 이게 어떤 의미가 있길 바라니까."

*이거*라면 할아버지의 편지를 말하는 걸까? 아니면 유언장? 아니면 나?

"그리고 당신은 그렇게 생각하지 않죠." 내가 낮은 목소리로 대꾸했다. 그레이슨은 내가 특별하다고 생각하지 않았고 이 일이 풀 가치가 있는 퍼즐이라고 믿지 않았다.

"우리 가족을 위협하는 이 이야기에서 네가 악당 역할을 할 필요가 없다고 생각해."

내쉬를 만나지 않았더라면 난 그레이슨이 듬직하다고 믿었을 것이다.

"당신은 계속 다른 가족 이야기만 하는데, 하지만 가족만의 문제가 아니에요. 내가 당신의 위협이 되기도 하니까요."

난 그의 재산도 물려받았다. 난 그의 집에 살고 있다. 그의 할아버지가 날 선택했다.

그레이슨은 이제 내 바로 옆까지 왔다. "난 위협받지 않아." 겉으론 그렇게 보이지 않았다. 난 그가 자제력을 잃은 모습을 본 적이 없다. 하지만 그가 가까이 올수록 내 몸에선 더 큰 경고가 울렸다.

"상속녀!"

제임슨의 목소리에 난 화들짝 놀랐다. 반사적으로 그레이슨에게서 떨어졌다. "응?"

"내가 뭘 좀 찾은 것 같아."

난 그레이슨을 지나쳐 계단으로 갔다. 제임슨이 뭘 찾았다. *표지와 일치하지 않는 책.* 그건 내 가정이었지만 2층으로 올라가는 순간 제임슨 호손의 입술에 드리운 미소를 보고 내가 옳았다는 걸 알았다.

그가 하드커버로 된 책을 들어 올렸다.

난 책 제목을 읽었다. "*항해에 올라.*"

"그런데 안에는……." 제임슨은 타고난 쇼맨이었다. 그는 과장된 동작으로 표지를 벗겨 책을 내게 건넸다. *포스터스 박사의 비극.*[*]

"파우스트군." 내가 말했다.

"알고 있는 악마. 혹은 모르는 악마." 제임슨이 말했다.

이건 우연일지도 모른다. 구름을 보고 앞날을 내다보려는 사람처럼 우리가 아무것도 아닌 것에서 의미를 찾은 것일지도 모른다. 그렇다고 해도 팔에 닭살이 돋는 건 어쩔 수 없었다. 가슴이 미친 듯이 쿵쾅댔다.

호손 하우스에서는 무엇이든 의미 있는 것이 될 수 있어.

*포스터스 박사의 비극*을 펼칠 때 온몸으로 그런 생각이 엄습했다. 속지에 반투명한 붉은 사각형을 테이프로 붙여 둔 것이 눈에 들어왔다.

"제임슨." 난 책에서 시선을 들었다. "여기 뭐가 있어."

그레이슨이 아래에서 그 소리를 들은 게 분명했지만 아무 말도 하지 않았다. 제임슨은 곧바로 내 옆으로 왔다. 그가 손가락으로 붉은 사각형을 만졌다. 얇은 플라스틱 필름

---

[*] 크리스토퍼 말로의 *포스터스 박사의 비극*에 등장하는 주인공 포스터스는 독일 전역을 방랑하며 연금술과 마술, 점성술을 연구한 게오르크 파우스트가 그 모델이고, 괴테의 파우스트와 동일 인물이다.

같은 소재로 각 면이 10센티미터 정도 됐다.

"이게 뭐지?" 내가 물었다.

제임슨은 내 손에서 책을 조심스럽게 넘겨받아 신중하게 사각형을 떼어냈다. 그리고 불빛에 비춰 보았다.

"여과지야." 아래에서 목소리가 들렸다. 그레이슨이 서재 한가운데 서서 우리를 올려다보고 있었다. "붉은 투명 필름이야. 할아버지가 제일 좋아하시는 건데 특히 숨겨진 메시지를 살필 때 유용해. 그 책에 적힌 글씨가 붉은색은 아니겠지?"

난 첫 장을 넘겨보았다. "검은 잉크예요." 내가 말했다. 난 계속 넘겼다. 잉크색은 변하지 않았지만 몇 페이지마다 연필로 동그라미 친 부분을 찾았다. 갑자기 아드레날린이 마구 솟구쳤다. "할아버지가 책에 메모하는 습관이 있었어요?"

"포스터스 박사의 비극 초판에?" 제임슨이 코웃음을 쳤다. 난 이 책이 얼마만큼의 가치가 있는지, 한 페이지에 있는 작은 동그라미 때문에 얼마나 감가상각이 발생하는지 몰랐지만 본능적으로 우리가 무언가를 찾았다는 확신이 들었다.

"곳." 내가 단어를 크게 읽었다. 두 형제 모두 아무 말도 없어서 난 계속 책을 술술 넘기고 또 넘겼다. 50장 정도 더 넘기니 다시 동그라미 친 단어가 나왔다.

"에⋯⋯." 난 계속 책장을 넘겼다. 동그라미 친 단어가 이제 더 빨리 나왔고 가끔 짝을 이루었다. "있다⋯⋯."

제임슨이 근처 선반에서 펜을 집어 들었다. 그는 종이가 없어서 왼손등에 받아 적기 시작했다. "계속해."

난 그렇게 했다. "에⋯⋯가 또 나왔어." 내가 말했다. "있다도 또 나왔고." 이제 책 거의 끝장까지 갔다. "길." 내가 마지막으로 말했다. 이제 천천히 페이지를 넘겼다. 없고, 없고, 없다. 마침내 난 고개를 들었다. "이게 다야."

난 책을 덮었다. 제임슨은 몸 앞으로 손을 들어 올렸고 난 더 자세히 보려고 다가갔다. 내 손을 그의 손으로 가져가 손등에 적어둔 단어를 읽었다. 곳. 에. 있다. 에. 있다. 길.

이제 어떡해야 할까?

"어순을 바꿔볼까?" 내가 물었다. 평범한 단어 퍼즐처럼.

제임슨이 눈을 번뜩였다. "곳에 있다⋯⋯."

난 그가 남긴 빈칸을 채웠다. "길이 있다."

제임슨의 입술이 일그러졌다. "우린 단어 하나를 빼먹었어." 그가 웅얼거렸다. "뜻(will). 또 다른 속담이야. 뜻이 있는 곳에 길이 있다." 그가 붉은 필름을 앞뒤로 움직이며 생각나는 대로 내뱉었다. "컬러 필터를 통해 보면 같은 색이 있는 줄이 사라져. 비밀 메시지를 쓰는 방식 중 하나야. 내용을 다른 색으로 적어. 책은 검은 잉크니까 투명 필름은 이 책에 사용하는 것이 아니야." 제임슨이 빠르게 말했고 그의 목소리 속 에너지는 전염성이 강했다.

그레이슨이 서재 중앙에서 말했다. "그러니까 책 속의 메시지는 우리에게 어디에 투명 필름을 쓸지 알려 주는 거지."

그들은 할아버지가 내는 어려운 문제를 풀며 놀았다. 어릴 때부터 그런 훈련을 해 왔다. 난 그러지 못했지만 그들의 옥신각신하는 모습을 보니 연결 고리를 찾기 충분했다. 필름은 숨은 글귀를 알리는 용도지만 이 책에 사용하는 건 아니다. 대신 전에 편지에서 그랬던 것처럼 이 책에 단서가 들어 있지만 이번 경우 하나의 단어가 빠진 문장이다.

뜻이 있는 곳에 길이 있다. (Where there's a Will, there's a way.)

"그럴 가능성이 얼마나 있을까?" 머릿속으로 이리저리 생각을 조합해 보며 내가 천천히 말했다. "어딘가에 붉은 잉크로 쓴 할아버지의 유언장(grandfather's will) 사본이 있을 가능성이?"

34

난 알리사에게 유언장에 대해 물었다. 잃어버린 구슬을 찾아 달라는 것처럼 시답잖게 여길 거라고 예상했는데 내가 *붉은*이라는 말을 꺼내자마자 그녀의 표정이 변했다. 그녀는 붉은 유언장(Red Will)을 보여 줄 수 있지만 그 전에 그녀를 위해 해 줄 일이 있다고 알렸다. 그건 백화점 의류센터의 재고를 내 방으로 몽땅 옮겨 온 것 같은 남매 스타일리스트 팀과 관련된 일이었다. 왜소한 여성 스타일리스트는 거의 입을 열지 않았다.

반대로 198센티미터 정도 되어 보이는 덩치 큰 남성은 쉴 새 없이 지적해 댔다. "노란색은 입지 마. 네 단어장에서 *주황색*과 *크림색*은 빼 버려. 대신 다른 색은 괜찮을 것 같아." 리비 언니와 함께 있는 이 방 안에는 행거 13개에 걸린 옷과 보석이 담긴 수십 개의 트레이가 있고, 거기다 내 욕실은 완전히 미용실로 변신했다. "밝은색, 파스텔, 세련된 흙색이 좋겠어. 넌 단색에 끌리지?"

난 지금 입고 있는 옷을 내려다보았다. 회색 티셔츠와 두 번째로 편한 청바지. "심플한 게 좋아요."

"심플은 헛소리야." 여성이 웅얼거렸다. "하지만 미인이 입으면 가끔 괜찮지."

내 옆에서 리비 언니가 코웃음을 치고는 입술을 꽉 물었다. 난 언니를 노려봤다. "언니는 지금 즐기고 있구나?" 내가 험악하게 물었다. 그리고 언니가 입고 있는 옷을 살폈다. 검은 원피스는 충분히 언니다웠지만 스타일은 컨트리클럽에서나 어울릴 법했다.

난 알리사에게 언니를 압박하지 말라고 했다. "굳이 바꿀 필요는 없어, 언니의……." 내가 입을 여는데 언니가 말을 잘랐다.

"그들이 날 포섭했어. 부츠로 말이야." 언니가 뒷벽을 가리켰고 거기에는 전부 가죽으로 된 보라, 검정, 파란 부츠가 잔뜩 진열돼 있었다. 발목까지 오는 것, 종아리 길이, 허벅지까지 올라오는 것 등 다양했다.

언니가 차분하게 말했다. "게다가 무시무시한 로켓까지." 리비 언니는 기괴한 모양의 장신구라면 *사족을 못 썼다*.

"부츠 열다섯 켤레와 무시무시한 로켓을 받는 조건으로 스타일을 바꾸기로 한 거야?" 살짝 배신감을 느끼며 내가 말했다.

"그리고 아주 놀랄 정도로 부드러운 가죽 바지까지." 언니가 덧붙였다. "전적으로 그럴 가치가 있었어. 난 예전 그대로야, 단지…… 근사해졌지." 언니의 머리카락은 아직 파란색이다. 매니큐어도 여전히 검정색이다. 게다가 언니는 지금 스타일 팀이 집중하는 대상이 아니다.

"헤어부터 시작하기로 해." 옆에서 남성 스타일리스트가 내 덥수룩한 긴 머리를 살피며 선언했다. "너도 그렇게 생각하지?" 그가 자기 동생에게 물었다.

여성은 행거 뒤로 사라져서 대답이 없었다. 난 그녀가 여기저기 돌아다니며 옷을 재배열하는 소릴 들었다.

"모발이 굵어. 그렇다고 곱슬머리는 아니고 또 직모도 아니야. 어느 쪽이든 갈 수 있어." 이 거대한 남자는 미식축구 공격수처럼 생겨서 말도 그런 식으로 했다. 내 헤어스타일에 대한 조언 같은 건 해 주지도 않았다. "네 턱에서 오 센티미터 이상 내려가지만 등 중간보단 위로 올라가는 길이로 할 거야. 살짝 층을 낸다고 나쁠 건 없지." 그가 슬쩍 리비 언니를 쳐다봤다. "앞머리를 낸다고 말하면 동생이랑 의절해 버려."

"생각해 볼게요." 언니가 진지하게 말했다. "포니테일로 묶을 만큼 길지 않다면 끔찍할 거야." 언니가 내게 말했다.

"포니테일." 그 말에 미식축구 공격수가 화난 표정을 지었다. "지금 헤어스타일이 싫으면서 그냥 내버려 둔 거야?"

"싫어하는 게 아니에요." 내가 어깨를 으쓱였다. "그냥 신경 안 쓰는 거죠."

"어림도 없는 소릴 또 하네." 옷 행거에서 여성 스타일리스트가 다시 나타났다. 그녀는 행거 여섯 개 분량의 옷을 양손에 둘러메고 가장 가까운 옷걸이로 향했다. 그리고 다른 스타일의 옷 세 벌을 뚝딱 조합했다.

"클래식이야." 그녀가 아이스블루 스커트에 긴소매 셔츠를 가리켰다. "이건 내추럴." 스타일리스트가 두 번째 옵션으로 넘어갔고 적어도 열두 개가 넘는 빨강과 분홍 꽃무늬의 헐렁한 원피스가 보였다. "엣지 있는 프레피룩*." 마지막은 갈색 가죽 치마로 세 벌 중 가장 짧았고 제일 딱 붙는 스

---

* 명문 사립고등학교 스타일

176

타일이었다. 그녀는 여기에 흰 카라 셔츠와 헤더그레이 카디건을 매치했다.

"어떤 게 마음에 들어?" 남성 스타일리스트가 물었다. 그 말에 리비 언니가 또 코웃음을 쳤다. 언니는 분명 *이 방식*을 엄청나게 즐기는 중이다.

"전부 다 괜찮아요." 난 꽃무늬 원피스를 쳐다봤다. "저건 입으면 가려울 것 같네요."

스타일리스트들은 마치 편두통이 온 사람처럼 보였다. "캐주얼은?" 그가 고통스러운 목소리로 동생에게 물었다. 그녀가 세 벌을 더 준비해 나타나 첫 세 벌에 더했다. 검은 레깅스, 빨강 블라우스, 무릎까지 내려오는 흰 카디건이 *클래식* 스타일과 잘 어울렸다. 레이스가 달린 파란 셔츠와 진녹색 바지가 흉물스러운 꽃무늬에 합세했고 오버사이즈의 캐시미어 스웨터와 찢어진 청바지가 가죽 스커트 옆에 걸렸다.

"클래식, 내추럴, 엣지 있는 프레피룩." 여성 스타일리스트가 내가 고를 수 있는 옵션을 다시 알려 주었다.

"제 원칙상 색이 들어간 바지에는 거부감이 들어요. 그러니 저건 싫어요."

"옷만 보지 마." 남자 쪽이 소리쳤다. "스타일을 보라고."

두 배나 덩치가 큰 남자를 향해 짜증스럽게 눈을 굴리는 건 현명하지 못한 행동이겠지.

여자 스타일리스트가 내 쪽으로 왔다. 꽃봉오리를 하나도 부러뜨리지 않고 가볍게 발끝으로 꽃밭을 가로지르는 사람처럼 보였다. "네 옷차림이나 헤어스타일 모두 바보 같진 않아. 유행을 좇는 스타일도 아니고. 다만 이건⋯⋯." 그녀가 뒤쪽 행거를 가리켰다. "단순한 옷이 아니야. 메시지라고. 넌 뭘 입을지 결정하는 게 아니야. 네 이미지를 통해 드러내고 싶은 스토리를 정하는 거지. 넌 순진하고 어리고 다정하니? 태생적으로 부유한 사람처럼 보이고 싶니, 아니면 아슬아슬하게 줄타기를 하고 싶니? 같지만 다르고 어리지만 냉철한?"

"내가 왜 스토리를 전해야 하죠?"

"네가 스토리를 전하지 않으면 누군가 대신할 테니까." 뒤를 돌아보니 알렉산더 호손이 스콘 접시를 들고 문 앞에 서 있었다. "변신하는 건 까다롭고 고된 작업이지."

난 눈살을 찌푸리고 싶었지만 알렉산더와 그의 스콘이 너무 강적이었다.

"네가 변신에 대해 뭘 알아?" 난 투덜댔다. "내가 남자라면 이 방에 행거 두 줄밖에 안 들어왔을 텐데."

"그리고 내가 백인이었다면 사람들이 날 절반만 호손 핏줄인 것처럼 쳐다보지 않았겠지. 스콘 먹을래?" 알렉산더가 고상하게 받아쳤다.

그 말이 내 의지를 꺾었다. 알렉산더가 사람들의 선입견에 시달리고 여러 가지 규칙에 얽매인 인생을 살고 있다는 걸 간과하고 있었다. 갑자기 난 이런 저택에서 자라는 게 그에게는 어떤 의미일지 궁금했다. 호손가의 아이로 자라는 것 말이다.

"블루베리 스콘 하나 먹어도 돼?" 휴전을 제안하는 내 나름의 방식이었다.

알렉산더가 레몬 스콘을 건넸다. "앞서 나가려고 하지 마."

♟

분해서 살짝 이를 간 다음에 난 결국 세 옵션 중 하나를 골랐다. *프레피*라는 단어를 *엣지 있게* 만큼 싫어하지만 결국 눈을 동그랗게 뜨고 순진한 척할 순 없는 노릇이고 이 동네의 내추럴 핏이라는 것에 맞추려니 온몸에 좀이 쑤실 걸 잘 알았기에 어쩔 수 없었다.

스타일리스트 팀은 긴 머리를 남겨두되 층을 내고 열펌을 하자고 제안했다. 그들이 하이라이트를 넣자고 할 줄 알았는데 반대 루트를 탔다. 내 평범한 애쉬브라운 컬러보다 더 깊고 짙은 색으로 은은하게 포인트를 주는 거였다. 눈썹은 정리했지만 두툼하게 남겨뒀다. 난 얼굴이 매력적으로 보이는 법에 대해 상당한 지식을 전수받았고 피부색을 조절하는 스프레이를 뿌렸지만 화장은 최소한으로 줄였다.

눈과 입술만 그렸다. 거울을 빤히 쳐다보고 있는 소녀는 이 집에 어울리는 사람 같아 보였다.

"어때?" 내가 언니를 쳐다보며 물었다.

언니는 역광을 받으며 창가에 서 있었다. 눈이 손에 든 휴대전화에서 떠나지 않았다.

"리비 언니?"

언니가 고개를 들고는 헤드라이트 불빛을 본 사슴 같은 표정을 짓는 걸 보고는 난 단박에 알아차렸다.

드레이크다. 그가 언니에게 문자를 보냈다. 언니가 답장을 했을까?

"아주 근사해!" 진심처럼 들렸다. 그건 언니가 진심이기 때문이다. 항상 진심이고 솔직하고 너무 너무 긍정적이라서 탈이지만.

그놈이 언니를 때렸어. 난 스스로에게 말했다. *그놈이 우리를 매스컴에 팔았어. 언니는 그를 다시 받아주지 않을 거야.*

"아주 멋진데." 알렉산더가 웅장하게 말했다. "노인을 꼬드겨 억만금을 빼낸 사람처럼 보이지 않아. 그러니 잘 됐지."

"정말이니, 알렉산더?" 자라가 불쑥 자신의 등장을 알렸다. "에이버리가 네 할아버지를 유혹했다고 믿는 사람은 아무도 없어."

그녀의 스토리, 그녀의 이미지는 *품위*와 *이성* 그 사이 어딘가에 있는 것 같았다. 하지만 난 그녀의 기자회견을 봤다. 자기 아버지의 명성을 걱정하는 반면 나한테는 어떤 애정도 없다는 걸 잘 안다. 내가 엉망으로 보일수록 그녀에게는 좋은 일이다. *게임의 판도가 달라지지 않는 한.*

"에이버리." 자라가 자신이 입은 옷 색상처럼 서늘한 미소를 지었다. "잠깐 이야기 좀 할래?"

35

둘만 남았지만 자라는 곧바로 입을 열지 않았다. 그녀가 먼저 말하지 않을 거라면 선수를 치기로 했다. "변호사들과 이야기하셨죠?" 왜 그녀가 여기 왔는지 알려 주는 이유였다.

"그랬어." 자라는 전혀 미안해하지 않았다. "그래서 지금 너한테 말하는 거야. 네가 그렇게 빨리 날 용서해 주지 않을 걸 알아. 짐작하겠지만 이건 살짝 충격을 받아서 비롯된 일이야."

살짝이라고? 난 코웃음을 치고 곧장 세부 사항을 파고들었다. "기자회견을 열어서 당신 아버지가 노망이 들어 노인 학대 전문기관에서 날 조사하고 있다고 강하게 말했잖아요."

자라는 이 방에서 액세서리나 옷으로 덮이지 않은 몇 안 되는 곳인 앤티크 책상 끄트머리에 걸터앉았다. "맞아, 그런 일이 실제로 일어나지 않게 해 준 네 법률팀에게 고마워해야지."

"내가 아무것도 못 받으면 당신도 아무것도 못 얻어요." 난 그녀가 여기 와서 진실이 어쩌고 하게 내버려 둘 참이 아니다.

"네 모습이…… 좋아 보이네." 자라는 주제를 바꾸고 내 새 옷을 쳐다봤다. "내가 골라준 건 아니지만 남 앞에 보여줄 정도는 돼."

엣지 있게 보여줄 정도는 되지. "고맙군요." 난 투덜거리며 대답했다.

"내가 널 수월하게 변화시켜 준 뒤에 고마워해도 돼."

그녀가 갑자기 마음을 바꿀 거라고 믿을 만큼 난 순진하지 않다. 그녀가 전부터 날 싫어했다면 지금도 날 싫어할 거다. 다만 차이가 있다면 지금 그녀는 뭔가 필요로 한다는 것이다. 기다리면 그녀가 그게 뭔지 내게 정확하게 설명해 줄 것이다.

"알리사가 얼마나 말해 줬는지 모르겠지만 아버지의 개인 자산 말고 가족 재단 운영권도 너에게 상속됐어." 자라는 내 표정을 살핀 다음 말을 이었다. "미국에서 가장 큰 민간 자선 재단 중 하나야. 우리는 매년 일 억 달러 남짓 기부하고 있어."

1억 달러라. 난 절대 이런 수치에 익숙해질 수 없을 것이다. 그 수치에서 현실성이 전혀 느껴지지 않았다. "매년이요?" 내가 놀라 물었다.

자라가 태연한 미소를 지었다. "복리는 참 근사한 제도야."

매년 이자로 1억 달러라니. 게다가 그녀는 단지 재단을 말하는 것일 뿐 토비아스 호손의 개인 자산을 언급한 것이 아니다. 처음으로 난 실제로 머릿속에서 계산해 보았다. 세금으로 재산의 절반을 뗀다고 해도, 거기에 평균 4퍼센트로 수익을 잡아도 여전히 난 매년 10억 달러 가까이 벌고 있다. *아무것도 안 하고.* 전적으로 잘못된 거다.

"재단에서 누구를 후원하나요?" 내가 조용히 물었다.

자라가 책상에서 일어나 방을 걷기 시작했다. "호손 재단은 아이들과 가족, 보건, 과학발전, 공동체 설립 및 예술에 투자하고 있어."

그런 명목이라면 거의 무엇이든 지원할 수 있다. *내가* 거의 무엇이든 지원할 수 있다.

내가 세상을 바꿀 수 있다.

"난 성인이 되고부터 인생을 재단 운영에 바쳤어." 자라가 입을 굳게 다물었다. "우리의 지원에 의지하는 단체들이 있어. 네가 열심히 노력할 생각이라면 지원하는 올바른 방식과 그른 방식이 있다는 걸 알아야 해." 그녀가 내 바로 앞에서 걸음을 멈췄다. "네겐 내가 필요해, 에이버리. 난 이 일에서 손 떼고 싶은 마음이 간절하지만 워낙 오래, 게다가 워낙 열심히 일해 와서 마무리를 짓지 않고 떠날 자신이 없어."

난 자라가 진심으로 하는 말과 그렇지 않은 말을 들었다. "그 재단에서 월급을 받나요?" 내가 물었다. 그리고 언제 대답하는지 속으로 시간을 쟀다.

"내 역량에 합당한 급여를 받아."

그녀의 봉사가 더는 필요하지 않다고 말하는 것만큼 만족스러운 답이 없겠다 싶었지만 난 그렇게 충동적이지 않을뿐더러 잔인하지도 않다. "저도 관여하고 싶어요. 단순한 보여주기 식은 말고요. 제가 결정하고 싶어요."

노숙자, 빈곤, 가정 폭력, 예방치료. 매년 1억 달러를 가지고 내가 뭘 할 수 있을까?

"넌 아직 어려." 자라가 애석한 목소리로 말했다. "돈이 모든 문제를 해결한다고 믿겠지."

돈이 해결할 수 있는 문제도 어마어마하다.

"재단에서 일하는 걸 진지하게 고민한다면……." 자라는 내가 쓰레기통 뒤지기나 치과에서 신경치료를 받는 걸 좋아한다고 말했다는 듯이 반응했다. "네가 알아야 할 것을 내가 가르쳐줄게. 월요일. 방과 후에. 재단에서 보자." 그녀는 딱딱 잘라서 말했다.

정확히 그 재단이 어디에 있느냐고 묻기도 전에 문이 열렸다. 오렌이 내 옆에 와서 섰다. *여자들이 법적인 조치를 취할 거야.* 그가 내게 말했었다. 하지만 지금 자라는 자신이 날 법적으로 내쫓을 수 없다는 걸 안다.

그리고 내 경호팀장은 내가 그녀와 이 방에 단둘이 있는 걸 원치 않았다.

36

다음 날인 일요일, 오렌은 내가 붉은 유언장을 볼 수 있도록 '맥나마라, 오르테가 앤 존스'까지 태워 주었다.

알리사가 회사 로비에서 오렌과 날 맞았다. 모던한 건물이었다. 미니멀한 크롬 인테리어가 인상적이었다. 건물은 100명의 변호사를 수용하고도 남을 만큼 컸지만 알리사가 우리를 안내 직원과 보안요원을 거쳐 엘리베이터로 데려가기까지 다른 사람은 코빼기도 보이지 않았다.

"내가 이 회사의 유일한 고객이라고 당신이 말했죠." 엘리베이터가 움직이기 시작할 때 내가 입을 열었다. "이 회사는 정확히 얼마나 큰가요?"

"몇 개의 부서가 있어." 알리사가 사무적으로 말했다. "호손 씨의 자산은 꽤 다양하거든. 그래서 부서별로 변호사가 필요해."

"그럼 제가 요청한 유언장이 여기 있나요?" 내 주머니에
는 제임슨에게서 받은 선물이 들어 있다. 우리가 포스터스
박사의 비극 안에서 찾아낸 붉은 필름 말이다. 내가 여기에
갈 거라고 말하니 그는 자기 형제보다 날 더 신뢰한다는 듯
아무것도 묻지 않고 필름을 건네주었다.

"붉은 잉크로 쓴 유언장이 여기 있어." 알리사가 확답해
주었다. 그녀는 오렌에게 말했다. "오늘 우리한텐 몇 명이
나 따라붙었나요?" 몇 명이라는 건 파파라치를 뜻한다. 그
리고 우리란 날 뜻한다.

"좀 줄었어. 하지만 우리가 여길 나설 무렵 문 앞에 진을
치고 있을 공산이 다분하지."

세상에서 제일 부유한 십대 소녀의 변호사들 등장이라는
헤드라인이 어디 한 곳에도 실리지 않는다면 내가 리비 언
니의 새 부츠 한 켤레를 씹어 먹을 거다.

3층에서 또 다른 보안 절차를 거친 다음 마침내 알리사
가 날 모퉁이에 있는 사무실로 데려갔다. 그 방에는 가구
하나가 달랑 놓여 있었다. 육중한 마호가니 책상 한가운데
유언장이 보였다. 내가 그걸 발견하자 오렌이 문밖으로 나
가 자리를 잡았다. 알리사는 내가 책상으로 다가가자 더 이
상 따라오지 않았다. 가까이 가니 글씨가 눈에 들어왔다.

붉은 잉크.

"우리 아버지가 이 사본을 여기 두고 누가 보러 온다면 너나 손자들에게 보여 주라고 전하셨어." 알리사가 말했다.

난 그녀를 돌아보았다. "전하셨다고요?" 내가 따라 했다. "토비아스 호손 씨의 지시를?"

"원래는 그렇지."

"내쉬한테는 말했어요?"

알리사의 얼굴 위로 차가운 가면이 씌워졌다. "난 이제 내쉬에게 아무것도 말하지 않아." 그녀가 아주 심각한 표정을 지었다. "궁금한 것이 그게 다라면 이만 나가 볼게."

알리사는 무엇을 내쉬에게 말했느냐고 묻는 것인지 묻지 않았다. 난 문 닫는 소리가 날 때까지 기다렸다가 책상으로 가서 앉았다. 그리고 주머니에서 필름을 꺼냈다. "뜻이 있는 곳에……." 내가 웅얼거리며 유언장의 첫 장 위에 사각형 필름을 놓았다. "길이 있다."

종이 위로 필름을 움직이니 그 아래 글씨가 사라졌다. 붉은 글씨. 붉은 필름. 마치 제임슨과 그레이슨의 관계를 정확하게 묘사하듯 말이다. 유언 전체가 붉은 잉크로 써졌다면 이렇게 모든 것이 사라지게 만들 수 있겠지. 그런데 붉은 글씨 아래 다른 색으로 글씨가 적혀 있다면 그 색으로 적힌 글은 그대로 남을 것이다.

난 토비아스 호손이 라플린 부부, 오렌, 장모에게 남긴 첫 상속 부분을 다 살폈다. *아무것도 발견되지 않았다.* 자라와 스카이 부분으로 넘어왔고 그 위로 필름을 대니 글씨가 사라졌다. 다음 문장을 살폈다.

내 손자들, 내쉬 웨스트브룩 호손, 그레이슨 데번포트 호손, 제임슨 윈체스터 호손, 알렉산더 블랙우드 호손……

그 위로 필름을 옮기자 단어들이 사라졌지만 전부는 아니었다. 네 단어가 남았다.

웨스트브룩(Westbrook).

데번포트(Davernport).

윈체스터(Winchester).

블랙우드(Blackwood).

처음으로 난 스카이의 네 아들이 그녀의 성, 그러니까 외할아버지의 성을 따랐다는 점을 생각해 보았다. 바로 호손. 네 아들의 미들네임 또한 성이었다. *자기 아버지의 성인가?* 난 궁금했다. 그 부분을 주시한 가운데 문서 나머지 부분을 살폈다. 내 이름이 나왔을 때 무언가가 남길 살짝 기대했지만 다른 내용과 마찬가지로 사라졌고 손자들 네 명의 미들네임만 남았다.

"웨스트브룩. 윈체스터. 데번포트. 블랙우드." 난 기억하려고 크게 말했다.

그런 다음 제임슨에게 문자를 보냈는데 그가 그레이슨에게도 연락할지 궁금했다.

37

"와, 너구나. 꼬맹이. 어디 불이라도 났니?"

다시 호손 저택으로 돌아와 제임슨을 만나러 가는데 또다른 호손 형제가 내 앞을 가로막았다. *내쉬.*

"에이버리는 특별 유언증서를 읽고 막 돌아왔어요." 뒤에서 알리사가 말했다. *전 남친한테 아무것도 말 안 한다고 하더니, 퍽이나.*

"특별 유언증서라." 내쉬가 날 쳐다봤다. "그게 할아버지가 나한테 준 아리송한 편지와 관련이 있다는 내 추측이 맞니?"

머리가 빙글빙글 돌았다. 그건 놀랄 일이 아니다. 토비아스 호손은 그레이슨과 제임슨에게 똑같은 단서를 남겼다. *내쉬도 마찬가지고 아마 알렉산더도 그렇겠지.*

"걱정 마." 내쉬가 느릿느릿 말했다. "난 이 일에서 빠진다고. 말했잖아. 난 돈에 관심 없어."

"지금 돈이 중요한 게 아니에요." 알리사가 단호하게 말했다. "유언은……."

"이의를 제기할 수 없지." 내쉬가 대신 말을 마무리해 주었다. "그 말을 한두 번 들은 것 같아."

알리사가 눈살을 찌푸렸다. "당신은 듣는 데 젬병이잖아요."

"듣는 게 동의한다는 뜻은 아니야, 리리." 내쉬가 별명을 불렀다. 그 호감 가는 미소와 목소리로 이 방의 모든 산소를 빨아들였다.

"난 그만 가 볼게." 알리사가 재빨리 내게로 몸을 돌렸다. "에이버리, 필요한 게 있으면⋯⋯."

"연락할게요." 두 사람이 주고받는 말에 내가 얼마나 놀란 표정이었는지 모르겠지만 일단 말을 마무리했다.

알리사가 나가면서 문을 세게 닫았다.

"어딜 그렇게 급히 가던 길인지 내게 말해 줄래?" 그녀가 가고 난 뒤 내쉬가 내게 다시 물었다.

"제임슨이 일광욕실에서 만나자고 했어요."

내쉬가 내게 한쪽 눈썹을 들썩거렸다. "일광욕실이 어딘지는 알고?"

난 모른다는 사실을 뒤늦게 깨달았다. "사실 일광욕실이 *뭐 하는* 데인지도 몰라요." 내가 솔직하게 말했다.

"일광욕실이라니 과장된 표현이야." 내쉬가 어깨를 으쓱이고 날 살폈다. "말해 봐, 꼬맹이. 넌 생일에 주로 뭘 하니?"

뜬금없는 질문이다. 속이려는 질문이라는 걸 직감했지만 그래도 대답했다. "케이크를 먹겠죠?"

"매년 내 생일에는 말이야⋯⋯." 내쉬가 먼 곳을 응시했다. "노친네가 우리를 자기 서재로 불러 놓고 세 단어를 늘 말했어. *투자, 수확, 창출.* 할아버지는 우리에게 투자금으

190

로 일 만 달러를 주었어. 여덟 살짜리한테 주식을 고르라고 하다니 상상이 가?" 내쉬가 코웃음을 쳤다. "그런 다음 우리는 그해에 수확할 재능이나 흥미를 선택해야 했어. 언어, 취미, 예술, 스포츠. 비용을 아끼지 않았어. 피아노를 골랐다면 다음 날 그랜드 피아노가 눈앞에 나타나서 곧바로 개인레슨이 시작되고, 반년 정도 지나면 카네기 홀 백스테이지에서 명사들에게 조언을 들어."

"굉장하네요." 토비아스 호손의 서재에서 본 각종 트로피를 떠올리며 내가 말했다.

내쉬는 즐거운 표정이 아니었다. "할아버진 또 매년 도전 과제를 하나씩 줬어." 그가 굳은 목소리로 말을 이었다. "다음 생일까지 창출해 내야 하는 과제야. 발명, 해결책, 박물관에 걸릴 수준의 예술 작품. *뭐 그런 거.*"

난 액자에 들어 있던 만화책을 떠올렸다. "그건 끔찍하게 들리지 않는데요."

"그렇지?" 내쉬가 그 말을 강조했다. "이리 와." 그가 근처 복도로 고갯짓을 했다. "일광욕실이 어딘지 보여줄게."

그가 걸음을 옮겼고 난 그를 따라잡으려고 총총거렸다.

"제임슨이 노친네가 매주 내준 수수께끼에 대해 말해 줬니?" 같이 걸으며 내쉬가 물었다.

"네." 내가 대답했다. "그랬어요."

내쉬가 말을 이었다. "가끔 게임이 시작될 때 노친네는 물건들을 쭉 펼쳐놔. 낚싯바늘, 가격표, 발레리나 유리 조각상, 칼." 그는 기억을 떠올리며 고개를 절레절레 흔들었다. "그리고 퍼즐을 풀 때 그 네 가지 사물을 다 사용하지 않으면 큰일 나." 그가 미소를 지었지만 눈빛은 그렇지 않았다. "난 나이가 많으니까 유리했어. 제임슨과 그레이슨은 한 팀으로 내게 대항했고 그러다 막판에 서로를 배신했어."

"저한테 왜 이런 말을 하는 거죠?" 그가 걸음을 거의 멈췄을 때 내가 물었다. "왜 이런 이야기를 해 주는 거예요?" 그들의 생일, 선물, 기대치에 관해서.

내쉬는 곧장 대답하지 않았다. 그는 근처 복도를 향해 고개를 끄덕였다. "일광욕실은 오른쪽 마지막 문이야."

"고마워요." 난 내쉬가 알려 준 문 쪽으로 걸었고 목적지에 도착하기 직전에 그가 뒤에서 입을 열었다.

"꼬맹아, 넌 네가 게임을 하고 있다고 생각할지 모르겠지만, 제임슨은 그렇게 생각하지 않아." 내쉬의 목소리는 상냥했지만 내용은 그렇지 못했다. "우리는 평범한 사람들이 아니야. 이곳도 평범하지 않고. 게다가 넌 게임 참가자가 아니야, 꼬맹이. 넌 발레리나 유리 조각상이거나 칼일 뿐이지."

38

일광욕실은 유리돔 천장과 유리 벽으로 된 엄청난 방이었다. 제임슨이 한가운데 서서 빛으로 샤워를 하며 머리 위 돔을 올려다보고 있었다. 처음 그를 만났을 때처럼 상의를 벗은 채로. 마찬가지로 처음 만났을 때처럼 그는 취했다.

그레이슨은 코빼기도 보이지 않았다.

"무슨 일이야?" 근처에 놓인 버번 병을 가리키며 내가 물었다.

"웨스트브룩, 데번포트, 윈체스터, 블랙우드." 제임슨이 하나씩 그 이름을 말했다. "말해 봐, 상속녀. 넌 그걸 어떻게 생각해?"

"전부 성이잖아." 난 조심스럽게 대답했다. 난 잠시 말을 멈췄고 *뭐 어떨까* 싶었다. "당신 아버지들?"

"스카이는 우리 아버지에 대해 말하지 않아." 제임슨이 살짝 쉰 목소리로 대답했다. "엄마의 방식에 따르면 그건 아테네-제우스 유형의 상황이야. 우리는 그녀의 것이고 그녀는 혼자지."

난 입술을 깨물었다. "스카이가 네 번의 사랑스러운 대화를 했다고 했었는데……."

"사랑스러운 남자 네 명과 함께." 제임슨이 말을 이었다. "하지만 그들을 다시 볼 만큼 사랑했을까? 우리한테 그들에 대해 얘기해 줄 만큼?" 그의 목소리는 더 가혹해졌다. "그녀는 빌어먹을 우리 미들네임에 대한 질문에 대답을 거의 해 주지 않았어." 그가 버번을 바닥에서 들어 벌컥벌컥 삼켰다. "그래서 내가 지금 술을 마시고 있는 거라고." 그는 병을 내려놓은 다음 눈을 감고 두 팔을 벌린 채 잠시 더 햇살 아래 서 있었다. 그의 상체에 쭉 그어져 있는 흉터를 본 게 이번이 두 번째다.

숨을 쉴 때마다 두드러지는.

"그만 갈까?" 그가 눈을 떴다. 그리고 팔을 내렸다.

"어디로?" 그의 존재감이 물리적으로 잘 느껴지고 있던 터라 겁이 났다.

"왜 그래, 상속녀." 제임슨이 내 쪽으로 다가왔다. "생각해 보면 알 거 아니야."

난 침을 삼키고 내 질문에 스스로 대답했다. "네 어머니를 만나러 가는군."

♟

그는 날 로비에 있는 코트 보관소로 데려갔다. 이번에는 문처럼 열리는 그 벽 패널의 순서를 유심히 살폈다. 제임슨을 따라 보관소 뒤쪽으로 가서 걸려 있는 코트들을 지나치고 난 다음 그가 어떻게 하는지 볼 수 있게 어둠에 익숙해지려고 애썼다.

그가 무언가를 건드렸다. *당긴 건가?* 어떻게 된 건지 모르겠다. 그러자 기어가 돌아가는 소리가 났고 보관소 뒷벽이 옆으로 스르륵 열렸다. 보관소가 어둡다면 그 너머는 더욱 어두웠다.

"내가 딛는 곳을 따라 디뎌, 미스터리 소녀. 그리고 머리 부딪히지 않게 조심하고."

제임슨은 휴대전화 불빛으로 길을 밝혔다. 이건 날 위한 행동일 것이다. 그는 구불구불한 숨은 복도를 잘 알았다. 우리는 5분 동안 말없이 걷다가 그가 발걸음을 멈추고 현관문 핍홀 같은 것을 들여다보았다.

"들킬 염려는 없어." 제임슨은 구체적인 대상을 지칭하지 않았다. "날 믿니?"

난 휴대전화 불빛이 밝히는 통로에서 그의 몸이 내뿜는 열기가 느껴질 정도로 가까이 있었다. "전혀 아니지."

"좋았어." 그가 팔을 뻗어 내 손을 잡아 끌어당겼다. "꽉 잡아."

내 팔은 그의 몸을 안았고, 우리 발아래 땅이 움직이기 시작했다. 옆 벽이 빙그르르 돌자 우리도 같이 돌면서 내 몸이 그에게 바짝 붙었다. *제임슨 윈체스터 호손의 몸에.* 움직임이 멈추자 난 황급히 물러났다.

우리가 여기 온 이유가 있고, 그건 내 몸이 그의 몸에 밀착하는 것과는 당연히 아무 상관도 없으니까.

그들은 네가 여기 오기 전부터 비비 꼬이고 엉망이었고 네가 가고 난 뒤로도 여전히 꼬이고 엉망일 거야. 고급스러운 붉은 카펫이 깔린 긴 복도와 금빛 몰딩으로 이루어진 벽으로 들어섰을 때 그 말이 머릿속을 울렸다. 제임슨이 복도 끝에 있는 문을 향해 성큼성큼 걸었다. 그가 노크하려고 손을 들었다.

내가 막았다. "이 일에 난 필요 없잖아. 유언과 관련해서도 마찬가지고. 네가 요청하면 알리사가 보게 해 줄 거야."

"난 네가 필요해." 제임슨은 자신이 무엇을 하는지 잘 알았다. 날 쳐다보는 방식과 그 기울어진 입꼬리. "이유는 아직 모르겠지만, 그래."

내쉬의 경고가 머릿속을 울렸다. "난 칼이야." 내가 침을 삼켰다. "낚싯바늘, 발레리나 유리 조각상 뭐 그런 거."

그 말에 제임슨은 놀란 듯했다. "우리 형제 중 누군가와 대화를 나누었구나." 그가 잠시 말을 멈췄다. "그레이슨 형은 아니고." 그의 눈길이 내 눈을 훑었다. "알렉산더야?" 그가 슬쩍 내 입술을 내려다보더니 시선을 올렸다. "내쉬 형이네." 그가 확신했다.

"그가 한 말이 틀렸어?" 난 토비아스 호손의 손자들이 자기 생일에 할아버지를 보러 가는 모습을 상상해 보았다. 그들은 특별한 걸 기대했다. 이기길 기대했다. "난 네가 퍼즐을 맞추는 법을 알 때까지 곁에 둘 가치가 있는, 승리를 위한 도구일 뿐이잖아?"

"*네가* 바로 그 퍼즐이야, 미스터리 소녀." 제임슨은 그렇게 믿었다. "네가 결정할 수 있어." 그가 날 잡고 말했다. "해답을 모른 채 살든지 알고 살든지 말이야. 나와 함께."

이건 유혹이고 도전이다. 제임슨 때문이 아니라 내가 알아야 하기 때문에 이렇게 하는 거라고 스스로에게 알렸다. "가서 답을 찾아봐."

제임슨이 노크하자 안으로 문이 스르륵 열렸다. "엄마?" 그는 엄마를 부른 다음 명칭을 바꿨다. "스카이?"

대답은 종소리처럼 경쾌하게 찾아왔다. "여기 있어, 우리 아들."

여기란 스카이의 스위트룸 욕실을 말하는 것이 분명해졌다.

"잠깐 시간 있어요?" 제임슨이 욕실 더블도어 바로 앞에 멈췄다.

"아주 많아." 스카이는 대답을 즐기는 했다. "엄청 많지. 들어와."

제임슨은 문밖에 그대로 섰다. "가릴 덴 가렸어요?"

"그런 것 같아." 그의 엄마가 대답했다. "절반 정도는 가릴 시간이 있었지."

제임슨은 욕실 문을 안으로 밀었고 평생 처음 보는 어마

어마한 욕조가 단 위에 놓여 있었다. 복도 벽 몰딩과 어울리게 금으로 만든 갈고리 발이 달린 욕조가 보였고, 그 속에 있는 여성에게 시선을 두지 않으려고 애썼다.

"가렸다고 했잖아요." 제임슨은 놀랍지도 않다는 듯 말했다.

"거품으로 가렸잖니." 스카이가 가볍게 대답했다. "이보다 더 잘 가릴 순 없잖아. 자, 엄마한테 바라는 걸 말해 보렴."

제임슨은 *왜 나에게 버번이 필요한지 알겠지*라고 말하듯 슬쩍 날 돌아보았다.

"난 여기 있을게요." 난 거품 그 이상을 보기 전에 얼른 몸을 돌렸다.

"어머, 내숭 떨 필요 없어, 아비게일." 스카이가 욕실 안에서 책망하듯 말했다. "우린 다 친구 아니야? 난 내 생득권을 훔친 모두와도 친구가 되기로 마음을 정했어."

이처럼 수동적인 공격은 처음이다.

"*에이버리*를 난처하게 하는 건 그쯤 해두고 얘기 좀 해요."

"너무 진지한 거 아니니, 제임슨?" 스카이가 대놓고 한숨을 쉬었다. "그래, 말해 봐."

"제 미들네임이요. 아버지 성을 따서 지었는지 전에 물었잖아요."

스카이는 한동안 말이 없었다. "샴페인 좀 주겠니?"

난 제임슨이 욕실에서 움직이는 소리를 들었다. 아마 엄마에게 샴페인을 건네는 것 같았다.

"됐죠?" 그가 물었다.

"네가 여자애였다면 내 이름을 따서 미들네임을 지었을 거야. 아마 스카일라 혹은 스카이라." 스카이가 시인처럼 말하고는 샴페인으로 추정되는 액체를 한 모금 마셨다. "토비는 아버지의 이름을 딴 거야, 너도 알지."

그녀가 오래전 죽은 동생을 언급해 난 솔깃했다. 어떻게, 왜인지는 모르지만 토비의 죽음이 이 모든 일의 시작인 것 같았다.

"제 미들네임은 어디서 따온 거죠?" 제임슨이 다시 상기시켰다.

"네 질문에 기꺼이 대답해 줄게, 우리 아들." 스카이가 잠시 말을 멈췄다. "네 근사한 친구와 잠시 따로 이야기할 시간을 준다면 말이야."

39

홀딱 벗고 거품만 덮고 있는 스카이 호손과 일대일로 대화를 나누게 될 줄 알았다면 나도 버번을 좀 마시고 올 걸 그랬다.

"부정적인 감정이 노화의 주범이야." 스카이가 욕조에서 자세를 고치자 물살이 옆으로 일렁였다. "수성의 기운을 받은 사람은 상황을 역행하게 만들 뿐이지만……." 그녀가 극적인 한숨을 내쉬었다. "널 용서해 줄게, 에이버리 그램스."

"전 부탁한 적 없어요." 내가 대꾸했다.

내 대답을 못 들은 것처럼 그녀가 말을 이었다. "당연히 넌 나한테 적절한 재정 지원을 계속해 주겠지."

이 여성이 합법적으로 다른 행성에 살고 있는 건 아닌가 하는 의구심이 들기 시작했다.

"제가 왜 당신에게 뭘 줘야 하나요?"

발끈하리라 예상했지만 그녀는 마치 여기서 이상한 사람은 바로 *나*라는 듯 작게 흥얼거렸다.

"제임슨의 물음에 대답하지 않을 거면 전 나가 볼게요."

내가 문 쪽으로 절반쯤 갔을 때 그녀가 반응을 보였다. "넌 날 지원하게 될 거야." 그녀가 가볍게 덧붙였다. "왜냐면 내가 그 애들의 엄마니까. 그리고 네가 내 질문에 답하는 즉시 나도 네 질문에 대답할 거야. 내 아들한테 어떤 의도를 가지고 있는 거지?"

"뭐라고요?" 난 욕실에 있는 내내 왜 그녀를 쳐다보려 하지 *않는지* 살짝 까먹고 그만 그녀 쪽으로 시선을 돌리고 말았다.

보고 싶지 않은 부분을 거품이 흐릿하게 만들어 주었지만 효과는 미미했다.

200

"넌 상의를 입지 않은, 슬픔에 잠긴 내 아들을 옆에 끼고 내 방으로 쳐들어왔어. 엄마로서 걱정하는 거야. 제임슨은 특별하니까. 우리 아버지처럼 굉장하지. 토비가 그랬던 것처럼."

"당신 동생에게 무슨 일이 벌어진 거죠? 알리사가 핵심만 알려 주었고 자세한 이야기는 없었어요." 이야기를 꺼내고부터는 이 자리를 떠나고 싶은 생각이 사라졌다.

"아버지가 토비를 망쳤어." 스카이는 샴페인 잔 테두리에 대고 대답했다. "그 애를 오냐오냐 키웠지. 토비를 늘 후계자로 여겼으니까. 그래서 그 애가 죽자…… 그게, 자라 언니와 내가 되었지." 그녀의 표정이 어두워졌지만 잠시 뒤 미소를 되찾았다. "그러고 나서……. "

"당신에게 아들이 생겼죠." 내가 말을 이었다. 난 토비가 죽었기 때문에 그녀가 아들을 가진 건지 궁금했다.

"아버지가 제임슨을 제일 아낀 이유가 뭔지 아니? 무엇으로 보나 완벽하고 효심이 지극한 그레이슨을 놔두고?" 스카이가 물었다. "그건 우리 아들이 똑똑하거나 잘생겨서나, 혹은 카리스마가 있어서가 아니야. 제임슨 윈체스터 호손이 갈망했기 때문이지. 그 애는 늘 뭔가를 찾고 있어. 태어난 이후로 줄곧." 그녀는 남은 샴페인을 한번에 들이켰다. "그레이슨은 토비가 가지지 못한 걸 다 가졌고 제임슨은 토비와 똑같았어."

"제임슨과 같은 사람은 없어요." 내 입에서 어쩌다 그 말이 튀어나왔는지 모르겠다.

"봐, 맞잖아?" 스카이가 알겠다는 표정을 지었다. 내가 호손 저택에 온 첫날 알리사의 표정처럼. "넌 이미 그 애에게 빠졌어." 스카이가 눈을 감고 욕조에 느긋하게 기댔다. "어릴 때 그 애를 잃어버리곤 했지. 몇 시간씩. 가끔은 하루 내내. 잠깐 한눈을 팔면 그 애는 벽 속으로 사라졌어. 그 애를 찾을 때마다 품에 꼭 안았고 그 애가 다시 무언가에 빠지길 바란다는 것을 내 영혼 깊숙이 깨달았어." 그녀가 눈을 떴다. "너도 마찬가지야." 스카이가 자리에서 일어나 가운을 집어 들었다. 난 그녀가 옷을 걸칠 동안 시선을 돌렸다. "그 애가 빠질 또 다른 대상. 그녀도 마찬가지였지."

그녀. "에밀리죠." 내 입에서 그 이름이 나왔다.

"아름다운 소녀였지." 스카이가 즐거운 듯 말했다. "그 애는 추악해질 수 있었는데도 아이들은 똑같이 그 소녀를 사랑했어. 그 애한테 특별한 뭔가가 있었어."

"나한테 왜 이 말을 하는 거죠?"

"넌 에밀리가 아니야." 스카이 호손이 강조했다. 그녀는 샴페인 병을 집어 들어 잔을 다시 채웠다. 그녀는 술을 질질 흘리며 맨발로 내게 걸어와 건넸다. "거품이 내게 만병통치약의 효과를 낸다는 걸 알았어." 그녀의 눈빛이 강렬했다. "자. 마셔."

진심인가? 난 한 걸음 물러났다. "전 샴페인이 싫어요."

스카이가 길게 한 모금 들이켰다. "그리고 *내*가 내 아들의 미들네임을 고른 게 아니야." 그녀가 날 위해 혹은 내 종말을 위해 건배하듯 잔을 높이 들었다.

"당신이 고른 게 아니라면 누가 골랐어요?"

스카이는 샴페인을 마저 마셨다. "아버지지."

40

스카이가 한 말을 내가 제임슨에게 그대로 전했다.

그가 날 쳐다봤다. "할아버지가 우리 이름을 골랐다니." 제임슨의 머리가 빙빙 돌다가 *멈췄다.* "할아버지가 우리 이름을 골랐다니." 제임슨은 우리에 갇힌 동물처럼 긴 복도를 왔다 갔다 했다. "할아버지가 미들네임을 고르고 그런 다음 붉은 잉크로 쓴 유언으로 강조하다니." 제임슨이 다시 멈췄다. "할아버진 이십 년 전에 가족에게 상속하지 않기로 결정하고 그 직후 우리의 미들네임을 골랐어. 물론 내쉬 형을 제외하고. 다음 달이면 그레이슨 형은 열아홉, 난 열여덟, 알렉산더는 열일곱이 돼."

난 제임슨이 이 모든 조각을 맞추려고 애쓰는 것이 느껴*졌다.* 우리가 뭘 놓치고 있는지 찾으려는 것도.

"할아버지는 아주 긴 게임을 하고 있어." 제임슨은 온몸 근육에 잔뜩 힘을 실으며 말했다. "우리 인생을 통째로 걸고."

"미들네임에는 무슨 의미가 있을 거야."

"우리 아버지가 누군지 알고 계실 수도 있어." 제임슨은 그 가능성을 생각해 보았다. "어머니는 비밀로 한다고 생각할지 몰라도 할아버지한테는 비밀이 없어." 그 말을 할 때 제임슨의 목소리에 깔린, 어딘가 깊고 상처받고 엉망인 무언가가 느껴졌다.

토비아스가 알고 있는 네 비밀이 뭐야?

"우리가 조사해 보면 되잖아." 난 제임슨이 아니라 수수께끼 자체에 집중하려고 애썼다. "아니면 알리사에게 사설탐정을 고용해서 그 성을 가진 사람을 찾아 달라고 해도 되고."

제임슨이 입을 열었다. "아니면 나한테 술을 깰 여섯 시간을 주면 내가 어떻게 퍼즐을 푸는지 보여 주러 벽을 타고 갈게."

♟

일곱 시간 뒤 제임슨이 벽난로 통로를 통해 날 빼내 저택에서 먼 건물로 데려갔다. 주방을 지나고, 그레이트 룸을 지나 내가 본 적이 없는 커다란 차고로. 전시장이라는 말이 더 어울릴 것 같았다. 커다란 벽 선반에 오토바이 열두 대가 걸려 있고 그보다 두 배로 많은 차들이 반원 형태로 주차돼 있었다. 제임슨이 그것들을 하나하나 지나쳤다. 그리고 공상과학영화에서 튀어나온 것처럼 생긴 차 앞에 멈췄다.

"애스턴마틴 발키리야." 제임슨이 설명했다. "최대 시속 삼백이십 킬로미터가 넘는 하이브리드 하이퍼카지." 그는 주차된 차들을 가리켰다. "저 세 대는 부가티야. 난 시론을 제일 좋아해. 거의 천오백 마력에다 트랙에서도 잘 달려."

"트랙이라. 경주용 트랙을 말하는 거야?"

"저 차들은 다 우리 할아버지 거야. 그리고 지금은……." 그의 얼굴로 천천히 미소가 번졌다. "네 거지."

그 미소는 사악했다. 위험한 미소다.

"말도 안 돼. 난 오렌 없이 집을 나가지도 못하게 돼 있어. 게다가 저런 차는 몰 줄 모른다고!"

제임슨이 벽에 놓인 박스로 천천히 걸어가며 대답했다. "다행히 내가 몰 수 있어." 루빅스 큐브처럼 박스로 된 퍼즐이 있는데 은색의 사각형마다 이상한 형태가 조각돼 있었다. 제임슨은 곧장 타일을 돌리고 꼬고 재배열했다. 그러자 박스가 열렸다. 그는 수많은 열쇠를 손가락으로 훑더니 하나를 골랐다. "복잡한 머릿속을 털어버리는 데 스피드만큼 좋은 건 없어. 자기 방식에서 벗어나는 데에도 좋고." 그가 애스턴마틴을 향해 걷기 시작했다. "어떤 퍼즐은 시속 삼백 이십 킬로미터에서 더 잘 풀리지."

"같이 타고 가도 돼?"

"왜 그래, 상속녀." 제임슨이 웅얼거렸다. "너는 그런 부탁 안 해도 돼."

제임슨이 패드 위에 차를 올리자 자동차는 우리를 저택의 지상으로 데려다 주었다. 우리는 터널을 통과했고 미처 알아차리기도 전에 처음 보는 뒤쪽 출구로 빠져나왔다.

제임슨은 속도를 높이지 않고 도로에서 눈을 떼지도 않았다. 그냥 조용히 차를 몰았다. 난 조수석에서 몸속 모든 신경 말단이 기대에 차올라 살아나는 걸 느꼈다.

이건 정말 좋지 못한 생각이야.

그가 미리 연락해 두었는지 우리가 도착했을 때는 트랙이 이미 준비돼 있었다.

"엄밀히 말해 애스턴마틴은 레이싱용 자동차가 아니야. 우리 할아버지가 구입할 무렵에는 시판용도 아니었어."

엄밀히 말해 난 호손 하우스를 떠나선 안 된다. 차를 타서도 안 된다. 여기 와선 안 된다.

하지만 시속 240킬로미터에 도달했을 때부터 안 된다는 생각은 하지 않기로 했다.

아드레날린, 황홀함, 두려움. 머릿속이 그것들로 꽉 찼다. 오로지 스피드만 중요할 뿐이다.

스피드와 내 옆에 있는 남자만.

난 그가 속도를 줄이길 원치 않았다. 차가 멈추기도 원치 않았다. 유언 발표 이후 처음으로 *자유*를 느꼈다. 어떤 질문도, 의혹도 없다. 누구도 쳐다보거나 일부러 무시하지 않는다. 지금, 이 순간, 이곳엔 아무것도 없다.

제임슨 윈체스터 호손과 나 말고는 아무것도 없다.

41

결국 자동차가 멈췄다. 현실이 우리에게로 밀려왔다. 오렌이 그 자리에 경호팀을 데리고 와 있었다. *이런.*

"넌 나하고 이야기 좀 해." 우리가 차에서 내리자마자 경호팀장이 제임슨에게 말했다.

"난 다 컸어요." 제임슨을 데려가는 그를 내가 노려보았다. "누구한테 호통을 치고 싶으면, 나한테 해요."

오렌은 호통을 치지 않았다. 그는 날 내 방에 잘 데려다 준 다음 내일 아침에 우리가 '이야기'를 해야 할 거라고 알려 주었다. 그의 목소리톤으로 가늠해 볼 때 내가 오렌과

*이야기*를 하고 나서도 멀쩡히 살아남을 수 있을지 자신이 없었다.

그날 밤 난 거의 잠을 못 잤다. 짜릿한 충격이 멈추지 않아 머릿속이 엉망이었다. 여전히 붉은 잉크로 쓴 유언장에 강조된 이름이 무슨 의미인지 감이 오지 않았다. 그 이름이 정말 형제들 생부의 성을 딴 것이든, 혹은 토비아스 호손이 손자의 이름을 다른 이유로 선택한 것이든 간에 두 가지 다 연결이 되지 않았다.

내가 아는 거라고는 스카이가 옳았다는 것뿐이다. 제임슨은 굶주려 있다. *그리고 나도 마찬가지다.* 하지만 내가 에밀리가 아니라서 중요하지 않다고 했던 스카이의 말이 걸렸다.

그날 밤 겨우 잠들었을 때 난 십대 소녀의 꿈을 꿨다. 그녀는 어둠 속에서 실루엣만 보이는 유령이자 여왕이었다. 그리고 내가 아무리 빨리 복도를 달리고 또 달려도 그녀를 따라잡을 수 없었다.

해가 뜨기 전 휴대전화가 울렸다. 잠이 덜 깬 상태에다 기분도 좋지 않아 전화기를 가까운 창문 밖으로 집어 던질 생각이었는데 그러다 발신인이 누구인지 보았다.

"맥시, 지금 새벽 다섯 시 반이야."

"여긴 새벽 세 시 반이야. 그 차 어디서 났어?" 맥시는 전혀 졸린 목소리가 아니었다.

"자동차가 가득 찬 방에서……." 난 변명하듯 대답하려다 친구의 질문을 알아들을 정도로 머리가 깨어났다. "차에 대해선 어떻게 알았어?"

"항공 사진." 맥시가 대답했다. "헬리콥터에서 찍은 거였는데 근데 너 방금 *자동차가 가득 찬 방*이라고 했어? 그 방이 정확히 얼마나 큰데?"

"나도 몰라." 난 신음하며 침대 위를 굴렀다. 당연히 파파라치가 나와 제임슨이 밖으로 나간 순간을 포착한 거다. 쓰레기 같은 신문이 뭐라고 지껄이는지 알고 싶지도 않다.

"그거랑 마찬가지로 중요한 건 네가 제임슨 호손과 열애 중이고 봄에 있을 결혼식에 내가 참석할 준비를 해야 하는 거야?"

"아니." 난 침대에 걸터앉았다. "그런 거 아니야."

"된장에 발라먹을."

"난 그 사람들과 같이 살아야 해. 일 년 동안. 그들은 이미 날 싫어할 충분한 이유가 있어." 그 말을 하면서 난 스카이나 자라, 알렉산더나 내쉬를 생각하지 않았다. 그레이슨을 염두에 두고 말했다. 은회색 눈동자, 양복 차림의 위협적인 그레이슨. "제임슨과 엮이는 건 휘발유 통을 들고 불속으로 뛰어드는 것과 마찬가지야."

"그 불 속은 얼마나 멋질까." 맥시가 웅얼거렸다.

두말할 것도 없이, 맥시는 나에게 나쁜 영향을 미치고 있다. "난 그럴 수 없어." 내가 반복했다. "게다가…… 여자가 있어." 난 꿈을 다시 생각하곤 제임슨이 에밀리를 데리고 드라이브를 갔는지, 그 애가 토비아스 호손의 게임을 한 적이 있는지 궁금했다. "그녀는 죽었어."

"잠깐 다시 말해 봐. 그녀가 *죽다니*? 어떻게?"

"나도 몰라."

"어떻게 네가 모를 수 있어?"

난 담요를 끌어다 꼭 안았다. "그 사람 이름은 에밀리야. 세상에 얼마나 많은 에밀리가 있는지 넌 아니?"

"그가 아직 그 애한테 목메고 있어?" 맥시가 물었다. 맥시는 제임슨을 말하고 있는데 내 머리는 내가 그레이슨에게 에밀리의 이름을 말하던 때로 돌아갔다. 그 이름이 그의 허를 찔렀다. 그를 무너뜨렸다.

누가 방문을 두드렸다. "맥시, 그만 끊을게."

♟

오렌은 한 시간이 넘도록 나한테 경호 프로토콜에 관해 설명했다. 그는 날마다, 새벽부터 밤까지 정해진 규정에 따라 업무를 보는 것이 가장 바람직하다는 의중을 내비쳤다.

"잘 알겠어요. 제가 잘할게요."

"아니, 넌 그러지 못할 거야." 그가 날 빤히 쳐다보았다.

"하지만 내가 더 잘할 테니까 괜찮아."

　내 두 번째 등교이자 일주일을 학교에서 짜둔 계획표대로 실행하는 첫날이다. 다들 날 쳐다보지 않으려고 최선을 다했다. 제임슨은 날 피했다. 난 테아를 피했다. 난 우리가 같이 있으면 어떤 소문이 생길 거라고 제임슨이 생각하는지, 에밀리가 죽었을 때도 수군거림이 있었는지 궁금했다.

　난 그 애가 어떻게 죽었는지 궁금했다.

　넌 게임 참가자가 아니야. 복도에서 제임슨을 볼 때마다 내쉬가 건넨 경고가 내 머릿속을 울렸다. *넌 발레리나 유리 조각상이거나 칼일 뿐이지.*

　"네가 스피드를 즐기고 싶었다던데." 알렉산더가 물리 실험실 밖에서 날 툭 쳤다. 그는 분명 기분이 좋아 보였다. "파파라치에게 축복을, 내 말이 맞지? 게다가 넌 우리 엄마랑 아주 특별한 대화를 나눴다고 들었어."

　내게서 정보를 얻어내려는 건지 동정하는 건지 헷갈렸다. "너희 엄마는 참 특이해."

　"스카이는 복잡한 여성이야." 알렉산더가 점잖게 고개를 끄덕였다. "하지만 나한테 타로 읽는 법이랑 손거스러미가 일어나지 않게 보습하는 법을 알려 준 분도 엄마야. 그러니 무슨 타박을 하겠어?"

그들을 단련시키고 밀어붙이고 도전하게 만들어 불가능을 가능하게 기대치를 높인 건 스카이가 아니다. 그들을 마법처럼 근사하게 만든 사람도 그녀가 아니다.

"너희 형제는 할아버지한테서 모두 같은 편지를 받았어." 알렉산더에게 이 말을 하며 그의 반응을 살폈다.

"그걸 형들도 알아?"

난 살짝 인상을 썼다. "너도 같은 편지를 받았다는 걸 난 알아."

"아마 그럴 거야." 알렉산더가 쿨하게 인정했다. "하지만 내가 그랬다면, 그리고 내가 이 게임에 참여하길 원한다고 가정한다면, 이번만은 이기고 싶다고 가정한다면……." 그가 어깨를 으쓱였다. "난 내 방식대로 하고 싶어."

"네 방식에 로봇이랑 스콘도 포함되는 거야?"

"그럼 안 돼?" 알렉산더가 씩 웃으면서 날 실험실로 데려갔다. 컨트리 데이의 모든 공간과 마찬가지로 실험실 역시 백만 달러짜리처럼 보였다. 비유하자면 말이다. 실제로는 그 이상 들어갔겠지만. 곡선형 실험 테이블이 둥글게 배치돼 있었다. 네 벽 중 세 곳이 통창이다. 창문에는 색색 글귀가 적혔는데 각기 다른 필체로 쓴 계산법이었고 구식 낙서장 같은 분위기를 풍겼다. 테이블마다 커다란 모니터와 디지털 화이트보드가 놓였다. 그뿐만 아니라 엄청나게 큰 현

미경도 있었다.

막 나사에 들어온 것 같았다.

빈자리는 두 개뿐이었다. 하나는 테아 옆자리다. 다른 한 자리는 최대한 테아에서 떨어져 있었는데 내가 기록보관소에서 본 여자아이 옆자리였다. 진하고 빨간 머리를 목덜미 주변으로 헐렁하게 묶었다. *그렇게* 진한 빨간 머리에 *그렇게* 창백한 피부라니. 눈길이 가지 않을 수 없었지만 그 애는 소심하게 시선을 내리깔았다.

시선이 마주치자 테아가 자기 옆으로 와 앉으라고 도도하게 제스처를 했다. 난 슬쩍 빨간 머리 여자애를 살폈다.

"저 애는 왜 저래?" 알렉산더에게 물어봤다. 아무도 그녀와 이야기하지 않았고 아무도 쳐다보지 않았다. 그녀는 내가 본 역대급 미인인데 없는 사람 취급을 당하고 있었다.

들러리.

"저 애의 사연은 비운의 연인, 거짓 데이트, 실연, 비극, 꼬인 가족관계, 속죄, 시대의 영웅과 관련이 있어." 알렉산더가 한숨을 쉬며 말했다.

난 그를 쳐다봤다. "지금 농담해?"

"너도 지금쯤 알 거 아니야." 알렉산더가 가볍게 대답했다. "난 호손가에서 진지함을 담당하는 부류가 아닌 거."

알렉산더가 테아 옆자리에 털썩 앉은 덕분에 난 빨강 머리 여자애에게 다가갔다. 그녀는 괜찮은 실험실 상대임을 입증했다. 조용히 집중했고 머릿속으로 거의 모든 걸 계산할 수 있었다. 우리는 수업 내내 협력했고 나한테 한마디도 하지 않았다.

"난 에이버리야." 실험을 마치고 나서도 그 애가 여전히 자기소개를 할 의사가 없어서 내가 말했다.

"레베카야." 그녀의 목소리는 부드러웠다. "라플린." 성을 말할 때 내 표정이 바뀌는 것을 보고 그녀는 내 생각을 읽었다. "조부모님이 호손 하우스에서 일하셔."

그녀의 조부모님이 호손 하우스를 관리하고, 두 분 모두 날 위해 일할 생각이 전혀 없었다. 그래서 레베카가 무반응으로 날 대한 건지 궁금했다.

그녀는 다른 누구하고도 말하지 않아.

"태블릿으로 과제 제출하는 법 누가 알려 줬어?" 레베카가 내 옆에서 물었다. 그녀는 엄청나게 비난받을 예상을 한 듯 주저하며 물었다. 난 미인도 어떤 일을 할 때, 아니 모든 일을 할 때마다 주저할 수 있다는 사실에 큰 인상을 받았다.

"아니, 네가 알려 줄래?"

레베카는 터치스크린을 몇 번 클릭해서 결과를 업로드하는 걸 보여주었다. 잠시 뒤 그녀의 태블릿이 원래 화면으로 되돌아왔다. 그녀는 배경 화면에 사진을 올려 두었다. 그녀는 옆을 보고 있고 갈색 머리 소녀는 카메라를 바라보며 웃고 있었다. 둘 다 머리에 화환을 걸쳤고 눈이 똑같았다.

다른 소녀는 레베카만큼 예쁘지 않았지만 어딘가 시선을 끄는 매력이 있었다.

"네 여동생이니?" 내가 물었다.

"그랬지." 레베카가 태블릿을 덮으며 말했다. "그 앤 죽었어."

내 귀가 윙윙거렸다. 그런 다음 내가 누굴 보고 있는지 정확히 알았다. 그리고 그녀를 본 순간부터 이미 알았던 것 같은 기분이 들었다. "얘가 에밀리아?"

레베카의 에메랄드빛 눈동자가 날 쳐다봤다. 난 다른 말을 덧붙여야 한다는 생각에 당황했다. *삼가 고인의 명복을 빕니다.* 뭐 그런 말 말이다.

하지만 레베카는 내 반응이 이상하다거나 화내는 기색이 아니었다. 그냥 태블릿을 자기 무릎에 놓으며 이렇게 말했다. "널 만났으면 아주 좋아했을 텐데."

42

에밀리의 얼굴은 얼핏 기억이 나지만 특징까지 세세히 알 수 있을 정도로 충분히 가까이서 사진을 보지 못했다. 그녀는 녹색 눈동자를 가졌다. 머리카락은 딸기빛이 도는 금발로 마치 호박에 햇살이 비친 것 같았다. 머리 위의 화환은 기억나지만 머리카락이 얼마나 길었는지는 생각나지 않았다. 그녀의 얼굴을 떠올리려고 아무리 애써도 내가 기억하는 거라고는 그 애가 웃으며 고개를 들고 카메라를 응시했다는 것뿐이었다.

"에이버리, 도착했단다." 오렌이 앞 좌석에서 말했다.

도착한 곳은 호손 재단이다. 자라가 내게 도움을 주겠다고 한 이후로 시간이 더디게 흘렀다. 오렌이 차에서 내려 문을 열어줄 때는 사진 기자가 보이지 않았다.

어쩌면 이제 시들해진 거야. 난 그렇게 생각하며 호손 재단의 로비로 걸어 들어갔다. 벽은 밝은 은회색이었다. 수십 개의 거대한 흑백 사진이 공중에 매달려 있었고, 수백 개의 작은 인쇄물이 큰 사진들을 에워쌌다. *사람이다.* 전 세계 사람들의 움직임과 순간을 다각도에서 다양한 관점으로, 가능한 차원에서 다채롭게 포착했다. 연령, 성별, 인종, 문화를 모두. *사람이다.* 웃고, 울고, 기도하고, 놀고, 먹고, 춤추고, 자고, 흐느끼고, 포옹하는 모든 것이 다 있었다.

맥 박사님이 여행 가고 싶은 이유를 물어본 게 생각났다. *이거다. 이게 그 이유다.*

"그램스 양."

고개를 드니 그레이슨이 보였다. 그가 얼마나 오래 이 방에서 날 지켜보고 있었는지 궁금했다. 그가 왜 내 얼굴을 쳐다보고 있는지도.

"난 자라와 만나기로 했는데요." 그의 피할 수 없는 공격을 방어했다.

"자라는 오지 않아." 그레이슨이 천천히 내 쪽으로 걸어왔다. "그녀는 네게 필요한 게 있다고 확신하고 있어…… *안내자지.*" 그가 내뱉는 말 속에 있는 무언가가 내 몸의 방어기제를 깨웠다. "어떤 이유에서인지 우리 이모는 내가 안내자로는 최고라고 믿고 있어서 말이야."

그는 처음 만난 날 입은 것과 같은 아르마니 양복 차림으로 서 있었다. 눈동자처럼 밝고 촉촉한 은회색 양복은 이 방과도 같은 색이다. 갑자기 토비아스 호손의 서재에서 본 커피 테이블 북이 떠올랐다. 그 사진집에 그레이슨의 이름이 적혀 있었다.

"당신이 이걸 찍었어요?" 난 주변 사진을 쳐다보며 한숨을 쉬었다. 감으로 넘겨짚은 거지만 잘 맞히는 편이다.

"우리 할아버지는 세상을 바꾸려면 세상을 알아야 한다고 믿으셨지." 그레이슨은 날 쳐다본 다음 스스로에게 집중했다. "할아버지는 항상 내가 그런 눈을 가졌다고 말하셨어."

투자, 수확, 창출. 어린 시절에 대한 내쉬의 설명이 다시 떠올랐다. 난 그레이슨이 몇 살 때 처음 카메라를 잡았고 언제 여행을 떠나서 세상을 보고 그걸 필름에 옮겼는지 알고 싶었다.

난 그를 아티스트로 보진 않는다.

생각이 그쪽으로 빠져버린 게 짜증나서 난 눈살을 찌푸렸다. "당신 이모가 당신의 위협적인 성향을 눈치 못 챈 게 분명하군요. 그녀는 분명 돌아가신 우리 엄마도 확실히 몰랐어요. 그렇지 않다면 내가 *당신*과 일하는 게 더 좋을 거라는 결론을 절대 내릴 리 없으니까요."

그레이슨의 입술이 일그러졌다. "자라는 많은 걸 놓치지 않아. 그리고 배경 조사는……." 그가 책상 뒤쪽으로 사라졌다가 폴더 두 개를 들고 다시 나타났다. 내가 노려보자 그가 한쪽 눈썹을 들썩였다. "너에 대한 조사 결과를 내가 가지고 있는 게 더 나을까?"

그가 폴더 하나를 건네서 난 받았다. 그에게는 내 인생이나 우리 엄마의 인생을 몰래 살필 권한이 없다. 하지만 폴더를 받아 들고 나니 분명한 종소리처럼 머릿속에서 엄마의 목소리가 울렸다. *나에겐 비밀이 있어……*.

폴더를 펼쳐 보았다. 재직 기록, 사망증명서, 신용평가 보고서, 전과 없음, 사진 한 장…….

난 입술을 꾹 다문 채 그 사진을 쳐다보지 않으려고 애썼다. 사진 속 엄마는 젊었고 날 안고 있었다.

난 다시 싸울 준비를 하고 억지로 그레이슨을 쳐다보았다. 그가 침착하게 두 번째 폴더를 주었다. 그가 나에 대해 무얼 찾아냈는지 궁금했다. 이 폴더 안에 든 무언가가 그의 할아버지가 내게서 본 것을 설명해 줄지도 모른다. 그래서 열어 보았다.

안에는 종이 한 장밖에 없었다.

"이건 네가 상속을 받은 후에 구매한 모든 물품 목록이야. 널 위해 산 것들을 기록하는 용도인데……." 그레이슨은 종이를 보며 말했다. "아무것도 없어."

"그게 당신 동네에서 하는 구닥다리 사과법인가 보죠?" 난 그를 놀라게 했다. 꽃뱀처럼 행동하지 않았으니까.

"방어적으로 군 걸 사과할 생각은 없어. 우리 가족은 많은 일을 겪었거든, 그램스 양. 만약 너와 가족 중 한 명을 선택하라고 하면 난 항상, 언제고 가족을 택할 거야. 그렇지만……." 그의 눈동자가 내 눈을 바라보았다. "어쩌면 내가 널 잘못 본 것일지도 모르지."

그 말 속에, 그의 표정 속에 강력한 무언가가 있었다. 마치 세상을 다 아는 소년이 날 보는 듯했다.

"당신은 틀렸어요." 난 폴더를 덮고 그에게서 돌아섰다. "사실 돈을 좀 쓰려고 했어요, 크게. 내 친구에게 돈을 줄 방법을 찾아 달라고 알리사에게 부탁했어요."

"어떤 친구인데?" 그의 표정이 바뀌었다. "남자친구?"

"아뇨." 나한테 남친이 있든 말든 그가 무슨 상관이람? "공원에서 나랑 체스를 두는 남자요. 그는 거기 살아요. 공원에."

"노숙자야?" 그레이슨이 이제 날 다르게 쳐다봤다. 마치 그 모든 여행 중에도 이런 경험은 해 본 적 없다는 듯이. 나 같은 사람은 본 적이 없다는 것처럼. 1~2초가 흐른 뒤 그 가 정신을 차렸다. "이모 말이 맞았어. 네겐 교육이 절실하 게 필요해."

그는 걷기 시작했고 난 따라가는 것 말고는 방법이 없었 지만 엄마를 쫓아가는 새끼 오리처럼 그의 꽁무니를 따라 갈 마음은 없었다. 그는 한 회의장 앞에 멈춘 뒤 문을 열어 주었다. 난 그를 지나쳐 걸었다. 아주 잠깐 그와 스쳤을 뿐 이지만 그 찰나가 시속 320킬로미터로 달리는 것 같은 짜 릿함을 선사했다.

절대 아니거든. 맥시와 통화했다면 난 그렇게 대답했을 거다. 대체 내가 어떻게 된 걸까? 그레이슨과의 만남 대부 분은 그가 날 위협하는 시간이다. 날 증오하는 시간이었다.

그는 회의실 문을 닫은 다음 벽 쪽으로 계속 걸었다. 벽 에는 지도가 일렬로 걸려 있었다. 제일 먼저 세계 지도, 그 다음 각 대륙, 다시 나라별로 나뉘었고 주와 시로 세부 분 류되었다.

"이걸 봐." 그가 고갯짓으로 지도를 가르켰다. "단 한 사 람이 아니라 전부가 중요해. 돈을 개인에게 주는 건 별로 도움이 되지 않아."

"그건 큰 도움이 돼요." 내가 조용히 말했다. "그 사람들한테는요.”

“지금 네가 가진 자원으로는 더 이상 개인을 고려할 수 없어.” 그레이슨은 그걸 뼈저리게 느낀 사람처럼 말했다. *누구에게 이런 충고를 들었을까? 할아버지한테서?* “그램스 양.” 그가 말을 이었다. “당신은 세상을 책임져야 해.”

그 말이 내 마음속에 도화선이 돼 불꽃이 피어올랐다.

그레이슨이 지도가 걸린 벽으로 몸을 돌렸다. “난 재단의 운영 방침을 익히려고 대학을 일 년 휴학했어. 할아버지는 우리가 더 나은 관점으로 후원할 수 있는 방법을 찾으라는 과제를 주셨지. 앞으로 몇 달 뒤면 결실을 맺게 될 거야.” 그는 말의 속도를 조절했다. “유언에는 재단 후견인 제도에 따른 조항이 있어. 네가 스물한 살이 되면 다른 것과 마찬가지로 재단도 네 소유가 돼.”

그 조항이 유언의 어떤 조항보다 더 그를 아프게 하는 듯했다. 난 스카이가 그를 상속예정자라고 지목했던 걸 떠올렸다. 물론 그녀는 토비아스 호손이 제일 아끼는 손자는 제임슨이라고 주장했지만. 그레이슨은 휴학 기간을 이 재단에 헌신하며 보냈고, 그가 찍은 사진들이 로비에 걸렸다.

하지만 그의 할아버지는 날 선택했다. “그건……..”

“유감이라는 말은 꺼내지도 마.” 그레이슨은 조금 더 벽을 쳐다보다가 내 쪽으로 돌아섰다. “미안해하지 마. 그램스 양. 그럴 자격이 있는 사람이 되어 줘.”

마치 나에게 불이나 대지나 공기가 되라고 명령하는 것 같았다. 한 사람이 수십억 달러를 제대로 굴릴 자격을 가질 수 있을 리 없다. 불가능한 일이다. 누구라도, 게다가 특히 난 더욱 아니다.

"어떻게요?" 내가 물었다. *내가 어떻게 하면 자격이 있는 사람이 된단 말일까?*

그는 잠시 생각에 잠겼다. 내가 그런 침묵을 잘 메울 수 있는 붙임성 있는 성격이었으면 좋았을 것이다. 머리에 꽃을 달고 아무렇지 않게 웃을 수 있는 그런 소녀.

"무언가가 *되는* 법을 내가 가르쳐줄 수는 없어, 그램스 양. 네게 의지가 있다면 사고방식을 알려 줄 수 있을 뿐."

난 에밀리의 얼굴을 기억 뒤편으로 밀어 넣었다. "그래서 내가 지금 여기 있잖아요, 안 그래요?"

그레이슨은 방을 따라 걸으며 지도들을 지나쳤다. "생판 남보다 아는 사람에게 베푸는 것, 혹은 동정심이 드는 사연이 있는 단체에 지원해 주는 게 *기분상* 더 좋을 수 있겠지만 그건 네 두뇌가 널 농락하는 거야. 행동의 당위성은 궁극적으로 그리고 유일하게 결과에 의해서만 결정돼."

그의 말속에서, 그의 움직임에서 강렬함이 묻어났다. 난 노력했지만 그에게서 시선을 돌릴 수도, 말을 흘려들을 수도 없었다.

"한두 가지 느낌만 가지고 기부할 수는 없어." 그레이슨이 말했다. "우리가 가장 큰 영향을 미칠 수 있는 객관적인 분석에 따라 자원을 활용해야 해."

그는 아마도 내 머리 용량을 초과하는 이야기를 한다고 생각할지 모르겠지만 그가 객관적인 분석을 언급하는 순간 난 미소를 지었다. "당신은 지금 보험계리학에 대해 이야기하고 있군요, 그레이슨. 나한테 그래프를 보여 줘요."

♟

그레이슨이 말을 마쳤을 무렵 내 머릿속은 숫자와 추정치 때문에 빙빙 돌았다. 난 그의 논리가 어떻게 작용하는지 정확히 파악했고 소름 끼치게 나와 비슷하다는 점을 알아차렸다.

"무차별적 접근이 왜 먹히지 않는지 이유를 알겠어요." 내가 말했다. "큰 문제일수록 큰 사고와 큰 개입이 필요하니까."

"포괄적 개입이야. 전략이라고 하지."

"하지만 우린 위험을 분산해야 하잖아요."

"경험에 기초한 비용편익분석을 통해서."

설명할 수 없지만 누구나 매력을 느끼는 부분이 있기 마련이다. 분명 나는 정장 차림에 은회색 눈동자를 가진 남자가 *경험에 기초한*이란 말을 쓰고 내가 그 의미를 당연히 안다고 여기는 부분에서 매력을 느끼는 것 같다.

얼빠져 있지 마, 에이버리. 그레이슨 호손은 너랑 어울리지 않아.

휴대전화가 울리자 그가 화면을 슬쩍 내려다보았다. "내쉬 형이야." 그가 알려 주었다.

"받아요. 그래도 돼요."

이 순간 난 휴식이 필요했다. 그로부터, 또한 *이 상황으로부터.* 수학도 이해가 가고, 비용편익분석도 이해가 간다. 하지만 이 상황은 이해가 가지 않는다.

이 상황은 진짜 일어나고 있는 일이다. 이 일에는 힘이 있다. *1년에 1억 달러치의.*

그레이슨이 전화를 받으며 방을 나갔다. 난 주변을 걸으며 벽에 걸린 지도를 들여다보았고 모든 국가, 모든 도시, 모든 마을의 이름을 외웠다. 이곳들을 전부 다 도울 수도 있고 그러지 못할 수도 있다. 나 때문에 살거나 죽을 사람이 있고 내 선택으로 누군가의 미래가 밝아질 수도, 암울해질 수도 있다.

내가 무슨 자격으로 그런 결정을 내릴 수 있단 말인가?

그 생각에 압도당한 상태에서 벽의 맨 마지막 지도 앞에 멈췄다. 다른 지도와 달리 손으로 그린 지도다. 호손 저택과 주변 대지를 그린 거라는 점을 알아차리기까지 시간이 걸렸다. 제일 먼저 대지 뒤쪽 모퉁이에 자리한 작은 건물인 웨이백 별채로 눈길이 갔다. 토비아스 호손이 이 건물에서 라플린 부부가 죽을 때까지 살 수 있도록 해 준 유언장이 기억났다.

레베카의 조부모님이야. 에밀리의 자매가 어렸을 때도 그들을 보러 왔는지, 호손 저택에서 얼마나 머물렀는지 궁금했다. *제임슨과 그레이슨이 에밀리가 몇 살 때 처음으로 눈길을 줬을까?*

그 애가 죽은 지 얼마나 되었을까?

회의실 문이 열렸다. 그레이슨이 내 얼굴을 보지 못하는 곳이라서 기뻤다. 내가 *그녀*를 생각하고 있다는 걸 알리고 싶지 않았다. 난 앞에 있는 지도에서 블랙우드라고 부르는 북쪽 숲부터 사유지의 서쪽 가장자리를 따라 흐르는 작은 시내까지 지형을 살피는 척했다.

블랙우드. 그 명칭을 다시 읽고 피가 혈관으로 밀려들며 갑자기 귀가 들리지 않았다. 블랙우드. 그리고 작은 글씨로 물이 흐르는 부분에 이름이 적혀 있었다. 시내가 아니다. 브룩(개천)이다.

사유지 서쪽에 자리한 개천. 그래서 웨스트브룩.

블랙우드. 웨스트브룩.

"에이버리." 그레이슨이 내 뒤에서 말했다.

"왜요?" 난 지도와 그것이 암시하는 부분에서 완전히 마음을 놓지 못한 채 물었다.

"내쉬 형이 전화했어."

"알아요." 그는 전화를 받기 전에 누가 걸었는지 이미 내게 말해 줬다.

그레이슨이 내 어깨에 가볍게 손을 올렸다. 내 머리 뒤쪽에서 경고음이 울렸다. 왜 그가 이렇게 다정하게 구는 거지? "내쉬의 용건이 뭔데요?"

"네 언니 일이야."

43

"드레이크를 처리할 거라고 말했잖아요." 난 휴대전화를 꽉 쥐고 다른 손으로 주먹을 쥐어 내 옆구리를 쳤다. "재미삼아서요."

차로 간 즉시 알리사에게 전화를 걸었다. 그레이슨이 따라와서 내 옆 뒷좌석에서 안전벨트를 맸다. 그가 내 옆에 와 있다는 사실을 알아차릴 정신도, 시간도 없었다. 오렌이 차를 몰았다. 난 성질이 났다.

"내가 *처리했어*." 알리사가 확실하게 말했다. "너와 언니모두에게 일시적인 접근 금지 상태에 있어. 드레이크가 너희 둘 중 누군가에게 삼백 미터 안으로 접근하거나 다가올시도를 하면 어떤 이유에서든 체포돼."

난 주먹을 쥔 손가락을 풀려고 했지만 휴대전화를 쥔 손을 놓을 수 없었다. "그런데 왜 지금 그가 호손 저택 정문 앞에 와 있는 거죠?"

드레이크가 여기 있다. 텍사스에. 내쉬가 전화했을 때 리비 언니는 안전하게 집 안에 있었지만 드레이크가 문자와 전화 세례를 퍼부으며 얼굴을 보자고 소란을 일으켰다.

"내가 해결할게, 에이버리." 알리사가 곧바로 나섰다. "우리 회사가 일을 신중하게 해결할 줄 아는 지역 경찰을 알고 있어."

지금 신중한 건 최우선 요건이 아니다. 내게 우선시되는 건 리비 언니니까. "우리 언니가 접근 금지 명령에 대해 알고 있어요?"

"네 언니가 서류에 서명했어." 미리 알았다면 대비할 수 있었을 텐데. "내가 해결할게, 에이버리. 넌 그냥 가만히 있어." 알리사가 전화를 끊었고 난 휴대전화를 들고 있던 손을 무릎으로 떨궜다.

"좀 더 빨리 갈 수 있어요?" 내가 오렌에게 물었다.

리비 언니한테도 경호원이 붙어 있다. 드레이크는 물리적으로는 언니를 어떻게 할 기회가 없다.

"내쉬 형이 네 언니랑 같이 있어." 그레이슨은 우리가 차에 탄 뒤로 처음 입을 열었다. "만약 그 신사가 너희 언니에게 손가락이라도 까딱하려고 부단히 노력한다면, 내가 보장하는데 우리 형이 그 손가락을 직접 제거하는 기쁨을 누리겠지."

난 리비 언니의 몸에서 손가락을 떼게 한다는 건지 드레이크의 손가락을 진짜 그렇게 한다는 건지 감이 안 왔다.

"드레이크는 신사가 아니에요. 게다가 난 그 사람의 폭력적인 부분만 걱정하는 게 아니에요." 성질을 내지 않고 아주 친절하고 부드러운 태도로 굴어서 언니가 눈에 든 피멍을 잊어버릴까 걱정되었다.

"네 기분이 나아질 수 있다면 내가 직접 그자를 쫓아내 줄게." 오렌이 말했다. "하지만 그러면 언론에 구경거리를 좀 제공하게 될 거야."

언론이라고? 내 뇌가 작동하기 시작했다. "재단 앞에는 파파라치가 없었어요." 난 재단에 도착했을 때 알았다. "그 사람들이 집 앞으로 돌아간 거예요?"

사유지 주변 벽은 언론이 진입하지 못하게 막고 있지만 일반 도로에 모여 있는 것을 법적으로 저지할 방법은 없다.

"드레이크가 기자들에게 전화를 돌려 군중을 확보했을 거라는 데 내 돈을 걸지." 오렌이 말했다.

♟

오렌이 신원이 입증된 언론 무리를 지나 차를 세울 무렵 우리를 반겨 주는 풍경은 어지러웠다. 난 드레이크가 정문 밖에 서 있는 모습을 볼 수 있었다. 다른 두 남자는 그의 근처에 있었다. 멀리서 봐도 그들이 경찰 정복을 입었다는 걸 알 수 있었다.

그리고 파파라치도 보였다.

알리사의 경찰 친구는 매우 신사적으로 굴고 있었다. 난 이를 갈았다. 진입로에서 질질 끌려가는 모습을 일부러 보여서 리비 언니에게 죄책감을 심어 주려는 심산일 것이다.

"차를 세워요."

오렌이 차를 세운 다음 날 돌아보았다. "조언하는데, 차 안에 있는 게 좋을 것 같아." 그건 조언이 아니었다. 명령이지.

난 문손잡이로 팔을 뻗었다.

"에이버리, 네가 내릴 거라면 내가 먼저 내릴게."

그날 아침 우리가 나눈 대화를 떠올리고 난 그를 시험하지 않기로 했다.

내 옆에서 그레이슨이 안전벨트를 풀었다. 그는 다정한 손길로 내 손목을 잡았다. "오렌의 말이 맞아. 넌 나가선 안 돼."

날 잡은 그의 손을 내려다보니 심장이 두근거렸지만 난 고개를 들었다. "당신이라면 어떡할래요? *자기* 가족을 보호하면서 얼마나 침착할 수 있어요?"

난 그를 무장해제시켰고 그도 그 점을 잘 알았다. 그가 내게서 손을 뗐다. 아주 천천히 움직이는 바람에 그의 손가락이 내 관절을 스치는 게 느껴질 정도였다. 난 이제 거친 숨을 내쉬며 차 문을 열고 마음의 준비를 했다. 우리가 아직 큰 문제를 일으키지 않았기 때문에 드레이크는 언론에게 최대의 사건이었다. 아직까지는.

난 고개를 빳빳이 들고 차에서 내렸다. *날 봐. 내가 주인공이야.* 난 진입로를 따라 내려와 거리로 향했다. 굽 있는 부츠에 컨트리 데이의 주름 교복 치마를 입었다. 교복 재킷이 걸을 때마다 몸에서 찰랑거렸다. 머리도 새로 했고 화장도 했다. 게다가 자신감 넘치는 태도까지 장착했다.

내가 주인공이야. 오늘 밤 주인공은 드레이크가 아니다. 그에게 이목이 집중되지 않을 것이다. 내가 그 이목을 잡아 둘 거니까.

"즉흥적인 언론 기자회견이야?" 오렌이 낮은 목소리로 물었다. "네 경호원으로서 알리사가 널 죽이려고 할 거라는 걸 미리 알려 줄게."

그건 미래의 에이버리가 해결할 문제다. 난 완벽한 웨이브를 넣은 머리카락을 뒤로 넘기고 어깨를 드러냈다. 가까이 갈수록 기자들이 내 이름을 부르는 함성이 더 커졌다.

"에이버리!"

"에이버리, 여기 좀 봐요!"

"에이버리, 소문에 대해 어떻게 생각하나요?"

"에이버리, 여길 보고 웃어요!"

난 이제 그들 바로 앞에 섰다. 그들이 주목했다. 내 옆에서 오렌이 손을 들었고 그러자 군중이 잠잠해졌다.

뭐라도 말해. 해야 할 말을 하라고.

"저는…… 음……." 난 목청을 가다듬었다. "이건 아주 큰 변화예요."

몇몇이 작게 웃었다. *난 할 수 있다.* 그 말을 생각하자 우주가 내게 힘을 주었다. 내 뒤에서 드레이크와 경찰 사이에 싸움이 벌어졌다. 난 카메라가 내게서 앵글을 돌리고 장거리 렌즈가 정문을 줌인하는 걸 보았다.

그냥 말로 해선 안 돼. 스토리를 전해야지. 그들이 듣게 하라고.

"전 토비아스 호손이 왜 자신의 유언장을 바꿨는지 알고 있습니다." 내가 큰 소리로 말했다. 반응은 굉장했다. 이건 대특종이자 모두가 알고 싶어 하는 이야기기 때문이다. "그가 왜 절 선택했는지 알고 있어요." 난 그들이 나를, 나만을 쳐다보게 만들었다. "제가 그 이유를 아는 유일한 사람입니다. 전 진실을 알아요." 난 모든 걸 걸고 그 거짓말을 팔았다. "그리고 여러분이, 여러분 중 누구라도, 제 뒤에 있는 저 인간의 한심한 변명을 하나라도 실어 준다면, 제 평생을 걸고 여러분이 절대로 그 이유를 찾지 못하게 입을 다물 겁니다."

44

안전하게 호손 하우스로 들어가기 전까진 내가 벌인 일이 얼마나 큰 파장을 일으킬지 인식하지 못했다. 난 언론에 그들이 원하는 답을 가지고 있다고 밝혔다. 처음으로 언론 앞에서 발언했고, 처음으로 실제 화면 앞에 등장했으며 입에 침도 바르지 않고 거짓말을 했다.

오렌이 옳았다. 알리사가 날 죽이려고 할 거다.

주방에서 컵케이크에 둘러싸여 있는 리비 언니를 보았다. 컵케이크 수백 개가 있었다. 옛날 집에선 사과할 일이 있으면 빵을 구웠지만, 가게 규모의 주방에 오븐 수가 세 배는 되는 이곳에서는 자신의 능력을 폭발시키려 빵을 구웠다.

"리비 언니?" 난 조심스럽게 다가갔다.

"레드 벨벳으로 할까, 아니면 솔티드 카라멜로 할까?" 언니가 양손에 아이싱용 짤주머니를 들고 물었다. 파란 머리카락이 포니테일 밖으로 삐져나와 얼굴에 납작하게 붙었다. 언니는 내 시선을 마주하지 못했다.

"몇 시간째 저러고 있어." 내쉬가 말했다. 그는 스테인리스 스틸 냉장고에 기대서서 헤진 청바지 벨트 고리에 엄지를 걸쳤다. "일단은 휴대전화를 꺼 둔 상태야."

"내가 여기 없는 사람처럼 말하지 말아요." 리비 언니가 아이싱을 하려던 컵케이크에서 고개를 들어 내쉬를 노려보았다.

"네, 부인." 내쉬가 천천히 환하게 웃었다. 난 그가 얼마나 언니 옆에 있었는지 궁금했다. 그리고 *왜* 여기 있는지도.

"드레이크는 갔어." 더 이상 여기 있을 필요가 없다는 걸 내쉬가 알아차리길 바라며 언니에게 말했다. "내가 처리했지."

"널 보호해 줄 사람은 난데." 리비 언니가 얼굴에 붙은 머리카락을 떼어냈다. "그런 얼굴로 날 쳐다보지 마, 에이버리. 난 무너지지 않아."

"자기는 무너질 사람이 당연히 아니지." 내쉬가 기댄 자리에서 말했다.

"당신……." 리비 언니가 그를 쳐다봤고 눈동자에 짜증이 일었다. "입 다물어요."

평생 언니가 누구한테 입 다물라고 하는 소릴 들은 적이 없지만 적어도 언니는 연약하지도, 상처받지도 않았고 드레이크의 문자에 답할 위험도 없어 보였다. 난 내쉬 호손에게 구세주 콤플렉스가 있다고 한 알리사의 말을 떠올렸다.

"지금 입 다물게." 내쉬가 컵케이크를 하나 집은 다음 사과처럼 한입 베어 물었다. "내 생각일 뿐이지만 난 레드 벨벳에 한 표."

리비 언니가 날 돌아봤다. "솔티드 카라멜을 만들 거야."

45

그날 저녁 알리사가 전화해서는 내가 반항적으로 행동하면 자기가 할 일을 못 한다면서 다다닥 쏘아붙였다. 알리사가 간결하게 작별 인사를 할 때 난 더 큰 대가가 기다리고 있을 거라는 예상이 들어 컴퓨터 앞에 앉았다.

"얼마나 엉망인데 그래?" 입 밖으로 혼잣말을 했다. 그 대답은 모든 뉴스 사이트의 헤드라인을 통해 알 수 있었다.

호손 상속녀가 숨겨 온 비밀.

에이버리 그램스는 무얼 알고 있나?

파파라치가 찍은 사진 속 내 모습은 아주 낯설었다. 사진 속 소녀는 예뻤고 당당하게 화를 내고 있었다. 그녀는 호손만큼 도도하고 위험해 보였다.

그 소녀는 내가 아닌 것 같았다.

대체 무슨 일인지 알려 달라는 맥시의 문자를 받을 것 같아서 미리 문자를 보내 봤지만 답이 없었다. 노트북을 덮으려고 하다가 에밀리에게 벌어진 일이 무엇인지 모르는 이유가 에밀리가 워낙 흔한 이름이라서 그런 것 같다고 맥시에게 말한 게 기억났다. 에밀리를 인터넷에서 찾아본 적이 없었다.

하지만 지금은 그녀의 성을 알고 있다. "에밀리 라플린." 입 밖으로 말해 보았다. 그리고 검색창에 이름을 친 다음

*하이츠 컨트리 데이 스쿨*을 넣어 검색 범위를 좁혔다. 내 손가락이 뒤로가기 버튼 위에서 갈팡질팡했다. 잠시 망설이다 난 엔터를 눌렀다.

부고가 떴고 그게 다였다. 뉴스에 보도된 건 없었다. 이 지역의 멋진 소녀가 의심스럽게 목숨을 잃었다는 기사는 찾아볼 수 없었다. 그레이슨이나 제임슨 호손의 이름도 언급되지 않았다.

부고에는 사진이 함께 실렸다. 이번에는 웃지는 않았지만 미소를 짓고 있었다. 내 두뇌는 이제 세세히 기억날 만큼 자잘한 부분까지 모조리 흡수했다. 머리카락은 층이 졌고 길었다. 끝부분이 이리저리 말렸지만, 나머지는 곧고 비단결처럼 부드러웠다. 작은 얼굴에 아주 큰 눈동자. 하트모양인 윗입술. 얼굴에 잔잔하게 주근깨가 퍼져 있다.

쿵, 쿵, 쿵.

시끄러운 소리에 고개를 들고 얼른 노트북을 닫았다. 내가 뭘 찾아봤는지 누구에게도 알리고 싶지 않았다.

쿵. 이번에는 가만있지 않았다. 작은 탁자 위에 있는 램프를 켠 다음 소리가 나는 쪽으로 향했다. 벽난로 앞에 서자 반대편에 누가 있는지 확실히 알 수 있었다.

"문으로 다닐 순 없어?" 촛대로 길을 열어 주며 제임슨에게 물었다.

제임슨은 고개를 쳐들고 눈썹 한쪽을 들썩였다. "내가 문으로 들어오길 *바라는 거야?*"

정말로 묻고 싶은 건 평범하게 행동해 주길 바라는지였을 것이다. 갑자기 제임슨의 옆에 앉았던 일이 기억났고 암벽등반 일도 생각났다. 떨어지려는 내 손을 잡아줬다.

"네 기자회견을 봤어." 제임슨은 다시 우리가 체스 게임을 하고 있고 있는 듯한 표정을 지었다.

"그건 기자회견이 아니고 그냥 경솔한 행동이었어." 난 쓸쓸하게 인정했다.

"경솔한 행동이라면 내가 전문가라는 말 한 적 있던가?" 제임슨이 의도적으로 날 쳐다보며 웅얼거렸다.

에밀리의 이름을 검색한 행동이 그를 소환한 것 같은 느낌이었지만 지금은 한밤중의 방문이 무엇을 의미하는지 정확히 안다. 제임슨 호손이 여기, 내 침실에, 이 밤에 와 있다. 난 잠옷 차림이고 그의 몸은 나를 향해 있다.

이건 우연이 아니다.

넌 게임 참가자가 아니야, 꼬맹이. 넌 발레리나 유리 조각상이거나 칼일 뿐이지.

"용건이 뭐야?" 내 몸은 그에게 다가가고 싶어 했고 내 이성은 물러나라고 했다.

"넌 언론에 거짓말했어." 제임슨은 고개를 돌리지 않았다. 눈도 깜박하지 않았고 그건 나도 마찬가지다. "네가 그들에게 한 말은…… *거짓이지?*"

"당연히 거짓말이지." 토비아스 호손이 전 재산을 내게 남긴 이유를 알았다면 제임슨과 함께 그 이유를 찾으려고 애쓰지 않았을 테니까.

게다가 재단에서 지도를 보고 숨이 멎지도 않았을 거고.

"가끔 너랑 이야기하기가 힘들어. 넌 완전히 다 털어놓지 않으니까." 그의 시선이 내 입술 부근에 꽂혔고 그의 얼굴이 내 얼굴로 바짝 다가왔다.

호손에게 마음을 빼앗기지 마.

"나한테 손대지 마." 난 이렇게 말하고 한 걸음 물러났지만 무언가를 느낄 수 있었다. 호손 재단에서 그레이슨과 스쳤을 때 느꼈던 것과 같은 감정이다.

공적인 감정이 아니라는 것.

"어젯밤에 스릴을 즐긴 보람이 있었어. 머릿속에서 벗어나니 새로운 시각으로 퍼즐을 볼 수 있게 됐지. 미들네임에 대해 내가 뭘 알아냈는지 물어봐." 제임슨이 말했다.

"그럴 필요 없어." 내가 그에게 말했다. "나도 풀었거든. 블랙우드, 웨스트브룩, 데번포트, 윈체스터. 그건 그냥 이름이 아니었어. 장소지, 아니 적어도 처음 두 개는 그래. 블랙우드랑 웨스트브룩은." 난 이 방에 램프 불빛만 켜 있고 우리가 너무 가까이 붙어 있다는 사실은 무시하고 퍼즐에만 집중하기로 했다. "다른 두 가지는 아직 확신이 없지만 그래도……."

"그래도……." 제임슨의 입꼬리가 올라가고 흰 치아가 번뜩였다. "넌 알게 될 거야." 그가 내 귓가로 입술을 가져왔다. "우리가 알게 될 거야, 상속녀."

우리는 없어. 너한테 난 그저 게임을 끝내기 위한 도구일 뿐이지. 난 그렇게 믿었다. 하지만 내 입에선 왜 딴소리가 나왔는지 모르겠다. "좀 걸을까?"

46

이건 그냥 산책이 아니라는 걸 우리 둘 다 알고 있었다.

"블랙우드는 엄청나게 넓어. 뭘 찾는지 모르고 들어가서 무언가를 찾기란 불가능할 거야." 제임슨은 내 보폭에 맞춰 천천히 차분하게 걸었다. "브룩은 쉬워. 거의 사유지 전역으로 흐르지만 내가 아는 할아버지라면 무언가를 물속에서 찾을 필요가 없어. 물 위나 다리 아래에서 찾으면 될 거야."

"무슨 다리?" 내가 물었다. 내 시야 끄트머리에 움직임이 보였다. 오렌이다. 그는 보이지 않지만 그곳에 있다.

"그 다리 말이야." 제임슨이 대답했다. "우리 할아버지가 할머니한테 프러포즈한 장소. 웨이백 별채 근처야. 당시 할아버지가 소유한 건 거기뿐이었어. 할아버지의 제국이 성장하면서 주변 땅을 사들인 거지. 할아버지는 이 저택을 지었지만 항상 별채를 관리하셨어."

"지금 라플란 부부가 살고 있는 곳이지?" 지도 위 그 집을 떠올렸다. "에밀리의 조부모님 말이야." 그녀의 이름을 말할 때 죄책감이 들었지만 그의 반응이 궁금해 견딜 수 없었다. *넌 에밀리를 사랑했어? 어떻게 죽은 거지? 왜 테아는 네 가족 탓을 하는 거야?*

제임슨의 입술이 뒤틀리더니 마침내 입을 열었다. "네가 레베카와 얘기를 좀 나눴다고 알렉산더가 말해 줬어."

"학교에서 아무도 그 애와 말을 하지 않아." 내가 웅얼거렸다.

"정정해 줄게." 제임슨이 대꾸했다. "레베카가 학교에서 누구와도 이야기하지 않는 거야. 몇 달간 그래왔어." 그는 잠시 입을 다물자 우리 발소리 말고는 아무 소리도 들리지 않았다. "레베카는 항상 낯을 많이 가렸지만 책임감이 강해. 부모님은 레베카가 제대로 결정하리라고 생각해."

"에밀리와 다르게." 내가 공백을 메웠다.

"에밀리……." 제임슨은 그녀의 이름을 말할 때 목소리가 달라졌다. "에밀리는 그냥 즐겁게 살고 싶어 했어. 그 애는 선천성 심장 질환을 앓았거든. 부모님이 터무니없을 정도로 과도하게 보호해 왔어. 어릴 때 한 번도 제대로 놀게 해 준 적이 없었어. 열세 살에 심장 이식을 받았고 그 이후로 그녀는 그저 살고 싶어 했어."

그저 살아간다니. 난 그녀가 신나고 자유롭게, 조금은 약삭빠르게 우리가 나중에 그 사진을 볼 것을 알고 카메라를 향해 웃던 모습을 떠올렸다. 사진 속의 그녀를.

난 스카이가 제임슨을 정의한 말을 떠올렸다. *갈망.*

"에밀리와 드라이브를 갔었어?" 내가 물었다. 질문을 도로 주워 담을 수 있다면 그러고 싶지만, 이미 입 밖으로 나와 버렸다.

"에밀리와 내가 하지 않은 일은 *아무것도 없어.*" 제임슨은 그 말을 깊이 묵혀 둔 것처럼 내뱉었다. "우린 똑같았어." 그는 내게 말했고 그런 다음 스스로 정정했다. "난 우리가 똑같다고 생각했어."

난 제임슨이 자극을 찾아다닌다고 한 그레이슨의 말을 떠올렸다. 두려움, 고통, 즐거움. 그에게 에밀리는 어느 쪽에 해당할까?

"에밀리에게 무슨 일이 있었던 거야?" 내가 물었다. 인터넷 검색으론 제대로 된 답을 얻을 수 없었다. 테아는 호손 형제들에게 책임이 있는 것처럼 말했고, 에밀리가 호손 하우스에서 시간을 보냈기 *때문에* 죽었다는 뉘앙스였다. "별채에 살았어?"

제임슨은 내 두 번째 질문을 무시하고 첫 번째 질문에 대답했다. "그레이슨 형과의 일이야."

그레이슨에게 에밀리의 이름을 말한 그 순간부터 난 그

녀가 그에게 중요하다는 걸 알았다. 하지만 제임슨은 자신이 에밀리와 사귀고 있었다는 점을 꽤 분명히 했다. *에밀리와 내가 하지 않은 일은 아무것도 없어.*

"그레이슨의 일이라는 게 무슨 뜻이야?" 내가 제임슨에게 물었다. 흘끗 뒤돌아봤지만 오렌은 보이지 않았다.

"게임을 하자." 우리가 언덕을 오를 때 그가 걷는 속도를 좀 높이며 음산하게 말했다. "내 인생에서 한 가지 진실과 두 가지 거짓말을 알려 줄 테니 어느 쪽이 진실이고 어느 쪽이 거짓인지 네가 결정하는 거야."

"원래 두 가지 진실과 한 가지 거짓말 아니야?" 아이들과 팀을 이뤄서 하는 게임의 이름은 두 *가지 진실과 한 가지 거짓말*이었다.

제임슨이 돌아와서 말했다. "다른 사람의 규칙에 그대로 따르겠다는 거야?" 내가 말뜻을 이해할 거라는 듯 그가 날 쳐다봤다.

자신을 이해할 거라는 듯.

"첫 번째, 난 네가 여기 오기 훨씬 전부터 할아버지의 유언에 대해 알고 있었어. 두 번째, 그레이슨 형을 너한테 보낸 사람이 나야."

우리는 언덕 꼭대기에 도착했고 멀리 건물이 보였다. 별채다. 그리고 그 사이에 다리가 있었다.

제임슨이 '세 번째'라고 말하고 심장 박동이 한 번 정도 멈췄다. "난 에밀리 라플린이 죽는 걸 봤어."

47

난 제임슨의 게임 제안을 받아들이지 않았다. 방금 한 말 중 어느 게 진실인지 추측하지 않았지만, 마지막 말을 할 때 목이 멘 건 확실했다.

난 에밀리 라플린이 죽는 걸 봤어.

그렇다고 그녀에게 무슨 일이 벌어졌는지는 알 수 있는 건 아니었다. 왜 그가 *그레이슨*의 일이라고 말했는지도 설명되지 않았다.

"우리 이제 다리에 주목해 볼까, 상속녀?" 제임슨은 내가 에밀리의 일을 추측하게 두지 않았다.

난 앞에 놓인 장면에 집중하려고 애썼다. 근사한 풍경이다. 여긴 나무가 별로 없어서 달빛을 가리지 않았다. 다리가 개울 위로 솟아 있었는데 그 아래 물은 보이지 않았다. 다리는 나무로 만들어졌고 난간과 난간동자는 공들여 손으로 일일이 만든 듯 보였다. "할아버지가 직접 이 다리를 세운 거야?"

난 토비아스 호손을 만난 적 없지만 그를 아는 것 같은 기분이 들기 시작했다. 그는 사방에 있었다. 이 퍼즐 속, 이

저택, 그리고 손자들에게도.

"할아버지가 지었는지는 나도 몰라." 제임슨이 히죽거렸고 달빛에 하얀 치아가 반짝였다. "하지만 우리가 제대로 짐작한 거라면 할아버지가 이 *안에* 뭔가를 넣어둔 것이 분명해."

제임슨은 위장에 능했다. 내가 에밀리에 대해 전혀 물어보지 않은 듯이, 그녀가 죽는 걸 봤다는 말을 하지 않은 듯이, 게다가 밤 12시 이후에 일어난 일은 어둠 속에 묻힌다는 듯이 행동했다.

그는 다리를 따라 걸었다. 내가 뒤에서 똑같이 했다. 다리는 낡고 좀 삐걱거렸지만 견고했다. 제임슨이 끄트머리에 도착했을 때 왔던 길 쪽으로 돌아섰고 두 팔을 양옆으로 벌리고 손끝으로 가볍게 난간을 쓸었다.

"우리가 뭘 찾는지 알긴 해?" 내가 물었다.

"보면 알겠지." 마치 *내가* 보면 너한테 알려 줄게라고 말하는 것 같았다. 그는 자신과 에밀리가 똑같다고 했었다. 제임슨은 에밀리가 소극적인 참가자로 남길 바라지 않았었다. 그저 게임의 한 부분으로 여기지 않았고 게임을 끝내는 데 필요한 도구로 써먹지도 않았다.

난 사람이야. 나도 능력이 있어. 난 여기 있고, 게임을 하고 있어. 코트 주머니에서 휴대전화를 꺼내 플래시를 켰다. 다리로 되돌아가서 난간을 비추며 자국이나 새긴 글귀 같

은 걸 찾아보았다. 난 나무의 못을 살피고 그 수를 세고 머릿속으로 못 사이의 간격을 측정했다.

난간을 다 살핀 다음 쪼그리고 앉아 각 난간동자를 살폈다. 반대쪽에서 제임슨이 똑같이 하고 있었다. 우린 마치 춤을 추는 것 같았다. 한밤중에 두 명이 추는 이상한 댄스.

난 여기 있어.

"내가 보면 알 거야." 제임슨이 다시 말했고 그건 주문과 약속 그 사이 어디쯤이었다.

"아니면 내가 찾을 수도 있지." 내가 직구를 던졌다.

제임슨이 날 쳐다봤다. "상속녀, 가끔 말이야 다른 관점이 필요하기도 해."

제임슨이 뛰어올랐고 그다음 내가 본 건 난간 위에 서 있는 모습이었다. 난 발아래 물을 볼 수 없었지만 들을 수는 있었다. 밤공기는 조용했고 제임슨의 발소리가 침묵을 깼다.

그가 발코니에 불안하게 서 있던 장면이 재현되는 것 같았다.

다리는 그리 높지 않아. 물은 아마 그리 깊지 않겠지. 난 웅크린 자세에서 일어나 그에게 플래시를 비췄다. 다리가 끼익하는 소리를 냈다.

"우린 아래를 살펴야 해." 제임슨이 말했다. 그는 난간의 먼 쪽으로 올라간 다음 다리 끄트머리에서 균형을 잡았다. "내 다리를 잡아 줘." 제임슨은 내게 말했지만 어디를 잡아야 하는지, 뭘 하려고 하는 것이지 파악하기도 전에 마음을 바꿨다. "아니. 난 덩치가 너무 커. 네가 날 떨어뜨릴 것 같아." 그는 눈 깜짝할 새 다시 난간에서 내려왔다. "내가 널 잡아줄게."

엄마가 돌아가신 후 내가 관심을 두지 않은 첫 번째들이 아주 많다. 첫 데이트, 첫 키스, 첫 경험. 특히 마지막 여자친구가 죽는 걸 목격했다고 막 자백한 남자한테 하반신이 붙들려 다리에 매달리는 첫 경험 같은 건 당연히 목록에 없었다.

에밀리가 너랑 사귀었다면 왜 그레이슨 때문이라는 말을 한 거야?

"휴대전화를 떨어뜨리지 마." 제임슨이 내게 말했다. "그럼 난 널 떨어뜨리지 않을게."

그의 손이 내 엉덩이 쪽을 감았다. 난 얼굴을 아래로 내리고 다리를 난간동자 사이에 두었고 상반신은 다리 끄트머리에 매달렸다. 그가 날 놓으면 큰일이다.

매달리기 게임. 엄마의 목소리가 들리는 듯했다.

제임슨이 자기 무게 중심을 조절해 날 위한 닻 역할을 했다. *그의 무릎이 내 무릎에 닿았어. 그의 손이 내 몸 위에*

있어. 내가 기억하는 어떤 감정보다 내 몸, 내 피부를 더 많이 느끼고 있었다.

느끼지 마. 그냥 찾기나 해. 난 다리 아랫부분에 플래시를 비추었다. 제임슨은 날 놓지 않았다.

"뭐가 보여?"

"어둠." 내가 대답했다. "물풀들." 난 등을 살짝 구부렸다. 피가 머리로 쏠렸다. "바닥의 판은 우리가 꼭대기에서 본 판과 달라. 적어도 이중으로 나무가 덮인 것 같아." 난 판을 세어 보았다. *스물하나.* 난 몇 초간 판이 물가에 닿는 방식을 확인한 다음 다시 말했다. "여긴 아무것도 없어, 제임슨. 날 끌어올려 줘."

♟

다리 아래는 스물한 개의 판이 있고 막 세어 본 바에 따르면 표면에도 스물한 개가 있다. 모든 것이 들어맞는다. 빠진 게 없다. 제임슨은 걸어 다녔지만 난 가만히 서 있는 편이 낫다고 생각했다.

아니면 그가 걷는 걸 보지 않으려면 내가 서 있는 편이 낫다고 생각했을 수도 있다. 그의 걸음에는 말할 수 없는 에너지와 묘한 우아함이 있었다. "시간이 늦었어." 난 시선을 피하며 말했다.

"항상 늦었지." 제임슨이 내게 말했다. "호박으로 변신할 거라면 지금이야, 신데렐라."

날마다 다른 별명이다. 난 거기에 의미를 부여하고 싶지 않다. 그 안에 *어떤* 의미가 있는지도 모르겠다. "내일 학교 가야 하잖아." 내가 알려 줬다.

"그럴지도 모르지." 제임슨이 다리 끄트머리로 가서 몸을 돌리고 다시 걸어왔다. "안 그럴 수도 있고. 규칙에 따라 움직일 수도, 네가 규칙을 만들 수도 있어. 내가 어느 쪽을 선호하는지 난 알아, 상속녀."

에밀리가 선호하는 쪽이겠지. 난 계속 그쪽으로 신경이 쓰였다. 지금 이 퍼즐에 집중하려고 애썼다. 다리가 끽 소리를 냈다. 제임슨은 계속 걸었다. 난 마음을 비웠다. 그리고 다리가 다시 삐걱거렸다.

"잠시만." 내가 고개를 옆으로 까닥였다. "멈춰!" 충격을 받은 제임슨이 시키는 대로 했다. "뒤로 가 봐. 천천히." 난 기다렸고 가만히 귀를 기울였다가 다시 삐걱거리는 소리를 들었다.

"같은 판이야." 제임슨이 나와 동시에 결론에 도달했다. "매번." 그는 더 자세히 보려고 몸을 숙였다. 나도 무릎을 구부렸다. 판은 다른 것과 전혀 달라 보이지 않았다. 내가 손가락으로 만지니 무언가 느껴졌지만 확실히 무엇인지 알 수는 없었다.

내 옆에서 제임슨도 똑같이 했다. 그가 나에게 살짝 기댔다. 난 아무것도 느끼지 않으려 했고 그가 다시 돌아갈 거라고 예상했지만 그의 손가락이 내 손가락 사이로 들어와 우리의 손이 하나가 돼 판 위에 놓였다.

그가 꾹 눌렀다.

나도 그렇게 했다.

판에서 소리가 났다. 내가 몸을 기울였고 제임슨이 우리의 손을 한쪽에서 다른 쪽으로 천천히 돌렸다.

"움직여." 내 눈이 그를 향했다. "살짝."

"살짝으론 부족해." 그가 천천히 깃털처럼 가볍고 따뜻한 손가락을 나한테서 뺐다. "우린 걸쇠를 찾아야 해. 판을 완전히 돌릴 수 있을 만한 걸로."

결국 우리는 판이 난간동자와 만나는 부분에서 작은 돌기를 찾았다. 제임슨이 왼쪽을 잡았다. 내가 오른쪽을 잡았다. 동시에 누르자 '팡' 하는 소리가 났다. 가운데서 한 번 더 판을 살피니 더 잘 움직였다. 우리는 판 바닥이 뒤집힐 때까지 같이 돌렸다.

난 나무에 플래시를 비쳤다. 제임슨도 자기 휴대전화로 그렇게 했다. 나무 표면에 기호가 새겨져 있었다.

"무한대야." 제임슨이 엄지로 새긴 부분을 훑었다.

난 고개를 옆으로 기울이고 좀 더 넓게 보았다. "아니면 8자이거나."

48

아침이 너무 빨리 찾아왔다. 어떻게든 억지로 침대에서 몸을 일으켜 옷을 입었다. 헤어와 메이크업을 생략할까 갈등했지만 누구도 해 주지 않은 자신만의 이야기를 전달해야 한다는 알렉산더의 말이 기억나서 포기했다.

하루 전에 내가 언론에 터트린 게 있으니 약한 모습을 보일 형편이 못 됐다.

내가 속으로 전투용 얼굴이라고 부르는 걸 장착하고 나니 누가 방문을 노크했다. 알리사가 내게 '내쉬 소속'이라고 알려 준 하녀가 들어왔다. 아침 식사가 담긴 쟁반을 들고 온 것이다. 라플린 부인은 호손 하우스에서 처음 아침을 맞은 날 이후 누구도 방으로 올려보내지 않았다.

내가 어쩌다 이런 대접을 받게 되었을까?

"우리 직원들은 화요일마다 집안 대청소를 한답니다." 하녀가 쟁반을 놓고서 내게 말했다. "괜찮으시면 욕실부터 시작할게요."

"내 타월 좀 걸어놓고요." 내가 말하자 그녀는 내가 자기 앞에서 나체로 요가를 할 계획이라고 밝혔다는 듯이 이상한 눈초리로 쳐다봤다.

"타월은 바닥에 두셔도 돼요. 어쨌든 저희가 세탁할 거니까요."

뭔가 옳지 않은 느낌이 들었다. "전 에이버리예요." 그녀
는 분명 내 이름을 알고 있겠지만 난 내 소개를 했다. "이름
이 뭐죠?"

"멜리예요." 그녀는 크게 의욕적이지 않았다.

"고마워요. 멜리." 그녀가 멍하게 날 쳐다봤다. "도와줘
서요." 난 토비아스 호손이 외부인을 최대한 호손 하우스에
들이지 않으려 했다는 점을 생각해 보았다. 그렇지만 여전
히 매주 화요일에 전 직원이 청소한다. 그 점은 놀랍지 않
았다. 오히려 *아직까지* 전 직원이 매일 여길 청소하지 않았
다는 점을 놀라워해야 했다.

난 언니도 나처럼 이 초현실적이고 불편한 감정을 느끼
고 있을 걸 알아서 복도를 가로질러 리비 언니의 방으로 갔
다. 언니가 아직 자고 있을지도 몰라 가볍게 노크했는데 문
이 안으로 스르르 열려서 의자와 오토만이 보였고 거기에
어떤 남자가 앉아 있었다.

내쉬 호손의 긴 다리가 오토만 밖으로 삐져나와 있었는
데 그는 여전히 부츠를 신었다. 얼굴에는 카우보이모자를
덮고, 그는 자고 있었다.

우리 언니의 방에서.

내쉬 호손이 우리 언니의 방에서 자고 있다니.

난 일부러 기척을 하며 뒤로 물러났다. 내쉬가 놀라서 깬
다음 나를 보았다. 모자를 손에 들고 그는 의자에서 나와

복도에서 날 만났다.

"리비 언니의 방에서 뭘 하는 거예요?" 내가 그에게 물었다. 언니의 침대에 있었던 건 아니지만. 호손 중 맏형이 대체 왜 우리 언니를 야간경호하고 있는 거지?

"그녀는 힘든 일을 겪고 있어." 내쉬가 말했다. 그건 나한테 새로운 소식이었다. 어제 드레이크를 처리한 쪽이 내가 아닌 것처럼.

"언니는 당신의 프로젝트 중 하나가 아니에요." 난 그에게 말했다. 지난 며칠 동안 둘이서 얼마나 시간을 보냈는지 난 모른다. 주방에서 언니는 그를 성가셔했다. *리비 언니는 짜증을 내지 않아. 언니가 비록 괴기스러운 복장을 걸쳤지만 햇볕처럼 따뜻한 사람이니까.*

"내 프로젝트라고?" 내쉬가 눈살을 찌푸리며 말꼬리를 잡았다. "리리가 대체 너한테 무슨 말을 한 거야?"

내 변호사를 계속 그런 별칭으로 부르는 건 두 사람이 사귀었다는 점을 내게 상기시켜 줄 뿐이었다. *내쉬는 알리사의 전 남친이다. 그는 직원의 상당수를 '구했다'. 그리고 우리 언니 방에서 밤을 보냈다.*

이 끝이 좋을 리가 없다. 하지만 내가 그 말을 하기 전에 멜리가 내 방에서 나왔다. 그녀는 아직 욕실 청소를 끝내지 않았지만 분명 우리의 소리, 내쉬의 목소리를 들었다.

"좋은 아침." 내쉬가 멜리에게 인사했다.

"좋은 아침이에요." 그녀는 미소를 지으며 대답한 다음 날 쳐다보고, 리비 언니의 방을 쳐다보고, 열린 문을 쳐다본 다음 미소를 거두었다.

49

커피를 든 오렌을 차에서 만났다. 그는 어젯밤 제임슨과 나의 작은 모험에 대해 입도 뻥긋하지 않았고 나도 그가 얼마나 지켜봤는지 묻지 않았다. 차 문을 열어줄 때 오렌이 내 쪽으로 몸을 기댔다. "내가 경고하지 않았다고 하지 마."

그가 무슨 이야기를 하는지 몰랐다가 알리사가 조수석에 앉아 있는 것을 봤다. "오늘 아침에는 차분해 보이네."

난 차분하다는 의미를 성미가 누그러들어서 타블로이드지에 보도될 만한 스캔들을 만들 염려가 줄어들었다는 의미로 받아들였다. 리비 언니의 방에서 내가 맞닥뜨린 장면을 그녀라면 어떻게 받아들일지 궁금해졌다.

별로 좋은 일은 아니겠지.

"이번 주말에는 계획이 없길 바라, 에이버리." 오렌이 차를 몰자 알리사가 말했다. "그리고 다음 주말에도." 제임슨이나 알렉산더 어느 쪽도 같이 차를 타지 않았으므로 날 지원해 줄 사람은 없었는데 분명 알리사는 제대로 열받은 것 같았다.

내 변호사가 날 외출 금지시킬 순 없어, 안 그래? 난 생각했다.

"널 세상의 이목에서 좀 더 벗어나게 해 주려고 했어." 알리사가 계속 지적했다. "하지만 그 계획이 틀어진 관계로 넌 이번 주 토요일 저녁 핑크 리본 자선 모금 행사와 다음 일요일 경기를 참관해야 해."

"경기요?" 내가 물었다.

"프로미식축구." 그녀가 간략하게 말했다. "넌 구단주야. 난 세간의 이목을 끄는 그 일정을 통해 미디어에 가십거리를 충분히 던져 주고, 그렇게 시간을 번 다음 언론에 대비할 수 있도록 널 교육한 뒤에야 앉아서 하는 첫 인터뷰 일정을 소화하도록 할 거야."

여전히 프로미식축구라는 폭탄을 소화하고 있는 와중에 *언론 대비 교육*이라는 말을 듣고 목이 콱 막혔다.

"꼭 참석해야……."

"그래." 알리사가 말했다. "이번 주말 행사에도 참석하고 다음 주말 경기에도 참석하고, 언론 대비 교육에도 참석해야 해."

난 불평하지 않았다. 난 리비 언니를 보호하려고 이 사달을 냈다. 그 점을 알기에 내 행동에 책임을 져야 한다.

학교에 도착했을 때 우리를 보는 눈초리가 너무 많아서 지난 이틀간 하이츠 컨트리 데이에서 보낸 날들이 꿈이었나 싶었다. 나는 처음 등교한 날 이렇게 반응하리라 예상했었다. 테아가 나를 보더니 다가왔다.

"너 한 건 했던데?" 내가 한 일이 거칠지만 동시에 재미있다는 뉘앙스였다. 어쩔 수 없이 내 마음은 제임슨에게로 향했고 그가 나와 깍지를 꼈던 다리 위 순간으로 돌아갔다.

"토비아스 호손이 네게 전 재산을 남긴 이유를 정말 알고 있어?" 테아가 번뜩이는 눈빛으로 물었다. "학교 전체가 그 이야기를 하고 있어."

"다들 자기가 원하는 걸 이야기할 순 있으니까."

"넌 내가 별로구나." 테아는 눈치가 빨랐다. "뭐 괜찮아. 난 초경쟁적인 양성애자 완벽주의자로서 이기는 걸 즐기는 모습이니까. 미움받는 게 처음은 아니야."

난 어처구니가 없어서 눈을 굴렸다. "난 널 싫어하지 않아." 난 싫어할 만큼 아직 그녀를 제대로 알지 못한다.

"잘됐네." 테아는 자신만만한 미소를 지으며 대꾸했다. "우린 더 많은 시간을 같이 보내게 될 테니까. 우리 부모님이 외곽 지역으로 가셨어. 부모님은 혼자 두면 내가 나쁜 짓을 할까 봐 삼촌에게 보냈는데 삼촌과 자라 숙모가 호손 하우스에 머물고 있다고 들었거든. 내 생각에는 두 분이 가족 저택을 모르는 사람에게 양도할 준비가 아직 되지 않은 것 같아."

자라는 착하게 굴고 있다. 아니 *비교적 착하게* 굴었다. 하지만 난 그녀가 집으로 들어왔는지 몰랐다. 물론 호손 하우스는 워낙 커서 프로야구 전 구단이 들어와 살아도 내가 모를 수 있다.

아는 거라곤 한 프로 야구단을 내가 소유하고 있다는 것뿐이다.

"넌 왜 호손 하우스에 머물려고 하는 거야?" 테아에게 물었다. 그녀는 저택에서 벗어나라고 내게 경고해 준 장본인이다.

"보기와 다르게 난 항상 원하는 대로 행동하진 않아." 테아는 검은 머리를 어깨 너머로 넘기며 말했다. "게다가, 에밀리는 내 베프였어. 작년에 그 일이 벌어지고 나서 호손 형제의 매력에 대해서는 면역이 생겼지."

50

마침내 맥시와 연락이 닿았지만, 그녀는 수다를 떨 기분이 아니었다. 무언가 잘못된 것을 알았지만 그게 무언지는 몰랐다. 그녀는 테아가 저택에 들어온다는 소식에도 단 한 마디 욕설도 하지 않았고 호손 형제들의 몸매에 대한 얘기에도 아무 반응이 없었다. 난 괜찮은지 물었다. 그녀는 그만 끊어야 한다고만 말했다.

이와 대조적으로 알렉산더는 테아 그리고 진전된 일에 관해 더 이야기하고 싶은 눈치였다. 그날 오후, 알렉산더는 호손 하우스의 벽에 귀가 있다는 듯 목소리를 낮추며 말했다. "그녀가 우리 집에 들어온다면 뭔가 계획이 있는 거야."

"그녀란 테아를 말하는 거야? 아니면 너희 이모를 말하는 거야?"

자라는 재단에서 날 그레이슨에게 던져 놓았고 이제 테아를 집 안에 들였다. 난 누군가 뭔가를 준비한다는 점은 파악했지만 어떤 일이 벌어질지 예측할 수는 없었다.

"네 말이 맞아." 알렉산더가 말했다. "난 테아가 자발적으로 우리 가족과 시간을 보내러 들어왔다는게 이상해. 그애가 독수리에게 내 내장을 파먹으라고 열렬히 빌 가능성도 있지."

"널?" 내가 물었다. 테아와 호손 형제와의 문제는 에밀리를 두고 벌어진 듯했다. 즉, 제임슨과 그레이슨과 관계가 있다고 생각했다. "너랑 무슨 관계인데?"

"말하자면 길어." 알렉산더가 한숨을 쉬었다. "비운의 사랑, 거짓 데이트, 비극, 속죄 거기에 욕심쟁이가 관련된……."

난 알렉산더에게 레베카 라플린에 대해 물었던 일을 떠올려 보았다. 알렉산더는 레베카가 에밀리의 언니라는 말을 하지 않았다. 지금 테아에 대해 말하면서는 머뭇거리고 있었다.

알렉산더는 내가 오래 생각하게 놔두지 않았다. 그는 날 이끌고 호손 하우스에서 그가 네 번째로 좋아한다는 방으로 데려갔다. "테아와 대접전을 벌일 거면 넌 준비해야 해."

"난 누구하고도 대접전을 벌이지 않아." 난 확실히 밝혔다.

"그렇게 믿다니 참 순진하구나." 알렉산더는 복도가 서로 마주하는 지점에 멈췄다. 그는 190센티미터의 신장을 최대한 활용해 모퉁이의 몰딩에 손을 댔다. 일종의 개방 장치를 건드렸는지 그가 몰딩을 앞으로 당기자 그 너머로 공간이 나타났다. 그런 다음 손을 몰딩 뒤쪽에 집어넣자 잠시 뒤 벽 일부가 문처럼 우리를 향해 돌면서 열렸다.

난 *아무리 봐*도 적응이 안 될 것 같다.

"환영해…… 여기가 내 은신처야!" 알렉산더는 그 말을 하며 과하게 좋아했다.

난 그의 '은신처'로 들어섰고 눈에 보이는 게…… 기계인가? 좀 더 정확한 용어를 들자면 *장치*라고 보는 게 맞겠다. 수십 개의 장비, 도르래, 체인, 복잡한 연결 램프, 물통 여러 개, 컨베이어 벨트 두 개, 새총 하나, 새장 하나, 핀 휠

네 개, 풍선도 최소 네 개가 있었다.

"저건 악마야?" 난 더 자세히 보려고 인상을 찡그리고 몸을 앞으로 숙였다.

"저건 루브 골드버그 장치*야. 공교롭게도 난 단순한 걸 아주 복잡한 방식으로 만드는 기계 설계 부분에서 세 번이나 세계 챔피언에 올랐어." 알렉산더가 자랑스럽게 말하며 내게 구슬을 건넸다. "이걸 핀 휠에 넣어 봐."

난 시키는 대로 했다. 핀 휠이 돌았고, 풍선이 부풀더니 그게 양동이를 건들고…….

각 작동원리가 어떻게 이어지는지 살피면서 곁눈질로 막내 호손을 슬쩍 쳐다봤다. "이게 테아가 집에 들어오는 거랑 무슨 상관이 있어?"

그는 내가 준비해야 한다고 말했고 그런 다음 날 여기로 데려왔다. 이건 일종의 은유인가? 자라의 행동이 복잡해 보일지라도 그 목표는 단순하다는 경고일까? 테아의 의도를 꿰뚫는?

알렉산더가 흘끔거리는 날 보고 씩 웃었다. "이게 테아와 상관 있다고 누가 말했어?"

* 만화가 루브 골드버그의 작품에 등장하는, 아주 복잡하면서도 단순한 기능을 하는 장치

그날 저녁, 테아가 방문한 걸 기념하려고 라플린 부인은 입에서 살살 녹는 로스트비프를 준비했다. 몸에 전율을 느끼게 하는 갈릭 매쉬포테이토, 구운 아스파라거스, 브로콜리, 그리고 세 가지 종류의 크렘 브륄레도 나왔다.

라플린 부인이 내가 아니라 테아에게 최선을 다한다는 걸 제대로 느낄 수 있었다.

불만스럽게 보이지 않으려고 애쓰며 연회장이라고 불러도 될 법한 '식당'에서 열린 저녁 만찬에 참석했다. 거대한 11인용 테이블이 마련되었다. 난 이 소박한 가족 만찬에 참여한 사람을 목록화해 보았다. 호손 형제 네 명, 스카이, 자라와 콘스탄틴, 테아, 리비 언니, 토비아스 호손의 장모 그리고 나다.

"테아, 필드하키는 어떠니?" 자라는 아주 친절한 목소리로 말했다.

"이번 시즌에 한 번도 안 졌어요." 테아가 내 쪽으로 몸을 돌렸다. "어떤 스포츠 활동을 할지 결정했어, 에이버리?"

난 콧방귀를 끼고 싶은 마음을 억눌렀지만 잘 안 됐다. "난 스포츠 같은 건 안 해."

"컨트리 데이 학생은 모두 스포츠 활동을 해야 해." 알렉산더가 내가 알려 주고는 입안 가득 로스트비프를 밀어 넣었다. 그는 고기를 씹으며 맛있다는 듯 눈을 위로 굴렸다. "진짜 그런 학칙이 있어. 테아가 근사하게 앙심을 품고 흘리는 거짓이 아니야."

"알렉산더." 내쉬가 경고했다.

"난 *근사하게* 앙심을 품는다고 말했어." 알렉산더가 순진한 척 대답했다.

"내가 남자라면, 사람들은 날 주도적이라고 했겠지." 테아가 남부 미인 특유의 미소로 화답했다.

"테아." 콘스탄틴이 그녀를 보고 인상을 찌푸렸다.

"알았어요." 테아가 냅킨으로 입술을 닦았다. "밥상머리에서 페미니즘 이야기 꺼내지 않기."

이번에는 웃음을 참을 수 없었다. *득점이야, 테아.*

"건배해요." 스카이가 뜬금없이 와인 잔을 들고 자신이 이미 술에 취했다는 걸 입증하듯 발음을 뭉갰다.

"스카이, 애야." 호손의 장모, 스카이의 외할머니가 단호하게 말했다. "그만 자는 게 어떠니?"

"건배해요." 스카이가 와인 잔을 높이 든 채 다시 말했다. "에이버리를 위하여."

적어도 한번은 그녀가 내 이름을 제대로 말했다. 난 단두대가 내려오길 기다렸지만 스카이는 다른 말은 하지 않았다. 자라가 잔을 들었다. 한 명씩 한 명씩 잔을 들었다.

이 방에 있는 모든 사람이 아마 메시지를 파악한 듯했다.

유언에 반대해 봐야 좋은 결과가 나오지 않는다. 난 적일지도 모른다. 하지만 난 돈을 쥐고 있는 사람이기도 하다.

그래서 자라가 테아를 여기로 데려온 걸까? 나하고 가까워지려고? 그래서 재단에서 날 그레이슨과 단둘이 놔둔 걸까?

"널 위해서, 상속녀." 내 왼쪽에서 제임슨이 웅얼거렸다. 난 그에게 몸을 돌렸다. 어젯밤 이후로 그를 보지 못했다. 학교를 빠진 게 확실하다. 종일 블랙우드에서 다음 단서를 찾았는지 궁금했다. *날 빼놓고 말이다.*

"에밀리를 위하여." 잔을 그대로 든 상태로 테아가 제임슨을 쳐다보며 갑자기 이렇게 덧붙였다. "그 애가 편히 잠들기를."

제임슨은 잔을 내려놓았고 그의 의자는 테이블 뒤로 거칠게 나동그라졌다. 더 멀리서 와인 잔 손잡이를 잡은 그레이슨의 관절에 하얗게 힘이 들어가는 게 보였다.

"*테오도라!*" 콘스탄틴이 씩씩거렸다.

테아는 술을 마신 뒤 세상에서 가장 순진한 표정으로 물었다. "왜 그러세요?"

♟

내 안의 모든 것이 제임슨을 따라가길 원했지만 자리를

뜨기 전에 몇 분 더 기다리기로 했다. 그래야 누구도 내가 어디로 가는지 정확히 모를 테니까.

로비에서 난 코트 보관소 문이 열리는 순서에 맞게 벽 판넬에 손바닥을 댔다. 블랙우드로 모험을 떠나려면 코트가 필요하다. 난 제임슨이 거기에 갔을 거라고 확신했다.

내 손이 행거 옷걸이를 감싸는데 뒤에서 누가 말했다. "제임슨이 지금 뭐 하는지 묻지 않을 거야. 네가 뭘 하는지도."

몸을 돌리니 그레이슨이 있었다. "당연히 묻지 않겠죠." 내가 그의 말을 따라 하며 그의 단호한 턱과 번뜩이는 눈동자를 똑바로 보았다. "이미 알고 있으니까."

"어젯밤 난 거기 있었어. 다리에." 그레이슨의 목소리에는 날이 서 있었다. 하지만 무디지도 날카롭지도 않았다. "오늘 아침에 붉은 잉크로 쓴 유언장을 보러 갔었어."

"해독기는 아직 내가 가지고 있어요." 다리에서 자기 동생과 날 봤다는 사실을 못마땅하게 여긴다는 점을 내가 간파했다는 걸 드러내지 않으려고 애썼다.

그레이슨이 좁은 양복 재킷 안에서 어깨를 으쓱였다. "붉은 아세테이트 필름은 쉽게 구할 수 있어."

그가 붉은 잉크로 쓴 유언장을 봤다면 형제들의 미들네임이 단서라는 걸 알 거다. 난 그가 곧장 친부를 생각했는지, 그래서 마음이 아팠는지, 그런 생각이 제임슨도 아프게 했는지 궁금했다.

"당신도 어젯밤 다리에 있었군요." 난 그가 했던 말을 되풀이했다. 그는 얼마나 본 걸까? 얼마나 알고 있을까?

제임슨과 내가 서로 손을 잡은 걸 보고 그는 무슨 생각을 했을까?

"웨스트브룩, 데번포트, 윈체스터, 블랙우드." 그레이슨이 내게로 한걸음 다가왔다. "이건 성이기도 해. 하지만 지역명이기도 하지. 난 너와 내 동생이 가고 난 뒤에 다리에서 단서를 찾았어."

그는 우리를 따라 거기 왔다. 그리고 우리가 찾은 걸 발견했다.

"그래서 뭘 원하는 거죠, 그레이슨?"

"네가 영리하다면 제임슨을 멀리하겠지. 이 게임도." 그는 경고하면서 시선을 아래로 내렸다. "나한테서도." 그에게 감정이 스쳐 지나갔지만 정확히 어떤 기분인지 내가 알아차리기도 전에 가려졌다. "그렇게 하는 게 옳아." 그가 날카롭게 말하고 내게서 몸을 돌려 *가 버렸다*. "이 가족은, 우리는 손대는 모든 걸 파멸시켜."

52

난 지도를 보고 블랙우드가 어딘지 대충 파악했다. 블랙우드 외곽에서 움직이지 *못하는* 사람처럼 으스스하게 서 있는 제임스를 발견했다. 갑자기 그가 근처 나무에 미친 듯이 주먹질을 해 댔고 강하고 빠른 펀치에 껍질이 뜯어져서 손 위로 떨여졌다.

테아가 에밀리를 입에 올렸어. 그녀의 이름이 나왔다는 것만으로도 이런 행동을 하는 거야.

"제임슨!" 난 그에게 가까이 갔다. 그가 고개를 돌렸을 때 난 그 자리에 있어서는 안 된다는 생각에 사로잡혀 멈췄다. 호손 형제가 그렇게까지 상처를 받은 모습을 목격할 권리가 내게 없다는 느낌이 들었다.

방금 본 광경을 시답지 않은 상황으로 만들려고 애쓰는 게 내가 할 수 있는 유일한 일이었다. "손가락 안 부러졌어?" 내가 가볍게 물었다. *상관없는 척하기 게임이다.*

제임슨은 게임을 할 준비가 되었다. 그는 손을 들고 관절을 구부리며 앓는 소리를 냈다. "아직 말짱해."

난 주위를 살폈다. 잎을 정리하지 않았다면, 우거진 나무 때문에 빛이 바닥까지 내려올 수 없었을 것이다.

"우린 뭘 찾는 거야?" 어쩌면 그는 이 사냥에서 날 진짜 파트너로 여기지 않을 수도 있다. 어쩌면 진정한 우리란 없을지도 모르지만 아무튼 그가 대답했다.

"너도 나만큼 촉이 좋구나, 상속녀."

우리 머리 위로 헐벗은 나뭇가지가 앙상하게 구부러져 뻗어 나갔다.

"뭘 하려고 오늘 학교를 빠졌어?" 내가 지적했다. "무슨 생각이 있었던 거지?"

제임슨은 그의 손 위로 솟아오른 피가 느껴지지 않는 것처럼 미소를 지었다. "네 개의 미들네임, 네 지역, 네 가지 단서. 대부분은 조각뿐인 뭐 그런 거. 다리에서 본 단서가 상징이라면 영원을, 숫자라면 팔을 지칭한다는 것 정도."

어젯밤과 오늘 블랙우드로 들어오기 전에 그가 마음을 비웠는지 궁금했다. *암벽등반. 레이싱, 점프하기 등으로.*

아니면 벽으로 사라지거나.

"사 에이커 안에 나무가 몇 그루나 있는지 알아, 상속녀?" 제임슨이 애써 명랑한 목소리로 물었다. "건강한 숲은 이백 그루야."

"그럼 블랙우드는?" 난 한걸음, 다시 한 걸음을 그에게로 옮기며 물었다.

"최소 두 배는 돼."

다시 서재에서의 상황으로 되돌아간 것 같았다. 열쇠를 찾으려고 하던 때처럼. 우리가 보지 못한 속임수, 지름길이 있을 거다.

제임슨이 몸을 구부린 다음 어둠 속에서 반짝이는 덕 테이프 한 통을 내 손바닥에 놓았다. 그때 그의 손가락이 내 손을 훑었다. "내가 살핀 나무에 표시하고 있었어."

난 그의 손길이 아닌, 말에 집중했다. 거의. "더 좋은 방법이 있을 거야." 난 이렇게 말하며 덕 테이프를 손 위에서 뒤집었지만 내 눈은 다시금 그에게로 향했다.

제임슨의 입술이 느긋하고 대책 없는 미소로 바뀌었다. "무슨 좋은 생각이라도 있어, 미스터리 소녀?"

♟

이틀 뒤, 제임슨과 나는 여전히 힘든 방식을 고수했고 아무것도 찾지 못했다. 난 그가 점점 더 단순해지는 걸 알았다. 제임슨 윈체스터 호손은 벽에 부딪히기 전까지 밀고 나가는 타입이다. 이번에도 그런 식으로 해결할 수 있을지 확신이 없었지만 이따금 그가 날 쳐다볼 때면 무슨 생각이 있는 듯했다.

지금 그가 그런 얼굴로 날 보고 있다. "다음 단서를 찾는 사람이 우리뿐만이 아니야." 땅거미가 어둠으로 변할 무렵 그가 말했다. "그레이슨 형이 숲의 지도를 가지고 여기 있는 걸 봤어."

"테아가 날 졸졸 따라다녀." 테이프 조각을 뜯으며 난 우리 주변의 엄청난 침묵을 눈치챘다. "그 애를 흔드는 유일한 방법은 알렉산더와 부딪치게 할 기회를 만드는 것뿐이야."

제임슨이 살짝 날 스쳐 간 다음 뒤의 나무에 표시했다. "테아는 앙심을 품고 있어. 그 애와 알렉산더가 싸우면 추해질 거야."

"둘이 데이트했어?" 난 제임슨 너머 다음 나무를 찾아 손가락으로 껍질을 만졌다. "테아는 실제로 너희 사촌이잖아."

"콘스탄틴은 자라 이모의 두 번째 남편이야. 최근에 결혼했어. 알렉산더는 허술한 부분을 파고드는 데 선수지."

제임슨과 내가 지금 하는 행동을 포함해 호손 형제가 이렇게 단순한 노동을 하는 건 처음일 것이다. 숲 중앙으로 가는 길을 따라 작업하는 동안 나무들이 점점 더 멀어졌다. 앞에 커다란 공터가 보였는데 이곳은 블랙우드에서 유일하게 잔디가 자랄 수 있는 곳이다.

난 제임슨을 등지고 서서 새로운 나무로 옮겨간 다음 손으로 껍질을 훑었다. 거의 곧바로 홈이 만져졌다.

"제임슨." 완전히 컴컴하진 않았지만 숲에는 빛이 거의 없어서 제임슨이 내 옆으로 와서 추가로 빛을 비춰 줄 때까지 정확히 뭘 찾았는지 전혀 알 수 없었다. 난 나무에 새겨진 글씨를 따라 손가락을 천천히 움직였다.

토비아스 호손 II

267

우리가 찾은 첫 번째 상징과 달리 이 글씨는 매끄럽지 않았다. 심지어 손으로 새긴 것이 아닌 것처럼 보였다. 마치 아이가 새긴 듯이 서툴렀다.

"끝에 아이 두 개는 로마 숫자야." 제임슨이 열광한 목소리로 말했다. "토비아스 호손 이 세."

토비. 그 이름이 떠올랐는데 순간 *쩍* 하는 소리가 났다. 귀가 멀 것 같은 메아리가 이어졌고 세상이 폭발했다. 껍질이 날아갔다. 내 몸도 뒤쪽으로 튕겨 나갔다.

"엎드려!" 제임슨이 외쳤다.

그의 목소리가 거의 들리지 않았다. 내 머릿속이 방금 무슨 소리를 들었는지, 무슨 일이 벌어졌는지 인식하지 못하고 있었다. *난 피를 흘리는 중이다.*

고통이 찾아왔다.

제임슨이 날 붙들고 바닥으로 끌어당겼다. 그리고 기억나는 거라곤 그가 몸으로 날 감쌌고 두 번째 총소리가 났다는 것뿐이다.

총이야. 누군가 우릴 쐈어. 가슴에 찌르는 듯한 통증이 느껴졌다. *난 총에 맞은 거야.*

바닥 위로 쿵쿵거리는 발소리가 났고 오렌이 소리쳤다. "그대로 움직이지 마!" 총을 꺼낸 내 경호팀장이 우리와 저격수 사이에 섰다. 영원 같은 약간의 시간이 흘렀다. 오렌이 총소리가 난 쪽으로 뛰었지만 왠지 총을 쏜 사람이 이미 도망쳤다는 확신이 들었다.

"괜찮니, 에이버리?" 오렌이 되돌아와서 물었다. "제임슨, 에이버리는 괜찮아?"

"피를 흘리고 있어요." 제임슨이 말했다. 그는 내 몸에서 떨어져 내려다보았다.

내 쇄골 바로 아래 가슴이 마구 요동쳤고 그 자리에 총을 맞았다.

"내가 여기 있어." 내 피부에 닿는 그의 손길은 부드러웠다. 그의 손끝이 내 쇄골을 가볍게 스칠 때 내 얼굴의 신경이 다시 살아났다. *아파*.

"저들이 날 두 번 쏜 거야?" 난 멍한 상태로 물었다.

"하지만 널 맞히지는 못했어." 오렌이 제임슨을 재빨리 떼어 놓고 능숙하게 내 몸 상태를 살폈다. "넌 나무 조각 몇 개에 맞은 거야." 오렌이 내 쇄골 아래 상처를 자세히 보았다. "다른 벤 부분은 그냥 스친 정도지만 이건 껍질이 깊이 들어갔어. 봉합할 때까지 뽑지 않고 놔둘 거야."

귀가 윙윙 울렸다. "봉합한다." 오렌이 한 말을 그대로 따라 하고 싶지 않았지만 내 입이 그렇게 하고 있었다.

"운이 좋았어." 오렌이 일어선 다음 총알이 박힌 나무를 재빨리 살폈다. "몇 센티미터만 오른쪽으로 갔어도 우리는 껍질이 아니라 총알을 빼내야 했을 거야." 오렌이 총을 맞은 나무와 우리 뒤 다른 나무 사이의 공간을 살폈다. 한 번의 부드러운 움직임으로 그는 벨트에서 칼을 꺼냈고 그걸로 나무를 찔렀다.

그가 총알을 빼낸다는 걸 난 좀 뒤에야 알았다.

"총을 쏜 사람이 누군지 모르지만 벌써 가고 없어." 그는 손수건 같은 것에 총알을 싸면서 말했다. "하지만 우린 이걸 추적할 수 있지."

이거란 총알이다. 누군가 우릴 쏘려고 했다. 날. 내 머리가 마침내 돌아가기 시작했다. 그들은 제임슨을 조준한 게 아니야.

"대체 무슨 일이 벌어진 거죠?" 이번만큼은 제임슨이 진지한 목소리로 말했다. 그는 나만큼이나 심장이 빠르고 맹렬하게 뛰는 듯했다.

오렌이 먼 쪽을 슬쩍 응시한 다음 대답했다. "누군가 너희 둘이 여기 있는 걸 보고 맞히기 쉬울 거라고 생각해서 방아쇠를 당긴 거야. 두 번이나."

53

누군가 날 쐈다. 멍하다는 느낌만으로는 설명이 부족하다. 입이 바싹바싹 타들어 갔다. 심장이 너무 세게 뛰었다. 아프지만 어딘가 멀리 있는 아픔 같았다.

충격을 받은 거야.

"북동쪽 사분면에 팀 출동 바람." 오렌이 통화했다. 그의 말에 집중하려고 했지만 전혀 집중할 수 없었고 심지어 내 팔에도 힘이 들어가지 않았다. "저격수 출현. 지금은 사라졌으나 만일을 대비해 숲을 수색 바람. 응급처치 도구 지참 요망."

오렌이 전화를 끊은 다음 제임슨과 내게로 시선을 돌렸다. "날 따라와. 지원팀이 도착할 때까지 안전한 곳으로 갈 거야." 오렌이 나무가 더 우거진 숲 남쪽 끝으로 우리를 데려갔다.

지원팀이 도착하기까지 그리 오래 걸리지 않았다. 그들은 ATV를 두 대를 타고 왔다. 두 *사람. 두 대의 차량*. 차를 세우자마자 오렌이 지시를 내렸다. 어디서 총을 맞았으며 어디서 총알이 날아왔는지에 대해서.

팀원은 아무 대답도 하지 않았다. 그들은 무기를 가져왔다. 오렌이 좌석이 네 개인 ATV에 올라탔고 제임슨과 내가 그렇게 하길 기다렸다.

"저택으로 돌아가시는 겁니까?" 남자 한 명이 물었다.

오렌이 부하와 시선을 마주쳤다. "별채로 간다."

♟

웨이백 별채 중간쯤 갔을 때 내 머리가 다시 돌아가기 시작했다. 가슴이 아팠다. 상처를 누를 압박붕대를 받았지만 아직 오렌이 처치하지 않았다. 그의 최우선 과제는 우리를 안전한 곳으로 데려가는 일이다. *그가 우릴 웨이백 별채로 데려가고 있어. 호손 하우스가 아니라.* 별채가 더 가깝지만 난 오렌이 자기 팀원에게 저택 사람을 믿지 못해 그렇게 말했다는 생각을 떨쳐버릴 수 없었다.

그는 내가 안전하다며 반복적으로 확신시켰다. 호손 가족은 위험하지 않다고. 블랙우드를 포함해 사유지 전체가 담으로 둘러싸여 있다. 누구도 철저한 신분 검사 없이 정문을 통과하지 못한다.

오렌은 우리가 외부의 위협과 싸우고 있다고 생각하지 않아. 그런 생각이 들었고 용의자가 좁혀졌다는 생각에 가슴이 무거웠다. *호손 가족 그리고 직원 중 누가 그런 거야.*

♟

웨이백 별채로 가는 것도 위험한 일 같았다. 난 라플린 부부와 별로 소통하지 않았지만 그들은 내가 온 걸 기뻐하는 내색을 보인 적도 없다. 라플린 부부는 *얼마만큼 호손 가문에 충실한 걸까?* 내쉬의 사람들은 그를 위해 죽을 수도 있다고 한 알리사의 말이 떠올랐다.

내쉬를 위해 살인도 할 수 있을까?

우리가 별채에 도착했을 때 라플린 부인이 집에 있었다. *그녀는 저격수가 아니야. 이 시간에 여기까지 올 수 없으니까. 안 그래?*

노부인은 오렌과 제임슨 그리고 날 한번 쳐다보고는 안으로 안내했다. 피 흘리는 사람을 자기 주방 테이블 위에서 봉합하는 건 보기 드문 광경이지만 그녀는 내색하지 않았다. 난 그녀가 이 상황을 받아들이는 방식이 안심인지 혹은 의구심인지 알 수 없었다.

"차를 좀 끓일게요." 부인이 말했다. 난 가슴이 두근거렸다. *그녀가 주는 걸 마셔도 될까?*

"내가 의사 행세를 해도 괜찮겠니?" 오렌이 날 의자에 앉히며 물었다. 나중에 "알리사가 근사한 성형외과의를 소개해 줄 거야."

지금 벌어진 일 어느 것도 괜찮지 않았다. 다들 내가 도끼로 살해당하지 않아 경호원을 실망시켰다고 생각할 것이다. 내가 상속받은 금액보다 훨씬 적은 돈 때문에 살해당한 사람도 있다는 생각이 들어 억지로 잊으려고 했다. 난 호손 형제 전부를 허술하게 대했다.

이건 알렉산더의 짓이 아니야. 아무리 노력해도 진정할 수 없었다. *제임슨은 내 바로 옆에 있었어. 내쉬는 돈을 원하지 않아. 그레이슨이 절대로……*

273

그레이슨은 절대로 아니야.

"에이버리?" 오렌이 걱정하는 목소리로 물었다.

난 두근거리는 마음을 다스리려고 노력했다. 아픔을 느꼈다. 실제로 아팠다. *겁먹지 마.* 내 살에 나무 조각이 박혔다. 안 박혔으면 더 좋았겠지만. *침착해.*

"피를 그만 흘리게 해 주세요." 오렌에게 말하는 내 목소리가 살짝 떨렸다.

나무껍질을 제거하는 작업은 아팠다. 소독약은 훨씬 더 아팠다. 오렌이 내 살을 꿰매려고 바늘을 찾아 든 순간부터 바늘에 대한 공포를 머리에서 쫓아낼 수 없었다.

집중해. 바늘이 들어가게 뒤야 해. 잠시 뒤 난 오렌에게서 고개를 돌리고 라플린 부인의 움직임을 살폈다. 내게 차를 건네기 전에 위스키를 엄청나게 넣었다.

"끝났어." 오렌이 내 컵을 향해 고갯짓했다. "그걸 마셔."

오렌이 날 여기로 데려온 건 라플린 부부를 호손 사람보다 신뢰하기 때문이다. 그는 마셔도 안전하다고 내게 말했다. 하지만 그는 이전에도 내게 많은 걸 말했다.

누가 날 쐈어. 날 죽이려고 했어. 난 죽을 수도 있었어. 손이 부들부들 떨렸다. 오렌이 내 손을 진정시켰다. 그의 눈빛이 내 걱정을 알아차렸고 그는 내 잔을 든 다음 자기 입으로 가져갔다.

괜찮아. 내게 저 차를 마셔도 된다는 걸 보여 주는 거야.

내가 이러지도 저러지도 못하는 상황에 놓일지 확실히 모르겠지만 난 억지로 차를 마셨다. 차는 뜨거웠다. 위스키는 독해서 목구멍이 타들어 갔다.

라플린 부인이 어머니 같은 얼굴로 날 보고 나서 오렌을 향해 인상을 썼다. "남편이 무슨 일인지 알고 싶어 할 거예요." 그녀는 내가 자기 주방 테이블에서 피를 흘리고 있는 이유 같은 건 궁금하지 않다는 듯 말했다. "그리고 누가 가여운 저 애의 얼굴을 좀 닦아 주세요." 그녀는 내게 동정 어린 표정을 짓고는 혀를 끌끌 찼다.

이전까지 난 이방인이었다. 이제 그녀는 암탉처럼 분주히 움직였다. *총알 한두 개면 인심을 얻는구나.*

"라플린 씨는 어디 있죠?" 오렌은 대화하듯 물었지만 난 그 속에서 의구심과 숨은 뜻을 파악할 수 있었다. *그는 여기 없어. 그가 총을 잘 쏠까? 그가 혹시……*

마치 소환당한 듯 라플린 씨가 정문으로 걸어들어와 쾅 하고 문을 닫았다. 부츠에는 진흙이 잔뜩 묻었다.

숲에서 오는 걸까?

"무슨 일이 벌어졌어요." 라플린 부인이 침착하게 남편에게 말했다.

라플린 씨는 그의 아내와 똑같이 오렌, 제임슨, 나를 순서대로 쳐다봤고 그런 다음 자신이 마실 위스키를 한 잔 따랐다. "보안 프로토콜은?" 그가 걸걸한 목소리로 물었다.

오렌이 가볍게 고개를 끄덕였다. "전체 가동 중이에요."

그는 아내에게로 몸을 돌렸다. "레베카는 어디 있어?"

그 소리에 제임슨이 차를 마시다 말고 고개를 들었다. "레베카가 여기 있어요?"

"심성이 착한 아이야." 라플린 씨가 툴툴거리며 말했다. "오고 싶을 때 찾아오지."

그래서 그녀는 지금 어디 있는 걸까? 난 궁금했다.

라플린 부인이 내 어깨에 손을 올리고 조용히 말했다 "저기로 가면 화장실이 있어. 씻고 싶으면 씻으렴."

54

라플린 부인이 알려 준 문은 곧바로 욕실로 이어지지 않았다. 트윈 베드와 자잘한 것이 놓인 침실이 나왔다. 벽은 연보라색이고 이불에는 라벤더와 바이올렛 수가 놓여 있었다.

욕실 문은 살짝 열려 있었다.

그쪽으로 걸어가면서 1킬로미터 밖에서 옷핀 하나 떨어뜨려도 들을 수 있을 만큼 사방을 주시했다. *여긴 아무도 없어. 난 안전해. 괜찮아. 난 괜찮아.*

욕실 안으로 들어가 샤워 커튼 뒤를 살폈다. *아무도 없*

어. 다시 나를 달랬다. *난 괜찮아.* 주머니에서 겨우 휴대전화를 꺼내 맥시에게 걸었다. 맥시가 받아 주길 바랐다. 지금은 혼자 있고 싶지 않다. 하지만 음성사서함으로 연결됐다.

일곱 번이나 전화를 했지만 맥시는 받지 않았다.

어쩌면 못 받았을 수도 있다. *아니면 받고 싶지 않을 수도 있고.* 그 생각은 거울을 쳐다보고 피와 먼지 범벅인 날 살피는 것만큼 힘들었다. 난 내 얼굴을 노려보았다.

총성이 다시 들리는 것 같았다.

그만해. 난 씻어야 한다. 손, 얼굴, 가슴에 묻은 핏자국. *물을 틀어.* 난 단호하게 나에게 명령했다. *수건을 집어 들어.* 내 몸이 움직여 주길 바랐다.

하지만 그러지 않았다.

어떤 손이 내 옆을 지나쳐 수도꼭지를 틀었다. 난 놀라 펄쩍 뛰어야 했다. 겁에 질려야 마땅했다. 하지만 어찌 된 영문인지 내 몸이 뒤에 있는 사람한테 편안하게 기댔다.

"괜찮아, 상속녀." 제임슨이 웅얼거렸다. "내가 여기 있어."

제임슨이 들어오는 소릴 듣지 못했다. 내가 여기 얼마나 오래 서 있었는지 모르겠다.

그가 연보라색 수건을 집어 물을 묻혔다.

"난 괜찮아." 난 스스로와 그에게 그렇게 주장했다.

제임슨이 수건을 내 얼굴로 가져갔다. "넌 정말 거짓말을 못 하는구나." 그는 내 뺨으로 수건을 가져갔고 긁힌 부분까지 닦았다. 숨이 턱 막혔다. 그가 수건을 빨자 피와 먼지가 싱크대를 물들였다. 그는 다시 수건을 들어 내 피부로 가져갔다.

다시.

그리고 또다시.

그가 내 얼굴을 씻기고 내 손을 잡고 물 아래에 놓았고 그의 손가락이 내 손에 묻은 먼지를 씻었다. 내 피부는 그의 손길에 반응했다. 처음으로 내 속에서 거절하라는 말이 나오지 않았다. 그는 아주 조심스럽게 굴었다. 이것이 단순히 게임인 양 행동하지 않았다. 내가 그저 게임 속 대상일 뿐이라는 듯이 행동하지 않았다.

제임슨은 수건을 집어 든 다음 내 목에서 어깨로, 쇄골을 가로질러 닦았다. 물이 따뜻했다. 난 그의 손길에 몸을 맡겼다. *이건 좋은 생각이 아니야.* 나도 알고 있다. 난 항상 알고 있지만 제임슨 호손의 손길, 쓰다듬는 수건의 느낌에 집중했다.

"난 괜찮아." 난 그렇게 말했고 내 말을 거의 믿을 뻔했다.

"넌 괜찮은 것보다는 더 나은 사람이야."

난 눈을 감았다. 그는 숲에서 나와 같이 있었다. 그의 몸이 날 감싸는 걸 느꼈다. 날 보호했다. 난 이런 게 필요하다. *뭔가가 필요하다.*

278

난 눈을 뜨고 제임슨에게 집중했다. 시속 320킬로미터로 달린 일과 암벽등반, 발코니에서 처음 본 순간을 떠올렸다. *자극을 추구하는 게 그렇게 나쁜 일일까? 끔찍한 것이 아닌 다른 느낌을 원하는 게 그렇게 잘못된 일일까?*

모두가 가끔 잘못 판단하기도 해, 상속녀.

내 안의 무언가가 그렇게 말해서 난 제임슨을 욕실 벽으로 가볍게 밀쳤다. *난 이게 필요해.* 그의 진녹색 눈동자가 내 눈과 마주쳤다. *제임슨에게도 이게 필요해.* "괜찮아?" 내가 쉰 목소리로 물었다.

"괜찮아, 상속녀."

내 입술이 그의 입술을 막았다. 그가 내게 키스했고 처음에는 부드럽게 다음에는 전혀 부드럽지 않았다. 어쩌면 충격의 후폭풍일지도 모르지만 난 손으로 제임슨의 머리카락을 잡았고 그는 내 포니테일을 움켜쥐고 얼굴을 들었다. 난 마음속으로 1000가지 버전의 그를 볼 수 있었다. *발코니 난간에서 균형을 잡는 모습. 상의를 벗고 일광욕실에서 햇살을 맞는 모습. 미소 짓는 모습. 씩 웃는 모습. 다리 위에서 깍지를 낀 우리의 손. 블랙우드에서 그가 날 보호해 주던 일. 내 목을 따라 내려가는 수건……*

키스는 불길처럼 뜨거웠다. 제임슨은 수건으로 피와 먼지를 닦아줄 때만큼 부드럽지도 다정하지도 않았다. 난 부드럽고 다정한 게 필요치 않다. 이게 바로 내가 원하던 방식이다.

어쩌면 내가 그에게 필요한 대상일 수도 있다. 어쩌면 이건 나쁜 생각이 아닐지도 모른다. 어쩌면 복잡한 게 가치가 있을 수도 있다.

제임슨이 키스를 멈추고 내 입술에서 몇 센티미터 떨어졌다. "난 항상 네가 특별하단 걸 알았어."

내 얼굴에 그의 숨결이 느껴졌다. 난 그가 한 모든 말을 느낄 수 있었다. 내가 이렇게 특별하다고 느낀 적은 처음이다. 난 오랫동안 보이지 않는 존재로 살았다. *뒷배경으로*. 세상에서 제일 핫한 스토리의 주인공이 된 이후로도 누구도 *내게* 진심으로 관심을 보이지 않는 것 같았다. 진짜 나에게.

"우린 지금 아주 가까워." 제임슨이 낮게 속삭였다. "난 느낄 수 있어." 그의 목소리에는 형광등이 지직거리는 것 같은 에너지가 담겼다. "분명 누군가 우리가 그 나무를 보는 걸 바라지 않은 거야."

뭐라고?

제임슨은 다시 내게 키스했고 난 심장이 가라앉은 채 고개를 옆으로 돌렸다. 난 생각했다…… 무슨 생각을 했는지 확실히 모르겠다. *제임슨이 특별하다고 말한 건 돈이나 퍼즐 때문이 아니야.*

"나무 때문에 누군가 우릴 쐈다고 생각하는 거야?" 그 말이 내 목에 걸렸다. "아니, 네 가족에게 넘어가야 할 재산을 내가 상속받아서가 아니라? 호손이라는 성을 가진 사람이 날 싫어하는 수십만 가지의 이유 때문이 아니라?"

"그 생각은 하지 마." 제임슨이 속삭이며 내 뺨을 두 손으로 어루만졌다. "토비의 이름이 그 나무에 새겨져 있었어. 다리에는 영원의 상징이 있었고." 그의 가까운 얼굴에서 숨결이 고스란히 느껴졌다. "퍼즐이 우리에게 삼촌이 죽은 게 아니라고 알려 주는 거라면?"

누군가 우리에게 총을 쐈을 때 제임슨은 그걸 생각한 건가? 주방에서 오렌이 내 상처를 집어 주고 있을 때? 그의 입술을 내게 왔을 때? 그가 생각하는 게 고작 미스터리뿐이라면…….

넌 게임 참가자가 아니야, 꼬맹이. 넌 발레리나 유리 조각상이거나 칼일 뿐이지.

"좀 솔직해질래?" 내가 항의했다. 가슴이 옥죄어 왔다. 숲에서보다 지금이 더 아프고 더 거세게 조여들었다. 제임슨의 반응 어느 것도 날 놀라게 하지 않아야 하는데 왜 이렇게 아픈 거지?

왜 스스로 이렇게 아프게 하는 거지?

"오렌이 막 커다란 나무 조각을 내 가슴에서 꺼냈어." 난 낮은 목소리로 말했다. "일이 좀 다르게 진행됐더라면 그가 총알을 꺼냈을 수도 있지." 난 제임슨에게 대답할 시간을 주었다. 딱 1초. *아무 반응이 없어.* "유언이 공증 중에 있을 때 내가 죽으면 돈은 어떻게 될까?" 내가 단호하게 물었다. 알리사는 내게 호손 가족은 이익을 얻지 못한다고 했지만 *그들이 그걸 알까?* "날 겁주려고 누가 총을 쐈고 내가 일 년을 못 채우고 여길 떠나면 어떻게 될까?" 내가 떠나면 모든 돈은 자선단체로 가는 걸 *그들은 알까?* "모든 게 다 게임은 아니야, 제임슨."

난 그의 눈에서 번뜩이는 무언가를 보았다. 그는 잠시 눈을 감았다가 다시 뜨더니 내게 몸을 구부려 입술을 바짝 가져댔다. "바로 그거야, 상속녀. 에밀리가 내게 가르쳐준 게 있다면 *모든 것이 게임*이라는 거야. 이 상황도. 특히나 이번은."

55

제임슨이 자릴 떴고 난 따라가지 않았다.

테아의 말이 맞아. 그레이슨이 내 마음속 깊은 곳에서 속삭였다. *이 가족은, 우리는 손대는 모든 걸 파멸시켜.* 난 억지로 눈물을 삼켰다. 난 총을 맞았고 부상을 입었고 키스를 했지만 망가지지는 않았다.

"난 그보다 강해." 고개를 들고 거울에 비친 내 눈을 들여다보았다. 겁을 먹고, 상처받고, 열받는 것 중에서 선택해야 한다면 어느 쪽을 고를지 잘 알고 있다.

한 번 더 맥시에게 전화한 다음 문자를 보냈다. *누군가 날 죽이려고 했고, 난 제임슨 호손과 진도를 나갔어.*

이래도 답장이 없다면 어떤 문자를 보내도 답장이 오지 않을 것이다.

난 다시 침실로 걸었다. 좀 진정했지만 여전히 위험한 게 없는지 살피다가 무언가를 보았다. 레베카 라플린이 문 앞에 서 있었다. 그녀는 전보다 더 창백한 얼굴이라 머리칼이 피처럼 붉어 보였다. 그녀는 어쩔 줄 몰라했다.

제임슨과 내 이야기를 엿들어서일까? 그녀의 할머니가 총격에 대해 말해 줘서 그럴까? 난 확신이 없었다. 레베카는 두꺼운 하이킹 부츠에 카고 팬츠 차림으로 사방에 진흙이 묻어 있었다. 그녀를 보고 있자니 설령 에밀리가 레베카의 미모에 절반밖에 못 미쳤더라도 제임슨이 날 보면서 할아버지의 게임만 생각했다는 게 이해됐다.

모든 것이 게임이라는 거야. 이 상황도. 특히나 이번은.

"할머니가 네가 어떤지 살펴보라고 하셨어." 레베카의 목소리는 머뭇거렸지만 부드러웠다.

"난 괜찮아." 거의 진심이었다. *난 괜찮아야 한다.*

"네가 총에 맞았다고 할머니가 그러셨어." 그녀는 다가오기 두려운 사람처럼 문 앞에 그대로 서 있었다.

"거의 맞았지." 내가 정정해 주었다.

"난 기뻐." 레베카가 그 말을 하고는 창피한 표정을 지었다. "그러니까 네가 총에 맞아서 기쁘다는 건 아니야. 다행이야, 총에 맞는 것보다 거의 맞는 게 나은 거잖아?" 그녀의 시선이 불안하게 내게서 트윈 베드와 퀼트로 옮겨졌다. "에밀리라면 간단하게 네가 총에 맞았다고 말해도 된다고 했겠지." 레베카는 스스로 적절한 대답을 찾기보다 에밀리가 했을 법한 말을 내게 들려 주었다. "총알이 있었어. 넌 상처를 입었고. 그러니까 에밀리라면 네가 비련의 여주인 공이라고 말해도 된다고 했을 거야."

난 비련의 여주인공보다 탐정물의 주인공이 돼도 괜찮은 자격을 얻었다. 아드레날린이 치솟은 상태로 비난할 자격이 있다. 어쩌면 이번 한 번은 내가 대답을 요구해도 되는지 모른다.

"넌 에밀리랑 같은 방을 썼어?" 내가 물었다. 트윈 베드를 봤으니 그건 지금 명백하다. *레베카와 에밀리가 할머니 댁에 오면 여기 머물렀어.* "보라색은 어릴 때 네가 제일 좋아하던 색이니 아니면 에밀리가 좋아하던 색이니?"

"에밀리가 좋아하던 색이야." 레베카가 대답했다. 그녀는 아주 살짝 어깨를 으쓱였다. "그 애는 내가 제일 좋아하는 색이 보라색이라고 말하곤 했어."

사진 속에서 난 두 사람을 봤고 사진 속 에밀리는 가운

데에서 곧장 카메라를 쳐다보았다. 레베카는 가장자리에서 고개를 돌렸다.

"너한테 경고해 줬어야 했는데." 레베카는 더는 날 쳐다보지 않았다. 그녀는 한 침대로 걸었다.

"뭘 말이야?" 진흙이 묻은 그녀의 부츠가 눈에 들어왔다. 내가 총에 맞았을 때 그녀가 조부모님 집이 아닌 사유지에 있었다는 사실이 거슬렸다.

위협적이지 않아 보인다고 해서 용의자가 아니라는 뜻은 아니야.

그런데 레베카가 다시 꺼낸 말은 총격에 대한 이야기가 아니었다. "내 여동생은 멋진 아이였다고 말하려고 했어." 그녀는 마치 경고하려던 것이 *에밀리*라는 듯 말했다. "그리고 그 애는 원하는 게 있으면 이루어 냈어. 그 애의 미소는 전염성이 강했지. 웃음소리는 엉망이지만 그 애가 좋은 생각이 났다고 하면 사람들은 그 말을 믿었어. 에밀리는 나에게도 거의 잘 대했어." 레베카가 고개를 들고 내 눈을 똑바로 보았다. "하지만 에밀리는 그 남자애들에 관해서라면 그렇게 좋지 못했지."

남자애들, 복수형이다. "에밀리가 어쨌는데?" 내가 물었다. 난 누가 날 쐈는지에 더 집중해야 하지만 내 일부는 제임슨이 날 두고 나가기 직전에 에밀리에 대해 말한 것을 떨쳐 버리지 못했다.

"에밀리는 선택하는 걸 좋아하지 않았어." 레베카는 신중하게 단어를 골랐다. "내가 뭔가를 원하면 그 애는 *전부* 를 갖고 싶어 했어. 그리고 한번은 내가 무언가를 원했는데……." 그녀가 고개를 저으며 말을 끝맺길 피했다. "동생을 계속 행복하게 해 주는 게 내 역할이었어. 어릴 때 부모님이 내게 하신 말씀이 있어. 에밀리는 아프고 난 그렇지 않으니까 그 애가 웃을 수 있는 걸 해야 한다고."

"그래서 호손 형제들은?" 내가 물었다.

"그들이 에밀리를 웃게 해 줬지."

난 레베카가 한 말뜻을 알아차렸다. *에밀리는 선택하는 걸 좋아하지 않았어.* "그래서 에밀리가 두 명과 데이트를 한 거야?" 난 그 부분을 먼저 파악하려고 했다. "그들도 알아?"

"처음에는 몰랐지." 레베카는 에밀리가 우리 이야기를 듣는다고 생각하는 듯 목소리를 낮췄다.

"그 애가 둘 다와 데이트를 한 걸 알고 나서 그레이슨과 제임슨이 어떻게 했는데?"

"넌 에밀리를 몰라서 그런 질문을 하는 거야. 그 애는 선택하지 않았고 둘 중 어느 쪽도 그 애를 놔주려고 하지 않았어. 그래서 에밀리는 쟁취 대상이 됐지. 일종의 게임으로 말이야."

그리고 에밀리는 죽었어.

"에밀리는 어떻게 목숨을 잃은 거야?" 다른 말로 물어볼 수 없었다.

레베카가 날 쳐다봤지만 날 보지 않고 있다는 걸 감지할 수 있었다. 그녀의 정신은 다른 곳에 있었다. "그레이슨이 심장 문제라고 내게 알려 줬어."

그레이슨. 난 그 이상은 생각할 수 없었다. 레베카가 자릴 떠나고 나서야 난 깨달았다. 그 애는 내게 경고할 것이 있으면서도 결코 내 근처로 오지 않았다는 것을.

56

오렌과 그의 팀이 내가 호손 하우스로 돌아가도 안전하다고 판단을 내리기까지 세 시간이 더 걸렸다. 난 세 명의 경호원과 함께 다시 ATV에 올랐다.

오렌이 유일하게 입을 열었다. "호손 하우스의 광범위한 방범 카메라 네트워크 덕분에 우리 팀이 호손 가족을 비롯해 테아 칼리가리스 양의 위치와 알리바이까지 추적할 수 있었어."

그들에게 알리바이가 있다. 그레이슨도 알리바이가 있다. 난 안도감을 느꼈지만 잠시 뒤에 가슴이 철렁했다. "콘스탄틴은요?" 엄밀히 말해 그는 호손 가족이 아니니까.

"깨끗해." 오렌이 말했다. "그는 개인적으로 총을 사용하지 않았어."

개인적으로라. 그 행간을 읽으며 난 흔들렸다. "하지만 누군가를 고용했을 수도 있잖아요?" *누구든 그럴 수 있어.* 난 깨달았다. 그레이슨이 자기 가족의 부탁이라면 도와줄 사람이 차고 넘친다고 말했던 게 기억났다.

"난 감식 전문가를 알아." 오렌이 차분하게 말했다. "그와 숙련된 해커가 같이 작업에 들어갈 거야. 그들이 모두의 재정 상태와 휴대전화 기록을 파헤치겠지. 그러는 동안 우리 팀이 직원들을 조사할 거고."

난 침을 삼켰다. 직원 대부분을 본 적이 없다. 그들이 몇 명이나 되는지, 누구에게 기회 혹은 동기가 있는지도 전혀 알 수 없다. "전 직원을요?" 내가 오렌에게 물었다. "라플린 부부도 포함해서요?" 그들은 내가 씻고 나왔을 때 친절을 베풀었지만 지금은 내 감이나 오렌의 감을 믿을 여력이 없었다.

"그들은 무관해." 오렌이 말했다. "라플린 씨는 총격이 벌어질 때 저택에 있었고 방범카메라가 라플린 부인이 별채에 있었다는 걸 확인해 주었어."

"레베카는요?" 그녀는 나와 대화를 나눈 직후 집을 나섰다.

오렌은 레베카가 위험하지 않다고 말하고 싶은 눈치였지만 그러지 않았다. "빠짐없이 전부 조사할 거야. 하지만 내가 알기론 그 아이는 총 쏘는 법을 몰라. 라플린 씨는 손녀들이 있을 때는 별채에 총을 가지고 들어오지도 못하게 했거든."

"그 밖에 오늘 여기 있던 사람은 누구죠?" 내가 물었다.

"수영장 관리사, 극장에 음향 업데이트를 하러 온 음향 기사, 마사지 치료사, 그리고 청소 직원 한 명이야."

난 그 명단을 외우려고 애썼고 입이 말랐다. "어떤 청소 직원이요?"

"멜리사 빈센트."

그 이름은 내게 아무 의미가 없었다. 의미가 생길 때까지. "멜리 말이에요?"

오렌이 인상을 찌푸렸다. "그녀를 알아?"

난 리비 언니의 방 밖에 있는 내쉬를 그녀가 목격했다는 것이 떠올랐다.

"내가 알아야 할 게 있니?" 오렌이 물었지만 그건 질문이 아니었다. 난 오렌에게 알리사가 멜리와 내쉬의 관계를 알려 준 것을 비롯해 리비 언니 방에서 본 것과 *멜리가 본 장면*을 털어놓았다. 그런 다음 우리는 호손 하우스에 도착했고 난 알리사를 보았다.

"내가 출입을 허락한 유일한 사람이야." 오렌이 날 안심시켰다. "솔직히, 그녀는 앞으로도 내가 문을 통과시킬 유일한 사람이기도 해."

난 내 생각보다 더 안심해야 마땅하다.

"에이버리는 어때요?" 우리가 SUV에서 내리자마자 알리사가 오렌에게 물었다.

"열받았죠." 오렌이 대답하기 전에 내가 먼저 말했다. "욱신거리고. 겁도 좀 먹었어요." 알리사를 보고, 또한 오렌이 그녀 옆에 서 있는 걸 보니 다잡은 마음이 무너지면서 마구 투정을 쏟아내고 싶었다. "두 사람 다 내가 괜찮을 거라고 했잖아요? 내가 위험에 처하는 일은 없을 거라고 맹세했잖아요. 살인에 대해 언급했을 때 터무니없다고 여겼으면서."

"엄밀히 말해서, 도끼 살인마라고 했지. 그리고 엄밀히 말해서……." 그녀가 이를 갈며 말을 이었다. "법적으로 따지자면 실수했을 가능성이 있어."

"무슨 실수요? 내가 죽으면 호손 사람들은 한 푼도 못 받는다고 했잖아요!"

"내가 그렇게 말한 건 맞아." 알리사가 강조했다. "하지만……." 확실히 그녀는 실수를 인정하는 걸 끔찍이 싫어했다. "난 너한테 유언을 공증을 받을 동안 네가 죽으면 네 상속분은 네 자산으로 넘어간다고도 했어. 그리고 일반적으로 그렇게 해."

"일반적으로." 난 그 말을 반복했다. 지난 한 주간 배운 게 한 가지 있다면 토비아스 호손 혹은 그 손자들에게 일반적인 것은 없다는 거다.

"하지만 텍사스주에서는 상속을 받으려면 상속자가 일정 기간 생존해야 한다는 조항을 넣을 수 있어." 알리사가 단호한 목소리로 말을 이었다.

난 유언장을 여러 차례 읽었다. "얼마간 죽음을 피해야 상속을 받을 수 있는지 적혀 있었다면 내가 분명 기억했을 거예요. 유일한 조항은⋯⋯."

"네가 호손 하우스에서 일 년간 살아야 한다는 거지." 알리사가 마무리했다. "그 말은 네가 죽는다면 이행하기 꽤 어려운 조항이라는 걸 인정할게."

이게 그녀의 실수인가? 내가 살아 있지 못한다면 호손 하우스에서 살 수도 없다는 거?

"그러니까 내가 죽는다면⋯⋯." 난 침을 삼키며 혀를 적셨다. "돈이 자선단체로 가는 거죠?"

"그럴 거야. 하지만 네 상속자가 호손 씨의 의도를 다르게 해석할 가능성도 있지."

"난 상속자가 없어요. 유언장조차 없는걸요."

"상속자를 꼭 유언장으로 정하는 건 아니야." 알리사가 오렌을 슬쩍 보았다. "언니는 조사해 봤어요?"

"리비 언니요?" 믿기지 않았다. 그들이 우리 언니를 *만났나?*

"언니는 깨끗했어." 오렌이 알리사에게 말했다. "총격이 있던 시간 내쉬와 함께 있었어."

그 말이 얼마나 조사를 잘하고 있는지 제대로 알려 주었다.

마침내 알리사가 자세를 고치고 나한테 돌아섰다. "넌 열여덟이 되기 전까지 법적으로 유언에 서명할 수 없어. 재단 후견인 자격에 대한 서류도 마찬가지야. *그게* 또 다른 실수지. 원칙적으로 난 유언장에만 집중했지만 네가 후견인 역할을 이행할 수 없거나 그럴 의지가 없다면 후견인 자격은 넘어가." 그녀가 무겁게 말을 멈췄다. "형제들에게."

내가 죽으면 재단의 모든 돈, 모든 권력, 모든 가능성이 토비아스 호손의 손자들에게 간다. 일 년에 1억 달러씩 기부되는 금액도. 그런 큰돈이면 호의를 가득 살 수 있을 것이다.

"재단의 후견인 조항에 대해 누가 알고 있지?" 오렌이 아주 진지하게 물었다.

"자라와 콘스탄틴이요." 알리사가 즉시 대답했다.

"그레이슨도요." 나는 상처가 욱신거리는 상태에서 쉰 목소리로 덧붙였다. 그레이슨이라면 충분히 후견인 서류를 보여 달라고 요구했을 것이다. *그는 날 해치지 않을 거야.* 난 그렇게 믿었다. *그저 날 겁줘서 쫓으려고 할 뿐.*

"에이버리가 사망하면 언니가 재단을 통솔할 수 있도록 하는 서류를 만드는 데 얼마나 걸리지?" 오렌이 물었다. 이 사건이 재단의 통제 문제 때문에 일어난 것이라면 그런 조치로 날 보호할 수 있다. 아니면 리비 언니를 위험에 처하게 만들 수도 있다.

"내가 어쩌고 싶은지 궁금한 사람은 없나요?" 내가 물었다.

"내일 서류를 준비할게요." 알리사가 날 무시하고 오렌에게 말했다. "하지만 에이버리는 열여덟이 되기 전까지 법적으로 서명할 수 없고 열여덟이 되더라도 스물한 살이 돼서 재단을 완전히 관리한다고 확실히 표명하기 전까진 결정을 내릴 권한이 있는지 불분명해요. 그때까진……."

난 이마에 표적을 붙인 셈이었다.

"유언의 보호 조항을 일깨우는 건 어떨까?" 오렌이 전술을 바꿨다. "상황에 따라 에이버리가 임차인인 호손가 사람들을 내쫓을 수 있지 않을까?"

"그러려면 증거가 필요해요." 알리사가 대답했다. "특정 인물 혹은 인물들이 괴롭힘, 협박, 혹은 폭력을 가해야 하고 그런 다음에 에이버리가 가족 전체가 아니라 그 가해자만 쫓아낼 수 있어요."

"그리고 에이버리가 그 시간 동안 다른 곳에선 살 수 없고?"

"맞아요."

오렌은 그 점이 마음에 들지 않았지만 불필요한 말로 시간을 낭비하지 않았다. "넌 이제 나 없이 아무 데도 못 가."

오렌이 냉철한 목소리로 내게 말했다. "소유지 안에서도 집 안에서도 어디든, 알겠지? 내가 항상 가까이 있을 거야. 자, 이제 난 가시적인 억제력을 행사할 거야."

내 옆에서 알리사가 오렌을 향해 눈살을 찌푸렸다. "내가 모르는 뭘 알고 있어요?"

잠시 뜸을 들인 다음 내 경호원이 질문에 답했다. "팀원들에게 무기고를 살피라고 지시했어. 없어진 건 없었지. 예상했듯 에이버리를 쏜 총은 호손가의 총이 아니었지만 그래도 지난 며칠간 모든 행적을 조사하라고 일러뒀어."

난 호손 저택에 *무기고*가 있다는 사실을 받아들이느라 정신이 없어서 나머지 말은 듣지 못했다.

"무기고에 방문한 사람이 있었어요?" 알리사가 아주 침착하게 물었다.

"두 명." 그는 거기서 멈추고 싶어 하는 듯했지만 날 위해 계속 말했다. "제임슨과 그레이슨. 둘 다 알리바이가 있어. 하지만 둘 다 소총을 찾았어."

"호손 저택에 *무기고*가 있어요?" 내가 할 수 있는 말은 그것뿐이었다.

"여긴 텍사스야." 오렌이 대답했다. "온 가족이 총 쏘는 법을 배우면서 자라고 호손 씨는 수집가였어."

"총 수집가죠." 내가 명확히 했다. 난 총에 맞을 뻔하기 전까진 화기에 별로 관심이 없었다.

294

알리사가 끼어들었다. "네 자산 목록을 정리한 바인더를 봤다면, 호손 씨가 십구 세기 후반과 이십 세기 초반에 생산된 윈체스터 소총을 세계에서 가장 많이 보유하고 있다는 걸 알 거야. 그중 다수가 사십만 달러 이상을 호가해."

소총에 그 정도로 돈을 쓸 수 있는 사람이 있다는 게 믿기지 않지만 제임슨과 그레이슨이 둘 다 소총을 찾으러 무기고에 간 이유를 생각하느라 또한 정신이 없어져서 금액 따위는 귀에 들어오지 않았다. 그들은 날 저격했는지 의심하는 게 아니다.

제임슨의 미들네임이 *윈체스터*다.

57

쥐 죽은 듯 조용한 밤이지만 난 오렌에게 무기고로 가 보자고 했다. 그를 따라 복잡한 복도를 지나는 길에 이 집에 누군가 몰래 숨어 살아도 평생 모르겠다는 생각이 들었다.

물론 비밀 통로는 치지 않고 하는 말이다.

결국 오렌은 긴 복도에서 멈췄다. "여기야." 그는 금장식이 된 거울 앞에 섰다. 내가 지켜볼 동안 그가 프레임 옆에 손을 댔다. 그러자 찰칵 소리가 났고 거울이 문처럼 휙 돌아갔다. 그 너머로 강철문이 있었다.

오렌이 앞으로 다가가자 그의 얼굴을 타고 붉은 선이 내려왔다. "얼굴을 인식하는 거야." 그가 설명해 주었다. "보안을 위한 보조 장치지. 침입자가 금고에 들어오지 못하게 막는 제일 좋은 방법은 금고가 어디인지 모르게 하는 거야."

그래서 거울이 있었다. 오렌이 문을 안으로 밀었다. "무기고 전체가 제련된 강철로 돼 있어." 그가 걸음을 옮겼고 나도 따랐다.

*무기고*라는 말을 들었을 때 영화에 나오는 그런 모습을 상상했다. 검정색 탄창이 벽에 잔뜩 걸려 있는 곳 말이다. 하지만 내가 본 건 컨트리클럽 인테리어에 가까웠다. 벽에는 진한 체리색 나무로 된 캐비닛이 쭉 놓였다. 방 한가운데는 복잡한 조각으로 장식한 테이블에 대리석 상판이 올려져 있었다.

"여기가 무기고예요?" 바닥에는 다이닝룸에나 어울릴 것 같은 호화롭고 풍성한 러그가 깔려 있다.

"네가 생각한 거랑 많이 다르니?" 오렌이 문을 닫았다. 딸각하고 닫히자 그가 추가로 재빨리 빗장 세 개를 걸었다. "집 전역에 안전실이 있어. 이곳이 그중 한 곳으로 토네이도 피난소로 쓰이지. 다른 곳도 나중에 보여줄게. 만약을 대비해서."

만약에 누가 날 죽이려고 할 때를 대비해서. 그 생각을 멈추고 난 여기 온 이유에 집중했다. "윈체스터는 어디에

있어요?"

"소장품 중에 윈체스터 소총은 최소 열세 개야." 오렌이 전시 케이스가 달린 벽을 가리켰다. "그걸 보려는 특별한 이유가 있니?"

하루 전까지 난 이걸 비밀로 하려고 했지만 제임슨은 자신의 미들네임에 대한 단서를 찾는다는 말이나, 찾았을 가능성에 대한 말을 하지 않았다. 그러니 지금 둘 사이에 지켜야 할 비밀은 없다.

"뭘 찾고 있어요." 오렌한테 내가 말했다. "토비아스 호손의 메시지이자 단서죠. 숫자나 상징같이 생긴 조각이 있어요."

블랙우드의 나무에 새겨진 조각은 어느 쪽도 아니었다. 키스 중간에 제임슨은 토비의 이름이 다음 단서라는 걸 확신하는 듯 말했다. 그렇지만 난 확신이 안 섰다. 필체는 다리의 조각과 달랐다. 어린아이의 글씨처럼 삐뚤빼뚤했다. 토비가 어린 시절에 직접 새긴 거라면? 진짜 단서가 여전히 숲속에 남아 있다면?

다시 거길 갈 수 없어. 누가 총을 쐈는지 알기 전까진. 방이라면 오렌이 모조리 수색하고 안전을 확인해 줄 수 있다. 하지만 숲 전체를 살필 순 없다.

총성의 메아리와 그 이후 벌어진 모든 일을 억지로 머릿속에 다시 밀어 넣으며 난 캐비닛 하나를 열었다. "전 고용주가 메시지를 숨겼을 법한 곳에 대해 아는 게 있나요?" 난 강렬한 눈빛으로 오렌에게 물었다. "어떤 총이나, 총의 어떤 부분이라든지?"

"호손 씨는 내게 자신의 비밀을 거의 말하지 않았어. 늘 그가 무슨 생각을 하는지 몰랐지만 그를 존경했고 그 존경은 상호적이었어." 오렌이 서랍에서 천을 꺼내 대리석 상판 위에 쭉 펼쳤다. 그런 다음 내가 열어 둔 캐비닛으로 가서 소총 하나를 집었다.

"여기에 장전된 것은 없어." 그가 강하게 말했다. "하지만 장전된 것처럼 다루어야 해. 항상."

그는 총을 천 위에 놓은 다음 손가락으로 가볍게 총열을 만졌다. "이건 호손 씨가 제일 좋아하던 것 중 하나야. 그는 명사수였지."

거기에 무슨 사연이 있다는 감이 왔지만 아마 내게 이야기해 주지 않을 것이다.

오렌이 뒤로 물러나자 내가 그걸 볼 차례로 인식하고 다가갔다. 내 안의 모든 것이 총에서 멀어지길 바랐다. 내게로 날아온 총알은 기억 속에서 생생했다. 상처는 여전히 아프지만 난 총의 각 부분을 조심스럽게 살피며 뭐가 있는지, 단서가 될 만한 것을 찾았다. 마침내 난 오렌을 쳐다봤다. "총알은 어디에 장전하나요?"

네 번째 총에서 난 찾던 것을 발견했다. 총알을 윈체스터 소총에 장전하려면 개머리판의 레버를 젖혀야 한다. 그 레버 안쪽에 세 글자가 있었다. O. N. E. 금속에 새긴 방식이 이니셜처럼 보였지만 난 그걸 우리가 다리에서 발견한 것처럼 숫자로 읽었다.

무한이 아니라 8이었고, 이건 1이야.

8. 1.

58

오렌의 경호를 받으며 난 방으로 돌아왔다. 리비 언니의 방에 노크할까 생각했지만 시간이 너무 늦었고 갑자기 들이닥쳐서 누가 날 죽이려고 해, 잘 자!라고 할 수도 없었다.

오렌은 내 방을 휙 살핀 다음 다리를 어깨너비로 벌리고 손을 양옆으로 내린 채 문밖에 자리를 잡았다. 그도 자야 하지만 우리 사이에 문이 닫히더라도 오늘 밤에는 자지 않을 것이다.

난 주머니에서 휴대전화를 꺼냈다. 맥시에게서 답이 없다. 그 애는 야행성이고 그곳은 여기보다 두 시간 늦다. 맥시가 자고 있을 리가 없는데. 난 앞서 문자로 보낸 것과 같은 내용으로 그 애의 모든 소셜미디어 계정에 디엠을 보냈다.

답장 부탁해. 난 절박했다. *부탁이야, 맥시.*

"아무것도 안 오잖아." 그렇게까지 크게 말할 생각은 아니었다. 철저히 혼자라는 기분을 느끼지 않으려고 난 욕실로 가서 휴대전화를 개수대에 올려 두고 옷을 벗었다. 나체로 거울을 봤다. 얼굴과 꿰맨 자리의 붕대를 제외하고 피부는 깨끗해 보였다. 난 붕대를 풀었다. 상처는 울긋불긋했고 꿰맨 자국은 가지런하고 작았다. 난 그 부분을 뚫어지게 쳐다봤다.

누군가, 분명 호손 가족 중의 누군가가 내가 죽길 바란다. *지금 당장이라도 죽을 수 있다.* 난 그들의 얼굴을 하나씩 떠올려 보았다. 제임슨은 총알이 날아왔을 때 나와 같이 있었다. 내쉬는 처음부터 돈을 원하지 않는다고 밝혔다. 알렉산더는 그냥 환대해 주었다. 하지만 그레이슨은……

네가 영리하다면, 제임슨을 멀리하겠지. 이 게임도. 나한테서도. 그는 이렇게 경고했었다. 그는 자기 가족이 손댄 건 모두 파멸시킨다고 말했다. 레베카에게 에밀리가 어떻게 죽었냐고 물었을 때 제임슨을 언급하진 않았다.

그레이슨이 심장 문제라고 내게 알려 줬어.

난 온수를 최대한 뜨거운 온도로 맞춘 다음 샤워실 안으로 들어가 등에 뜨거운 물을 맞았다. 쓰라렸지만 이 밤 전체를 씻어 버리고 싶었다. 블랙우드에서 벌어진 일과 제임슨과 있었던 일. 그 전부를.

난 무너지고 말았다. 하지만 샤워하면서 우는 건 치지 않기로 했다.

1~2분쯤 지난 뒤 정신을 차리고 물을 잠갔고 때마침 휴대전화가 울렸다. 젖어서 물이 뚝뚝 떨어지는 상태로 전화를 받으러 갔다.

"여보세요?"

"목숨 가지고 농담하지 마. 진도 나간다는 핑계도 대지 말고."

안도감에 몸이 축 늘어졌다. "맥시."

맥시는 내 목소리를 듣더니 거짓말이 아닌 걸 알아차렸다. "무슨 일이야, 에이버리? 무슨 씨를 발라 먹을 일이 일어난 거야?"

난 전부 말했다. 세세한 것까지 모조리, 그 모든 순간과 느끼지 않으려고 했던 감정까지 다 털어놓았다.

"거기서 나와야 해." 이번만큼은 맥시도 엄청 진지했다.

"뭐라고?" 내가 물었다. 난 몸을 떨다 결국 타월을 집어 들었다.

"누가 널 죽이려고 하잖아." 맥시는 분노를 꾹꾹 눌러 담았다. "그러니까 그 살인 왕국에서 벗어나야 해. 지금 당장."

"난 떠날 수 없어. 여기서 일 년은 살아야 해. 안 그러면 전부 다 잃어."

"다 잃어 봤자 네 인생은 일주일 전으로 돌아가는 거야. 그게 그렇게 나쁘니?"

"응." 난 회의적으로 대답했다. "난 차에서 살았어, 맥시. 미래에 대한 아무런 보장도 없이."

"*산다*는 게 중요한 거야."

난 타월을 몸에 둘렀다. "지금 억만금을 포기하라는 말이야?"

"다른 조언을 하자면 우선 호손 가문을 다 작살 내라는 건데 네가 그걸 완곡하게 받아들일까 봐 걱정이야."

"맥시!"

"야, 제임스 호손이랑 진도 나간 사람은 내가 아니거든."

난 어떻게 그런 일이 벌어졌는지 그녀에게 정확히 설명하고 싶었지만 정작 내 입에서는 이런 말이 튀어나왔다. "어디 갔었어?"

"뭐라고?"

"사건이 벌어진 직후이자 제임슨과 일이 있기 전에 너한테 전화했었어. 네가 필요했거든, 맥시."

전화기 너머로 길고 그득한 침묵이 이어졌다. "난 잘 지내. 여긴 다 좋아. 물어봐 줘서 고마워."

"뭘 물어봤다는 거야?"

맥시가 목소리를 낮췄다. "확실히 해 두자면 내 전화기로 건 게 아니라는 걸 눈치채기나 했어? 이건 내 동생 휴대전화야. 난 감금됐어. 완전히. 그것도 너 때문에."

지난번에 우리가 통화할 때 뭔가 잘못됐다. "나 때문이라니, 무슨 소리야?"

"정말로 알고 싶어?"

뭔 질문이 이래? "당연히 알고 싶지."

"상황이 이렇게 된 이후로 넌 내 안부를 전혀 묻지 않았으니까." 맥시가 길게 한숨을 쉬었다. "우리 솔직해지자, 에이버리. 넌 전에도 나에 대해서는 거의 묻지 않았잖아."

가슴이 철렁 내려앉았다. "그건 사실이 아니야."

"네 어머니가 돌아가시고 나서 넌 날 필요로 했어. 그리고 리비 언니와 그 말아먹을 인간 일로 내가 정말 간절히 필요했겠지. 그러다 넌 억만금을 상속받았고, 당연히 내가 필요하겠지! 난 네 옆에 있어 행복해, 에이버리. 하지만 넌 내 남자친구의 이름을 알기나 해?"

난 기억하려고 정신을 집중했다. "자레드?"

"틀렸어." 맥시가 잠시 뒤에 말했다. "정확히는 난 더 이상 남친이 없어. 왜냐면 잭슨이 내 전화기로 너한테서 받은 문자를 캡처해 자기 휴대전화로 보내려다 딱 걸렸으니까. 기자가 그렇게 하면 돈을 주겠다고 했나 봐." 이번 정적은 고통스러웠다. "그 금액이 얼만지 알고 싶어?"

난 마음이 무거웠다. "정말 유감이야, 맥시."

303

"나도야." 맥시가 씁쓸하게 말했다. "하지만 특히 잭슨에게 내 사진을 찍게 한 게 유감이야. *개인적인* 사진 말이야. 헤어졌더니 그놈이 내 사진을 우리 부모님한테 보냈어." 맥시는 나와 똑같다. 샤워할 때만 운다. 하지만 그녀의 목소리가 점점 갈라지고 있었다. "난 이제 데이트도 못 해. 에이버리. 언제까지 그럴 거라고 생각해?"

상상이 되지 않았다. "어떻게 했으면 좋겠어?" 내가 물었다.

"내 삶을 되찾고 싶어." 맥시는 한동안 말이 없었다. "제일 끔찍한 게 뭔 줄 알아? *누군가 널 쏘려고 했기 때문에* 난 너한테 화조차 낼 수 없어." 그녀의 목소리는 아주 부드러웠다. "그리고 넌 날 필요로 하고."

그 말이 사실이라 마음이 아팠다. 난 맥시가 필요하다. 항상 맥시가 날 필요로 하는 것보다 더 많이 맥시를 원했다. 왜냐면 내 하나뿐인 친구고 나는 그녀의 많은 친구 중 한 명이기 때문이다. "미안해, 맥시."

맥시가 내 대답을 무시하듯 말했다. "뭐, 어쨌든 다음번에 누군가 널 쏘려고 했을 때도 내가 필요하다면 넌 나한테 만회할 아주 근사한 뭔가를 사 줘야 해. 호주 정도."

"호주로 여행 보내 달라고?" 그건 가능할 것 같아서 내가 물었다.

"아니." 친구의 대답은 당돌했다. "나한테 호주를 사 달라고. 넌 그럴 수 있잖아."

그 소리에 코웃음이 나왔다. "호주는 매물로 나오지 않은 걸로 알아."

"그렇다면 넌 총에 *맞지 않도록 피하는 것* 말고는 방법이 없어."

"조심해 볼게." 내가 약속했다. "날 죽이려는 자가 누군지 몰라도 다음 기회를 노릴 거야."

"좋았어." 맥시는 몇 초간 조용히 있었다. "에이버리, 이만 끊어야겠어. 언제 또 휴대전화를 빌릴 수 있을지 모르겠어. 아니면 온라인에 접속하거나. *뭐든지*."

내 잘못이다. 난 이게 작별 인사가 아니라고 자신에게 말했다. 영원히 안녕은 아니라고. "사랑해, 맥시."

"나도 사랑해. 이쁜 것아."

전화를 끊은 뒤로 내 안에서 무언가가 떨어져 나간 기분에 휩싸여 난 타월을 두르고 가만히 앉아 있었다. 그러다 침실로 돌아와 파자마를 걸쳤다. 침대에서 맥시가 한 말을 생각하며, 내가 기본적으로 이기적이거나 애정결핍이 있는지 생각하고 있는데 벽을 긁는 소리가 났다.

난 숨을 멈추고 촉각을 곤두세웠다. 소리가 다시 났다. 통로다.

"제임슨?" 내가 외쳤다. 이 통로로 내 방에 오는 사람, 혹은 적어도 내가 아는 사람은 그가 유일하니까. "제임슨, 하나도 재미없거든."

대답이 없었지만 난 자리에서 일어나 통로로 걸어간 다음 가만히 섰다. 반대편 벽에서 숨소리가 확실히 들렸다. 난 촛대를 잡고 누구인지, 무엇이 서 있는지 그 얼굴을 볼 준비를 하다가 갑자기 내 이성과 맥시에게 한 약속이 날 붙들어서 대신 복도로 나가는 문을 열었다.

"오렌." 내가 불렀다. "알아야 할 것이 있어요."

♟

오렌이 통로를 살폈고 내 방으로 들어오는 입구를 사용하지 못하게 조치했다. 그는 또한 통로가 없는 리비 언니의 방에서 자라고 '제안'했다.

그건 제안이 아니다.

내가 노크했을 때 언니는 자고 있었다. 잠시 깼지만 정신을 차리지 못했다. 난 언니가 있는 침대로 들어갔고 언니는 이유를 묻지 않았다. 맥시와 대화를 나눈 뒤로 언니에게 말하면 안 된다는 확신이 섰다. 언니의 인생이 나 때문에 이미 통째로 뒤집혔으니까. 그것도 두 번이나. 처음은 우리 엄마가 돌아가셨을 때고, 이번이 두 번째다. 언니는 항상 내게 모든 걸 주었다. 언니에겐 해결해야 하는 자신만의 문제가 있다. 내 문제까지 얹을 필요가 없다.

이불 아래서 난 몸으로 베개를 꼭 안고 언니 쪽으로 굴렀다. 왠지 알 수 없지만 언니와 가까이 있고 싶었다. 리비 언니가 눈을 깜박이더니 내 옆으로 몸을 웅크렸다. 난 나에게 다른 건 아무것도 생각하지 말라고 단호하게 말했다. 블랙우드도, 호손도, 아무것도. 난 어둠이 날 덮치도록 놔두었고 그렇게 잠들었다.

난 저녁 만찬 때의 꿈을 꾸었다. 대여섯 살로 어렸고 행복했다.

각설탕 두 개를 테이블 위에 올리고 그 모서리를 하나로 모으면 그대로 서 있는 삼각형을 만들 수 있어. "이것 봐." 내가 말했다. 다시 각설탕 두 개를 가지고 똑같이 했고 다섯 번째 각설탕을 가로로 놓아 내가 만든 두 개의 삼각형을 연결했다.

"에이버리 카일리 그램스!" 엄마가 테이블 끄트머리에 나타나 미소를 지었다. "엄마가 설탕으로 성을 쌓을 때 어쩌라고 했지?"

난 엄마를 쏘아봤다. "오 층 높이는 되어야 가치가 있댔어!"

난 깜짝 놀라 잠에서 깼다. 리비 언니 쪽으로 몸을 돌렸는데 언니가 자리에 없었다. 창문으로 아침 햇살이 쏟아져 들어왔다. 욕실로 가 봤지만 거기에도 언니는 없었다. 난 내 방으로, 내 욕실로 돌아갈 준비를 하다 카운터에 놓인 무언가를 보았다. 언니의 휴대전화다. 드레이크에게서 온

읽지 않은 메시지가 수십 통 있었다. 암호를 입력하지 않고 내가 읽을 수 있는 건 가장 최근에 온 메시지 세 개뿐이었다.

사랑해.

내가 사랑하는 거 알지, 리비.

너도 날 사랑하는 거 알아.

59

리비 언니의 방을 나서서 곧바로 복도에서 오렌을 만났다. 밤을 새웠을 것 같은데 그렇게 보이지 않았다.

"경찰서에 조용히 신고했어. 사건에 배당된 형사는 우리 팀과 협조할 거야. 우리한테 득이 될 거야. 적어도 호손 가족이 수사가 *시작된* 걸 깨닫지 못하는 당분간은. 제임슨과 레베카는 비밀 유지가 얼마나 중요한지 이해했어. 그러니 최대한 너도 아무 일이 없었던 것처럼 행동해 줬으면 좋겠어."

어젯밤 내가 죽음과 스친 적이 없는 것처럼. 모든 게 괜찮은 척해 달라는 거다. "리비 언니를 봤어요?" *리비 언니는 괜찮지 않아.*

"삼십 분 전에 아침 먹으러 내려갔어." 오렌의 목소리에서는 어떤 단서도 찾을 수 없었다.

그 문자들을 생각하니 가슴이 철렁했다. "언니가 괜찮아 보였어요?"

"다친 데는 없었어. 모든 팔다리와 부속물이 완전히 기능하고 있었지."

난 그런 걸 물은 게 아니지만 상황상 그럴 수도 있다. "언니가 아래층에서 호손 가족들을 만나도 안전할까요?"

"리비의 경호원도 상황을 잘 알아. 그녀가 위험한 상황은 아니라고 보고 있어."

리비 언니는 상속녀가 아니다. 언니는 목표물이 아니다. 내가 대상이다.

♟

난 옷을 입고 아래층으로 내려갔다. 꿰맨 자국을 감추려고 목이 올라오는 상의를 걸쳤고 뺨에 난 상처는 화장으로 최대한 가렸다.

다이닝룸에 들어가니 사이드보드에 페이스트리 여러 종류가 준비돼 있었다. 리비 언니가 모퉁이의 크고 튀는 의자에 몸을 웅크리고 앉아 있었다. 내쉬는 그 옆 의자에서 다리를 쭉 펴고 카우보이 부츠를 신은 채 발목을 꼬았다. 계속 언니를 주시하면서.

그들과 나 사이에는 호손 가족 네 명이 있다. *모두에게 내가 죽길 바랄 만한 이유가 있어.* 그들을 지나치며 난 생각했다. 자라와 콘스탄틴은 다이닝 테이블 한쪽 끝에 앉았다. 그녀는 신문을 읽는 중이다. 콘스탄틴은 태블릿을 보고 있었다. 두 사람 모두 나한테 눈길조차 주지 않았다. 호손의 장모와 알렉산더는 테이블의 먼 끝에 자리 잡았다.

뒤에서 기척이 들려 돌아보았다.

"오늘 아침에는 누군가가 예민하네." 테아가 이렇게 말하며 내게 팔짱을 끼고 사이드보드로 데려갔다. 오렌이 그림자처럼 따라왔다. "너도 바쁜 사람이 된 것 같아." 테아가 내 귀에 대고 속삭였다.

그 애가 날 감시하는 걸 알고 있다. 아마도 내 근처에 붙어 있다가 보고하라는 명령을 받았을 거다. *지난밤에는 얼마나 가까이 있었지? 테아가 뭘 알고 있을까?* 오렌이 한 말에 따르면 테아는 날 쏘지 않았지만 그녀가 호손 저택으로 들어온 시기가 우연 같진 않았다.

자라는 목적이 있어 자기 조카를 불러들였다.

"아무것도 모르는 척하지 마." 테아가 크루아상을 집어들어 입으로 가져갔다. "레베카가 전화했었어."

난 오렌 쪽을 돌아보고 싶은 욕구를 억눌렀다. 오렌이 레베카는 총격 사건에 대해 입을 다물기로 했다고 말했는데. 오렌이 잘못 알았을까?

테아가 꾸짖듯이 말했다. "제임슨하고 무려 에밀리의 예전 방에 있었다며. 좀 무례하다고 생각하지 않아?"

테아는 충격에 대해 몰라. 전체적인 내용을 알 수 있었다. 레베카는 욕실을 나오는 제임슨을 본 게 분명해. 우리 이야기를 분명 들었을 거야. 분명 깨달았겠지. 우리가⋯⋯.

"또 사람들이 나 없을 때 무례하게 군거야?" 알렉산더가 테아와 나 사이에 끼어서 우리의 팔짱을 풀며 말했다. "정말 무례한걸."

난 그를 의심하고 싶지 않지만 지금 상황에서 누굴 의심하고 누굴 의심하지 않는 것이 너무 스트레스라 다른 사람이 대신해 줬으면 하는 마음이 간절했다.

"레베카가 별채에서 잤어." 테아가 즐기듯 알렉산더에게 말했다. "그 애가 마침내 일 년에 걸친 침묵을 깨고 나한테 전부 알려 줬지." 테아는 트럼프 카드를 쥔 사람처럼 굴었지만 난 그 카드가 정확히 뭔지 몰랐다.

레베카가 비장의 카드일까?

"레베카가 나한테도 문자를 보냈어." 알렉산더가 테아에게 말했다. 그리고 그는 나한테 미안하다는 눈길을 보냈다. "호손과 얽힌 모든 말은 전파가 빠른 법이야."

레베카는 충격 사건에 대해서는 입을 다물었지만 키스에 관해서는 사방팔방으로 떠든 것 같다.

그 키스는 아무것도 아니었어. 그 키스는 지금 문제가 아

니야.

"거기, 너!" 호손의 장모가 고압적으로 지팡이를 내 쪽을 가리키며 흔들더니 페이스트리가 놓인 쟁반을 두드렸다. "늙은이를 일어나게 만들지 마."

다른 누군가가 그런 식으로 내게 말했다면 무시했겠지만 나이가 많고 무서운 사람이라 난 가서 쟁반을 주었다. 그런데 내 몸이 성하지 않다는 사실을 너무 늦게 파악했다. 천둥 같은 고통이 날 스치는 바람에 이를 악물고 숨을 참았다.

할머니가 잠시 날 쳐다보더니 지팡이로 알렉산더를 쿡 찔렀다. "저 애를 도와라, 이 막돼먹은 녀석아."

알렉산더가 쟁반을 들었다. 난 팔을 옆으로 내렸다. *내가 움찔하는 걸 누가 봤을까? 난 주변을 살피지 않으려고 애썼다. 내가 부상당한 걸 이미 아는 사람은 누구지?*

"너 다쳤구나." 알렉산더가 나와 테아 사이로 몸을 구부리며 말했다.

"난 괜찮아."

"전혀 안 괜찮은 것 같은데."

그레이슨이 연회장으로 들어온 걸 알아차리지 못했지만 지금 그가 내 바로 옆에 서 있었다.

"잠깐 볼까, 그램스 양?" 그의 눈빛이 강렬했다. "복도에서."

60

난 그레이슨 호손과 어디든 가면 안 됐지만 오렌이 따라올 걸 알았고 그레이슨에게서 무언가를 얻어 내고 싶었다. 그의 눈을 들여다보았다. 그가 내게 이런 짓을 했는지 알고 싶었다. 혹은 누가 그랬는지, 그가 짐작하는 부분이 있는지.

"부상당했군." 그레이슨의 말은 질문이 아니었다. "무슨 일이 있었는지 나한테 말해 봐."

"아, 내가 그래야 해요?" 난 그를 노려보았다.

"부탁이야." 그레이슨은 힘들게 혹은 끔찍하게, 혹은 두 가지가 합쳐진 느낌으로 그 말을 했다.

난 그에게 빚이 없다. 오렌이 총격을 언급하지 말라고 내게 지시했다. 마지막으로 그레이슨과 대화했을 때 그는 간결하게 경고했다. 내가 죽으면 그레이슨이 다시 재단의 주인이 된다.

"총격이 있었어요." 나도 모르게 진실이 튀어나왔고 그의 반응이 궁금했다. "내가 맞았죠." 잠시 뒤 그 말을 덧붙였다.

그레이슨의 모든 턱 근육에 힘이 들어갔다. 그는 몰랐다. 내가 안도감을 조금이라도 느낄 새도 없이 그레이슨이 내 경호원을 향해 몸을 돌렸다. "언제요?" 그가 거칠게 물었다.

"어젯밤에." 오렌이 짤막하게 대답했다.

"그런데 당신은 어디 있었죠?" 그레이슨이 내 경호원을 추궁했다.

"지금처럼 이렇게 가까이 있지는 않았어. 앞으론 그럴 거지만." 오렌이 그를 쳐다보며 약속했다.

"저기요?" 내가 손을 들어 그레이슨을 불렀다. "당신 대화 상대이자 자기 권리를 가진 개인이 여기 있습니다만?"

그레이슨은 내가 움직일 때 아파하는 걸 봤는지 몸을 돌리고 손으로 부드럽게 내 손을 내렸다. "오렌이 자기 일을 하게 둬." 그가 조용히 말했다.

이 목소리 혹은 이런 그의 손길이 낯설었다. "오렌이 누구로부터 날 보호한다고 생각해요?" 난 연회장을 슬쩍 쳐다봤다. 그레이슨이 자기가 사랑하는 사람들을 감히 의심하는 날 붙잡고, 자기는 내가 아니라 그들을 선택하겠다는 말을 다시 하리라 예상했다.

그런데 그레이슨은 다시 오렌에게 돌아섰다. "이 아이한테 무슨 일이 일어나면 당신에게 개인적으로 책임을 묻겠어요."

"개인적인 책임이라……." 제임슨이 자신의 등장을 알리며 형 쪽으로 느긋하게 걸었다. "매력적인 말인데?"

그레이슨이 이를 간 다음 무언가를 깨달았다. "어젯밤 너희 둘 다 블랙우드에 있었지." 그가 동생을 노려보았다. "에이버리한테 총을 쏜 사람이 누구든 간에 네가 맞을 수도 있었어."

"정말 코미디가 따로 없겠지." 제임슨이 자기 형 주위를 빙빙 돌았다. "나한테 그런 일이 벌어진다면 말이야."

두 사람 사이에 긴장감이 팽배했다. 폭발 직전이다. 난 이 관계가 어떻게 돌아가는지 파악했다. 그레이슨은 동생이 부주의하다고 질타했고 제임슨은 더 무모하게 굴어서 그점을 입증하려 했다. 제임슨이 날 언급하기까지 얼마나 걸릴까? *키스에 대해서.*

"내가 방해한 게 아니길 바라." 내쉬가 무리에 합류했다. 내쉬는 형제들에게 느긋하고 위험한 미소를 슬쩍 보였다. "제임슨, 넌 오늘도 학교를 빠지면 곤란해. 오 분 안에 교복 입고 내 트럭으로 와. 안 그러면 네 미래가 다 막히는 수가 있어." 그는 제임슨이 움직이길 기다렸다가 몸을 돌렸다. "그레이슨, 우리 어머니께서 청중이 필요하다시네."

동생을 다루면서 호손의 만이는 내게로 시선을 돌렸다. "넌 컨트리 데이까지 태워 줄 필요 없겠지?"

"에이버리는⋯⋯." 오렌이 가슴 앞으로 팔짱을 끼며 나섰다. 내쉬는 오렌의 자세와 목소리 톤을 알아차렸지만 오렌이 나머지 대답을 하기 전에 내가 끼어들었다.

"학교에 가지 않을 거예요." 그건 오렌이 모르는 사실이지만 그는 반대하지 않았다.

반면에 내쉬는 자유를 빼앗겠다고 제임슨을 위협했을 때

의 눈길로 날 쳐다봤다. "이 근사한 금요일 오후에 네가 학교를 땡땡이친다고 언니한테 일러 줄까?"

"내 언니는 당신이 상관할 바가 아니에요." 그렇지만 리비 언니를 생각하니 드레이크의 문자가 마음에 걸렸다. 리비 언니에게는 호손가의 사람이 되는 것보다 더 끔찍한 문제가 있다. *내쉬는 내가 죽길 바라지 않을 거야.*

"이 집에서 살거나 일하는 모두가 내가 상관할 대상이야. 내가 얼마나 자주 집을 비우든, 얼마나 오래 나가 있든 간에 여전히 사람들을 보살펴야 한다고, 그러니까⋯⋯." 내쉬는 나한테 똑같이 나른한 웃음을 보였다. "언니는 네가 땡땡이치는 걸 알아?"

"언니한테 말할 거예요." 난 미소 뒤에 숨은 카우보이를 살피려고 애썼다.

내 예리한 눈동자를 보고 내쉬가 답했다. "그렇게 해, 꼬맹이."

61

난 리비 언니에게 집에 있겠다고 말했다. 드레이크의 문자에 대해 언니에게 묻고 싶었지만 말이 나오지 않았다. *드레이크가 문자만 보낸 것이 아니라면?* 그 생각이 내 의식에서 슬금슬금 기어 나왔다. *언니가 그를 만났다면? 언니한테 몰래 집 안으로 들어오게 해 달라고 말했다면?*

난 생각의 꼬리를 잘라 버렸다. '몰래' 집 안으로 들어오는 건 있을 수 없다. 보안이 철저하고 총격이 벌어졌을 때 그가 여기 있었다면 오렌이 나한테 알려 주었을 것이다. 그는 최우선 용의자 뭐 그런 것에 가까우니까.

내가 죽으면 적어도 모든 것이 내 가장 가까운 혈육에게 갈 기회가 생겨. 그건 리비 언니와 우리 아빠지.

"몸이 안 좋니?" 언니가 손등으로 내 이마를 짚으며 물었다. 언니는 보라색 새 부츠에 길고 소매가 레이스로 된 검정 원피스를 입었다. 어디 외출하는 사람처럼 보였다.

드레이크를 만나러 가는 걸까? 드레이크는 내 마음 속에서 성가신 존재로 자리 잡았다. *아니면 내쉬와 함께 나가는 걸까?*

"정신 건강을 챙기는 날이야." 내가 둘러댔다. 리비 언니는 그 말을 믿고 자매만의 오붓한 시간을 갖자고 말했다. 일정이 있더라도 언니는 날 위해 두 번 생각하지 않고 포기하는 그런 사람이다.

"스파에 갈까?" 언니가 진지하게 물었다. "어제 마사지를 받았는데 죽을 만큼 좋았거든."

난 어제 죽을 뻔했어. 그 말은 하지 않았다. 오늘이나 당분간은 마사지 테라피스트가 오지 못할 거라는 말도 하지

않았다. 대신 내가 언니한테 숨기고 있는 모든 비밀로부터 정신을 돌리고 언니의 주의도 끌 수 있는 유일한 소재가 생각났다.

"데번포트를 찾게 도와줄래?"

♟

리비 언니와 함께 인터넷을 검색해 보니 *데번포트*라는 단어는 소파나 책상을 지칭하는 말이었다. 크리넥스를 티슈로, 덤스터를 쓰레기통으로 여기듯 데번포트는 소파의 대명사로 쓰였고, 데번포트가 책상을 지칭하는 경우 특별한 책상을 말하는데, 구획이 나뉘고 시야를 차단하는 칸막이가 있으며 상판을 열면 물품을 보관할 수 있는 공간이 나오는 게 특징이었다.

토비아스 호손에 대해 내가 아는 바에 따르면 소파를 찾는 건 아닐 것이다.

"시간이 좀 걸릴 것 같아." 리비 언니가 말했다. "이 저택이 얼마나 큰지 넌 아니?"

난 음악실, 헬스장, 볼링장, 토비아스 호손의 세차장, 일광욕실까지 가봤지만⋯⋯ 그건 전체의 4분의 1도 되지 않았다. "엄청나지."

"궁전 같아." 리비 언니가 재잘댔다. "게다가 매스컴의 반응이 아주 나빠서 지난 한 주 동안 집을 돌아다니는 것 말고는 할 일이 없었어." 그 나쁜 평판은 알리사가 말해 준 것이다. 내가 없는 곳에서 알리사가 얼마나 자주 언니와 대화했는지 궁금했다. "연회장이 있어." 리비 언니가 말을 이었다. "극장도 두 군데인데 한 곳은 영화관이고 한 곳은 칸막이 좌석과 무대가 있는 곳이야."

"거기 가 봤어." 내가 대답했다. "그리고 볼링장도."

언니의 검은 동공 테두리가 똥그래졌다. "볼링도 쳤어?"

언니의 놀라움은 전염성이 강했다. "응."

언니가 고개를 저었다. "이 집에 볼링장이 있다니 역시 대단하구나."

"골프 연습장도 있지." 오렌이 덧붙였다. "라켓볼장도."

그가 우리와 얼마나 가까이 붙어 있는지 리비 언니는 알았겠지만 내색하지 않았다. "이런 세상에서 우리가 작은 책상 하나를 어떻게 찾을까?" 언니가 물었다.

난 오렌에게 몸을 돌렸다. 그가 여기 있다면 유용하게 쓰면 된다. "우리 건물에서 서재를 봤어요. 토비아스 호손에게 다른 서재가 있나요?"

♟

토비아스 호손의 다른 서재에 있는 책상은 데번포트가

아니었다. 서재로 쓰는 방은 총 세 개였다. *시거 룸, 빌리어드 룸.* 세 번째 방은 작고 창문이 없었다. 그 한가운데 커다랗고 하얀 우주선 같은 게 있었다.

"감각 차단 방이야." 오렌이 말했다. "이따금 호손 씨는 세상에서 단절되고 싶어 했거든."

결국 리비 언니와 나는 제임슨과 내가 블랙우드에서 그런 것처럼 하나씩 살필 수밖에 없었다. 우리는 호손 저택의 복도를 누비며 건물마다, 방마다 살폈다. 오렌은 몇 발자국 이상 떨어지지 않았다.

"자, 이번에 가는 곳은…… *스파야.*" 언니가 문을 활짝 열었다. 언니는 긍정적이다. 아니면 뭔가 숨기고 있거나.

그 생각을 뿌리치며 난 스파를 둘러봤다. 분명 여기서 책상을 찾지 못하겠지만 그렇다고 들여다보지 않을 순 없었다. L자형 구조다. L의 긴 부분은 바닥이 나무로 되어 있고 짧은 쪽에는 돌이 깔렸다. 돌로 된 바닥 중앙에 작은 사각형 풀이 있었다. 표면에서 수증기가 올라왔다. 그 너머로 작은 침실 크기 정도의 커다란 유리 샤워부스가 있었고 벽이 아닌 천장에 수도꼭지가 달린 게 인상적이었다.

"온탕과 사우나실이야." 누군가 우리 뒤에서 말했다. 몸을 돌리니 스카이 호손이 있었다. 그녀는 바닥까지 끌리는 가운을 걸쳤는데 이번에는 검은색이었다. 그녀는 넓은 쪽으로 들어가 가운을 떨어뜨리더니 회색 벨벳 침대에 드러누웠다. "마사지 테이블이야." 그녀는 시트로 몸을 가리지 않은 채 하품하며 말했다. "난 여자 마사지사를 불렀어."

"호손 하우스는 잠시 동안 방문객을 금하고 있습니다." 오렌은 그녀의 나체에는 신경 쓰지 않는 목소리로 말했다.

"그렇군요." 스카이가 눈을 감았다. "그럼 매그너스가 정문을 통과하면 알려줘요."

매그너스라. 그가 어제 여기 왔던 사람인지 궁금하다. 그 사람이 스카이의 요청으로 날 쐈을지도 모른다.

"호손 저택은 방문객을 금하고 있습니다." 오렌이 다시 말했다. "보안상의 문제예요. 추가로 공지가 있을 때까지 저희 팀원이 꼭 필요한 인원만 통과시킬 겁니다."

스카이는 고양이처럼 하품했다. "그렇다면 존 오렌, 당신에게 확실히 알려 줘야겠군요. 이 마사지는 꼭 *필요해요.*"

근처 선반에서 초들이 줄지어 타고 있었다. 얇은 커튼을 통해 빛이 들어왔고 낮고 경쾌한 음악이 흘렀다.

"어떤 보안상의 문제요?" 리비 언니가 갑자기 물었다. "무슨 일이 있었어요?"

난 오렌에게 언니한테 대답하지 말라는 얼굴을 했지만 엉뚱한 방향에서 대답이 들렸다.

"우리 그레이슨한테 들으니, 블랙우드에서 불쾌한 일이 있었다고 하더군." 스카이가 언니에게 말했다.

62

리비 언니는 우리가 복도로 나올 때까지 잠자코 있다가 물었다. "숲에서 무슨 일이 있었는데?"

난 자기 엄마한테 일러바친 그레이슨과 그에게 알려 준 나 자신을 욕했다.

"왜 너한테 추가 경호가 필요한 거야?" 언니가 날 다그쳤다. 1.5초쯤 뒤에 언니는 오렌에게 몸을 돌렸다. "리비한테 왜 더 강력한 경호가 필요한 거죠?"

"어제 사고가 있었어." 오렌이 말했다. "총알과 나무와 관련해서."

"총알이요?" 리비 언니가 되물었다. "그러니까 총에서 쏜?"

"난 괜찮아." 내가 언니에게 말했다.

언니는 내 말을 무시했다. "총알과 나무에 관련한 사건이 뭐예요?" 언니가 오렌에게 묻는 동안 푸른 포니테일이 공분에 휩싸여 흔들렸다.

내 경호팀장은 이미 한 말보다 더 애매하게 설명할 수 없었다. "에이버리에게 겁을 주려고 그런 것인지 진짜 목표로

삼은 건지 확실치 않아. 총알들은 빗나갔지만 에이버리는 파편에 상처를 입었어."

"리비 언니, *난 괜찮아.*"

"총알들이라고요?" 언니는 내 말이 들리지 않는 사람 같았다.

오렌이 헛기침을 했다. "두 사람만 있을 시간을 줄게." 그는 복도를 되돌아갔지만 안 들리는 척할 정도로 멀면서도 가까운 곳에 자리 잡는 게 보였다.

겁쟁이.

"누가 널 쐈는데 왜 나한테 말을 안 해?" 언니는 자주 화를 내지 않지만 한번 화를 내면 아무도 못 말린다. "어쩌면 내쉬의 말이 맞을지도 몰라. 빌어먹을! 난 네가 스스로 잘 보호하고 있다고 말했는데, 그는 크게 당하지 않은 억만장자 십대를 한 번도 본 적이 없다고 했어."

"오렌과 알리사가 상황을 잘 정리하는 중이야." 내가 언니에게 말했다. "난 언니가 걱정하길 바라지 않았어."

리비 언니가 손으로 내 뺨을 어루만졌고 화장으로 덮은 상처를 쳐다봤다. "그럼 누가 널 챙겨줘?"

*너한테 내가 필요하잖아*라고 했던 맥시의 말이 계속 떠올랐다. 난 고개를 숙였다. "지금은 언니 일로도 벅차잖아."

"무슨 소릴 하는 거야?" 리비 언니가 물었다. 언니가 가쁜 숨을 몰아쉬었다. "드레이크 얘기야?"

언니가 그 이름을 말했다. 수문이 공식적으로 열렸고 이제 돌이킬 수 없다. "그 사람이 언니한테 문자를 보냈잖아."

"난 답장하지 않아." 언니가 방어적으로 대꾸했다.

"수신 차단을 하지도 않았지."

그 말에 언니는 대답하지 않았다.

"차단할 수도 있었어." 난 쉰 목소리로 말했다. "아니면 알리사에게 새 휴대전화를 사 달라고 할 수도 있었고. 접근 금지 가처분 명령을 위반했다고 신고할 수도 있고."

"접근 금지를 신청한 건 내가 아니야!" 언니는 그 말을 내뱉은 즉시 후회하는 듯했다. 언니가 침을 삼켰다. "그리고 새 전화기는 필요 없어. 내 친구들의 번호가 전부 여기 저장되어 있어. *아빠*도 이 번호를 알고 있고."

난 언니를 쳐다봤다. "아빠라니?" 난 2년째 리키 그램스를 본 적이 없다. 내 사회복지사가 연락했지만 아빠는 나한테 전화하지 않았다. 엄마의 장례식에도 오지 않았다. "아빠가 언니한테 연락했어?"

"아빠는 단지…… 우리가 잘 있는지 알고 싶어 하거든."

난 아빠가 뉴스를 봤을 거라는 걸 안다. *내* 새 전화번호를 모르는 것도 안다. 전에는 우리 둘 주변에 얼씬도 하지 않았지만 지금은 내가 필요한 수십억 개의 이유가 있다는 것도 안다.

"아빠는 돈을 바라는 거야." 난 단호한 목소리로 언니에게 말했다. "드레이크처럼. 언니네 엄마처럼."

언니의 엄마를 언급하는 건 비열했다.

"오렌은 누가 총을 쐈다고 생각해?" 언니는 진정하려고 애썼다.

나도 똑같이 노력했다. "사유지 안에서 쏜 총이었어." 난 들은 대로 대답했다. "누가 쏘았든 여기 들어올 수 있는 사람이라는 거지."

"그래서 꼭 필요한 사람만 들어오도록 오렌이 경호를 강화했구나." 언니가 말했고 검은 아이라인을 그린 눈동자 뒤로 머리가 비상하게 움직였다. 언니의 검은 입술이 얇은 선을 그렸다. "나한테 말했어야지."

난 언니가 내게 말하지 않은 것들을 생각했다. "드레이크를 만난 게 아니라고 해 줘. 그가 여기 안 왔다고 해 줘. 언니가 그를 집 안으로 들이지 않았다고 말이야."

"당연히 그러지 않았어." 언니는 입을 다물었다. 언니가 나한테 고함을 지르고 싶은 걸 참는 건지 혹은 울지 않으려고 그러는 건지 모르겠다. "그만 가야겠어." 언니의 목소리는 침착하지만 매서웠다. "하지만 분명히 말하는데, 동생*아*, 넌 미성년자고 난 아직 법적으로 네 보호자야. 다음번에 누가 네게 총을 쏘려고 한다면 난 당연히 알아야겠어."

63

언니와 다투는 걸 오렌이 전부 들었겠지만 그가 한마디도 하지 않을 걸 난 확신했다.

"난 아직 데번포트를 찾고 있거든." 내가 간단히 말했다. 조금 전까진 시선을 돌릴 소재 정도였지만 지금은 간절했다. 언니 없이 나 혼자 방을 전부 돌아다닐 순 없는 노릇이다. *우린 이미 노인의 서재를 살폈어. 데번포트 책상을 놔둘 만한 다른 곳이 어딜까?*

난 언니와의 말다툼이 아니라 그 질문에 집중했다. 내가 한 말도, 언니가 하지 않은 말도 아니라.

"나한텐 권한이 있어요." 잠시 뒤 오렌에게 말했다. "호손 저택에 있는 다양한 서재를 살펴볼 권한이죠." 난 천천히 길게 숨을 내쉬었다. "서재가 전부 어디 있는지 알아요?"

두 시간 동안 서재 네 군데를 돌아본 후에 다섯 번째 서재 한복판으로 들어섰다. 2층에 자리한 서재는 천장이 비스듬히 기운 형태다. 벽에는 책 높이에 딱 맞춰 제작된 선반이 있었다. 동쪽의 커다란 스테인드글라스를 제외하면 오래된 책들이 빼곡히 벽을 메웠다. 빛이 창을 통해 들어와 나무 바닥 위로 갖가지 색을 만들었다.

데번포트는 없어. 이래봐야 소용없다는 생각이 슬슬 들기 시작했다. 토비아스 호손은 날 고려해 퍼즐을 설계하지 않았다.

제임슨이 필요해.

난 그 생각을 빠르게 차단하고 서재를 나서서 계단을 내려갔다. 세어 보니 이 집에는 적어도 다섯 가지 종류의 계단이 있다. 지금 내려가는 계단은 나선형인데 밑으로 가니 멀리서 피아노 소리가 들렸다. 난 음악을 따라갔고 그런 내 뒤를 오렌이 쫓았다. 난 커다란, 열린 방 입구에 도착했다. 먼 벽은 아치형 장식으로 가득했다. 각 아치 아래로는 큰 창이 났다.

모든 창이 활짝 열려 있었다.

벽에는 그림이 걸렸고 그 사이에 내가 여태껏 본 중에 가장 큰 그랜드 피아노가 자리했다. 호손의 장모가 눈을 감은 채 피아노 의자에 앉아 있었다. 노부인이 치는 거라고 생각했는데 가까이 다가가니 피아노가 자동으로 연주되고 있었다.

내 발소리에 그녀가 눈을 떴다.

"죄송해요." 난 사과했다. "전……."

"쉿." 할머니가 주의를 주었다. 그녀는 다시 눈을 감았다. 연주가 계속되며 최고조로 치닫다가 잠잠해졌다. "이걸로 콘서트를 다 들을 수 있다는 걸 아니?" 그녀가 눈을 뜨고 지팡이를 향해 손을 뻗었다. 그리고 조금도 힘들이지 않고 자리에서 일어났다. "세상 어딘가에서 한 거장이 연주를 하고 버튼을 누르면 여기서 건반이 움직이지."

피아노를 쳐다보는 그녀의 눈동자에서 애석함이 묻어났다.

"피아노를 칠 줄 아세요?" 내가 물었다.

그 소리에 할머니가 헛기침을 했다. "젊을 땐 쳤었지. 너무 열중했더니 남편이 내 손가락을 분질러 버렸어." 그녀는 별일 아니라는 듯 심드렁하게 말했다.

"끔찍한 일이네요." 난 놀라서 대꾸했다.

그녀는 피아노를 쳐다본 다음 구부러지고 뼈다귀처럼 앙상한 손가락을 쳐다봤다. 그리고 고개를 치켜들고 커다란 창 너머를 바라봤다. "그러고 얼마 지나지 않아 그는 비극적인 사고를 당했어."

마치 그녀가 '사고'를 주도했다는 식으로 무섭게 들렸다. *남편을 죽였을까?*

"할머니, 꼬맹이를 겁주고 있잖아요." 문 앞에서 질타하는 목소리가 났다.

할머니는 코웃음을 쳤다. "그렇게 쉽게 겁을 먹는다면 이 집에 못 있지." 그 말과 함께 할머니가 방을 나섰다.

호손 형제 중 맏이가 날 쳐다봤다. "언니한테 오늘 땡땡이친다고 말했어?"

리비 언니를 언급하니 우리가 다툰 때가 떠올랐다. *언니는 아빠에 대해 말했어. 드레이크가 접근 금지 명령을 받길 원하지 않았지. 언니는 드레이크를 차단하지 않을 거야.* 난 내쉬가 어디까지 알고 있는지 궁금했다.

"언니는 내가 어디 있는지 알아요." 난 떨떠름하게 그에게 대답했다.

내쉬가 날 슬쩍 흘겼다. "이건 그녀에게도 쉽지 않은 일이야, 꼬맹이. 넌 모든 것이 고요한 폭풍의 눈 한가운데 있어. 하지만 네 언니는 사방에서 폭풍을 맞고 있다고."

난 총을 맞는 걸 '고요'하다고 부르지 않는데.

"우리 언니한테 무슨 속내가 있는 거예요?"

그는 내 질문이 꽤 즐거운 듯 보였다. "제임슨에 대한 네 속내는 뭔데?"

키스 건을 모르는 사람이 이 집에 있긴 한 걸까?

"당신 할아버지의 게임에 대한 말은, 당신이 옳았어요." 그는 내게 경고해 주려고 했다. 왜 제임슨이 날 가까이 두는지 정확히 알려 주었다.

"일반적으론 그렇지." 내쉬가 벨트 고리에 엄지를 걸었다. "끝이 가까워질수록 더 끔찍해질 거야."

논리적으로는 게임을 중단하고 물러나는 것이 합당하다. 하지만 난 답을 알고 싶다. 모든 일에 도전적이던 우리 엄마와 자란 내 일부, 여섯 살 때부터 체스를 둔 내 일부는 이 게임에서 *이기고* 싶어 한다.

"당신 할아버지가 데번포트 책상을 숨겨둘 만한 곳을 알아요?" 내쉬에게 물었다.

그가 코웃음을 쳤다. "넌 쉽게 배우지 못하는구나, 꼬맹이?"

난 어쩔 수 없다는 듯 어깨를 으쓱였다.

내쉬가 질문을 생각하더니 고개를 한쪽으로 까닥였다. "서재에 가봤어?"

"둥근 서재, 오닉스로 된 서재, 스테인드글라스가 있는 서재, 지구본이 있는 서재, 미궁 같은 서재……." 난 슬쩍 오렌을 돌아보았다. "그게 다죠?"

오렌은 고개를 끄덕였다.

하지만 내쉬는 고개를 갸우뚱했다. "다가 아닐걸."

64

내쉬가 날 데리고 계단 두 개를 오르고 복도 세 곳을 지나 벽돌로 막아 놓은 문을 지났다.

"저긴 어디에요?"

그가 잠시 걸음을 늦췄다. "삼촌 방이야. 할아버지는 토비 삼촌이 죽고 난 뒤로 저길 막았지."

왜냐면 그게 정상이니까. 난 그렇게 생각했다. *자기 가족에게 아무것도 상속하지 않겠다고 정해 놓고 20년 동안 입도 벙긋 안 한 사람을 정상으로 친다면.*

내쉬는 다시 걸음을 옮겼고 마침내 우리는 금고의 한 부분처럼 보이는 문 앞에 섰다. 번호가 적힌 다이얼과 그 아래로 다섯 갈래로 된 레버가 달렸다. 내쉬가 가볍게 다이얼을 돌렸다. 왼쪽, 오른쪽, 왼쪽, 너무 빨리 돌려서 난 숫자를 기억하지 못했다. 그리고 크게 찰칵하는 소리가 난 뒤 그가 레버를 돌렸다. 강철 문이 복도 쪽으로 열렸다.

대체 어떤 서재기에 이런 식으로 보안을……

머릿속에서 생각을 마무리하려는데 내쉬가 안으로 들어갔고 난 그 너머에 있는 것이 단순한 방이 아니라는 걸 깨달았다. 완전히 다른 건물이다.

"할아버지는 내가 태어났을 때 이 부분을 증축하셨지." 내쉬가 알려 주었다. 주변 복도는 다이얼, 키패드, 자물쇠, 열쇠로 가득 찼고 모두 예술품처럼 벽에 고정돼 있었다. "호손 가문은 어릴 때부터 자물쇠 따는 법을 배워." 복도를 걸어가며 내쉬가 말했다. 난 왼쪽에 있는 방을 쳐다봤는데 거기에는 장난감이 아닌 소형 비행기가 있었다. *실제 1인용 비행기다.*

"여기가 당신의 놀이방이에요?" 난 복도를 따라 쭉 늘어서 있는 문들을 살폈고 각 방에 어떤 놀라운 비밀이 숨어 있을지 호기심이 잔뜩 일었다.

"내가 태어났을 때 스카이는 열일곱이었어." 내쉬가 어깨를 으쓱였다. "그녀는 같이 놀아 주는 부모가 되려고 애썼지. 하지만 잘 되지 않았어. 그래서 할아버지가 보상해 주려고 한 거야."

이런 건물을 지어 주면서 말이죠.

"어서 가자." 내쉬가 복도 끝으로 안내하면서 다른 문을 열었다. "오락실이야." 그가 불필요한 설명을 했다. 축구게임 테이블, 바, 핀볼 머신 세 대, 벽 전체는 오락실용 게임기가 자리하고 있었다.

내가 핀볼 머신 한 대로 가서 버튼을 누르자 기계가 작동했다.

난 뒤로 물러나 내쉬를 돌아봤다. "기다려 줄게." 그가 말했다.

집중해야 한다. 여긴 마지막 서재이고 데번포트와 다음 단서가 있을지 모르는 곳이다. 그렇지만 게임 한 판 한다고 죽지는 않을 거다. 플립퍼를 까딱이자 볼이 발사됐다.

난 최고점 근처에도 가지 못했지만 게임이 끝나자 내 이니셜이 등장했고 엔터를 누르니 화면에 익숙한 메시지가 떴다.

호손 하우스에 온 걸 환영합니다.
에이버리 카일리 그램스 양!

볼링장에서 본 것과 같은 문구였다. 바로 그때 난 토비아스 호손의 유령이 주변에 있다는 느낌을 받았다. *네가 우리 할아버지를 구슬려 이런 일을 벌였다고 생각할지 몰라도 결국 구슬린 쪽은 할아버지란 걸 난 장담해.*

내쉬가 바 뒤로 걸어갔다. "냉장고에 음료가 가득 있어. 뭐 마실래?"

가까이 가 보니 그가 *가득* 있다고 한 말이 농담이 아니었다. 유리병에 든 탄산음료가 모든 선반에 가지런히 놓였고 상상할 수 있는 모든 맛이 다 있었다. "솜사탕?" 내가 코를 찡그렸다. *선인장 열매? 베이컨과 할라피뇨?*

"그레이슨이 태어났을 때 난 여섯 살이었어." 그게 설명인 듯 내쉬가 말했다. "할아버지는 남동생이 집에 오던 날 이 방을 공개했지." 그는 의심스러운 녹색 탄산음료의 뚜껑을 비틀어 열고는 꿀꺽꿀꺽 마셨다. "제임슨이 태어났을 땐 일곱 살, 알렉산더가 태어났을 땐 여덟 살 반이었어." 그가 청중으로서 내 반응을 보는 듯 잠시 말을 멈췄다. "자라 이모와 첫 남편은 임신에 문제가 있었어. 스카이는 몇 달 동안 집을 떠났다가 임신을 해서 돌아왔지. 씻고, 헹구고 또 다시 되풀이하고."

그건 내가 들은 말 중 가장 최악이었다.

"너도 하나 마실래?" 내쉬가 냉장고 쪽을 가리키며 물었다.

열 가지 맛이 궁금했지만 쿠키 앤 크림을 골랐다. 슬쩍 오렌을 살피니 그는 이번에도 그림자 역할을 충실히 하고 있었다. 오렌이 음료를 마셔선 안 된다는 어떤 반응도 보이지 않기에 병을 따서 한 모금 마셨다.

"서재는요?" 난 내쉬의 기억을 살렸다.

"거의 다 왔어." 내쉬가 다음 방으로 걸어가며 말했다. "보드게임룸이야."

이 방의 중앙에는 테이블이 네 개 있었다. 직사각형, 정사각형, 타원형, 원형. 테이블은 모두 검은색이다. 방의 다른 부분인 벽, 바닥, 선반은 흰색으로 칠했다. 방의 네 면 중 세 면의 벽에 선반이 달렸다.

저건 책장이 아니야. 게임이 꽂혀 있었다. 수백 개 아니 수천 개의 보드게임이다. 유혹을 이길 수 없어 가장 가까운 선반으로 가서 박스를 손가락으로 훑었다. 게임들 대부분이 들어 보지 못한 거였다.

"할아버지는 이것저것 수집했었어." 내쉬가 조용히 말했다.

난 경외심이 생겼다. 엄마와 내가 얼마나 많은 오후를 벼룩시장에서 산 보드게임을 하며 보냈었지? 비 오는 날이면 게임 서너 개를 하나의 커다란 게임으로 연결해 노는 게 우리의 전통이었다. 그런데 *여긴?* 전 세계의 게임이 다 있다. 그중 절반은 영어도 아니었다. 갑자기 호손 손자 네 명이 이 테이블 중 하나에 둘러앉아 있는 모습이 그려졌다. 씩 웃으며 기죽이는 말을 하고 서로의 허를 찌르며, 주도권을 잡으려고 씨름하면서. 말 그대로 진짜 씨름을 했을 수도 있다.

난 그 생각을 억눌렀다. 난 다음 단서인 데번포트를 찾으려고 이곳에 온 거다. *그게* 이 선반 위에 없는, 지금 내가 하는 게임이다. "서재는요?" 난 게임에서 눈길을 거두며 내쉬에게 물었다.

그가 방 끝 쪽으로 고갯짓을 했다. 보드게임으로 덮여 있지 않은 벽이다. 거기엔 문이 없었다. 대신에 소방용 봉이 있고 바닥에 일종의 이동장치 같은 게 보였다. 리프트인가?

"서재가 어디 있어요?" 난 다시 물었다.

내쉬가 소방용 봉으로 가서 옆에 선 다음 고개로 천장을 가리켰다. "저 위에 있어."

65

오렌이 먼저 갔다가 소방용 봉으로 내려왔다. "이상 없어. 하지만 봉을 잡고 올라가려면 꿰맨 자국이 쓸릴 거야."

내쉬 앞에서 그가 내 상처를 언급한다는 건 뭔가 있다는 이야기다. 내쉬가 어떻게 반응하는지 보고 싶거나 혹은 내쉬 호손을 믿고 있다는 증거다.

"어딜 다쳤어?" 내쉬가 미끼를 물었다.

"누군가 에이버리를 쐈어." 오렌이 조심스럽게 말했다. "넌 아는 거 없지, 내쉬?"

"내가 알았다면 벌써 처리했겠죠." 내쉬가 심각한 표정으로 목소리를 낮췄다.

"내쉬." 오렌이 그를 쳐다보았다. 아마 *끼어들지 말라*는 뜻일 것이다. 하지만 경험상 끼어들지 말라는 경고는 호손 가문에는 걸맞지 않다.

"난 좀 가봐야겠어." 내쉬가 가볍게 말했다. "내 사람들한테 물어볼 게 좀 있어서."

그의 사람이라면 멜리도 포함이야. 내쉬가 느긋하게 걸어가는 걸 지켜본 다음 오렌에게로 몸을 돌렸다. "내쉬가 직원들에게 말할 걸 알았죠?"

"직원들이 내쉬한테 말할 걸 알지." 오렌이 정정했다. "게다가 넌 오늘 아침에 놀랄 만한 소식을 전했잖아."

내가 그레이슨에게 말했고 그가 자기 엄마에게 말했다. 리비 언니도 알았다. "미안해요." 난 머리 위 방을 쳐다보았다. "이제 올라갈게요."

"저 위에 책상은 안 보였어." 오렌이 알려 주었다.

난 봉으로 걸어가 꽉 잡았다. "어쨌든 올라갈게요." 몸을 끌어 올렸지만 고통 때문에 멈췄다. 오렌의 말이 맞았다. 올라갈 수 없다. 난 봉에서 내려온 다음 왼편을 슬쩍 보았다.

봉을 타고 올라갈 수 없다면 리프트를 이용하는 수밖에.

♟

호손 하우스의 마지막 서재는 작았다. 천장은 위로 피라미드 모양이었다. 책장은 평범했고 내 허리 높이까지밖에 오지 않았다. 동화책이 잔뜩 있었다. 오래되었지만 널리 사랑받은 것이었고 일부는 잘 아는 것이라서 읽고 싶은 충동이 들었다.

하지만 그럴 수 없었다. 그 자리에 서자 바람이 불어오는 게 느껴졌기 때문이다. 창문은 닫혀 있었다. 바람은 뒤쪽 벽 책꽂이에서 새나왔다. 당연히 책꽂이일 리가 없다. 가까이 다가가니 두 책꽂이 사이에 틈이 있다는 걸 알 수 있었다.

저기 뭔가가 있어. 목구멍이 턱 막히고 가슴이 쿵 내려앉았다. 오른쪽 책꽂이부터 살피다가 꼭대기쯤에 걸쇠가 있기에 당겼다. 세게 당길 필요가 없었다. 책꽂이에 경첩이 달렸다. 내가 당기자 밖으로 돌면서 작은 입구가 나왔다.

내 힘으로 찾은 첫 번째 비밀 통로다. 이상하게 신났다. 그랜드캐니언 끄트머리에 서 있거나 값을 매길 수 없는 예술 작품을 들고 있는 것처럼 흥분됐다. 심장이 마구 뛰는 가운데 입구로 들어가니 계단이 보였다.

산 넘어 산. 난 제임슨이 한 말을 떠올렸다. *수수께끼 속에 또 수수께끼.*

조심조심 계단을 내려갔다. 위에 달린 조명에서 멀어지자 휴대전화를 꺼내 플래시를 켜 어디쯤인지 살폈다. *오렌에게 돌아가야 해.* 알고 있지만 난 더 빨리 앞으로 나아갔다. 계단을 내려가 이리저리 돌아서 바닥에 도착했다.

거기에, 그레이슨 호손이 플래시를 들고 서 있었다.

그가 내 쪽으로 돌아보았다. 미친 듯이 심장이 뛰었지만 난 물러서지 않았다. 그를 지나쳐 계단의 층계참에 놓인 유일한 가구를 쳐다봤다.

데번포트다.

"그램스 양." 그레이슨이 날 반기고는 다시 책상으로 몸을 돌렸다.

"아직 못 찾았어요?" 내가 물었다. "데번포트 단서를?"

"난 기다리는 중이야."

그의 목소리에선 아무것도 읽을 수 없었다. "뭘요?"

그레이슨이 책상에서 시선을 돌렸고 어둠 속에서 은회색 눈동자가 날 응시했다. "아마도 제임슨이겠지."

제임슨이 학교에 간 지 몇 시간이 지났고 내가 마지막으로 그레이슨을 본 것도 몇 시간 전이다. 그는 여기서 얼마나 오래 기다렸던 걸까?

"난 제임슨처럼 분명한 걸 놓치지 않아. 이 게임이 뭐든 간에 우리에 관한 거야. 우리 네 사람. 우리의 이름이 단서지. 당연히 우리는 여기서 뭔가를 찾을 거야."

"계단 맨 아래에서요?" 내가 물었다.

"우리 건물에서." 그레이슨이 대답했다. "제임슨, 알렉산더, 나는 여기서 자랐어. 내쉬 형도 아마 마찬가질 거야. 하지만 형은 나이가 더 많지."

알렉산더가 나한테 제임슨과 그레이슨이 팀을 이루어 내쉬를 결승선에서 밀어낸 다음, 게임 마지막에 가면 서로를 배신한다는 이야기를 해 준 적이 있다.

"내쉬는 총격에 대해 알고 있어요. 내가 말해 줬어요." 그레이슨이 알아차리기 힘든 표정으로 날 노려봤다. "왜 그래요?"

그레이슨이 고개를 저었다. "이제 형은 널 구하고 싶어 할 거야."

"그게 그렇게 나쁜 일인가요?"

다시 알 수 없는 표정인데 이번에는 좀 더 감정이 들어가고 더욱 두꺼운 가면이 되었다. "다친 곳을 보여줄 수 있어?" 목이 잠긴 건 아니지만 *뭔가* 담긴 목소리로 그가 물었다.

 아마도 상처가 얼마나 깊은지 파악하고 싶은 걸 거야. 이렇게 나에게 말했지만 그래도 그 요청은 감전을 일으켰다. 팔다리가 설명할 수 없게 무거웠다. 모든 호흡에 집중했다. 여긴 좁은 공간이다. 우리는 책상 근처에 가까이 서 있다.

 난 제임슨 일로 교훈을 얻었지만 이번엔 다른 느낌이다. 그레이슨이 날 지켜주는 사람이 되고 싶어 하는 것처럼 느껴졌고 그도 절실히 원하는 듯했다.

 난 셔츠 깃으로 손을 가져갔다. 그리고 아래로 내렸다. 쇄골 밑으로 상처가 드러났다.

 그레이슨이 내 어깨 쪽으로 손을 들어 올렸다. "이런 일이 너한테 생겨 정말 유감이야."

 "누가 날 쐈는지 알아요?" 그가 유감이라고 했기에 난 물을 수밖에 없었다. 게다가 그레이슨 호손은 그런 말을 하는 타입이 아니다. *만일 그가 안다면……*.

 "아니." 그레이슨이 맹세했다.

 난 그를 믿는다. 아니, 적어도 믿고 싶다. "일 년이 채 되기 전에 내가 호손 하우스를 떠나면 재산은 자선단체에 기부될 거예요. 내가 죽으면 자선단체나 내 상속자에게로 가요." 난 잠시 말을 멈췄다. "내가 죽으면 재단은 당신 형제들 몫이에요."

 그레이슨이 이 말에 어떻게 반응하는지 궁금했다.

"할아버지는 전부 우리에게 남겼어야 해." 그레이슨이 고개를 돌리고 억지로 내게서 시선을 피했다. "아니면 자라 이모에게나. 우리는 남과 다르게 커왔지만 넌⋯⋯."

"난 아무도 아니죠." 내가 말을 마무리했지만 그 말은 상처였다.

그레이슨이 고개를 저었다. "난 너에 대해 몰라." 플래시 불빛이 아주 약했지만 숨 쉴 때마다 그의 가슴이 부풀어 올랐다가 내려가는 것 정도는 알 수 있었다.

"제임슨이 옳다고 생각해요? 당신 할아버지가 짜 놓은 이 게임의 끝에 답이 있을까요?"

"끝엔 *무언가*가 있겠지. 할아버지의 게임은 늘 그랬으니까." 그레이슨이 잠시 말을 멈췄다. "네가 가진 숫자가 몇 개야?"

"두 개요." 내가 대답했다.

"마찬가지야." 그가 말했다. "난 이것과 알렉산더의 숫자를 몰라."

난 인상을 썼다. "알렉산더요?"

"블랙우드, 그건 알렉산더의 미들네임이잖아. 웨스트브룩은 내쉬 형의 단서야. 윈체스터는 제임슨의 미들네임이고."

난 다시 책상을 쳐다봤다. "그리고 데번포트는 당신 이름이죠."

그레이슨이 눈을 감았다. "네가 먼저 봐, 상속녀."

제임슨이 날 부르는 별명을 그가 쓰는 건 어딘가 의미 있게 들렸지만 왜 그런지 알 수 없었다. 난 주어진 과제에 집중하기로 했다. 책상은 청동색 나무로 만들어졌는데 상판에 수직으로 네 개의 서랍이 달렸다. 한 번에 하나씩 살펴보았다. 아무것도 없다. 난 오른손으로 서랍 안쪽을 훑으며 뭔가 특이한 게 있는지 알아보았다. 역시 아무것도 없다.

그레이슨이 옆에서 날 보고 판단한다는 걸 신경 쓰면서 난 상판을 위로 들어 올렸다. 아래 숨은 칸이 드러났지만 텅 비었다. 서랍을 살피며 손가락으로 바닥과 옆을 만져보았다. 오른쪽을 따라 살짝 솟은 느낌이 났다. 책상을 뚫어지게 쳐다보며 경계의 넓이가 4~5센티미터라고 추정했다.

숨은 칸이 있기에 충분한 넓이다.

어떻게 여는지 확신이 없는 상태에서 솟은 느낌이 든 곳에 다시 손을 가져갔다. 나무 두 개가 만나는 솔기일 수도 있다. *아니면 혹시……* 나무를 세게 누르니 밖으로 튀어나왔다. 난 튀어나온 부분을 잡고 책상에서 빼냈다. 그러자 작은 공간이 드러났다. 그 안에 열쇠가 안 달린 열쇠고리가 있었다.

플라스틱 열쇠고리는 숫자 1 모양이었다.

66

8. 1. 1.

그날 밤 난 다시 리비 언니 방에서 잤다. 언니는 없었다. 언니의 경호팀을 통해 언니와 건물이 안전하다는 확답을 받았다.

하지만 언니가 어디에 있는지 알려 주지 않았다.

리비 언니가 없어. 맥시도 없고. 난 혼자고 여기 온 이후로 이보다 더 쓸쓸할 수가 없다. 제임슨도 없다. 아침에 학교에 간 이후로 보지 못했다. *그레이슨도 없다.* 그는 단서를 찾고 난 뒤 금방 사라졌다.

1. 1. 8. 내가 집중할 건 그게 전부다. 세 숫자를 보니 블랙우드에 있는 토비의 나무는 그냥 나무였나 보다. 네 번째 숫자가 있다면 여전히 밖에 있을 거다. 열쇠고리를 토대로 추리하자면 블랙우드에서는 단서가 단순한 조각이 아니라 어떤 형태로든 등장할 수 있다.

밤이 깊어지고 거의 잠들었는데 발소리 같은 것이 났다. *뒤쪽일까? 아래일까?* 창밖에서 바람이 윙윙 소리를 냈다. 기억 속에서 총성이 들렸다. 벽에서 뭐가 튀어나올지 알 수 없었다.

새벽까지 뜬눈으로 밤을 보냈다. 그러다가 자는 꿈을 꿨다.

"나에겐 비밀이 있어." 엄마가 내 침대로 신나게 뛰어 올

343

라와서는 날 흔들어 깨웠다. "이제 열다섯 살이 된 내 딸은 잘 생각한 뒤에 대답하겠지?"

"게임 안 해." 난 투덜거리며 머리 위로 이불을 뒤집어썼다. "제대로 맞춰 본 적이 없잖아."

"엄마가 힌트를 줄게." 엄마가 날 구슬렸다. "네 생일이니까." 엄마가 이불을 내리고 내 옆 베개로 점프했다. 엄마의 미소는 늘 날 웃게 만든다.

결국 참지 못하고 웃어 버렸다. "알았어. 힌트를 줘."

"나에겐 비밀이 있어⋯⋯ 네가 태어난 날에 관한."

내 변호사가 셔터를 활짝 들어 올리는 통에 난 두통과 함께 잠에서 깼다. "정신 차리고 일어나." 알리사가 강제성과 확실성을 겸비한 법정 변호사의 모습으로 말했다.

"나가요." 내 어린 자아가 소리친 뒤 머리 위로 이불을 뒤집어썼다.

"미안." 알리사는 하나도 미안하지 않은 목소리로 말했다. "하지만 넌 지금 진짜로 일어나야 해."

"난 할 일이 아무것도 없어요." 내가 웅얼거렸다. "난 억만장자라고요."

그러나 일은 내 예상대로 흘러갔다 "네가 기억을 더듬어 본다면, 이번 주 초 너의 부적절한 언론 기자회견 직후의 피해 대책으로 난 이번 주말에 열리는 텍사스 사교계 모임에 널 데뷔시키기로 했어. 오늘 밤 네가 참석해야 하는 자선 행사도 있고."

"어젯밤에 통 잠을 못 잤어요." 난 동정을 얻으려고 했다.
"누군가 날 쏘려고 했어요!"

"너한테 비타민 씨와 진통제를 줄게." 알리사가 예외 없
이 말했다. "삼십 분 안에 드레스를 사러 가야 해. 넌 한 시
에 미디어 교육을 받고 네 시에 헤어와 메이크업을 하기로
되어 있어."

"일정을 좀 조절해 줘요. 누가 날 죽이려고 했으니까."

"오렌이 집을 나서도 좋다고 허락했어." 알리사가 날 뚫
어지게 쳐다봤다. "이십 분 줄게." 알리사가 내 머리로 시선
을 돌렸다. "최상의 컨디션으로 나와. 차에서 보자."

67

오렌이 날 SUV까지 데려다주었다. 알리사와 오렌의 경
호팀 두 명이 안에서 기다리고 있었고 그들만 있는 건 아니
었다. "네가 나랑 쇼핑 갈 생각이 없다는 거 알아." 테아가
인사말을 던졌다. "하지만 하이패션 부티크가 있는 곳에는
늘 이 몸이 납셔야지."

난 오렌이 그 애를 차에서 쫓아내 주길 바라며 쳐다봤다.
하지만 그러지 않았다.

테아가 안전벨트를 매면서 내게 오만하게 수군거렸다. "게다가 레베카에 대해 할 얘기가 있어."

♟

SUV는 좌석이 3열로 되어 있다. 오렌과 두 번째 경호원이 앞줄에 탔다. 알리사와 세 번째 경호원이 맨 뒷줄에 앉았다. 테아와 내가 중간에 앉았다.

"레베카에게 어떻게 한 거야?" 차에 탄 다른 사람들이 가까이에서 듣지 않는다고 판단한 뒤에야 테아는 낮은 목소리로 조심스럽게 물었다.

"난 레베카한테 아무 짓도 안 했어."

"제임슨과 에밀리의 추억을 파헤칠 목적으로 제임슨 호손이 파놓은 덫에 걸린 게 아니라면 그 말 믿어 줄게." 테아는 분명 자신이 관대한 사람이라고 생각하고 있었다. "하지만 내 호의는 거기까지야. 레베카는 고통스러울 만큼 아름답지만 추하게 울지. 밤새 울고 나서의 몰골이 어떤지 난 알아. 어떤 거래를 했는지 모르지만 이건 단순히 제임슨에 관한 일이 아니야. 별채에서 무슨 일이 있었어?"

레베카는 총격에 대해 알고 있어. 누구에게도 말할 수 없지. 난 그 부분을 정리하려고 애썼다. 그런데 왜 울었을까?

"제임슨 얘기가 나와서 말인데, 당연히 끔찍한 사람이야.

346

너도 그렇게 생각한다고 확신해." 테아가 전술을 바꿨다.

끔찍하다고? 난 가슴속에서 번뜩이는 뭔가를 느꼈다. 혹시…… . 하지만 누그러뜨렸다. "왜 그렇게 그를 싫어해?" 내가 테아에게 물었다.

"넌 왜 안 싫어하는데?"

"넌 왜 여기 있는 거야?" 내가 눈살을 찌푸렸다. "이 차가 아니라." 난 그 애가 하이패션 부티크를 언급하기 전에 말을 고쳤다. "호손 하우스에 말이야. 자라와 네 삼촌이 여기 와서 너한테 뭘 하라고 시켰어?"

왜 나한테 이렇게 들러붙는 거야? 그들이 원하는 게 뭐냐고?

"나한테 뭘 하라고 시켰다고 생각하는 이유가 뭐야?" 테아의 목소리 톤과 태도에서 그녀가 태생적으로 평생 져본 적이 없는 사람이라는 걸 알 수 있었다.

뭐든 처음이 있기 마련이지. 그 생각이 들었지만 상황을 살피기도 전에 차가 부티크 앞에 섰다. 파파라치들이 부산스럽게 우리를 에워싸고 폐소공포증이 올 만큼 바짝 몰려들었다.

난 좌석에 몸을 웅크렸다. "쇼핑몰을 내 옷장에 다 옮겨 놨는데." 알리사에게 억울한 표정을 지었다. "가지고 있는 것 중에 입으면 이런 일을 겪을 필요가 없잖아요."

오렌이 차에서 내리고 기자들의 질문 소리가 점차 커지

자 알리사의 목소리가 울렸다. "이게 포인트야."

난 주체적으로 스토리를 움직이려고, 여기 얼굴을 비추러 온 것이다.

"예쁘게 웃어." 곧장 테아가 내 귀에 대고 웅얼거렸다.

♟

알리사가 신중하게 연출한 이 외출을 위해 고른 부티크는 드레스별로 한 벌씩뿐인 그런 상점이었다. 그들은 날 위해 가게 전체를 비웠다.

"녹색이야." 테아가 옷걸이에서 이브닝 가운을 꺼냈다. "에메랄드가 네 눈동자 색과 잘 맞아."

"내 눈동자는 암갈색이거든." 난 단조롭게 대꾸했다. 그녀가 들고 있는 원피스에서 몸을 돌려 판매원을 쳐다봤다. "목이 덜 파인 게 있을까요?"

"목이 더 올라오는 걸 좋아하세요?" 판매원의 목소리가 과도하게 무미건조하게 들려 그녀가 오히려 내게 색안경을 끼고 있다는 생각이 들었다.

"쇄골을 가릴 수 있는 걸로요." 난 그렇게 말하고 알리사를 째려보았다. *그리고 내 꿰맨 자국도요.*

"그램스 양이 한 말 들었죠." 알리사가 단호하게 말했다. "그리고 테아의 말이 맞아요. 녹색 종류로 가져와 보세요."

68

우리는 드레스를 골랐다. 오렌이 다시 SUV로 안내할 때 파파라치가 사진을 찍었다. 커브를 돌자 오렌이 백미러로 날 쳐다봤다. "안전벨트 맸니?"

난 맸다. 옆에 있던 테아도 서둘러 매면서 말했다. "헤어와 메이크업은 생각해 뒀어?"

"쭉 생각했지." 내가 무표정으로 답했다. "요즘 다른 건 아무것도 생각할 수 없거든. 소녀에게 맞는 우선순위가 있으니까."

테아가 미소 지었다. "내 생각에 너의 우선순위는 전부 호손이라는 성과 관련이 있는 것 같은데."

"그건 사실이 아니야." *아닌가?* 내가 그들을 생각하며 보내는 시간이 얼마나 될까? 내가 특별하다고 제임슨이 말했을 때 그 말이 진심이기를 얼마나 간절히 바랐나?

그레이슨이 내 상처를 걱정한다고 진짜로 느끼고 있나?

"네 경호원은 내가 오늘 같이 가는 걸 좋아하지 않았어." 길고 구불구불한 길로 들어섰을 때 테아가 속삭였다. "네 변호사도 마찬가지고. 난 굴하지 않았어. 근데 이유를 알아?"

"전혀 감이 안 오는데."

"삼촌이나 숙모와는 관계가 없어." 테아가 검은 머리카락 끄트머리를 만지작거렸다. "난 에밀리가 나에게 바랄 법한 행동을 하는 거야. 그걸 기억해. 알겠어?"

경고도 없이 자동차가 방향을 틀었다. 난 패닉 모드가 돼 어쩔 줄 몰랐고 뒷좌석에 묶여 있는지라 도망칠 수도 없었다. 운전 중인 오렌을 쳐다보니 조수석에 앉은 경호원이 손에 총을 들고 경계 태세를 갖추었다.

뭔가 잘못됐어. 우린 여기 오는 게 아니었다. 아주 잠시라도 내가 안전하다고 믿어서는 안 되었는데. 알리사가 강요했어. 그녀는 내가 밖에 나오길 바랐지.

"꽉 잡아." 오렌이 소리쳤다.

"무슨 일이에요?" 그 말이 목구멍에 걸려 속삭임처럼 약하게 새어 나왔다. 난 잠깐 창밖을 보았다. 자동차가 빠른 속도로 우릴 향해 돌진했다. 난 비명을 질렀다.

내 잠재의식이 나에게 도망치라고 소리쳤다.

오렌이 다시 방향을 틀어 충격을 제대로 받지 않도록 막았지만 금속과 금속이 부딪히며 끼익하는 소리가 났다.

누군가 우리 차를 도로 밖으로 밀어내려고 해. 오렌이 속력을 냈다. 사이렌 소리, 경찰의 경광등 소리에도 공포에 질린 내 머릿속은 깨어나지 못했다.

이럴 순 없어. 부디 큰일이 벌어지지 않게 해 주세요.

제발, 안 돼요.

오렌이 왼쪽 차선으로 움직여 우리를 공격한 차 앞으로 갔다. 그는 SUV를 휙 돌려 중앙선을 넘어 반대 방향으로 섰다.

난 비명을 지르고 싶었지만 목소리가 나오지 않았다. 하지만 어떻게든 소리를 지르려고 애썼다.

이제 사이렌이 하나 이상으로 늘었다. 최악의 상황을 예상하면서 충격을 받을 준비를 한 채 차 뒤편으로 고개를 돌리니 우리를 받은 차가 빙글빙글 돌고 있었다. 몇 초 안에 그 차량은 경찰에 포위당했다.

"우린 괜찮아." 내가 속삭였다. 믿기지 않았다. 내 몸은 아직 절대 괜찮을 수 없을 거라고 말하고 있었다.

오렌이 속도를 늦췄지만 멈추지는 않았고 돌아보지도 않았다.

"방금 그건 뭐였어요?" 유리를 깰 정도의 고음으로 내가 물었다.

"누군가 미끼를 문 거야." 오렌이 침착하게 말했다.

미끼라고? 난 알리사를 쳐다봤다. "지금 무슨 소리를 하는 거예요?"

난 발끈해서 우리가 여기 온 게 알리사의 잘못이라고 생각했다. 그녀를 의심했지만 오렌의 반응을 보니 둘 다 탓해야 할 것 같았다.

알리사는 자신의 트레이드마크인 침착함에 좀 흠집이 났지만 여전히 건재한 목소리로 말했다. "이게 포인트야." 부티크 앞에 파파라치가 몰렸을 때 알리사가 했던 말이다.

파파라치. 우리를 노출시킨 거야. 무슨 일이 생겨도 꼭 옷을 사러 나와야 했어.

왜냐면 무슨 일이 벌어졌기 때문에.

"날 *미끼로 이용한 거예요?*" 원래 고함치는 성미가 아닌데 지금 난 그러고 있다.

내 옆에서 테아가 겨우 목소리를 회복한 듯 말했다. "대체 무슨 일이에요?"

오렌은 고속도로를 나와 빨간 불에서 속도를 늦췄다. "맞아." 그가 미안하다는 목소리로 내게 말했다. "우리는 널, 그리고 우리 모두를 미끼로 사용했어." 오렌은 테아를 흘끗 보고 그 애의 질문에 대답했다. "이틀 전 에이버리가 공격을 당했어. 경찰 측 우리 친구들이 내 방식대로 이렇게 연출하는 데 동의했고."

"당신 방식 때문에 우리가 죽을 뻔했잖아요!" 난 두근거리는 가슴을 진정시킬 수 없었다. 숨이 쉬어지지 않았다.

"우리에겐 지원군이 있어." 오렌이 날 안심시켰다. "우리 경호팀과 경찰까지. 난 네가 위험에 빠지지 않으리라 장담할 수 없어. 상황은 항상 일어나고 위험을 완전히 제거할 순 없어. 완벽한 선택은 존재하지 않아. 넌 계속 그 집에서 살아야 하니까. 그저 다음 공격을 기다리는 대신 알리사와 난 적에게 최고의 기회처럼 보이도록 설계했어. 이제 좀 대답이 되겠지."

우선 그들은 내게 호손 가족은 위험한 사람들이 아니라고 말했다. 그런 다음 날 위험 인물을 쫓아내는 용도로 사용했다. "나한테 귀띔해 줄 수도 있었잖아요." 내가 거칠게 말했다.

"네가 모르는 편이 훨씬 나아." 알리사가 대답했다. "아무도 모르는 편이."

누구한테 낫다는 거지? 내가 그 말을 하기 전에 오렌이 전화를 받았다.

"레베카는 공격에 대해 알고 있어?" 테아가 옆에서 물었다. "그래서 그 애가 그렇게 속이 상한 거야?"

"오렌." 알리사가 테아와 날 무시하고 말했다. "운전자를 파악했대요?"

"응." 오렌이 잠시 말을 멈췄다. 그가 백미러로 날 쳐다보더니 눈길이 부드러워지는 걸 보고 난 가슴이 철렁했다. "에이버리, 네 언니 남자친구래."

드레이크다. "전 남친이에요." 내가 정정했지만 목소리가 갈라졌다.

오렌은 내 주장에 반응하지 않았다. "트렁크에서 소총을 찾았어. 적어도 사전에 준비한 것 같고 총알도 일치해. 경찰이 네 언니와 이야기하고 싶어 할 거야."

"뭐라고요?" 내 심장은 자비 없이 갈비뼈를 부술 듯 쿵쾅댔다. "왜요?" 난 어느 정도는 알았다. 그 질문에 대한 답을 알고 있지만 받아들일 수 없었다.

그럴 수 없다.

"드레이크가 총을 쏜 사람이라면 누군가 몰래 그를 집 안으로 들여보내 준 거야." 알리사는 평소답지 않게 부드러운 목소리로 말했다.

리비 언니는 아니야. "리비 언니가 그럴 리가⋯⋯."

"에이버리." 알리사가 내 어깨에 손을 올렸다. "너한테 무슨 일이 일어나면 유언이 없다고 해도 네 언니와 아버지가 상속자가 돼."

69

사실은 이렇다. 드레이크가 내 차를 전복시키려고 했다. 그는 무기를 소지했는데 오렌이 찾은 총알과 일치했다. 그는 중범 전과자다.

경찰이 내 진술을 받아 갔다. 그들은 총격에 대해 물었다. 드레이크에 대해서도. 리비 언니에 대해서도. 그런 다음에야 난 호위를 받으며 호손 하우스로 돌아왔다.

알리사와 내가 현관에 도착하기도 전에 문이 활짝 열렸다.

내쉬가 집에서 뛰쳐나오다 우리를 보고 멈췄다. "경찰이 리비를 연행해 갔다는 말을 내가 막 들은 이유를 알려 주겠어?" 그가 알리사에게 물었다.

남부의 느린 말투가 그렇게 속사포가 될 수 있는지 처음 알았다.

알리사가 고개를 빳빳이 들었다. "체포당하는 게 아니라면 경찰에게 응할 의무가 없어."

"그녀는 몰랐어!" 내쉬가 폭발했다. 그리고 목소리를 낮추고 알리사의 눈을 들여다보았다. "리비를 지켜 줘."

그 말 속에는 너무 많은 의미가 들어 있어 둘 사이게 끼어들 수 없었다. 내 머리는 다른 생각을 하지 못했다. *리비 언니. 경찰이 리비 언니를 데려갔어.*

"난 모든 슬픈 사연을 지켜 줄 의무가 없어." 알리사가 내쉬에게 말했다.

난 그녀가 리비 언니만 이야기하는 것이 아니라는 걸 알지만 그건 중요치 않다. "리비는 그저 슬픈 사연이 아니에요." 내가 이를 갈았다. "내 언니라고요!"

"그리고 그보다 중요한 건 살인미수의 공범이란 것이지." 알리사가 팔을 뻗어 내 어깨를 만지려고 했다. 난 뒤로 물러났다.

리비 언니가 날 해치려고 한 것이 아니야. 언니는 누구도 날 헤치도록 놔두지 않을 거야. 난 그렇게 믿었지만 장담할 수 없었다. 왜 장담 못 하는 걸까?

"그 나쁜 인간이 리비에게 문자를 보냈어." 내쉬가 내 옆에서 말했다. "차단하도록 만들려고 애썼지만 리비는 너무 죄책감을 느끼고 있어서……."

"무엇에?" 알리사가 물었다. "그녀가 무엇에 죄책감을 느끼는데? 경찰에게 숨길 게 전혀 없다면 왜 당신은 그녀가 경찰과 이야기를 하는 것을 그렇게 걱정하는 거야?"

내쉬의 눈빛이 번뜩였다. "당신은 '변호사를 동행하지 않은 채로는 관계기관과 절대 이야기하지 말라'는 말을 계명처럼 여기도록 교육받지 않은 사람처럼 행동할 거야?"

난 구치소에 혼자 있을 언니를 생각했다. 언니는 아마 구치소 안에 있지 않겠지만 그 이미지를 떨칠 수 없었다. "사람을 보내요." 내가 떨리는 목소리로 알리사에게 말했다. "로펌에서요." 그녀가 반발하려고 입을 열었지만 내가 잘랐다. "당장."

지금은 내가 돈줄을 쥐고 있지 않지만 언젠가 그렇게 될 거다. 알리사는 내 밑에서 일한다.

"해결하도록 해 볼게." 알리사가 말했다.

"그리고 날 혼자 놔둬요." 맹렬한 목소리로 내가 말했다. 알리사와 오렌은 날 어둠 속에 두었다. 그들은 체스판 위의 말처럼 내 주위로 움직였다. "당신들 전부요." 난 이렇게 말하고 오렌에게로 몸을 돌렸다.

난 혼자 있어야 했다. 내 모든 힘을 동원해서 그들이 의심의 씨앗을 심지 못하도록 해야 한다. 만일 내가 언니를 믿지 못한다면……

나에겐 아무도 없다.

내쉬가 헛기침을 했다. "거실에서 미디어 컨설턴트가 기다리고 있다는 말을 저 애한테 해야지, 리리. 아니면 내가 할까?"

70

난 알리사가 비싸게 고용한 미디어 컨설턴트를 만나기로 했다. 오늘 밤에 있을 자선 연회를 잘해 보려는 생각에서가 아니라 그래야 다른 사람들이 날 혼자 두기 때문이다.

"우리가 오늘 살펴볼 건 세 가지예요, 에이버리." 자신을 랜던이라고 소개한 컨설턴트는 우아한 흑인 여성으로 영국 상류층 영어를 썼다. 랜던이 그녀의 이름인지 성인지 모르겠다. "오늘 아침에 공격을 받고 난 뒤 전보다 더 당신에 대해서 그리고 언니에 대해서 사람들이 궁금해할 테죠."

리비 언니는 날 다치게 하지 않아. 난 절박하게 생각했다. *언니가 드레이크를 시켜 날 다치게 했을 리 없어. 그리고 이런 생각이 들었다. 언니는 그의 번호를 차단하지 않았지.*

"오늘 우리가 연습할 세 가지는 말하는 법과 해서는 안 되는 말을 식별하는 법 그리고 이의를 제기하는 법이에요." 랜던은 내 스타일리스트 팀보다 더 포즈가 근사하고 똑 부러지는 멋쟁이었다. "자, 분명한 건 오늘 아침에 벌어진 불행한 사건에 신경이 다 가 있을 테지만 법률팀은 당신이 그 상황을 최대한 조금만 말하기를 원해요."

그 상황이라는 건 사흘 안에 내 목숨을 노린 두 번의 시도를 의미한다. *리비 언니가 개입했을 리 없어. 언니는 아닐 거야.*

"날 따라 해 봐요." 랜던이 지시했다. "전 살아 있는 게 기뻐요. 또한 오늘 이 자리에 있게 돼 감사해요."

난 최선을 다해 머릿속을 비웠다. "전 살아 있는 게 기뻐요." 난 앵무새처럼 따라 했다. "그리고 오늘 이 자리에 있게 돼 감사해요."

랜던이 날 쳐다봤다. "지금 그 목소리가 어떻게 들리죠?"

"열받은 것처럼요?" 내가 뾰로통하게 대꾸했다.

랜던이 친절하게 제안했다. "조금 덜 열받는 쪽으로 들리게 해 보죠." 그녀가 잠시 기다린 다음 내 앉은 자세를 평가했다. "어깨를 펴요. 근육에 긴장을 풀고. 자세란 관객에게 맨 처음 각인되는 부분이죠. 몸을 구부리고 있는 것처럼 보이면 스스로 위축된 거고 그 메시지가 고스란히 전달되니 주의해요."

난 짜증이 나서 눈을 굴린 뒤 좀 더 꼿꼿하게 앉고 손을 옆으로 내렸다. "전 살아 있는 게 기뻐요. 또한 이 자리에 있게 돼 감사해요."

"아니에요." 랜던이 고개를 저었다. "진짜 사람이 하는 말처럼 들리게 해 볼까요."

"전 진짜 사람인데요."

"세상은 그렇게 생각하지 않죠. 아직까진. 지금 당신은 구경거리니까요." 랜던의 목소리에 불친절한 느낌은 전혀 없었다. "다시 집에 돌아왔다고 생각해 봐요. 이제 안전지대에 있는 거예요."

내 안전지대가 어디지? 조만간 연락이 끊길 맥시와 이야기를 하는 거? 리비 언니 침대로 기어들어 가는 거?

"당신을 믿고 있는 누군가를 떠올려 봐요."

그 말에 가슴이 저리고 토할 것 같은 기분이 들었다. 난 침을 삼켰다. "전 살아 있는 게 기뻐요. 또한 이 자리에 있게 돼 감사해요."

"강압적으로 들려요, 에이버리."

난 이를 부득부득 갈았다. "강압적이거든요."

"그래야 할까요?" 랜던은 내가 그 부분을 생각하도록 잠시 시간을 주었다. "이런 기회가 주어진 것에 조금도 감사하지 않나요? 이런 대저택에 살게 된 것이? 무슨 일이 있어도 당신과 사랑하는 사람들이 늘 보살핌을 받는다는 걸 알게 되었는데도?"

돈이 안전이다. 돈이 지켜준다. 내 인생을 휘젓지 않고도 세상을 휘저을 수 있다. *리비 언니가 드레이크를 이 집으로 끌어들였다면, 그가 나에게 총을 쏜 사람이더라도 언니는 일이 어떻게 진행될지 알지 못했을 거야.*

"우여곡절을 겪고 난 뒤에 살아 있는 게 감사하지 않나요? 오늘 당장 죽고 싶은 거예요?"

아니. 난 살고 싶다. 정말로 살고 싶다.

"이 자리에 있게 돼 감사해요." 이번에는 조금 더 감정을 실어 보았다. "전 살아 있는 게 기뻐요."

"좀 나아졌어요, 하지만 이번에는…… 아픔을 드러내 봐요."

"뭐라고요?"

"관중들에게 연약하다는 걸 보여 줘요."

난 그녀를 향해 코를 찡그렸다.

"그냥 평범한 소녀라는 걸 보여 주면 돼요, 그들과 똑같이. 이게 내 비법이에요. 얼마나 진솔하고, 얼마나 연약한지를 실제로 보여 주지 않고 어떻게 느낄 수 있게 하겠어요?"

그들이 내 옷장을 채울 때 난 연약한 컨셉을 고르지 않았다. 엣지 있게 가려고 했다. 하지만 엣지 있는 소녀에게도 감정은 있다.

"전 살아 있는 게 기뻐요." 내가 말했다. "또한 오늘 이

자리에 있게 돼 감사해요.”

“잘했어요.” 랜던이 살짝 고개를 까닥였다. “이제 소박한 게임을 하나 해보죠. 내가 질문할 테니 당신은 오늘 밤 행사에 가려고 이 방에서 나가기 전까지 대답을 완벽하게 숙지해야 해요.”

“그게 뭔데요?” 내가 물었다.

“질문에 대답하지 않는 법.” 랜던의 표정은 강렬했다. “말을 해선 안 돼요. 표정도 안 돼요. 아무것도 안 돼요. 우리가 이미 연습한 핵심 메시지가 담긴 대답을 할 수 있는 질문을 받기 전까진.”

“그건 고맙네요.” 난 어깨를 으쓱였다. “별로 어렵지 않겠는데요?”

“에이버리, 당신 엄마가 토비아스 호손과 장기간 성관계를 가져왔다는 말이 사실입니까?”

난 게임에 질 뻔했다. *아니*라고 내뱉을 뻔했다. 하지만 가까스로 억눌렀다.

“오늘 있었던 공격은 당신 자작극인가요?”

뭐라고?

“표정 관리 잘해요.” 그녀는 말하고는 잠시도 틈을 주지 않았다. “호손 가족과 당신의 관계는 어떤가요?”

난 잔뜩 움츠러들어 그들의 이름이 잘 생각나지 않았다.

“상속받은 돈으로 뭘 할 거죠? 당신을 꽃뱀이나 날강도라고 부르는 사람들에게 어떻게 대응할 거죠? 오늘 부상당했나요?"

그 마지막 질문이 내게 기회를 주었다. "전 괜찮아요." 내가 말했다. "전 살아 있는 게 기뻐요. 또한 오늘 이 자리에 있게 돼 감사해요."

칭찬을 기대했지만 예상은 빗나갔다.

"당신 언니가 당신을 죽이려 한 남자와 연인 사이라는 게 사실인가요? 당신 목숨을 빼앗으려는 일에 그녀가 관여했나요?"

내 대답에 맞춰 그녀가 이 질문을 집어넣은 건지 혹은 질문을 재빨리 마무리하려는 건지 확신이 들지 않았지만 난 딱딱거렸다.

"*아뇨.*" 그 말이 입에서 튀어나왔다. "언니는 이 일과 *아무 상관도 없어요.*"

랜던이 날 쳐다봤다. 그리고 그녀가 천천히 말했다. "처음부터 다시 해보죠."

71

랜던의 수업을 들은 뒤 그녀를 따라 방으로 가니 스타일리스트 팀이 기다리고 있었다. 난 행사에 가고 싶지 않다고 말할 수도 있었지만 랜던이 내게 생각할 기회를 주었다. 그러면 어떤 메시지가 전달될까?

내가 두려워하고 있다고? 내가 피하고 있다고, 혹은 무언가를 숨기고 있다고? 리비 언니가 유죄라고?

언니는 아니야. 난 계속 나에게 이렇게 말하고 또 말했다. 헤어와 메이크업을 절반 정도 마쳤을 때 언니가 침실로 들어왔다. 언니를 보니 속이 움찔했고 심장이 목구멍으로 튀어나올 것 같았다. 언니는 얼굴에 화장이 흘러 엉망이었다. 언니는 울고 있었다.

언니는 잘못한 게 없어. 하나도. 리비 언니는 3~4초 정도 머뭇거린 다음 나에게 다가와 내 평생 가장 크게, 그리고 세게 포옹했다. "미안해. 내가 정말 정말 미안해."

난 잠시, 정확히 1초 정도 그대로 있다가 피가 차갑게 굳어 갔다.

"내가 그놈을 차단해야 했어." 리비 언니가 말을 이었다. "물론 이게 도움이 될지 모르겠지만 그냥 휴대전화를 믹서기에 넣었어. 그리고 갈아 버렸지."

언니는 드레이크를 돕고 사주했다고 사과하는 게 아니었다. 언니는 번호를 차단하지 않은 걸 사과하고 있었다. 내가 차단하라고 했을 때 싸웠던 일로.

난 고개를 까닥였고 곧장 턱을 들어 올려 스타일리스트가 계속 일할 수 있도록 했다.

"뭐라고 말 좀 해 봐." 언니가 내게 말했다.

난 언니를 믿는다고 말하고 싶었지만 지금까지 확신하지 못하고 있었기에 말을 꺼내는 것조차 배신하는 기분이었다. "새 휴대전화를 사야겠네." 내 대답은 그랬다.

리비 언니가 억지로 살짝 웃었다. "믹서기도 새로 사야 해." 언니가 오른손 끝으로 눈을 닦았다.

"울면 안 돼!" 메이크업을 하던 스타일리스트가 버럭 소리를 질렀다. 리비 언니가 아닌 나한테 한 말이었지만, 언니도 움찔했다. "나에게 보여 준 사진과 똑같이 보이고 싶은 거지?" 남자는 내 머리 사이사이에 공격적으로 무스를 발랐다.

"그럼요. 알아서 해 주세요." 알리사가 그들에게 사진을 주었다면 내가 제일 별로라고 생각하는, 절대 생각하고 싶지 않은 스타일일 테지.

지금 직면한 아주 중요한 질문처럼 말이다. 드레이크가 날 쏜 거고, 리비 언니가 그를 들여보내 준 게 아니라면, 누가 그랬을까?

♟

한 시간 뒤, 난 거울 앞에 섰다. 스타일리스트가 머리를 땋았지만 단순히 땋은 머리가 아니었다. 그들은 내 머리를 두 부분으로 나눈 다음 각각을 다시 세 부분으로 분류했다. 세 부분은 서로 연결되고 절반이 다른 쪽과 이어져 나선형 밧줄처럼 보였다. 양쪽으로 프랑스식 땋은 머리를 만들며 작은 투명 머리끈과 스프레이를 엄청나게 썼다. 땋은 머리가 엄청 아팠고 스타일리스트의 네 손이 모자라 리비 언니까지 가세했다. 끝부분을 내 머리 주변으로 감아 얼굴 한쪽으로 내려오게 되는 것 말곤 그다음이 어떻게 되는지 몰랐다. 여러 색을 넣어서 내 애쉬브라운 바탕에 포인트를 준 로우라이트를 비롯해 금발 부분 염색을 돋보이게 해 주었다. 효과는 정말 놀라웠다.

메이크업은 헤어보다는 차분하게 갔다. 자연스럽고 상큼하게, 눈을 강조했다. 어떤 마법을 부렸는지 모르지만 내 암갈색 눈동자가 평소보다 두 배로 커졌고 녹색, 진짜 녹색이 되었고 갈색 주근깨는 금빛으로 보였다.

"그리고 가장 중요한 건……." 스타일리스트 중 한 명이 목걸이를 둘러 주었다. "화이트 골드에 에메랄드 세 개가 달린 목걸이지."

보석이 내 엄지손톱만큼 컸다.

"넌 예뻐." 언니가 감탄했다.

전혀 나같이 느껴지지 않았다. 연회장에나 어울릴 그런 사람처럼 보였다. 하지만 여전히 난 행사에 가고 싶지 않았다. 내가 도망치지 않은 건 리비 언니 때문이다.

이 이야기를 통제할 수 있다면 지금이 기회기 때문이다.

72

난 계단 꼭대기에서 오렌과 만났다.

"경찰이 드레이크한테서 뭐 건진 게 있어요? 그가 총을 쐈다고 자백했어요? 공범은 누구죠?"

"길게 심호흡을 해." 오렌이 말했다. "드레이크는 자신이 연루된 것도 모자라 리비가 사주한 것처럼 보이려고 애썼어. 그 이야기는 먹히지 않았지. 그가 저택으로 들어온 기록이 씨씨티브이에 전혀 없었어. 드레이크의 주장대로라면 리비가 그를 정문에서 통과시켜 주었어야 해. 우리는 그가 터널을 통해 들어온 것으로 추측하고 있어."

"터널이요?"

"이 집의 비밀 통로와 비슷해. 다만 사유지 아래로 나 있다는 점만 빼면. 내가 아는 입구는 두 개고 양쪽 다 안전해."

난 오렌이 하지 않은 말을 들었다. "당신이 아는 건 두 개지만 여긴 호손 하우스예요. 충분히 더 있을 수 있다고요."

난 동화 속 공주가 된 기분으로 행사장에 가야 하지만 말이 끄는 마차 대신 내가 탄 건 드레이크가 오늘 아침에 옆에서 박은 그 SUV다. 동화에는 암살 시도 같은 건 없다.

터널의 위치를 아는 사람이 누굴까? 지금 가장 궁금한 건 그거다. 호손 하우스의 경호팀장이 모르는 터널이 있다면 드레이크가 혼자 거길 찾아서 들어갈 수 없다. 리비 언니도 마찬가지로 터널은 모를 거다.

그러니까 누구지? 호손 하우스를 아주 아주 잘 알고 있는 사람이다. *그 사람이 드레이크에게 접근했을까? 어째서?* 마지막 질문은 그다지 어렵지 않다. 결국 자신을 대신해 기꺼이 살인을 저질러 줄 사람을 찾은 것이다. 그저 드레이크가 존재한다는 사실만 알면 된다. 드레이크는 이미 저지당한 적이 있으니 날 미워할 이유도 충분하다.

호손 하우스 안에서 비밀이란 없다.

어쩌면 그의 공범이 나한테 무슨 일이 생기면 리비 언니가 상속을 받는다는 달콤한 미끼를 던졌을 수도 있다.

그들은 전과자에게 더러운 일을 시켰고 이득을 챙긴 것이다. 난 방탄 처리된 SUV에 앉아서 5000달러짜리 드레스를 입고 적어도 1년 치 대학 등록금에 달하는 목걸이를 차고 있으면서도 드레이크 체포가 위험이 없어졌다는 의미인지, 혹은 그에게 터널 입구를 알려 준 사람이 다른 계획을 세우고 있는지에 몰두해야 했다.

"재단 측에서 오늘 밤 행사를 위해 테이블 두 자리를 구매했어." 알리사가 앞 좌석에서 내게 말했다. "자라는 좌석을 하나도 내주고 싶어 하지 않았지만 엄밀히 말해 *네* 재단이니 그녀에게는 선택의 여지가 없어."

알리사는 아무 일도 없었던 것처럼 행동하는 중이다. 근거 같은 건 전혀 없지만 내가 전적으로 그녀를 믿어야 하듯이.

"그러니까 난 그들과 같이 앉게 되겠군요." 내가 무표정하게 말했다. "호손 가족들과요."

그들 중 한 명, *적어도 한 명*은 여전히 내가 죽길 바라고 있다.

"네 주변으로 우호적인 분위기가 연출되면 너한테 이득이야." 알리사는 그 말이 얼마나 터무니없이 들리는지 알아야 한다. "호손 가족이 널 받아 주면 왜 네가 상속받았는지를 두고 적절한 이론이 만들어지겠지."

"그렇다면 그들 중 한 명, *적어도 한 명*이 내가 죽길 바란다는 부적절한 이론은 어쩌고요?"

어쩌면 자라나 그녀의 남편, 스카이 혹은 자신이 남편을 죽였다고 말한 할머니가 범인일지도 모른다.

"우리는 여전히 경계를 강화하고 있어." 오렌이 날 안심시켰다. "호손 가족이 그 점을 알아차리지 못한다면 그것도 우리에게 득이 되겠지. 드레이크와 리비에게 시선이 쏠리게 하는 게 음모자의 바람이라면 그들이 성공했다고 생각하게 놔두자고."

지난번엔 난 놀라 자빠질 뻔했다. 하지만 이번에는 상황이 다를 거다.

73

"에이버리, 여길 좀 봐요!"

"드레이크 샌더스가 체포된 일에 대해 할 말이 없나요?"

"호손 재단의 미래에 대해 한마디 해 줄 수 있어요?"

"당신 어머니가 매춘으로 체포된 적이 있다는데 사실인가요?"

앞서 일곱 번이나 연습 게임을 하지 않았다면 마지막 질문에 발끈하고 말았을 거다. 욕설을 많이 섞어서 대답했겠지. 하지만 난 노코멘트로 일관한 채 차 근처에 서서 기다렸다.

그러자 기대하던 질문이 나왔다. "그 모든 일을 겪고 난 지금 기분이 어떤가요?"

난 질문을 한 기자의 얼굴을 똑바로 보았다. "전 살아 있는 게 감사해요. 또한 오늘 이 자리에 오게 돼 기뻐요."

행사는 미술관에서 열렸다. 우리는 위층에서 입장해 거대한 대리석 계단을 따라 내려가 전시관으로 갔다. 반쯤 내려가자 그곳에 있던 모두가 날 쳐다보았다. 그런데 외면하는 건 더 끔찍했다.

계단 맨 아래에 그레이슨이 있는 게 보였다. 그는 정장 차림일 때와 똑같이 턱시도를 걸쳤고 투명한 액체가 든 잔을 들었다. 그는 날 보더니 갑자기 그리고 완전히, 누군가 시간을 멈춘 것처럼 그 자리에서 얼어붙었다. 난 숨겨져 있던 서재의 계단 아래에서 그와 함께 서 있던 때, 그가 날 어떻게 쳐다보았는지를 떠올렸다. 지금도 그런 식으로 날 보고 있는 것이라고 생각했다.

내가 그의 숨을 멎게 했다고 생각했다.

그런데 그레이슨은 잔을 떨어뜨렸다. 잔이 바닥에 부딪히며 산산조각이 났고 크리스털 파편이 사방으로 튀었다.

무슨 일이지? 내가 뭘 어쨌기에?

알리사가 계속 걸으라고 쿡쿡 찔렀다. 난 계단을 다 내려갔고 직원이 서둘러 잔을 치우느라 분주했다.

그레이슨이 날 뚫어지게 쳐다보았다. "뭐 하는 거야?" 그가 쉰 목소리로 물었다.

"무슨 말인지 모르겠어요." 내가 대답했다.

"네 머리." 그레이슨의 목이 멨다. 그는 다른 손을 내 머리로 쪽으로 가져왔고 손가락을 대려다가 그대로 주먹을 쥐었다. "그 목걸이. 그 드레스……."

"왜요?" 내가 물었다.

그가 겨우 대답한 건 한 이름이었다.

♟

에밀리. 항상 에밀리다. 난 도망치는 것처럼 보이지 않으려 애쓰며 화장실로 갔다. 손에 들고 있던 검은 새틴 핸드백에서 휴대전화를 찾으려고 부스럭댔다. 휴대전화를 챙긴 뒤에 어떻게 할 계획이 있는 것도 아니었다. 누군가 거울로 다가와 내 옆에 섰다.

"근사한데." 테아가 곁눈질로 날 살폈다. "솔직히 *완벽하게 예뻐.*"

난 그 애를 쳐다봤고 그제야 이해가 되었다. "뭐 하는 거야, 테아?"

그녀가 자기 전화기를 흘끗 내려다보고 버튼 몇 개를 누르니 잠시 뒤 내게 문자가 왔다. 테아가 내 번호를 알고 있는 것조차 몰랐다.

문자를 열어 첨부된 사진을 보고 나서는 얼굴의 핏기가 싹 가시는 기분이 들었다. 사진 속 에밀리 라플린은 활짝 웃지 않았다. 카메라를 향해 미소 지었는데 윙크하기 직전의 영악한 작은 미소였다. 자연스러운 화장에 눈은 부자연스럽게 크고 헤어스타일이…….

나와 똑같았다.

"너 뭐 하는 거야?" 난 다시 테아에게 물었고 이번엔 질문이라기보다는 질책에 가까웠다. 그녀는 내 쇼핑 일정에 직접 참여했다. 에밀리가 이 사진에서 입은 것처럼 내게 녹색 드레스를 권한 사람이 바로 테아다.

내 목걸이도 무서울 정도로 그 애의 것과 비슷했다.

스타일리스트가 내게 사진처럼 보이고 싶냐고 물었을 때 난 알리사가 모델 사진을 참고로 준 것이라고 생각했다. *죽은 소녀의 사진이 아니라.*

"왜 이러는 거야?" 난 질문을 수정했다.

"에밀리라면 원했을 테니까." 테아가 손가방에서 립스틱을 꺼냈다. "이 말이 위로가 될지 모르지만……." 그녀는 반짝이는 루비레드 색으로 입술을 칠한 다음 말을 이었다. "널 노린 게 아니야."

그들을 노린 것이다.

"호손 사람들은 에밀리를 죽이지 않았어." 내가 직설적으로 내뱉었다. "레베카가 그 애 심장이 아프다고 했어."

엄밀히 말해 *그레이슨*이 심장이 이유였다고 했던 걸 전해 들었지만.

"호손 가족이 널 죽이려 하지 않는다고 확신하니?" 테아가 씩 웃었다. 오늘 아침에 테아는 무서움에 떨면서 같이 있었다. 그런데 지금은 모든 일이 장난인 것처럼 굴고 있다.

"너는 뭔가 근본적으로 잘못돼 있어." 내가 말했다.

내 분노가 전해지지 않았나 보다. "우리가 처음 만난 날 호손 가족이 비비 꼬이고 엉망이라고 내가 말했잖아." 그녀는 잠시 거울을 쳐다봤다. "나 역시 그렇지 않다고 말한 적은 없어."

74

난 목걸이를 빼서 손에 든 채 거울 앞에 섰다. 머리는 더 큰 문제다. 두 명이 달라붙어 만든 작품이다. 나 혼자 어찌하려면 하느님의 도움이 있어야 한다.

"에이버리?" 알리사가 화장실로 머리를 빼꼼 내밀었다.

"도와줘요."

"뭘 말이야?"

"내 머리요."

난 손을 뒤로 돌려 머리카락을 풀기 시작했고 알리사가 그런 내 손을 잡았다. 그녀는 오른손으로 내 손목을 잡고 왼손으로 화장실 문을 잠갔다. "네게 강요하고 싶진 않아."

그녀가 낮은 목소리로 말했다. "그래도 이건 너무 과하고, 너무 일러, 안 그래?"

"내가 누구처럼 보이는지 알아요?" 그렇게 말하고 그녀의 얼굴 앞에 목걸이를 흔들었다. 그녀가 내 손에서 목걸이를 받아 갔다.

알리사가 인상을 썼다. "누구처럼 보이는데?" 이미 대답을 아는데도 질문하는 걸 싫어하는 그녀니까 정말 몰라서 묻는 것이다.

"에밀리 라플린이요." 난 슬쩍 거울을 살폈다. "테아가 날 그 애와 똑같이 만들었어요."

알리사가 이해하기까지 시간이 걸렸다. "난 몰랐어." 그녀가 잠시 멈추고 생각했다. "언론도 모를 거야. 에밀리는 그저 평범한 소녀니까."

에밀리 라플린에게 평범한 건 아무것도 없어. 내가 그 말을 언제부터 믿었는지 모르겠다. 그 애의 사진을 본 순간? 레베카와 대화했을 때? 제임슨이 처음으로 그녀의 이름을 말했을 때? 혹은 내가 그레이슨에게 처음 그 이름을 언급했을 때?

"이 화장실에 네가 더 오래 있으면 사람들이 눈치챌 거야." 알리사가 경고했다. "그들은 이미 알아. 좋든 싫든 우선 여길 나가야 해."

내가 오늘 이 자리에 나온 건 좀 뒤틀린 방식이지만 행복한 얼굴을 하고 있어야 리비 언니를 보호할 수 있다고 생각해서다. 언니가 날 죽이려고 했다면 여기 오기 힘들지 않았을까?

"알았어요." 난 이를 갈며 알리사에게 말했다. "하지만 내가 이렇게 하는 건 우리 언니를 최선을 다해 보호해 주겠다는 당신의 말을 듣고 싶어서예요. 당신이 내쉬랑 어떤 거래를 했는지 혹은 내쉬가 언니와 무슨 짓을 했든지 상관없어요. 당신은 이제 나만을 위해 일하는 게 아니에요. 언니를 위해서도 일해야 해요."

난 알리사가 진짜 하고 싶은 말을 억지로 삼키는 걸 봤다. 그리고 그녀의 입에서 나온 말은 이랬다. "날 믿어도 좋아."

♟

난 이날 밤을 잘 보내야 한다. 춤도 한두 번 추고. 현장 경매에도 참가해야 한다. 말은 쉽지. 알리사가 날 호손 재단이 구매한 테이블로 데려갔다. 테이블 왼쪽에 앉은 할머니가 다른 희끗희끗한 사람들 사이에서 흥을 돋우고 있었다. 테이블 오른쪽은 호손 가족 절반이 차지했다. 자라와 콘스탄틴, 내쉬, 그레이슨, 알렉산더.

난 할머니의 테이블로 분주히 움직였지만 알리사가 끼어들어 곧장 그레이슨 옆자리에 앉혔다. 알리사는 그 옆에 앉

앉고 세 자리가 비었다. 적어도 한 자리는 내 생각에 제임슨의 것 같았다.

옆에 앉은 그레이슨은 아무 말이 없었다. 난 그의 방향으로 눈길을 주지 않으려고 했지만 실패했다. 그레이슨은 곧장 앞만 보고 나나 테이블에 앉은 다른 사람을 아무도 쳐다보지 않았다.

"의도적으로 이런 게 아니에요." 난 관중, 파티 애호가, 사진사를 위해 평온한 표정을 유지하려고 애쓰며 낮은 목소리로 그에게 말했다.

"당연히 아니겠지." 그레이슨이 대꾸했다. 그의 목소리는 뻣뻣하고 말은 날카로웠다.

"할 수 있다면 이 머리를 당장 풀었을 거예요." 내가 웅얼거렸다. "하지만 혼자서는 못 해요."

그의 고개가 살짝 기울어졌고 눈이 잠시 가까이 왔다. "나도 알아."

그레이슨이 손가락으로 에밀리의 머리를 한올 한올 풀어주는 이미지가 머릿속에서 떠올라 지우려고 애썼다.

내 팔이 알리사의 와인 잔을 쳤다. 그녀는 잔을 잡으려고 했지만 동작이 빠르지 못했다. 와인이 흰 테이블보에 붉은 얼룩을 남겼고 난 유언장이 낭독되는 그 순간부터, 아니 처음부터 분명했던 것이 무엇인지 깨달았다.

난 이 세상에 속하지 않는다. 이런 파티도, 그레이슨 호손 옆에 앉은 것도. 난 결코 그렇게 될 수 없다.

75

아무도 날 죽이려 하지 않는 저녁 시간이 흘렀고 제임슨은 결국 나타나지 않았다. 알리사에게 바깥바람을 좀 쐬겠다고 말했지만 밖으로 나가지 않았다. 이렇게 금방 또 언론과 마주치고 싶지 않았다. 그래서 결국 박물관 안의 다른 건물로 갔다. 오렌은 그림자처럼 내 뒤를 따랐다.

건물은 닫혀 있었다. 흐릿한 조명을 받는 전시장은 깜깜했지만 복도는 개방돼 있었다. 오렌이 따라오는 발소리를 들으며 난 긴 복도를 걸었다. 앞에는 주변과 대비돼 더욱 두드러지는 환한 공간이 있었다. 안으로 들어가지 못하게 쳐 놓은 줄이 한쪽으로 옮겨져 있었다. 그 옆을 지나니 어두운 극장에서 밖으로 나온 느낌이 들었다. 실내는 환했다. 작품의 액자조차 흰색이다. 그곳에 재킷을 걸치지 않고 턱시도를 입은 남자 한 명이 있었다.

"제임슨." 내가 불러도 그는 돌아보지 않았다. 작은 회화 앞에서 1미터 정도 떨어져 그림을 빤히 들여다보고 있었다. 내가 다가가자 슬쩍 돌아보더니 다시 그림으로 고개를 돌렸다.

날 봤잖아. 난 속으로 생각했다. *내 머리 스타일을 봤잖아.* 실내가 너무 조용해 내 심장 박동이 들리는 것 같았다. *뭐라고 말 좀 해 봐.*

제임슨이 그림을 가리켰다. "세잔의 *네 형제야.*" 내가 옆으로 가서 서자 그가 말했다. "뻔한 이유로 호손 가족이 제일 좋아하는 그림이지. "

난 그가 아니라 그림을 보려고 애썼다. 캔버스에 흐린 형태의 네 사람이 보였다. 그들의 근육이 두드러졌다. 무엇을 하고 있는 것인지는 *보였지만* 작가는 사실주의를 추구한 것 같지 않았다. 눈길이 그림 아래에 달린 금박명판으로 향했다.

네 형제. 폴 세잔. 1898년 작. 토비아스 호손 컬렉션에서 대관.

제임슨이 다시 날 쳐다봤다. "네가 데번포트를 찾은 걸 알아." 그러고는 한쪽 눈썹을 들썩였다. "네가 이겼어."

"그레이슨도 찾았어."

제임슨의 표정이 어두워졌다. "네 말이 맞아. 블랙우드의 나무는 그냥 나무일 뿐이었어. 우리가 찾는 단서는 숫자야. *8. 1. 1.* 하나만 더 찾으면 돼."

"누가 우리지?" 내가 물었다. "날 사람으로 본 적이 있기는 해, 제임슨? 아니면 난 그냥 도구일 뿐이야?"

"난 그런 소릴 들어도 싸지." 그가 내 눈을 잠시 바라본 다음 다시 그림으로 고개를 돌렸다. "할아버지는 내가 엄청나게 열중한다고 말씀하셨지. 난 한 번에 하나 이상을 살피지 못해."

난 그 하나가 게임인지 혹은 *그녀*인지 궁금했다.

"끝이야, 제임슨." 내 말이 백색 방을 울렸다. "너랑 말이야. 같이 뭘 했든 간에." 난 자리를 뜨려고 몸을 돌렸다.

"네가 에밀리 머리를 했다고 해도 난 상관 안 해." 제임슨은 무슨 말이 날 멈추게 할지 정확히 알고 있었다. "상관 안 한다고." 그가 되풀이했다. "왜냐면 난 에밀리한테 신경 안 쓰거든." 그는 거칠게 숨을 내쉬었다. "그날 밤 그녀와 헤어졌어. 에밀리가 하는 게임이 지겨워서. 난 그만두겠다고 했고 몇 시간 뒤에 그녀가 죽었어."

뒤돌아보니 살짝 충혈된 녹색 눈동자가 내 눈을 노려봤다. "유감이야." 난 제임슨이 둘이 나눈 마지막 대화를 얼마나 많이 반복했을까 궁금했다.

"나랑 같이 블랙우드로 가자." 제임슨이 간청했다. 그의 말이 맞았다. 그는 한 가지에 몰두했다. "나한테 키스하지 않아도 돼. 날 좋아하지 않아도 돼, 상속녀. 하지만 이번 일을 나 혼자 하게 놔두지 말아 줘."

그는 한 번도 들어본 적이 없는 본능적이고 현실적인 목소리로 말했다. *나한테 키스하지 않아도 돼.* 그래 주길 바라는 뉘앙스로 말했다.

"내가 방해한 건 아닌지 모르겠네."

그 소리에 제임슨과 내가 동시에 문 쪽을 쳐다봤다. 그레이슨이 그 자리에 있었다. 난 그가 이곳으로 온 건 내 머리 때문이라는 것을 깨달았다.

잠시, 그레이슨과 제임슨이 서로를 노려보았다.

"내가 어디 있을지 알지, 상속녀?" 제임슨이 내게 말했다. "조금이라도 날 찾고 싶다면 말이야."

제임슨은 나가는 길에 그레이슨을 스치고 지나갔다. 그레이슨은 오랫동안 동생의 뒷모습을 지켜본 다음 나에게로 눈을 돌렸다. "저 애가 널 봤을 때 뭐라고 했어?"

내 머리를 봤을 때겠지. 난 침을 삼켰다. "에밀리가 죽던 날 그녀와 헤어졌다고 했어요."

침묵이 흘렀다.

난 다시 그레이슨을 쳐다봤다.

그는 눈을 감았고 온몸에 힘이 들어갔다. "제임슨이 내가 에밀리를 죽였다고 말했어?"

76

그레이슨이 자리를 뜬 뒤 난 알리사가 사람을 보내 나를 찾을 때까지 15분 더 갤러리에 홀로 남아 세잔의 그림을 보았다.

"나도 동의해." 알렉산더가 말했다. 난 입도 뻥긋하지 않았는데. "이 파티는 구려. 사교계 명사보다 스콘이 용서하지 못할 정도로 적어."

한가하게 스콘 농담이나 들을 기분이 아니다. *제임슨은 에밀리랑 헤어졌다고 밝혔어. 그레이슨은 자기가 에밀리를 죽였다고 했고. 테아는 둘을 벌주는 일에 날 이용하고 있지.* "난 여기서 나갈 거야." 내가 알렉산더에게 말했다.

"아직 자리를 뜨면 안 돼!"

난 그를 쳐다봤다. "어째서?"

"왜냐면……." 알렉산더가 긴 눈썹을 꼼지락거렸다. "이제 막 댄스 플로어를 개방했어. 넌 언론에 가십거리를 던져주고 싶잖아?"

♟

한 번의 춤. 그게 내가 알리사와 사진사들에게 선사할 수 있는 전부고 그다음에 난 여길 나갈 거다.

"날 네가 만난 제일 근사한 남자라고 생각해." 알렉산더가 왈츠를 추러 날 댄스 플로어로 데리고 가면서 말했다. 그는 나와 손을 잡은 다음 반대쪽 팔을 내 등으로 가져갔다. "자, 내가 도와줄게. 일곱 살부터 열두 살까지 내 생일에 할아버지가 투자할 돈을 주셨고 난 그 돈을 전부 가상화폐에 넣었는데 그건 내가 천재여서가 아니라 *가상화폐*라는 말이 근사하게 들렸기 때문이야." 알렉산더가 날 한 바퀴 돌렸다. "난 할아버지가 돌아가시기 전에 보유한 화폐를 거의 일 억 달러에 팔았어."

난 그를 쳐다봤다. "네가 어쨌다고?"

"그렇지? 근사하잖아." 알렉산더는 멋지게 춤을 췄지만 시선은 아래를 향했다. "형들은 몰라."

"형들은 어디에 투자했는데?" 난 지금까지 그들이 한 푼도 갖지 못한 채 찢어지리라 생각했었다. 내쉬가 토비아스 호손의 생일 전통을 알려 주었지만 난 그들의 '투자'는 두 번 생각하지 않았다.

"나도 몰라." 알렉산더가 쾌활하게 말했다. "우리는 서로 알려 주는 게 금지였어."

우리는 계속 춤을 추었고 사진사들이 스냅샷을 찍었다. 알렉산더가 내게 얼굴을 바짝 가져다 댔다.

난 그가 알려 준 사실 때문에 여전히 멍한 상태로 알렉산더에게 말했다. "언론에선 우리가 데이트한다고 생각할 거야."

"그런 것 같아." 알렉산더가 능글맞게 대답했다. "난 가짜 데이트에 탁월하거든."

"구체적으로 누구랑 가짜 데이트를 했는데?"

알렉산더가 내 뒤에 있는 테아를 쳐다보았다. "난 인간 루브 골드버그 장치야. 단순한 걸 복잡한 방식으로 잘해." 그가 잠시 말을 멈췄다. "테아와 내가 데이트를 하는 건 에밀리의 아이디어였어. 에밀리가 *강력하게* 주장했다고 해둘게. 테아에게 이미 다른 사람이 있다는 걸 그 애는 몰랐어."

"그래서 넌 쇼를 하기로 동의했고?" 내가 미심쩍게 물었다.

"다시 말할게. 난 인간 루브 골드버그 장치라니까." 그의 목소리가 부드러워졌다. "게다가 테아를 위해서 그런 게 아니야."

그럼 누구를 위해서? 내용을 종합하는 데 시간이 좀 걸렸다. 알렉산더는 가짜 데이트를 두 번 했다고 밝혔다. 한 번은 테아고, 내가 물었을 때는 레베카였다.

"테아와 레베카야?" 내가 물었다.

"열렬히 사랑했지." 알렉산더가 확답을 주었다. *테아는 레베카를 고통스러울 만큼 아름답다고 했어.* "한 명은 절친이고 한 명은 동생인데. 내가 어떻게 할 수 있겠어. 둘은 에밀리가 이해하지 못하리라 생각했어. 에밀리는 자신이 사랑하는 사람들에 대한 소유욕이 엄청났어. 레베카는 그런 에밀리에게 맞선다는 게 얼마나 힘들지 알았지. 레베카가 자신을 위해 무언가를 원한 건 딱 한 번이었는데 말이야."

난 알렉산더가 레베카에게 좋은 감정이 있는지 궁금했다. 테아와 거짓 데이트를 했다면 루브 골드버그 방식이 맞다. "테아와 레베카의 생각이 맞았어?" 내가 물었다. "에밀리가 이해하지 못할 거라는 부분 말이야."

"거기에 뭐가 더 있지." 알렉산더가 잠깐 멈췄다. "에밀리가 그날 밤 둘의 관계를 눈치챘어. 그녀는 배신이라고 여겼지."

그날 밤이라면 에밀리가 죽은 날 밤이다.

음악이 끝나고 알렉산더가 내 손을 놓았지만 허리에 두른 팔은 그대였다. "언론을 향해 웃어봐." 알렉산더가 웅얼거렸다. "그들에게 이야깃거리를 줘. 내 눈을 깊숙이 들여다봐. 내 매력의 무게를 느껴 봐. 네가 제일 좋아하는 빵을 생각해 봐."

내 입꼬리가 올라갔고 알렉산더 호손은 날 데리고 댄스 플로어에서 나와 알리사에게로 향했다. "이제 집에 가도 돼." 알리사가 기뻐하며 말했다. "네가 원한다면."

당연히 원하지. "너도 같이 갈래?" 내가 알렉산더에게 물었다.

알렉산더는 내가 같이 가자고 해서 놀란 듯했다. "그럴 수 없어." 알렉산더가 말을 끊었다. "난 블랙우드의 비밀을 풀어야 하거든." 난 그 말에 완전히 집중했다. "내가 이 게임을 이길 수 있어." 알렉산더가 자신의 근사한 구두를 내려다보았다. "하지만 제임슨과 그레이슨 형이 더 간절해. 호손 하우스로 가 봐. 도착하면 헬리콥터가 기다리고 있을 거야. 조종사에게 블랙우드로 가자고 해."

헬리콥터라고?

"네가 어딜 가든 그들이 따라갈 거야." 알렉산더가 내게 알려 주었다.

그들이란 그의 형들이다. "난 네가 이기고 싶은 줄 알았는데."

알렉산더가 침을 삼키며 단호하게 말했다. "맞아."

77

알렉산더가 헬리콥터 이야기를 했을 때 난 반만 믿었는데 정말로 호손 하우스 앞 잔디에 헬리콥터가 와 있었다. 오렌은 자신이 살피기 전까지는 한 발자국도 못 나가게 했다. 심지어 그는 자신이 조종석에 앉겠다고 우겼다. 난 뒷좌석에 올라탔고 이미 제임슨이 거기 있었다.

"헬리콥터를 불렀어?" 그가 일상인 듯 내게 물었다.

난 옆자리에 앉아 안전벨트를 맸다. "이륙할 때까지 기다리다니 놀랍군요."

"말했잖아, 상속녀." 그 찰나의 순간 우리 두 사람이 다시 트랙으로 돌아와 결승점을 향해 달리는 것 같았는데 헬리콥터 밖에 있는 검은 형상이 내 시선을 사로잡았다.

턱시도를 입은 사람. 헬리콥터에 오르는 그레이슨의 표정은 전혀 읽을 수 없었다.

제임슨이 내가 그녀를 죽였다고 말했어? 그 질문이 메아리처럼 머릿속에서 계속 울렸다. 그 말을 듣기라도 한 듯 제임슨의 고개가 그레이슨을 향했다. "형이 여기 무슨 일이야?"

알렉산더가 내가 어디로 갔는지 말해서 두 사람 모두 날 따라왔을 거다. *제임슨은 날 따라온 게 아니야.* 다시 생각하자 몸의 모든 신경이 되살아났다. *제임슨은 제일 먼저 여기에 왔어.*

"저기 앉아도 돼?" 그레이슨이 빈 좌석을 향해 고갯짓하며 물었다. 제임슨이 레이저 같은 눈빛으로 날 보며 거절해 주기를 바랐다.

난 승낙했다.

그레이슨이 내 뒤에 앉았다. 오렌은 우리가 안전벨트를 맸는지 확인한 다음 로터를 돌렸다. 1분도 채 되지 않아 귀를 멀게 할 것 같은 헬리콥터 소리가 들렸다. 상공으로 오를 때 난 심장이 목구멍으로 튀어나오는 줄 알았다.

첫 비행은 즐거웠지만 이번엔 달랐다. 이건 더 즐거웠다. 소음, 진동, 나와 하늘 혹은 땅이 한 묶음이라는 고조된 느낌. 크게 두근거리는 심장 소리도 들리지 않았다. 내가 무슨 생각을 하는지도 알 수 없었다. 질문했을 때 갈라지던 그레이슨의 목소리, 제임슨이 내가 키스할 필요도, 자신을 좋아할 필요도 없다고 하던 순간도 아니다.

난 오로지 내려다보는 것 말고 아무 생각이 없었다.

블랙우드 가장자리를 지날 때 아래로 구불구불 엉킨 나무가 눈에 들어왔다. 너무 우거져 빛이 전혀 통과하지 못했다. 하지만 시선을 숲 중앙으로 옮기니 울창한 나무가 점차 줄어들고 중심에 넓은 공터가 나타났다. 제임슨과 내가 공터 근처까지 갔을 때 드레이크가 총을 쐈다. 그곳에 잔디가 있다는 걸 알았지만 내가 지금 보는 것처럼 위에서 보지는 못했다.

머리 위에서 공터를 내려다보니 주변을 둘러싸고 있는 듬성듬성한 나무들과 울창한 외부의 숲이 길고 날씬한 O자처럼 보였다.

아니면 숫자 0이거나.

♟

헬리콥터가 착륙하면 당장이라도 내리고 싶어 몸이 근질근질했다. 아드레날린이 치솟아 몹시 흥분한 상태에서 날개가 완전히 멈추기 전에 뛰쳐나갔다.

8. 1. 1. 0.

제임슨이 나에게 뛰어왔다. "우리가 해냈어, 상속녀." 그는 내 앞에 서서 자기 손바닥을 들어 보였다. 기분에 취해 나도 똑같이 했고 그와 손가락 깍지를 꼈다. "네 개의 미들 네임. 네 개의 숫자."

그에게 키스한 건 실수였다. 지금 그와 손깍지를 낀 것도 실수다. 하지만 상관없다.

"팔. 일. 일. 영 우리가 발견한 숫자를 순서대로 놓으면 그렇게 돼. 그리고 유언장에 있는 단서의 순서이기도 하고." 웨스트브룩, 데번포트, 윈체스터, 블랙우드 순이다. "비밀번호겠지, 아마?"

"이 집엔 금고가 최소 열두 개야." 제임슨이 즐거워하며 말했다. "하지만 다른 가능성도 있어. 주소…… 좌표…… 그리고 단서를 재배열하지 말라는 보장도 없지. 문제를 해결하려면 숫자를 재조합해야 할지도 몰라."

주소, 좌표, 비밀번호. 난 잠시 눈을 감고 다른 가능성을 생각해 보았다. "날짜는?" 네 단서 모두 숫자다. 게다가 한 자릿수다. 비밀번호거나 좌표라면 아무 숫자나 앞에 올 수 있다. 하지만 날짜라면…….

1이나 0만 앞에 갈 수 있다. 1-1-0-8은 11/08을 의미할 수 있다. "십일월 팔 일." 난 그렇게 말한 다음 다른 가능성을 생각해 보았다. 08/11. "팔월 십일 일." 01/18. "일월

십팔 일."

그리고 마지막 가능성에 도달했다. 마지막 날짜다.

숨이 멎을 것 같았다. 우연이라기엔 너무하다.

"시월 십팔 일." 난 숨을 들이마셨다. 몸의 모든 신경이 되살아났다. "내 생일인데."

나에겐 비밀이 있어. 내 열다섯 번째 생일에 엄마가 내게 말했다. 2년 전 엄마가 죽기 며칠 전에. *네가 태어난 날에 관한……*.

"설마." 제임슨이 내 손을 놓았다.

"맞아." 내가 대답했다. "난 시월 십팔 일생이야. 그리고 우리 엄마가……."

"이건 네 엄마와 관련이 없어." 제임슨이 주먹을 쥔 다음 뒤로 물러섰다.

"제임슨?" 난 그가 왜 그러는지 몰랐다. 토비아스 호손이 날 선택한 이유가 내가 태어난 날에 일어난 일 때문이라면 이건 큰 사건이다. *어마무시한 사건이다.* "그럴 수 있어. 어쩌면 엄마가 진통 중일 때 당신 할아버지와 스쳤을지도 몰라. 아니면 나를 임신하고 있을 때 엄마가 당신 할아버지를 위해 일했을 수도 있잖아?"

"그만해." 그 말은 회초리처럼 매서웠다. 제임슨은 내가 부자연스럽다는 듯, 내가 엉망인 듯, 날 쳐다보기만 해도 구역질 난다는 듯했다.

"대체 왜……."

"그 숫자는 날짜가 아니야."

맞거든. 난 속으로 맹렬하게 말했다. *날짜라니까.*

"이게 정답일 리가 없어." 제임슨이 말했다.

내가 앞으로 다가가니 제임슨이 놀라 뒷걸음질 쳤다. 내 팔에 가벼운 손길이 느껴졌다. *그레이슨이다.* 부드러운 손길만큼이나, 날 저지하고 있다는 또다른 느낌이 들었다.

왜? 내가 무슨 짓을 했는데?

"에밀리가 죽었어." 그레이슨이 잠긴 목소리로 말했다. "일 년 전 시월 십팔 일에."

"빌어먹을 노친네." 제임슨이 욕을 했다. "단서, 유언, 에이버리. 이 모든 게 전부 *이걸* 위한 거야? 그날 태어난 사람을 아무나 찾아서 메시지를 보내려고? 이 메시지를?"

"제임슨……."

"입도 뻥긋하지 마." 제임슨은 그레이슨에게서 내게로 시선을 돌렸다. "다 때려치워. 난 그만둘 거야."

어둠 속으로 걸어가는 그를 불렀다. "어디로 가는 거야?"

"축하해, 상속녀." 제임슨이 대답했지만 그의 목소리에는 축하하는 느낌은 전혀 없었다. "넌 제대로 된 날짜에 태어난 행운을 타고났구나. 미스터리가 풀렸어."

78

이건 퍼즐 그 이상이어야 한다. *그래야 한다.* 내가 제대로 된 날짜에 우연히 태어난 사람일 리가 없다. *그럴 수 없다.* 우리 엄마는? 엄마가 내 열다섯 살 생일, 에밀리가 죽기 정확히 1년 전에 언급한 비밀은 어쩌고? 그리고 토비아스 호손이 내게 남긴 편지는?

미안하구나.

토비아스 호손은 무엇을 사과한 걸까? *그저 생일이 그날인 사람을 아무나 고른 게 아니야. 그보다 더 큰 무언가가 있을 거야.*

하지만 여전히 내쉬가 했던 말이 귓가에 맴돌았다. *넌 발레리나 유리 조각상이거나 칼일 뿐이야.*

"유감이야." 그레이슨이 내 옆에서 다시 말했다. "제임슨이 이러는 건 저 애 잘못이 아니야. 제임슨의 잘못이 아니라……." 천하무적 그레이슨 호손도 말하는 데 어려움을 겪는 모양이다. "……게임이 이런 식으로 끝나는 게 문제지."

난 여전히 행사용 드레스 차림이다. 머리도 계속 에밀리의 헤어스타일이고.

"내가 알아차렸어야 했는데." 그레이슨이 감정에 북받쳐 올랐다. "난 알았어. 유언을 읽던 난 이 모든 것이 나 때문이라는 걸 알았어."

그레이슨이 그날 밤 내 호텔 방에 나타났던 일이 떠올랐다. 화나 있었고 *내가* 무슨 짓을 했는지 알아내려고 단단히 마음먹은 기세였다.

"지금 무슨 말을 하는 거예요?" 난 그의 얼굴과 눈을 살피며 답을 찾았다. "이게 어째서 당신 때문이죠? 당신이 에밀리를 죽였다는 말은 하지 말아요."

아무도, 심지어 테아조차 에밀리의 죽음을 살인이라고 부르지 않는다.

"내가 한 짓이야." 그레이슨이 낮고 떨리는 목소리로 주장했다. "내가 아니었다면 그 앤 거기 있지 않아도 됐어. 그 애가 점프할 일도 없었어."

점프라니. 난 목이 바짝 타들어 갔다. "어디서요?" 난 조용히 물었다. "이 일이 당신 할아버지의 유언과 무슨 상관이 있는 거죠?"

그레이슨이 몸서리를 쳤다. "어쩌면 너한테 다 털어놔야 할지도 몰라." 한참 뒤에 그가 말했다. "어쩌면 그게 핵심인지도 몰라. 어쩌면 넌 수수께끼이자…… 동시에 고행일지도 몰라." 그가 고개를 숙였다.

난 당신의 고행이 아니에요, 그레이슨 호손. 내가 그 말을 입 밖으로 꺼내기도 전에 그가 다시 입을 열었다. 말을 시작하고 나니 하느님이 끼어들지 않는 한 멈추지 않을 기세였다.

"우리는 늘 에밀리를 알고 지냈지. 라플린 부부는 호손 하우스에서 수십 년을 일했으니까. 그들의 딸과 손녀딸들은 예전에 캘리포니아에 살았어. 소녀들이 일 년에 두 번 이곳에 찾아왔지. 크리스마스에는 부모님과 함께, 그리고 여름방학 삼 주간은 자기들끼리만. 우리는 크리스마스에는 별로 보지 못했지만 여름에는 다 같이 놀았어. 여름 캠프 같았다고나 할까. 너도 일 년에 한 번 보고 평소에는 보지 못하는 그런 캠프 친구가 있을 거잖아. 그게 에밀리와 레베카였어. 자매는 우리 네 형제와 아주 달랐어. 스카이는 여자애들이라서 그런 거라고 했지만 그 둘은 유이한 존재였고, 에밀리가 항상 우선이었어. 선천적으로 병이 있어서 그 애 부모는 항상 에밀리가 무리할까 봐 걱정이 컸어. 에밀리는 우리와 같이 카드 게임 같은 조용한 실내 놀이는 할 수 있었지만 밖을 돌아다니거나 뛰는 건 꿈도 못 꿨어.

에밀리는 우리한테 자기 물건을 가져다줬어. 그게 일종의 전통이 되었지. 에밀리는 우리가 찾도록 물건을 숨겼고 그 애가 요청한 걸 찾는 사람이 이기는 거였지. 요청은 점점 더 이상하고 힘들어졌고 이기기도 힘들어졌어."

"이겨서 뭘했죠?" 내가 물었다.

그레이슨이 어깨를 으쓱였다. "우린 형제야. 우리는 이겨서 특별히 뭔가를 할 필요 없어. 그냥 *이기*는 거야."

관성으로 움직이는 거다. "그런 뒤에 에밀리가 심장 이식

술을 받았죠." 내가 말했다. 제임슨이 거기까지 말해 줬다. 그 이후로 에밀리는 살고 싶어 했다고 제임슨이 그랬다.

"에밀리의 부모님은 여전히 과잉 보호했지만 그 애는 이미 오랫동안 창살 없는 감옥에서 지내왔어. 그 애와 제임슨은 열세 살이었어. 난 열네 살이었고. 그녀는 여름 동안 활기찼고 무모함이 정점에 달했어. 레베카는 항상 우리를 조심스럽게 따라다녔는데, 에밀리는 체력만 된다면, 무엇이든 해도 된다고 의사가 말했다고 주장했어. 그 애가 할 수 있다면 안 할 이유가 없었어. 에밀리가 열여섯일 때 가족들이 이곳으로 완전히 이사를 왔어. 에밀리와 레베카는 우리 사유지에 살지 않았지만 그들이 놀러 왔을 때처럼 할아버지가 사립학교 입학 비용을 대주셨어."

난 이 내용이 어떻게 흐를지 알았다. "단순한 여름 캠프 친구가 아니었군요."

"에밀리는 전부였어." 그레이슨이 칭찬처럼 말한 건 아니었다. "에밀리는 학교 전체를 사로잡았어. 어쩌면 그게 우리 잘못일지도 몰라."

호손과 가깝다는 이유로 사람들이 너를 보는 방식조차 달라졌잖아. 테아가 했던 말이 떠올랐다.

그레이슨이 계속 말했다. "아니 어쩌면 에밀리라서 그럴지도 몰라. 워낙 똑똑하고 워낙 예쁘고, 자신이 원하는 걸 워낙 잘 얻으니까. 에밀리는 두려움이 없었어."

"에밀리가 당신을 원했군요. 그리고 제임슨을요. 두 사람 중 한 명을 선택하려 하지 않았어요."

"그 애가 그 문제를 게임으로 바꿨지." 그레이슨이 고개를 저었다. "그리고 젠장, 우리는 게임을 했어. 우리가 사랑했기 때문에 그랬다고 말하고 싶어. *에밀리 때문에 그랬다고.* 하지만 그게 얼마만큼 사실인지 난 몰라. 우리는 *이기는 것* 빼면 시체니까."

에밀리도 그걸 알았을까? 그 점을 이용했을까? 그 때문에 상처받은 적이 있을까?

"사실……." 그레이슨의 목이 멨다. "에밀리는 단순히 우릴 원한 게 아니야. 우리가 자기에게 줄 수 있는 걸 원했어."

"돈이요?"

"경험." 그레이슨이 대답했다. "스릴. 레이싱카와 오토바이, 신기한 뱀을 다루는 방법, 파티와 클럽, 우리가 가서는 안 될 장소들. 그 애와 우리에겐 좀 일렀어." 잠시 말을 멈췄다. "나한테는." 그레이슨이 정정했다. "제임슨한텐 정확히 어땠는지 몰라."

제임슨은 에밀리가 죽던 날 밤에 그녀와 헤어졌지.

"어느 날 밤, 난 늦은 시간에 에밀리랑 연락했어. 에밀리는 제임슨과 헤어졌고 자신이 원하는 사람은 나라고 말했어." 그레이슨이 침을 삼켰다. "그 애는 기념하고 싶어 했어. 악마의 문이라고 부르는 장소가 있어. 만이 내려다보이는 절벽인데 세상에서 가장 유명한 절벽 다이빙 명소야." 그레이슨이 고개를 아래로 숙였다. "난 그게 나쁜 생각이라는 걸 알았어."

난 어떤 말이라도 하려고 애썼다. "얼마나 나빴는데요?"

이제 그레이슨은 거칠게 숨을 내쉬었다. "그곳에 도착해서 난 낮은 절벽 한곳으로 향했어. 에밀리는 꼭대기로 갔어. 위험 표지판을 무시하고 말이야. 경고문도 지나쳤지. 한밤중이었어. 거기 가선 안 됐어. 난 왜 그 애가 아침까지 기다리지 않았는지 몰랐어. 얼마 안 돼 에밀리가 날 *선택*했다는 말이 거짓인 걸 깨달았어."

제임슨이 헤어지자고 한 것이다. 에밀리는 그레이슨을 불러냈고 *기다릴* 기분이 아니었다.

"절벽 다이빙 때문에 그녀가 목숨을 잃었나요?"

"아니. 그녀는 괜찮았어. *우린* 괜찮았어. 난 타월을 가지러 갔는데 내가 돌아왔을 때…… 에밀리는 물속에 있지 않았어. 해안가에 누워 있었어. 죽은 채로." 그레이슨은 눈을 감았다. "그 애의 심장이 멈췄어."

"당신이 죽인 게 아니에요."

"아드레날린이 그랬지. 혹은 고도, 혹은 압력의 변화가 그랬을 거야. *나도 몰라.* 제임슨이라면 데려가지 않았을 거야. 나도 그러지 말았어야 했어."

에밀리가 내린 결정이죠. 보호자도 있는데. 에밀리를 막

는 건 당신 일이 아니었어요. 아무리 진실이라고 해도 그 말을 해 봐야 좋을 게 없다는 걸 난 본능적으로 감지했다.

 "에밀리의 장례식 뒤에 할아버지가 나한테 뭐라고 했는지 알아? *가족이 우선이라고.* 할아버지는 내가 가족을 우선시했다면 에밀리에게 그런 일은 없었을 거라고 했어. 내가 게임을 거절했다면, 그 애가 아닌 동생을 선택했더라면 말이지." 그레이슨은 목구멍에 긴장이 가득 들어간 목소리로 말했다. 다른 말을 하고 싶은데 그럴 수 없는 사람처럼. 마침내 그 말이 흘러나왔다. "그게 이 사건의 전말이야. 일—영—일—팔. 시월 십팔 일. 에밀리가 죽은 날. 네 생일. 이미 뼛속 깊이 알고 있는 점을 확인시키는 우리 할아버지의 방식인 거지. 이 모든 것, 그 모든 게 다 나 때문이야."

79

 그레이슨이 자릴 뜬 뒤 오렌이 날 집까지 데려다주었다. "어디까지 들었어요?" 감당할 자신이 없는 생각과 감정들로 뒤엉킨 채 그에게 물었다.

 오렌이 날 물끄러미 쳐다보았다. "내가 얼마나 들었으면 해?"

 난 입술 안을 살짝 깨물었다. "당신은 토비아스 호손을 알잖아요. 에밀리 라플린이 내 생일에 죽었기 때문에 그가 날 상속자로 골랐을까요? 시월 십팔 일생인 사람 아무나를 추첨해 자기 재산을 상속하도록 결정한 걸까요? 복권 당첨처럼?"

"난 모르지, 에이버리." 오렌이 고개를 저었다. "토비아스 호손이 무슨 생각을 하는지 제대로 알고 있는 사람은 호손 씨 본인뿐이야."

난 언니와 머무는 동으로 가려고 호손 하우스 내 복도를 걸었다. 그레이슨이나 제임슨이 나와 다시 말을 섞을지 장담할 순 없다. 앞으로 어떻게 될지 모르겠고 내가 그렇게 하찮은 이유로 상속녀가 되었다는 사실이 폐부를 찔렀다.

지구상에 나와 생일이 같은 사람이 몇 명이나 있을까?

난 계단을 오르다 토비아스 호손의 초상화 앞에 멈췄다. 알렉산더가 처음 초상화를 구경시켜 주던 때가 까마득한 먼 옛날처럼 느껴졌다. 난 억만장자와 언제, 어떤 식으로 우연히 스쳤을지 궁금해 왔던 터라 지금이 너무 고통스럽다. 토비아스 호손의 눈, 그레이슨의 은회색 눈동자를 들여다보며 그에게 이유를 물었다.

왜 저예요?

398

왜 저한테 미안하다고 했나요?

난 *엄마와 비밀 있어요* 게임을 하던 순간을 떠올렸다. *내가 태어난 날 무슨 일이 있었을까?*

노인의 주름 가닥 하나하나, 포즈, 심지어 단색 배경에 이르기까지 그에 대한 어떤 힌트라도 얻어보려고 눈을 부릅뜨고 살폈다. 답이 나오지 않았다. 내 시선이 화가의 서명으로 향했다.

토비아스 호손 *X. X. VIII*

난 노인의 은빛 눈동자를 다시 쳐다봤다. *토비아스 호손이 무슨 생각을 하고 있는지 제대로 알고 있는 사람은 호손 씨 본인뿐이야.* 이건 자화상이다. 그리고 이름 옆 알파벳은?

"로마 숫자지." 낮게 혼잣말을 했다.

"에이버리?" 오렌이 옆에서 물었다. "괜찮니?"

로마 숫자로 X는 10이고 V는 5고 I는 1이다.

"십." 난 첫 번째 X 아래에 손을 가져간 다음 나머지 숫자로 넘어가며 한 숫자로 읽었다. "십팔."

무기고 입구가 거울이었던 점이 떠올라 초상화의 액자 뒤로 손을 뻗었다. 뭔가를 찾기 전까진 내가 뭘 찾는지 확신이 없었다. 버튼이 있었다. *문을 여는 것이야.* 버튼을 누르자 초상화가 휙 돌아갔다.

그 너머로 벽에 키패드가 나타났다.

"에이버리?" 오렌이 다시 불렀지만 내 손가락은 이미 키패드로 향했다. *숫자가 최종 해답이 아니라면 어떡하지? 그 가능성이 날 붙들고 놓아주지 않았다. 이게 다음 단서로 가는 관문일 뿐이라면?*

난 집게손가락을 키패드에 대고 분명한 조합을 시도해 보았다. "일. 영. 일. 팔."

'삐' 소리가 나더니 내 아래 계단 윗부분이 솟아올랐다. 그리고 숨은 공간이 모습을 드러냈다. 난 고개를 숙이고 안을 살폈다. 움푹 파진 계단 안에 물건 하나가 놓여 있었다. 스테인드글라스 조각이다. 팔각형으로 된 보라색 스테인드글라스는 꼭대기에 작은 구멍이 나 있고 그 구멍에 얇고 반짝이는 리본 매듭이 달려 있었다. 크리스마스트리 장신구처럼 보였다.

리본 줄을 잡고 들어 올릴 때 패널 아래로 무언가 보였다. 나무에 새긴 글귀다.

시계 꼭대기
제일 높을 때 만나
늦은 인사를 건네고
아침에 작별을 고하길
비틀고 뒤집으니

무엇이 보이니?

한 번에 두 개씩

그리고 날 찾아봐.

80

난 스테인드글라스 장식구나 계단 아래 적힌 글귀를 가지고 뭘 해야 할지 몰랐지만 그날 밤 리비 언니가 내 머리 푸는 것을 도와줄 때 한 가지는 확실히 알았다.

게임은 아직 끝나지 않았다.

다음 날 아침, 오렌을 대동하고 제임슨과 그레이슨을 찾으러 갔다. 제임슨은 일광욕실에서 상의를 벗은 채 햇살을 맞고 서 있었다.

"들어오지 마." 내가 문을 열자 제임슨은 누구인지 확인도 하지 않고 말했다.

"내가 뭘 찾았어. 날짜가 답이 아닌 것 같아. 적어도 전부는."

대답이 없었다.

"제임슨, 듣고 있어? 내가 뭘 찾았다니까." 안 지 얼마 안 됐지만, 그가 주도적이고 집착이 강한 인물이란 걸 안다. 내가 쥔 패가 호기심을 조금이라도 자극할 법도 한데 날 향해 돌아섰을 때의 눈빛은 멍했고 한마디밖에 하지 않았다.

"나머지랑 같이 다 치워 버려."

그 소리에 쳐다보니 근처 쓰레기통에 적어도 여섯 개의 팔각형 스테인드글라스 장신구가 들어 있었다. 리본이 달린 내 것과 똑같았다.

"숫자 십과 십팔은 이 빌어먹을 집에 천지로 있다고." 제임슨의 목소리는 조용했고 태도도 냉정했다. "내 옷장 바닥 패널에서 저것들을 찾아냈어. 저 빌어먹을 게 아래에 있었어."

제임슨은 쓰레기통을 향해 손짓하거나 자신이 언급한 스테인드글라스가 어느 것인지 알려 주지 않았다.

"다른 것은 어디에 있었어?"

"숫자를 찾기 시작하고 나니 멈출 수 없었고 한번 보면 그냥 지나칠 수 없게 돼. 할아버진 자신이 아주 영리하다고 생각하지. 그런 것을 집 전체에 수백 개는 숨겨 놓았을 거야. 샹들리에를 보니 크리스털이 바깥에 열여덟 개, 중앙에 열 개더라고. 그리고 그 아래 숨은 공간이 있었지. 밖에 분수대에는 열여덟 개의 돌이 있고 그 분수대 몸통에는 정교하게 세긴 장미무늬가 열 개 있어. 음악실의 회화에는……." 제임슨이 고개를 숙였다. "어디를 보든, 어디를 가든, 또다시 그것들이 나타나."

"모르겠어?" 내가 매섭게 말했다. "당신 할아버지는 이 모든 걸 다 에밀리가 죽은 이후에 만들 수 없어. 그랬다면 너도 아마……."

"눈치챘을 거라고?" 제임슨이 내 말을 이었다. "위대한 토비아스 호손은 매년 이 저택에 방이나 건물을 더해. 이 정도 규모라면 항상 수리나 교체할 일이 생겨. 우리 엄마는 항상 새 그림, 새 분수, 새 샹들리에를 사. 사소한 하나하나까지 눈치채지 못한다고."

"십과 십팔은 답이 아니야." 제임슨이 내 눈을 똑바로 봐주길 바라며 말했다. "그 점을 알아야 해. 네 할아버지가 우리가 놓치지 않길 바라는 단서 중 하나일 뿐이야."

우리. 난 우리라고 말했고 진심이었다. 하지만 그 부분은 중요치 않다.

"십과 십팔이면 답이 되고도 남아." 제임슨은 날 등지고 섰다. "말했잖아, 에이버리. 난 더 이상 안 한다고."

♟

그레이슨은 찾기 더 힘들었다. 결국 난 주방으로 갔고 거기서 내쉬를 만났다.

"그레이슨 못 봤어요?"

내쉬가 조심스럽게 말했다. "그 애가 널 보고 싶어 할 것 같지 않은데, 꼬맹이."

전날 그레이슨은 날 탓하지 않았고 비난하지 않았다. 하지만 에밀리에 대해 털어놓은 다음 자리를 떴다.

날 혼자 내버려 두었다.

"그레이슨을 만나야겠어요."

"그 애한테 시간을 좀 줘." 내쉬가 제안했다. "가끔은 상처가 낫기 전에 아파 보기도 해야 하는 거야."

♟

결국 난 다시 동관 계단 위, 초상화 앞으로 돌아왔다. 오렌에게 전화가 왔고 그는 나에 대한 위협 요인은 이미 충분히 손을 써 두었으니 종일 날 쫓아다닐 필요 없다고 결정한 게 틀림없다. 오렌이 전화를 끊고 나서 난 다시 토비아스 호손을 쳐다봤다.

이 초상화에서 단서를 찾았을 때는 숙명처럼 느껴졌는데 제임슨과 이야기를 하고 나니 이게 어떤 징조도, 우연조차 아니라는 걸 알았다. 내가 찾은 단서는 수많은 것 중 하나일 뿐이다. *손자들이 이걸 놓치길 원하지 않죠?* 난 억만장자에게 조용히 말했다. 그가 정말로 이 모든 일을 에밀리가 죽은 뒤에 벌였다면 그의 완고함은 잔인할 정도다. 손자들이 사건을 잊지 않도록 하고 싶었나요?

이 비비 꼬인 게임이 단지 독촉용인가요, 가족을 먼저 생각하라는 끊임없는 독촉?

내 용도는 그걸로 다인가요?

처음부터 제임슨은 내가 특별하다고 말했다. 지금까지 그 말이 옳다는 걸 내가 얼마나 간절히 믿었는지 깨닫지 못했다. 내가 병풍 같은 존재가 아니라고 말이다. 난 토비아스 호손이 이 일을 해낼 수 있는 무언가를 내게서 찾았다고 믿었다. 이 모든 시선과 눈총, 책임, 수수께끼, 위협 그 모든 걸 다 내가 감당할 수 있다고. 난 중요한 사람이 되고 싶었다.

발레리나 유리 조각상이나 칼이 되고 싶지 않다. 적어도 내게 *뭔가 있다는* 걸 입증하고 싶다.

제임슨은 게임을 끝냈을지 모르지만 난 이기고 싶다.

81

시계 꼭대기

제일 높을 때 만나

늦은 인사를 건네고

아침에 작별을 고하길

비틀고 뒤집으니

무엇이 보이니?

한 번에 두 개씩

그리고 날 찾아봐.

난 계단에 앉아 글귀를 쳐다본 다음 스테인드글라스 조각을 손바닥에서 뒤집어가며 한 줄씩 자세히 살폈다. *시계 꼭대기.* 머릿속으로 시계 본체를 떠올려 봤다. 꼭대기가 어디지?

"십이." 머릿속에서 숫자가 떠올랐다. 시계 꼭대기에 적힌 숫자는 12야. 도미노처럼 머리가 제대로 굴러가기 시작했다. *제일 높을 때 만나…….*

뭐가 높다는 거지?

"정오." 그건 추측이었지만 다음 두 줄을 보면 맞는 것 같았다. 정오는 하루의 중간이니 아침에 작별하고 그 뒤에 오는 것에 인사를 건넬 수 있다.

나머지 구절로 넘어갔지만…… 딱히 뭘 찾지 못했다.

비틀고 뒤집으니

무엇이 보이니?

한 번에 두 개씩

그리고 날 찾아봐.

난 스테인드글라스에 집중했다. 내가 이걸 비틀어야 하나? 뒤집어야 할까? 모든 조각을 어떻게 하나로 조립해야 할까?

"똥 씹은 얼굴을 하고 있네." 알렉산더가 계단으로 휙 내려와 옆에 앉았다.

난 똥 씹은 얼굴이 당연히 *아니었지만* 그게 알렉산더만의 안부 인사라 여기고 가만히 있었다. "네 형이 나랑 아무것도 안 하려고 해." 난 풀죽은 목소리로 말했다.

"내가 너랑 형들을 전부 블랙우드로 친절하게 보낸 일이 결국 터졌나 보네." 알렉산더가 인상을 썼다. "객관적으로 말하자면, 내가 하는 행동 대부분이 결국은 폭발로 끝나."

그 말에 웃음이 나왔다. 난 몸을 틀어 계단의 글귀를 보여 주었다. "게임은 끝나지 않았어." 난 알렉산더에게 말했다. 그가 글귀를 읽었다. "어젯밤 블랙우드에 갔다 온 뒤에 이걸 찾았어." 난 스테인드글라스를 집어 들었다. "넌 어떻게 생각해?"

알렉산더가 곰곰이 생각한 뒤 말했다. "지금 저 비슷한 걸 어디서 봤더라?"

82

유언장 공개 이후로 난 그레이트 룸에 가본 적이 없다. 그곳의 스테인드글라스 창문은 매우 컸다. 높이 2.5미터, 폭 1미터로 가장 낮은 지점이 내 머리 꼭대기 높이였다. 단순하고 기하학적 디자인이다. 맨 위 모퉁이에 있는 팔각형 두 개가 크기와 음영, 색상, 모양으로 볼 때 내가 가진 조각과 일치했다.

난 더 자세히 보려고 목을 길게 뺐다. *비틀고 뒤집으니……*.

"어떻게 생각해?" 알렉산더가 물었다.

난 고개를 한쪽으로 까닥였다. "우린 사다리가 필요할 것 같아."

♟

알렉산더가 아래쪽을 잡고 난 사다리 높이 올라 팔각형 스테인드글라스 하나를 짚었다. 처음에는 아무렇지 않는데 왼쪽을 누르자 팔각형이 돌았다. 70도 정도로 돈 다음 멈췄다.

이게 비튼 걸까?

난 두 번째 팔각형으로 갔다. 왼쪽과 오른쪽을 눌러도 아무렇지 않다가 아래를 누르니 움직였다. 유리가 180도로 뒤집히고 나서 고정됐다.

난 뭘 얻었는지 확신하지 못한 채 알렉산더에게로 내려갔다. "비틀고 뒤집으니 무엇이 보이니?"

우리는 뒤로 물러나 시야를 넓혔다. 햇살이 창을 통해 들어와 각기 다른 빛이 그레이트 룸 바닥을 밝혔다. 내가 돌린 스테인드글래스 패널은 눈에 띄는 보라색이었다. 결국엔 두 빛이 서로 교차했다.

무엇이 보이니?

알렉산더가 빛이 교차하는 지점에 쪼그리고 앉았다. "아무것도 없어." 그가 바닥을 눌러봤다. "내 예상엔 뭐가 튀어 나오거나 아니면 알려 주기라도 할 줄 알았는데……."

난 다시 수수께끼 같은 문장을 살폈다. *무엇이 보이니?* 빛이 보인다. 빛이 교차하는 것이 보이는데……. 그걸로 부족해서 내용을 처음부터 다시 살폈다.

"정오." 기억이 났다. "첫 절반이 정오를 설명하고 있어." 내 머리가 빨리 돌아가기 시작했다. "빛의 각도는 분명 햇살이 들어오는 각도에 조금이나마 영향을 받을 거야. 어쩌면 *비틀고 뒤집은* 건 정오에 볼 수 있는 게 아닐까?"

알렉산더가 잠시 생각에 잠겼다. "기다려 보자." 그가 대답했다. "아니면……." 알렉산더는 말을 질질 끌었다. "편법을 써도 되고."

우리는 흩어져 주변 바닥을 살폈다. 정오까진 얼마 남지 않았다. 각도가 그리 많이 달라지진 않을 거다. 난 바닥재를 손끝으로 두드렸다. *딱딱해. 이것도. 저것도.*

"뭘 찾았어?" 알렉산더가 물었다.

딱딱해. 딱딱해. 헐거워. 손 아래 바닥이 흔들거리진 않았지만 다른 것들과 확실히 달랐다. "알렉산더, 여기야!"

그가 와서 바닥에 두 손을 대고 눌렀다. 바닥이 튀어 올랐다. 알렉산더가 판을 들어내니 작은 다이얼이 나타났다. 난 다이얼을 돌렸지만 뭐가 나올지 확신은 없었다. 그러자 알렉산더와 내가 가라앉기 시작했다. 우리 주변 바닥이 가라앉았다.

움직임이 멈추었을 때 알렉산더와 난 더 이상 그레이트 룸에 있지 않았다. 우리는 아래로 내려갔고 바로 앞에 계단이 일렬로 나 있었다. 난 이것이 오렌이 모르는 터널 중 하나의 입구라고 생각했다.

"한 번에 계단을 두 개씩 밟아 봐." 내가 알렉산더에게 말했다. "그게 다음 구절이야." *한 번에 두 개씩 그리고 날 찾아봐.*

83

한 번에 두 개씩 계단을 내려가지 않으면 어떻게 되는지 몰랐지만 굳이 시도할 필요가 없어서 다행이었다.

"터널에 와 본 적 있어?" 무사히 내려간 뒤에 내가 알렉산더에게 물었다.

그는 대답하기까지 충분히 시간을 끌었다. "아니."

집중하면서 난 주변을 살폈다. 터널은 금속으로 돼 있어 커다란 파이프 혹은 정수장 같은 느낌이었지만 놀랍게도 아주 환했다. *가스등일까?* 우리가 얼마나 많이 내려왔는지 감각을 잊어버렸다. 그리고 터널이 세 갈래로 갈라졌다.

"어디로 갈까?"

알렉산더는 진지하게 직진을 택했다.

내가 인상을 썼다. "그걸 어떻게 알아?"

"왜냐면 할아버지가 그렇게 말했으니까." 알렉산더가 잘난 척 대답하면서 내 발 쪽을 가리켰다. 난 아래를 내려다보고 놀라 숨이 막혔다.

계단 아래에 그레이트 룸에 있는 것과 똑같은 괴물 석상들이 있었다. 다만 왼쪽에 있는 석상 하나만 손이 한 개고 한 손가락을 뻗어 길을 가리키고 있다는 걸 좀 지난 뒤에야 알아차렸다.

날 찾아봐.

난 걷기 시작했다. 알렉산더가 내 뒤를 쫓았다. 우리가 어디로 가고 있는지 그는 알까 궁금했다.

날 찾아봐.

내가 토비아스 호손을 구슬려 이런 일을 벌였다고 생각할지 몰라도 결국 구슬린 쪽은 그라고 했던 알렉산더의 말이 떠올랐다.

그는 죽었어. 난 스스로에게 되뇌었다. *안 그래?* 그 생각이 강하게 스쳤다. 언론에서는 토비아스 호손이 죽었다고 확신한다. 가족도 믿는 눈치다. 그들은 실제로 시신을 봤을까?

그것 말고 다른 뜻이 있을까? *날 찾아봐.*

♟

5분 뒤 우리는 벽을 만났다. 다른 길도, 아무것도 없었지만 여기까지 와서 그대로 돌아갈 수는 없는 노릇이었다.

"괴물 석상이 *거짓말*한 걸지도 몰라." 알렉산더는 좀 많이 즐기는 것처럼 말했다.

난 벽을 밀었다. *움직이지 않아.* 난 몸을 돌렸다. "우리가 뭘 빠트린 걸까?"

알렉산더가 신중하게 말했다. "괴물 석상이 거짓말을 한 거겠지!"

난 왔던 길을 쳐다봤다. 그 길을 천천히 되돌아가며 터널 구석구석을 살폈다. *조금씩. 천천히.*

"봐!" 내가 알렉산더에게 소리쳤다. "저기야."

터널 바닥에 금속 쇠살대가 보였다. 난 몸을 숙였다. 금속에 제품명이 쓰여 있지만 시간이 흘러 글자가 거의 다 지워졌다. 남은 유일할 글자는 M⋯⋯.

그리고 E다.

"그리고 날(*me*) 찾아봐." 내가 속삭였다. 쪼그리고 앉은 채로 손가락으로 쇠살대를 들어 올렸다. 움직이지 않았다. 다시 당기니 이번에는 위로 들렸다. 뒤로 나동그라질 뻔했는데 다행히 알렉산더가 잡아 주었다.

우리는 그 아래 구멍을 내려다봤다.

"가능성이 있어." 알렉산더가 말했다. "괴물 석상이 진실을 말했어." 알렉산더는 날 기다리지 않고 몸을 낮춰 구멍으로 들어갔다. "안 올 거야?"

이러는 줄 알면 오렌이 날 가만두지 않을 텐데. 뛰어내리니 작은 방 안이었다. *우린 지금 얼마나 아래로 내려온 걸까?* 그곳은 벽 네 면 중 세 면이 똑같았다. 네 번째 벽은 콘크리트였는데 글자가 새겨져 있었다.

A. K. G.

내 이니셜이다.

넋이 나간 채 그 글자를 향해 다가가니 붉은 레이저 빛이 내 얼굴을 스쳤다. 삐 소리가 났고 엘리베이터가 열리듯 콘크리트 벽이 둘로 갈라졌다. 그 너머로 문이 나타났다.

"안면 인식 장치야." 알렉산더가 말했다. "우리 형제 중 누가 여길 찾든 상관이 없었어. 네가 없으면 우리는 벽을 통과할 수 없을 테니까."

가여운 제임슨. 그는 날 가까이 두려고 갖은 노력을 해 놓고 내가 제 역할을 하기 전에 패대기쳤다. *발레리나 유리 조각상. 칼. 얼굴이 있는 소녀가 벽을 열자 문이 나타났고……*.

"이제 어쩌지?" 난 다가가 문을 살폈다. 문 모퉁이마다 터치 패드가 달려 있으니 총 네 개다. 알렉산더가 하나를 쳐서 깨우자 손의 이미지가 나타났다.

"이런." 알렉산더가 탄식했다.

"뭐가 이런인데?"

"여기에는 제임슨 형의 이니셜이 적혀 있어." 알렉산더가 옆으로 갔다. "그레이슨 형, 내쉬 형 것도." 그리고 마지막에 가서 그가 멈췄다. "내 거야." 그가 화면 위에 손을 올렸다. 윙소리가 나더니 데드볼트가 풀리는 것 같은 소리가 났다.

내가 손잡이를 살폈다. "여전히 잠겼어."

"자물쇠가 네 개야." 알렉산더가 움찔했다. "형제 네 사람."

내 얼굴은 여기까지 오는 데 필요한 거였다. 더 멀리 가려면 그들의 손이 필요하다.

84

알렉산더는 날 내버려 두고 자리를 떴다. 형들을 데리고 올 거라고 했다.

말이 쉽지. 제임슨은 자기 의사를 분명히 밝혔다. 그레이슨은 찾기 힘들었다. 내쉬는 처음부터 할아버지의 게임에 참여하지 않았다. *그들이 오지 않으면 어쩌지?* 문 뒤에 무엇이 있든 간에 토비아스 호손이 우리가 찾길 바라던 것이다. *10월 18일은 답이 아니었다. 전적으로.*

생일이 같은 사람은 전 세계에 퍼져 있을 텐데 왜 하필 나일까? 억만장자는 뭘 미안해하는 걸까? *풀어야 할 단서가 너무 많아. 어느 것 하나도 조합할 수가 없어.* 내겐 도움이 필요하다.

머리 위에서 발소리가 났다. 그러다 갑자기 뚝 끊겼다.

"알렉산더?" 답이 없었다. "알렉산더, 너니?"

더 많은 발소리가 가까이 왔다. *이 터널에 대해 아는 사람이 또 누가 있을까?* 난 수수께끼의 정답을 찾으려고 집중하며 여기까지 오는 동안 거의 잊고 있었다. 호손 하우스에 사는 누군가가 드레이크에게 터널 입구를 알려 주었다는 사실을.

이런 터널을.

난 벽에 등을 바짝 붙이고 섰다. 누군가 바로 위에서 움직이는 소리가 났다. 발걸음이 멈췄다. 사람의 형상이 내 위로 나타났고 여기서 나가는 유일한 출구에서 역광을 받아 반짝이며 서 있었다. *창백한 얼굴이다.*

"레베카?"

85

"에이버리." 레베카가 날 내려다보았다. "거기서 뭐하니?" 그녀의 목소리는 평소와 같았지만 레베카 라플린이 드레이크가 날 쏘던 밤 저택에 있었다는 것 말고는 다른 생각을 할 수 없었다. 우리가 웨이백 별채에 도착했을 때 그 자리에 없었고 그녀의 조부모님도 그녀가 어디 있는지 몰랐으니 알리바이도 없다. 그녀는 내게 *경고해* 주려 했다고 말했다.

다음 날, 테아의 말을 빌리자면 레베카는 울고 난 얼굴이었다. *어째서?*

"총격이 있던 날 밤에 넌 어디 있었어?" 난 입술이 바짝 말랐다.

레베카가 눈을 감았다. "넌 어떤 심정인지 모를 거야." 그녀가 조용히 말했다. "평생을 한 사람 주변을 맴돌다가 어느 날 깨어나 보니 그 사람이 사라지고 없는 심정을."

그건 내 질문에 대한 답이 아니었다. 레베카는 에밀리가 원하는 대로 움직였다고 한 테아의 말을 떠올렸다.

에밀리라면 레베카가 내게 어떻게 하길 원할까?

알렉산더가 빨리 와야 하는데.

"있잖아, 그건 내 잘못이야." 레베카가 눈을 감은 채 말했다. "에밀리는 엄청난 위험을 떠안았어. 난 부모님에게 알렸지. 부모님이 외출을 금지했고 호손 형제와 못 만나게 했어. 하지만 에밀리는 자기만의 방식이 있었어. 엄마와 아빠가 시키는 대로 잘 따르며 믿음을 얻었어. 부모님은 호손 형제들과는 못 만나게 했지만 테아와는 다시 어울릴 수 있게 허락해 주셨어."

"테아라면 네가 몰래 데이트하던 상대구나."

내 말에 레베카가 눈을 번쩍 떴다. "에밀리는 그날 오후에 우리가 함께 있는 걸 봤어. 그 애는…… *화가 났어.* 에밀리는 테아와 나의 관계는 사랑이 아니고 테아가 *정말로* 날 사랑한다면 알렉산더와 사귀는 척을 하지 않았을 거라고 비난했어. 에밀리는 또……." 레베카는 지금 과거에 사로잡혔다. 완전히. 폭력적으로. "테아가 자신을 더 사랑한다면서 그걸 증명하겠다고 장담했어. 에밀리는 테아한테 절벽

417

다이빙 일을 숨겨 달라고 요구했어. 난 테아한테 그러지 말라고 했지만 테아는 결국 우리가 에밀리에게 빚을 졌다고 말했어."

테아는 에밀리가 죽은 날 밤에 같이 있는 걸로 해 준 거였다.

"에밀리가 호손 형제에게 자신이 할 수 *있다*고 말했지만 전문 절벽 다이버조차 데블스 게이트의 꼭대기에서 뛰어내리지 않아. 모두에게 위험한 곳이야. 그렇게 아드레날린과 코티솔이 치솟고 고도와 압력이 바뀌는데 *그 애의* 심장이 어땠겠어?" 레베카가 워낙 조용히 말해서 내가 듣고 있다는 걸 그녀가 기억하고 있는지 의심이 갔다. "난 부모님에게 에밀리가 뭘 하려는지 알리려 했지만 잘 안됐어. 테아를 설득했지만 그 애는 내가 아닌 에밀리의 말을 들어줬어. 그래서 난 제임슨에게 갔어. 그가 데블스 게이트까지 에밀리를 데려다주기로 한 사람이었거든."

레베카가 고개를 숙이자 진한 붉은 머리칼이 얼굴로 쏟아졌다. 테아의 말이 맞았다. 레베카 라플린은 아름답다. 하지만 지금 그녀는 정상이 아니다.

"나에게 녹음 파일이 있어." 레베카가 말했다. "에밀리가 한 말을 녹음했지. 그 애는 나한테 호손 형제들과 무얼 했고 그들이 무엇을 해 줬는지 시시콜콜 말하곤 했어. 점수 매기는 걸 좋아했거든." 레베카가 말을 멈추었다가 다시 시작했는데 목소리가 한층 날카로워져 있었다. "난 녹음한 걸 제임슨에게 들려줬어. 에밀리를 절벽에 데려가지 못하도록 보호하는 거라고 나를 속였지. 하지만 사실 에밀리는 내게서 테아를 빼앗아 갔어."

그래서 너도 에밀리에게서 뭘 빼앗았구나.

"제임슨은 에밀리와 헤어졌지." 내가 말했다. 제임슨이 그 정도만 알려 줬으니까.

"그러지 않았다면 에밀리는 그렇게까지 밀어붙이지 않았을지도 몰라. 어쩌면 마음이 좀 누그러져서 낮은 절벽에서 뛰어내렸을 수도 있어. 어쩌면 그래서 괜찮았을 수도 있고." 레베카의 목소리가 더욱 약해졌다. "그날 오후 테아와 내가 같이 있는 걸 에밀리가 보지 못했다면, 우리의 관계를 엄청난 배신이라고 생각하지 않았다면 뛰어내릴 필요가 없었을지도 몰라."

레베카는 자신을 원망하고 있었다. 테아는 호손 형제를 원망했다. 그레이슨은 모든 게 자기 탓이라고 했다. *그리고 제임슨은⋯⋯.*

"미안해." 레베카의 사과가 생각에 빠져 있던 날 깨웠다. 그는 이제 에밀리에 관한 이야기를 하는 게 아니었다. 지난 1년간 일어난 일을 말하는 것이 아니었다.

"뭐가 미안한데?" 내가 물었다. *여기 내려와서 뭘 하는 거야, 레베카?*

"너한테 아무 감정이 없어. 하지만 에밀리는 이러길 원했을 거야."

저 애는 정상이 아니야. 난 여기서 나갈 방법을 찾아야 한다. 레베카에게서 벗어나야 한다.

"에밀리는 형제의 돈을 훔친 널 싫어할 거야. 널 바라보는 그들의 눈길을 증오할 거야."

"그래서 날 없애려는 거야?" 난 시간을 끌어야 했다. "에밀리를 위해서?"

레베카가 날 똑바로 보았다. "아니."

"넌 터널에 대해 알고 있었고, 네가 드레이크에게 말해서……."

"*아니야.*" 레베카가 주장했다. "에이버리, 내가 그러지 않았어."

"네 입으로 말했잖아. 에밀리라면 내가 없어지길 바랄 거라고."

"난 에밀리가 *아니야.*" 그 말이 거칠게 튀어나왔다.

"그럼 뭘 사과하는 건데?"

레베카가 침을 삼켰다. "내가 어릴 적 어느 여름, 호손 씨가 내게 터널에 대해 알려 주셨어. 모든 입구를 다 보여 주면서 나만을 위한 터널을 가질 자격이 있다고 하셨지. 비밀 터널. 난 혼자 있고 싶을 때면 여기로 왔어. 가끔 할아버지, 할머니를 보러 왔을 때 그렇게 했는데 에밀리가 죽고 난 뒤로 집에 있는 게 너무 힘들어서 가끔 밖에서 들어오는 통로로 이용하기도 했어."

난 기다렸다. "그런데?"

"총격이 있던 날, 터널에 나 말고 다른 사람이 있는 걸 봤어. 난 아무 말도 안 했지. 에밀리라면 입 다물고 있길 바랐을 것이기 때문이야. 난 에밀리에게 빚이 있어, 에이버리. *내가 한 행동 때문에 그 애한테 빚을 졌어.*"

"넌 누굴 봤는데? 드레이크야?"

레베카가 내 눈을 쳐다봤다. "그 사람만이 아니었어."

"그럼 또 누가 있었는데?" 난 기다렸다. *아무 말이 없다.* "레베카, 터널에 드레이크와 같이 있던 사람이 누구야?"

에밀리는 누굴 보호해 주려던 걸까?

"형제 중 한 명이야?" 난 발아래가 무너지는 느낌으로 물었다.

레베카가 조용히 말했다. "아니, 형제의 엄마였어."

86

"스카이라고?" 난 그 사실을 받아들이려고 애썼다. 그녀는 자라처럼 위협적으로 보인 적이 없었다. 소극적인 적극성과 확신, 그리고 옹졸함이 있을 뿐. 그런데 그렇게 폭력적이라고?

우린 다 친구 아니야? 그녀가 했던 말이 다시 들리는 것 같았다. *내 생득권을 훔친 모두와도 친구가 되기로 마음먹었어.*

샴페인 잔을 들고 마시라고 권하던 모습이 눈에 선했다.

"총격이 있던 날 스카이가 드레이크와 함께 여기에 있었구나." 난 앞서 벌어진 사건의 전말에 직면했다. "스카이가 사유지로 들어오게 해 주고 아마도 블랙우드로 가라고 알려 줬겠지."

나한테로.

"누군가에게 말했어야 했는데." 레베카가 조심스럽게 입을 열었다. "총격이 있고 난 뒤에 비로소 내가 본 게 무슨 장면인지 깨달았어. 내가 알렸어야 했는데."

"맞아!" 엄청 날카로운 목소리가 터져 나왔다. 다만 그 말은 내가 한 게 아니다. "말했어야지." 머리 위에서 그레이슨이 이 광경으로 걸어 들어왔다.

레베카가 돌아봤다. "당신 어머니예요, 그레이슨. 제가 *어떻게……*."

"나한테 말해도 됐잖아." 그레이슨이 조용히 대꾸했다. "그럼 내가 처리했을 텐데, 레베카."

난 그레이슨이 어머니를 경찰에게 넘기는 식으로 *처리*하지는 않으리라 생각했다.

"드레이크는 또 시도했어." 나는 레베카를 노려보며 말했다. "너도 짐작했지? 그가 우릴 차로 밀어 버리려고 했어. 날 죽이려고 했다고. 나뿐만 아니라 알리사, 오렌, *테아*까지."

내 입에서 테아의 이름이 나오는 순간 레베카가 이상한 소리를 질렀다.

"레베카." 그레이슨이 목소리를 낮추며 말했다.

"알아요." 레베카가 대답했다. "하지만 에밀리가 원하지 않았을 거라서……."

"에밀리는 죽었잖아, 레베카." 그레이슨의 목소리는 거칠지 않았지만 레베카의 숨을 멎게 했다. 그레이슨은 레베카가 자신을 보게 했다. "레베카. 내가 처리할게. 약속해. 모든 일이 다 잘될 거야."

"모든 일이 다 잘되진 *않아요.*" 내가 그레이슨에게 말했다.

"어서 가 봐." 그가 레베카에게 조용히 말했다. 레베카는 자리를 떴고 우리만 남았다.

그레이슨이 몸을 구부리고 천천히 밀실로 걸어 들어왔다. "네가 날 찾는다고 알렉산더가 말하던데."

그레이슨이 왔다. 레베카와 대화를 나누지 않았다면 더 괜찮은 상황이었을 텐데.

"당신 어머니가 날 죽이려고 했어요."

"우리 어머니는 복잡한 사람이야. 하지만 가족이지."

그리고 그는 언제나 나보다 가족을 택할 것이다.

"내가 처리하게 해 달라고 너한테 부탁한다면 그래 줄래? 너나 너희 사람에게 더는 해가 가지 않을 거라고 보장할게."

정확히 어떻게 보장한다는 것인지 불분명했지만 그럴 수 있다고 믿고 있는 건 확실했다. *세상은 그레이슨 호손의 의지에 따라 움직이잖아.* 처음 만난 날, 그가 얼마나 확신에 차 있고 당당했는지 떠올려 보았다.

"나랑 내기할래?" 내가 대답이 없자 그레이슨이 물었다. "넌 도전을 좋아하잖아. 난 알고 있어." 그레이슨이 내게로 다가왔다. "부탁이야, 에이버리. 나한테 이 일을 바로잡을 기회를 줘."

이 일을 바로잡을 방법은 없다. 하지만 그가 요구하는 건 그저 기회다. *난 그레이슨에게 빚진 게 없어. 아무것도 빚진 게 없어. 그렇지만⋯⋯.*

어쩌면 그의 표정 때문일지도 모른다. 아니면 이미 그가 내게 모든 걸 빼앗겼다는 사실 때문인지도 모른다. 어쩌면 그저 생일이 10월 18일이 아닌 다른 존재로 여기길 바란 걸지도 모른다.

"내기해요." 내가 제안했다. "어떤 게임으로 할까요?"

그레이슨의 은회색 눈동자가 날 바라보았다. "숫자 하나를 골라. 일에서 십 중에서. 내가 맞히면 넌 내가 우리 엄마와 관련된 이 상황을 내 방식대로 처리하게 해 줘야 해. 내가 못 맞히면…….”

“난 당신 어머니를 경찰에 넘길 거예요.”

그레이슨이 내게 반걸음 가까이 왔다. “숫자 하나를 골라.”

내가 이길 확률이 높다. 그레이슨이 맞힐 확률은 10퍼센트밖에 안 된다. 내가 이길 확률이 90퍼센트다. 난 고심했다. 사람들이 좋아하는 숫자가 몇 개 있다. 예를 들면 7 같은. 난 아예 동떨어진 1이나 10으로 갈 수도 있지만 그런 선택 역시 쉽게 들통날 것 같았다. 우리가 일련의 숫자를 풀며 보낸 날들이 8일째라 내 머릿속에 8이 떠올랐다. 4는 호손 형제의 숫자다.

못 맞히게 하려면 예상치 못한 숫자를 골라야 한다. 어떤 이유도, 의미도 없는.

2야.

“숫자를 쓸까요?” 내가 물었다.

“어디에?” 그레이슨이 조용히 물었다.

난 침을 삼켰다. “당신이 맞혔는데 내가 거짓말을 하면 어쩌려고요?”

그레이슨은 몇 초간 잠잠하더니 입을 열었다. “난 널 믿어.”

내 자아의 작은 털 오라기 하나까지 그레이스 호손이 쉽게 뭔가를 믿을 위인이 아니라는 걸 확신했다. 난 침을 삼켰다. "맞혀 봐요."

그레이슨은 내가 숫자를 고른 시간만큼 고심했다. 그가 날 쳐다봤고 내 생각이나 박동을 흐트러뜨려 수수께끼를 풀려 하는 느낌을 받았다.

내 얼굴에서 뭐가 보여요, 그레이슨 호손?

드디어 숫자를 골랐다. "이."

난 어깨 쪽으로 고개를 돌려 시선을 피했다. 거짓말을 해도 된다. 틀렸다고 말해도 된다. 하지만 그러지 않았다. "잘 골랐군요."

그레이슨이 거친 숨을 내쉰 뒤 천천히 내 얼굴을 자기 쪽으로 돌렸다. "에이버리." 그레이슨은 내 이름을 부른 적이 거의 없다. 그가 내 턱선을 부드럽게 훑었다. "누구도 다신 널 다치게 하지 않을 거야. 내 말 믿어도 좋아."

그는 자신이 날 보호해 줄 수 있다고 생각한다. 그는 그러길 *원한다*. 그가 날 어루만지고 있고 나는 그게 계속되길 원한다. 그가 날 보호하도록. 그가 날 만지도록. 그가…….

발소리다. 위에서 나는 덜커덕거리는 소리에 난 그에게서 한 걸음 물러났고 잠시 뒤에 알렉산더와 내쉬가 내려왔다.

난 그레이슨이 아닌 그들에게로 시선을 돌렸다. "제임슨은 어디 있어요?"

알렉산더가 헛기침을 했다. "형한테 오라고 하니까 아주 현란한 변명을 해대더라고."

내쉬가 코웃음을 쳤다. "그 애도 곧 올 거야."

우리는 기다렸다. 5분 그리고 10분.

"형들 것 먼저 열어." 알렉산더가 말했다. "손이 있다면 그래 줄래?"

그레이슨이 먼저 나섰고 다음에 내쉬가 했다. 터치 패드로 손을 스캔하자 데드볼트가 풀리는 소리가 연달아 났다.

"세 개의 빗장을 풀었어." 알렉산더가 웅얼거렸다. "하나 남았네."

다시 5분이 지났다. 8분. *제임슨은 안 올 거야.* 난 생각했다.

"제임슨이 안 오잖아." 그레이슨은 내가 생각한 번호를 쉽게 알아맞힌 것처럼, 내 생각을 고스란히 들은 사람처럼 말했다.

"올 거야." 내쉬가 똑같은 말을 했다.

"내가 늘 고분고분한 쪽은 아니었잖아?"

우리가 고개를 들자 제임슨이 뛰어내렸다. 그는 형제들과 나 사이에 착지했고 충격을 흡수하느라 바닥에 거의 붙었다. 제임슨은 몸을 곧게 세운 다음 한 번에 한 명씩 눈을 마주쳤다. *내쉬, 알렉산더, 그레이슨 순으로.*

그리고 날 봤다. "넌 언제 멈춰야 할지 모르는구나, 상속녀?" 마냥 비아냥대는 소리만은 아닌 것 같았다.

"난 보기보다 강하거든." 내가 말했다. 제임슨은 잠시 날 쳐다보더니 문을 향해 몸을 돌렸다. 그리고 자기 이니셜이 새겨진 패드 위에 손을 올렸다. 마지막 데드볼트가 풀리고 문이 움직였다. 삐걱거리면서 몇 센티미터 정도 열렸다. 제임슨이 문을 열러 갈 거라 생각했는데 그는 다시 출구 쪽으로 가서 양손으로 옆을 잡고 점프해 올라갔다.

"어디 가는 거야?" 내가 물었다. 여기까지 와 놓고선 그냥 가 버리는 건 아닌데.

"최종 목적지는 지옥이야." 제임슨이 대답했다. "우선은 와인 창고에 가려고."

안 돼. 그가 이렇게 떠나선 안 된다. 날 여기까지 끌고 온 게 그였으니 남은 과정을 지켜보아야 한다. 난 그를 뒤쫓아 가려고 출구쪽으로 점프해서 올라가려다 손이 미끄러졌다. 누군가 강한 손길이 날 붙잡아주었다. *그레이슨이다.* 그가 날 위로 올려 주었고 난 겨우 두 발로 설 수 있었다.

"가지 마." 내가 제임슨에게 외쳤다.

그는 이미 멀리 간 상태였다. 내 목소리를 듣고 그는 잠시 멈췄지만 돌아보지 않고 말했다.

"그 문 너머에 뭐가 있는지 모르지만, 할아버지가 이 함정을 날 위해 팠다는 건 알아."

"너만을 위해?" 내 목소리에 날이 섰다. "여기까지 오는데 네 형제의 손과 내 얼굴이 필요한 이유가 너만을 위해서라고?" 분명, 토비아스 호손은 우리 모두 여기 있길 바랄 거다.

"할아버지는 게임을 남겨 두면 내가 할 걸 아셨어. 내쉬 형은 상관없다고 할 거고 그레이슨 형은 적합성 여부를 따지느라 옴짝달싹 안 하겠지. 알렉산더는 천 개가 넘는 다른 방법을 생각할 거고. *그렇지만 난 도전하겠지.*" 제임슨은 잠시 숨을 돌렸다. 그는 *상처받았다.* "그래, 맞아. 할아버지는 날 위해 이걸 만든 거야. 그 문 너머에 뭐가 있든……." 제임슨은 다시 거친 숨을 내쉬었다. "할아버지는 아셨어. 내가 어떻게 할지. 그리고 내가 절대 잊지 않게 하려고 하셨지."

"그분이 뭘 아는데?" 내가 물었다.

그레이슨이 내 옆으로 와서 내 질문을 반복했다. "할아버지가 뭘 아시는데, 제임슨?"

내쉬와 알렉산더가 터널로 올라오는 소리를 들었지만 나는 그들을 거의 신경 쓰지 않았다. 난 전적으로, 완전하게 제임슨과 그레이슨에게 집중했다.

"뭘 아냐니까, 제임슨?"

제임슨이 자기 형을 향해 몸을 돌렸다. "시월 십팔 일에 무슨 일이 벌어졌는지."

"그건 내 잘못이야." 그레이슨이 앞으로 성큼성큼 걸어서 제임슨의 어깨를 붙잡았다. "에밀리를 거기 데려간 사람이 나야. 좋은 생각이 아니란 걸 알았지만 개의치 않았어. 난 그냥 이기고 싶었어. 에밀리가 날 사랑하길 바랐어."

"그날 밤 난 형을 미행했어." 제임슨이 내뱉은 말이 공중에서 몇 초간 울렸다. "난 두 사람이 뛰어내리는 걸 봤어, 형."

갑자기 난 제임슨과 함께 웨스트브룩에 갔던 날로 돌아갔다. 그는 내게 두 가지 거짓말과 한 가지 진실을 말했다. *난 에밀리 라플린이 죽는 걸 봤어.*

"네가 우릴 따라왔다고?" 그레이슨은 말이 안 된다고 생각했다. "어째서?"

"자학이랄까?" 제임슨이 어깨를 으쓱였다. "난 열받았거든." 그리고 잠시 말을 멈췄다. "결국, 형이 타월을 가지러 갔고 난……."

"제임슨." 그레이슨이 두 팔을 털썩 떨어뜨렸다. "무슨 짓을 한 거야?"

그레이슨은 타월을 가지러 갔고 돌아와 보니 에밀리가 물가에 누워 있었다고 했다. *죽은 채로.*

"무슨 짓을 한 거야?"

"에밀리가 날 봤어." 제임슨이 이번에는 날 보고 말했다 "에밀리가 날 보더니 미소를 지었어. 에밀리는 자기가 이겼다고 생각했어. 자신이 여전히 날 좌지우지할 수 있다고. 하지만 난 뒤돌아 가 버렸어. 에밀리가 내 이름을 불렀지. 난 계속 갔어. 그때 헐떡이는 소리를 들었어. 마치 목이 졸리는 것 같은 소릴 냈어."

난 무서워 손으로 입을 막았다.

"난 에밀리가 장난을 친다고 생각했어. 철퍼덕거리는 소리를 들었지만 돌아보지 않았어. 백 미터 정도 가니까 더는 날 부르지 않더라고. 그래서 슬쩍 돌아봤지." 제임슨의 목소리가 갈라졌다. "에밀리가 몸을 웅크리고 물 밖으로 기어 나왔어. 난 그 애가 *일부러* 그러는 줄 알았어."

에밀리가 자신을 조종하려 든다고 생각한 것이다.

"난 그 자리에 가만히 있었어." 제임슨이 멍하게 말했다. "전혀 돕지 않고서."

난 에밀리 라플린이 죽는 걸 봤어. 난 속이 메스꺼웠다. 제임슨이 그 자리에서 에밀리에게 자신이 더는 그녀의 것이 아니라고 저항하는 걸 보여 주는 광경이 눈에 선했다.

"에밀리가 쓰러졌어. 가만히, 미동도 없이 *가만히* 있었어. 그리고 형이 돌아왔고 난 자리를 떴어." 제임슨이 몸서리를 쳤다. "에밀리를 거기로 데려간 형이 싫었지만 죽게 내버려 둔 내 자신이 더 싫어. 난 그 자리에서 *지켜보고만* 있었다고."

"심장 때문이야." 내가 말했다. "거기서 뭘 할 수……."

"심폐소생술을 시도해 볼 수 있었어. *뭐라도* 할 수 있었다고." 제임슨이 침을 삼켰다. "하지만 난 그러지 않았어. 할아버지가 어떻게 아셨는지 모르지만 며칠 뒤에 날 몰아세웠어. 내가 거기 있었다는 걸 아시고는 죄책감을 느끼는지 물으셨어. 할아버지는 내가 형한테 말하길 바랐지만 난 그러지 않았어. 내가 거기 있었던 걸 형한테 알리고 싶다면 직접 하시라고 했지. 하지만 할아버진 그러시지 않았어. 대신…… 이런 일을 벌이신 거야."

편지. 서재. 유언장. 그들의 미들네임. 내 생일이자 에밀리의 사망일. 집 안 전역에 흩어져 있는 숫자들. 스테인드 글라스. 수수께끼. 터널로 통하는 길. M.E라고 표시된 쇠살대. 밀실. 움직이는 벽. 문.

"할아버지는 제대로 준비한 거야." 제임슨이 말했다. "내가 절대 잊지 못하도록."

"아니야!" 알렉산더가 소리쳤다. 다들 그를 돌아봤다. "이건 그런 문제가 아니야." 알렉산더가 단언했다. "그러려고 하신 게 아니야. 할아버지는 우리가, 우리 네 사람이 함께하길 원하신 거야. 여기서."

내쉬가 알렉산더의 어깨에 손을 올렸다. "할아버지는 정말 잔인한 사람일 수도 있어, 알렉산더."

"*이건 그런 문제가 아니라니까.*" 알렉산더가 다시 말했다. 그 목소리는 지금까지와는 다르게 강경했다. 마치 자신이 예상한 모습이 이런 게 아니라는 듯. 이미 알고 있는 사람처럼.

제임슨이 고백을 시작한 이후 한마디도 안 하던 그레이슨이 입을 열었다. "정확히 무슨 말을 하고 싶은 거야, 알렉산더?"

"형 둘은 유령처럼 돌아다녔어. 그레이슨 형은 로봇 같았어." 알렉산더는 이제 빠르게 말했다. 너무 말이 빨라서 우리가 따라잡기 힘들 정도였다. "제임슨 형은 걸어 다니는 시한폭탄이었지. 둘이 못 잡아먹어서 안달이었잖아."

"우린 자신을 증오해." 그레이슨은 사포처럼 거친 목소리로 말했다.

"할아버지는 자신이 죽어가는 걸 알고 계셨어." 알렉산더가 털어놓았다. "할아버지가 죽기 직전 내게 말씀하셨어. 부탁 하나 들어달라고."

내쉬가 눈살을 찌푸렸다. "그게 뭔데?"

알렉산더는 대답하지 않았다. 그레이슨이 인상을 썼다. "우리가 게임에 참여하도록 만들어야 했구나."

"이 게임의 끝을 보게 만드는 게 내 역할이었어." 알렉산더가 그레이슨에서 제임슨에게로 눈길을 돌렸다. "두 사람 다. 둘 중 한 명이라도 게임을 그만두면 다시 데려오는 게 내 임무였어."

"넌 알고 있었어?" 내가 물었다. "단서가 어디로 이어지는지 내내 알고 있었던 거야?"

알렉산더는 터널을 찾게 날 도와준 장본인이다. 그가 블랙우드의 미스터리를 해결했다. 심지어 처음부터…….

자기 할아버지가 미들네임이 없다는 걸 내게 알려 줬지.

"넌 날 도와줬잖아." 알렉산더가 날 조종했다. 미끼처럼 날 꾀었다.

"난 살아 있는, 숨 쉬는 루브 골드버그 장치라고 했잖아." 알렉산더가 시선을 내리깔았다. "난 너한테 경고했어. 어느 정도는." 자기가 만든 기계를 보여 주겠다며 날 데려간 순간을 떠올렸다. 난 이게 테아와 무슨 관계가 있냐고 물었고 알렉산더는 *이게 테아와 상관 있다고 누가 말했어*라고 대답했다.

난 알렉산더를 빤히 쳐다봤다. 제일 어리고, 제일 키가 크고, 호손 형제 중 단연 뛰어난 인물이다. *네가 어딜 가든 형들이 따라올 거야.* 그가 자선 연회에서 내게 말했다. 이제까지 쭉 날 이용하고 있는 사람이 제임슨이라고 생각했다. 의도가 있어 내게 접근했다고 생각했다.

알렉산더에게 의도가 있었다고 생각해 본 적은 한 번도 없었다.

"네 할아버지가 날 고른 이유가 뭐야?" 내가 물었다. "넌 모든 해답을 쭉 알고 있었던 거야?"

알렉산더는 내가 자기 멱살이라도 잡을 줄 알았는지 몸 앞으로 손을 들며 방어하는 제스처를 취했다. "난 할아버지가 알려 준 것만 알아. 그 문 너머에 뭐가 있는지는 몰라. 제임슨 형과 그레이슨 형을 여기 데려오는 게 목적이었어. *두 사람을 함께*."

"네 사람을 함께." 내쉬가 정정했다. 난 내쉬가 주방에서 했던 말을 떠올렸다. *가끔은 상처가 낫기 전에 아파 보기도 해야 하는 거야.*

이 상황을 두고 한 말이었을까? 노인의 원대한 계획이 이걸까? 날 여기로 데리고 와서 그들을 움직이게 만들고 게임의 진실을 드러내게 하려고?

"단순히 우리 네 사람만이 아니야." 그레이슨이 내쉬에게 말했다. 그레이슨이 다시 날 쳐다봤다. "분명, 이건 다섯 명을 위한 게임이야."

87

우리는 다시 한 명씩 아래로 내려갔다. 제임슨이 문에 손바닥을 대고 안으로 밀었다. 그 너머에는 작은 나무 상자를 제외하곤 아무것도 없었다. 금색 타일에 금색 글자를 새긴 상자였는데 세상에서 가장 호화로운 글자 맞추기 게임에서 떼온 것처럼 보였다.

상자 위 글귀는 내 이름이었다.

에이버리 카일리 그램스

☐ AVERY ☐ KYLIE ☐ GRAMBS ☐

네 개의 빈 타일이 있었는데 하나는 내 이름 앞에, 하나는 내 성 뒤에, 나머지 두 개는 이름 사이에 있었다. 제임슨의 고백과 알렉산더의 폭로 등이 이어지고 나서 내 이름이 나오다니 뭔가 이상했다.

왜 나지? 이 게임은 제임슨과 그레이슨을 함께 데려오려는 목적으로 설계됐고 비밀을 수면으로 끌어 올리고 썩기 직전에 고름을 짜내는 용도인데 무엇 때문인지, 어떤 이유에선지 나와 연결돼 있다.

"네가 풀어야 할 것 같은데, 꼬맹이." 내쉬가 날 상자 쪽으로 툭 밀었다.

난 침을 삼키며 몸을 숙였다. 상자를 열려 했지만 잠겨 있었다. 열쇠를 넣을 자리도, 조합해 볼 패드도 없었다.

머리 위에서 제임슨이 말했다. "글자를 봐, 상속녀."

제임슨은 어쩔 수 없었다. 이 모든 사달을 겪고 난 뒤라도 그는 게임을 멈출 수 없다.

난 에이버리의 A자로 머뭇거리며 손을 뻗었다. 글자가 상자에서 떨어졌다. 하나씩 다른 글자를 벗겼고 빈 타일이 나오자 *이것이* 키라는 걸 깨달았다. 난 조각을 뚫어지게 쳐다보았고 세어 보니 총 열아홉 개였다. *내 이름.* 19는 상자를 여는 비밀번호가 확실히 아니다. 그럼 뭐지?

그레이슨이 내 옆으로 몸을 구부렸다. 그가 모음을 먼저 옮긴 다음 자음을 알파벳 순으로 배열했다.

"이건 철자 바꾸기야." 내쉬가 말했다. "글자를 다시 배열해 봐."

난 본능적으로 내 이름은 어떤 것의 철자도 될 수 없는 그냥 이름이라는 걸 알았지만 내 머리는 이미 가능한 조합을 배열하고 있었다.

에이버리는 단어로 만들기 쉽고 이름을 쪼개면 단어 두 개가 생긴다. 난 타일을 다시 상자 위에 올리고 각각을 차례대로 놓았다.

A □ VERY

난 버리 다음에 한 칸을 띄웠다. 그러니 빈 타일 두 개와 내 미들네임과 성이 남았다.

카일리(Kylie) 그램스(Grambs)를 그레이슨의 방식대로 모음과 자음 순으로 재배열하면 A, E, I, B, G, K, L, M, R, S, Y 순이다.

큰(Big). 연고(Balm). 더미(Bale). 단어를 만들면서 뭐가 남는지 살폈다. 그러다가 난 알았다.

갑자기 알아차렸다.

"이럴 수가." 난 한탄했다.

"뭐야?" 제임슨은 자신이 원하든 그렇지 않든 간에 이제 확실히 전력을 다하고 있었다. 내가 단어를 하나씩 배열할 때 그는 그레이슨과 내 옆에 몸을 구부리고 앉았다.

에이버리 카일리 그램스, 내가 태어난 날 받은 이름, 토비아스 호손이 볼링장과 핀볼 머신과 그 밖의 저택의 다른 많은 곳에 프로그램해 둔 그 이름을 재배열하면 *아주 위험한 도박*이 된다.

A □ VERY □ RISKY □ GAMBLE □

"할아버지는 계속 말씀하셨어." 알렉산더가 웅얼거렸다. "할아버지가 어떤 계획을 세웠든 간에 제대로 되지 않을 수도 있다고. 그러니까……."

"*아주 위험한 도박인 거지.*" 그레이슨이 말을 마무리하면서 날 쳐다봤다.

내 이름이? 난 그 부분을 이해하려고 애썼다. *처음에는 내 생일이었고 이제는 내 이름이다. 그게 다야? 그게 이유일까? 토비아스 호손은 어떻게 날 찾아 선택했을까?*

마지막 빈 타일을 자리에 넣자 상자의 잠금이 풀렸다. 뚜껑이 찰칵하고 열렸다. 안에는 우리의 이름이 적힌 다섯 개의 봉투가 들어 있었다.

난 형제들이 자신의 봉투를 열어 편지를 읽는 걸 지켜보았다. 내쉬는 구시렁거렸다. 그레이슨은 자기 편지를 노려보았다. 제임슨은 살짝 헛웃음을 터트렸다. 알렉산더는 자기 것을 주머니에 집어넣었다.

난 네 사람에게서 내 봉투로 시선을 돌렸다. 토비아스 호손이 내게 남긴 편지는 아무것도 설명하지 않았다. 이 편지를 개봉하면서 난 기대했다. *날 어떻게 찾았어요? 왜 나한테 미안하다고 했어요? 뭐가 미안한데요?*

내 봉투 안에는 편지가 들어 있지 않았다. 글자도 없었다. 그 안에는 각설탕 한 팩이 들어 있었다.

88

난 각설탕 두 개를 테이블 위에 올리고 그 끝을 하나로 모아 그대로 서 있는 삼각형을 만들었다. "이것 봐." 내가 말했다. 다시 각설탕 두 개를 가지고 똑같이 했고 다섯 번째 설탕을 가로로 놓아 내가 만든 두 개의 삼각형을 연결했다.

"에이버리 카일리 그램스!" 엄마가 테이블 끄트머리에 나타나 미소를 지었다. "엄마가 설탕으로 성을 쌓을 때 어쩌라고 했지?"

난 엄마를 쏘아봤다. "오 층 높이는 되어야 가치가 있댔어!"

꿈속에서 내 기억은 거기서 끝났지만 이번에는 손에 설탕을 들고 있으니 뇌가 한 걸음 더 나아갔다. 우리 뒤쪽 부스에 앉아 식사하던 남성이 흘끗 돌아보았다. 그는 내게 몇 살인지 물었다.

"여섯 살이요." 내가 말했다.

"집에 딱 네 나이 또래의 손자가 있단다." 그가 말했다. "네 이름 철자가 어떻게 되는지 말해 볼래, 에이버리? 너희 엄마가 좀 전에 말한 것처럼 성과 이름 전부 다 말이야."

난 그렇게 했다.

"난 그를 만났어." 내가 조용히 말했다. "수년 전에 딱 한 번, 잠시 스쳐 지나갔지." 토비아스 호손은 우리 엄마가 내 이름을 말하는 걸 들었다. 그는 내게 철자를 물었다.

"할아버지는 스카치위스키보다 낱말 맞추기를 더 사랑하셨어." 내쉬가 말했다. "그리고 할아버지는 질 좋은 스카치를 *사랑한* 사람이야."

토비아스 호손은 그 순간 내 이름을 머릿속으로 재조합했을까? 그래서 즐거웠을까? 난 그레이슨이 사람을 고용해 내 뒷조사를 했다는 걸 떠올렸다. 우리 엄마의 뒤를 캔 것도. 토비아스 호손은 우리에게 관심이 있었을까? 그도 그레이슨과 같은 짓을 했을까?

"할아버지는 널 쭉 살폈던 것 같아." 그레이슨이 간략하게 말했다. "재미있는 이름을 가진 어린 소녀를." 그리고 슬쩍 제임슨을 살폈다. "할아버지는 이 애의 생일을 알았던 게 분명해."

"그리고 에밀리가 죽고 난 뒤에⋯⋯." 제임슨이 이제 날 쳐다보았다. 오로지 나만. "할아버진 널 떠올렸어."

"그러니까 *내 이름* 때문에 전 재산을 내게 남기기로 한 거라는 거예요?" 내가 물었다. "그건 미친 짓이죠."

"이름을 말한 건 너야, 상속녀. 널 *위해* 우리에게 상속하지 않는 게 아니야. 어쨌든 우리는 돈을 받지 못했을 거라고."

"자선단체로 넘어가겠지. 지금 토비아스 호손 씨가 즉흥적으로 그랬다는 거야? 이십 년 동안 가지고 있던 유언장을 없앴다고? 그건⋯⋯."

"할아버지는 우리의 주의를 끌 뭔가가 필요했던 거야." 그레이슨이 말했다. "아주 예상치 못한, 아주 놀라운, 오직 한 곳에서밖에 볼 수 없는⋯⋯."

"퍼즐처럼." 제임슨이 말을 마무리했다. "우리가 그냥 지나칠 수 없는. 우리를 다시 깨울 무언가. 우리를, 우리 네 사람을 이곳으로 모이게 할 무언가."

"곪은 상처를 터트릴 무언가를." 내쉬의 목소리는 심중을 파악하기 어려웠다.

그들은 노인을 알았다. 그들의 말은 *그들에게는* 이해가 되는 거였다. 그들의 눈에 이건 즉흥적인 게 아니다. 아주 위험한 도박이지. 나는 아주 위험한 도박이었다. 토비아스 호손은 내가 이 집안에 나타나면 상황을 뒤흔들 거고 케케

묵은 비밀이 드러나 어떻게든, 어떤 식으로든 마지막 퍼즐이 모든 걸 바꿀 거라고 확신했다.

만약 에밀리의 죽음이 그들을 갈라놓았다면 나는 그들을 한데 뭉치게 하는 용도였다.

"말했잖아, 꼬맹이." 내쉬가 옆에서 말했다. "넌 게임 참가자가 아니야, 꼬맹이. 넌 발레리나 유리 조각상이거나 칼일 뿐이지."

89

그레이트 룸으로 발을 내딛는 순간 오렌과 마주쳤다. 기다리고 있는 걸 보니 왜 처음으로 내 곁을 떠나 있었는지 궁금했다. 정말로 전화를 받으러 간 걸까? 아니면 토비아스 호손이 그에게 우리 다섯만 게임을 하도록 하라고 지시를 내렸을까?

"저 밑에 뭐가 있는지 알아요?" 내 경호팀장에게 물었다. 그는 나보다 노인에게 더 충성했다. *그것 말고 또 노인이 뭘 더 시키던가요?*

"터널 말고?" 오렌이 대답했다. "몰라." 그는 나와, 형제들을 유심히 살폈다. "내가 알아야 해?"

터널에서 벌어진 일을 생각하는 동안 알렉산더가 사라졌

다. 레베카와 그 애가 아까 터널에서 했던 말에 대해, 스카이에 대해 고심했다. 난 그레이슨을 쳐다봤다. 그의 시선이 나와 마주쳤다. 그 눈빛 속에는 의구심과 희망과 단정 지을 수 없는 무언가가 있었다.

난 오렌에게 이렇게만 대꾸했다. "아뇨."

그날 밤, 난 내 건물에 있는 토비아스 호손의 책상에 앉았다. 그가 남긴 편지를 들고서.

친애하는 에이버리,
미안하구나.
— T. T. H.

뭐가 미안한지 궁금했지만 모든 게 역순이라고 생각하기 시작했다. 어쩌면 그는 사과의 의미로 돈을 남긴 게 아닐 수도 있다. 어쩌면 내게 돈을 남긴 걸 사과하는 것일지도 모른다. *날 이용한 대가로.*

그는 호손 형제를 위해 날 여기로 데려왔다.

난 편지를 반으로 접고 다시 반으로 접었다. 모든 일이 우리 엄마와는 아무 상관이 없었다. 엄마가 숨기고 있는 비

443

밀이 무엇이든 간에 에밀리의 죽음보다 앞서 일어난 일이다. 이 원대한 계획에서, 인생을 송두리째 바꾸고, 정신을 못 차리게 하고, 뉴스 헤드라인에 오를 만한 모든 일련의 사건이 *나*와는 아무 상관이 없었다. 난 그냥 제대로 된 날짜에 태어난 우스운 이름을 가진 하찮은 소녀일 뿐이었다.

집에 딱 네 나이 또래의 손자가 있단다. 노인이 내게 했던 말이 귓가를 울렸다.

"이건 그들을 위한 게임이었어." 입 밖으로 말이 나왔다. "이제 어떡하지?" 게임은 끝났다. 퍼즐을 풀었다. 난 용도를 다했다. 평생 이렇게 하찮은 느낌이 든 건 처음이다.

책상 표면에 내장된 나침반으로 시선을 내렸다. 이 서재에 처음 왔을 때 나침반을 돌렸고 그러자 책상 패널이 위로 올라와 숨은 칸을 드러냈다. 난 손가락으로 나무 위에 새겨진 *T*자를 가볍게 훑었다.

그리고 내 편지를 내려다보았다. 토비아스 호손의 서명. *T. T. H.*

내 눈길이 다시 책상으로 향했다. 제임슨이 자기 할아버지는 숨은 칸이 없는 책상은 절대 구매하지 않는다고 말한 적이 있다. 게임을 하다 보니, 호손 하우스에 살다 보니 이제 사물을 다르게 볼 수밖에 없다. 그래서 *T*자가 새겨진 나무 패널을 건드려 보았다.

아무 일도 벌어지지 않았다.

그래서 *T*자에 손을 올리고 밀었다. 나무가 들어갔다. 딸깍. 그리고 다시 제자리로 돌아왔다.

"*티.*" 난 소리 높여 말했다. 그리고 다시 또 해 봤다. 또 딸깍 소리가 났다. "*티.*" 패널을 계속 쳐다보다가 난 보았다. 나무와 책상 꼭대기 사이 틈이자 *T*의 아래쪽 부분. 그 아래로 손을 넣으니 다른 홈이 있었고 그 위에 걸쇠가 달렸다. 걸쇠를 푸니 패널이 반시계 방향으로 돌아갔다.

90도로 돌아서 더 이상 *T* 자가 보이지 않았다. 그건 *H*로 보였다. 글씨를 통째로 잡고 눌렀다. 딸깍. 어떤 모터 같은 게 돌더니 패널이 책상 뒤로 사라지고 그 아래 다른 칸이 나타났다.

T. T. H. 토비아스 호손은 일부러 이 책상을 내가 묶는 곳에 놓아두었다. 그는 편지에 이름이 아닌 이니셜로 서명했다. 그리고 그 이니셜이 책상을 열게 해 주었다. 안에는 그레이슨이 재단에서 내게 보여준 것과 같은 폴더가 들어 있었다. 폴더 맨 앞장에 내 성과 이름이 적혀 있다.

에이버리 카일리 그램스.

낱말 풀이를 했기에 보지 않을 수 없었다. 뭘 찾게 될지 혹은 내가 뭘 기대하는지 확신이 없는 상태에서 폴더를 펼쳐 보았다. 제일 처음 본 건 내 출생증명서 사본이다. 토비아스 호손은 내 생일과 우리 아버지의 서명에 형광펜으로 줄을 그었다. 내 생일은 이해가 간다. 그런데 서명은?

나에겐 비밀이 있어. 엄마가 했던 말이 생각났다. *네가 태어난 날에 관한.*

그게 무슨 의미인지 전혀 감이 안 왔다. 다음 장을 넘기고 또 넘겼다. 여섯 살부터 한 해당 네다섯 장 정도의 사진이 들어 있었다.

할아버지는 널 쭉 살폈던 것 같아. 그레이슨이 했던 말이 떠올랐다. *재미있는 이름을 가진 어린 소녀를.*

열여섯 번째 생일 이후로 내 사진의 수가 급격히 많아졌다. *에밀리가 죽은 뒤다.* 워낙 많아서 토비아스 호손이 내 일거수일투족을 다 지켜본 것만 같았다. *생판 모르는 남한테 모든 것을 걸 순 없겠죠.* 난 생각했다. 엄밀히 말해서 그는 그렇게 했지만 이 사진을 보고 있으니 토비아스 호손이 자기 숙제를 너무 잘해 놓은 부분에 혀를 내두를 수밖에 없었다.

난 그에게 이름과 날짜만이 아니었다.

주차장에서 포커치는 내 모습, 식당에서 한 번에 엄청나게 많은 컵을 나르는 모습. 리비 언니와 함께 웃고 있는 사진과 언니와 드레이크 사이에 내가 서 있는 사진도 있었다. 공원에서 체스를 두는 사진과 해리와 아침을 먹으려고 줄을 서 있는 사진은 뒤통수만 찍혔다. 내가 차에서 엽서 뭉치를 안고 있는 사진도 있었다.

그 사진을 찍은 사람은 내가 꿈꾸고 있는 장면을 포착한 것이다.

토비아스 호손은 날 알지 못했다. 하지만 그는 나를 알았
다. 난 아마도 아주 위험한 도박일지도 모른다. 난 퍼즐의
일부지 게임 참가자가 아닐지도 모른다. 하지만 억만장자
는 내게 게임을 할 능력이 있다는 걸 알았다. 그는 아무렇
게나 만들어 놓고 최고의 결과를 기대한 게 아니었다. 그는
틀을 잡고 계획을 세웠다. 난 그 계산의 일부였다. 그저 에
밀리 라플린이 죽던 날 태어난 에이버리 카일리 그램스가
아니라 사진 속에 있는 소녀로서 말이다.

제임스가 첫날 벽난로를 통해 내 방으로 들어와서 했던
말을 생각해 보았다. 토비아스 호손은 내게 전 재산을 남겼
고 그가 손자들에게 남긴 건 *나*다.

90

다음 날 아침 일찍, 오렌이 내게 스카이 호손이 저택을
떠난다고 알려 주었다. 스카이가 이사를 나가는 거였다. 그
레이슨은 보안팀에게 그녀가 다시 이 건물에 들어오지 못
하게 하라고 지시했다.

"왜 그런지 아니?" 오렌은 내가 뭔가를 안다는 걸 확신하
는 표정으로 쳐다봤다.

나도 그를 쳐다보고 거짓말을 했다. "전혀요."

난 숨은 계단실에서 데번포트 책상에 있는 그레이슨을 보았다. "자기 엄마를 집에서 내쫓았어요?"

작은 내기에서 이겼을 때 이럴 거라고는 예상하지 못했다. 좋든 싫든 스카이는 그의 엄마다. *가족이 우선이야.*

"엄마는 자신의 약속을 저버렸기에 떠나는 거야." 그레이슨이 차분히 말했다. "그게 더 나은 방법이라는 걸 이해했어."

경찰에 구속되는 것보다는 낫지.

"당신이 내기에서 이겼어요. 그럴 필요까지는……."

그레이슨은 몸을 돌리고 한 계단 올라와 나와 같은 곳에 섰다. "아니, 난 그렇게 해야 했어."

너와 가족 중 한 명을 선택하라고 하면 난 항상, 언제고 가족을 택할 거야. 내게 그렇게 말했었다.

하지만 그 말대로 하지 않았다.

"그레이슨." 지난번에 이 계단에 함께 서 있었을 때는 내가 상처를 입었었다. 이번에는 내 손이 그의 가슴으로 향했다. 그는 콧대 높고, 끔찍하고, 알게 된 첫 주에 내 인생을 지옥으로 만들려고 했었다. 그레이슨에게는 여전히 에밀리

라플린에 대한 사랑이 남아 있다. 처음 내가 그를 보았을 때 눈길을 돌리는 건 거의 불가능에 가까웠다.

하지만 결국, 그는 날 선택했다. *가족 대신. 자기 엄마 대신.*

난 머뭇거리며 그의 가슴에서 턱으로 손을 올렸다. 그레이슨은 아주 잠깐 내 손길을 허락했고 그다음에 고개를 돌렸다.

"항상 지켜 줄게." 그가 말했다. 굳게 다문 입, 눈동자엔 그늘이 졌다. "넌 네 집에서 안심하고 지낼 자격이 있어. 그리고 재단 일은 내가 도와줄게. 이런 삶을 타고난 사람처럼 할 수 있도록 필요한 모든 걸 알려 줄게. 하지만 이건…… 우린……." 그가 침을 삼켰다. "이러면 안 돼, 에이버리. 난 제임슨이 널 보는 눈길을 봤어."

그는 두 사람 사이에 또 다른 여자가 개입하게 허락할 수 없다는 말은 하지 않았다. 그럴 필요가 없었다.

91

난 학교에 갔다가 집에 왔고, 맥시가 전화를 가지고 있지 않을 수도 있다는 걸 알면서도 연락했다. 전화는 곧장 음성 사서함으로 연결됐다. "맥시 리우예요. 전 가상의 수녀원

449

같은 기기 문명이 닿을 수 없는 곳에 있습니다. 좋은 하루 보내세요, 이 빌어먹을 악당들아."

난 그 애의 동생 전화로 걸어 봤지만 다시 음성사서함으로 넘어갔다. "아이삭 리우 휴대전화입니다." 맥시가 동생의 음성사서함에도 소개도 남겼다. "괜찮은 동생이에요. 메시지를 남기면 아마 연락할 거예요. 에이버리, 혹시 너라면 네 목숨을 깎아 먹는 짓은 하지 마. 넌 나한테 호주를 사 주기로 했잖아!"

난 메시지를 남기지 않고 대신 알리사에게 맥시의 가족 모두 호주에 다녀올 수 있는 일등석 비행기표를 보내 달라고 말했다. 호손 하우스에 거주해야 하는 시간이 끝나기 전까진 난 여행을 갈 수 없지만 맥시는 갈 수 있을 테니까.

난 맥시에게 신세를 졌다.

그레이슨이 했던 말과 맥시와 의논할 수 없다는 점 때문에 기분이 울적하고 붕 뜬 상태로 리비 언니를 찾았다. 진짜로 언니에게 새 전화기를 사 줘야 한다. 이 대저택에서 사람이 길을 잃어도 전혀 이상하지 않기 때문이다.

난 누구도 잃고 싶지 않다.

어쩌면 언니를 찾지 못할 수도 있다고 생각했는데 음악실 쪽에서 피아노 치는 소리가 들렸다. 음악을 따라가니 리비 언니가 피아노 의자에 할머니와 나란히 앉아 있었다. 두 사람 다 눈을 감고 음악을 감상하고 있었다.

리비 언니의 눈에 든 멍이 마침내 빠졌다. 언니가 할머니와 같이 있는 모습을 보니 언니가 고향에서 하던 일이 생각났다. 언니한테 호손 하우스에서 날마다 빈둥거리라고 할 순 없다.

내쉬 호손이 어떤 제안을 할지 궁금하다. *사업 계획을 세워 보라고 할까? 푸드 트럭은 어떨까?*

아니면 언니 역시 여행을 가고 싶을 수도 있다. 유언장이 공중될 때까지 난 할 수 있는 일에 한계가 있지만 '맥나마라, 오르테가 앤 존스'의 훌륭한 사람들이 내 편에 남아 있을 이유가 있다. 결국 재산은 내 차지가 될 거다. 결국 그 돈은 신탁으로 갈 거다.

결국 난 세상에서 가장 부유하고 가장 큰 권력을 지닌 여성 중 한 명이 되겠지.

피아노 선율이 멈추자 언니와 할머니가 고개를 들어 날 봤다. 리비 언니는 엄마 암탉처럼 살갑게 굴려고 최선을 다했다.

"괜찮은 거 맞아?" 언니가 내게 물었다. "괜찮아 보이지 않는데."

난 그레이슨을 생각했다. 제임슨도. 내가 왜 여기 오게 됐는지도. "난 괜찮아." 내 목소리가 안정적으로 나온 듯했다.

하지만 언니는 속지 않았다. "먹을 걸 좀 만들어 줄게. 키시 먹어본 적 있어? 한 번도 키시를 만들어 본 적이 없는데.”

난 뭘 먹고 싶은 생각이 없었지만 베이킹은 언니가 사랑을 표현하는 방법이다. 언니는 주방으로 향했다. 나도 따라나섰는데 할머니가 날 막았다.

“여기 있어.” 할머니가 명령했다.

그 말에 승복하는 수밖에 없었다.

“손녀가 떠난다는 소리를 들었어.” 할머니가 간결하게 말했고 난 살짝 진땀이 났다.

모른 척할까도 생각했지만 할머니는 듣기 좋은 말에 넘어가는 그런 사람이 아니다. “스카이가 절 죽이려고 했어요.”

할머니가 코웃음을 쳤다. “스카이는 절대 자기 손을 더럽히는 짓을 하지 않아. 누군가를 죽이고 싶다고 나한테 묻는다면 적어도 자기 손으로 할 수 있을 만한 체면은 있어야 하고, 제대로 해야 한다고 답해 줄 거야.”

내 평생 처음 해 보는 이상한 대화지만 그 말이 무언가를 깨닫게 해 주었다.

“요즘 것들은 체면이 없어. 예의도 모르고. 자기 존중도 없어. 근성도 없어.” 할머니가 한숨을 쉬었다. “가여운 우리 앨리스가 자기 자식이 지금 어떤 꼴인지 본다면…….”

난 스카이와 자라가 호손 저택에서 어떻게 자랐을지 궁금했다. 토비는 어땠을까.

무엇이 그들을 이렇게 만들었을까?

"할머니의 사위가 아들이 죽은 뒤에 유언장을 바꿨어요." 난 그 점을 그녀가 알고 있는지 궁금해서 할머니의 표정을 유심히 살폈다.

"토비는 착한 아이였어." 할머니가 툴툴거렸다. "변하기 전까진."

어쩌다 그렇게 되었는지 난 모른다.

그녀가 목에 걸린 펜던트로 손을 가져갔다. "그 애가 제일 다정하고 빠릿빠릿했지. 자기 아버지처럼. 사람들이 그런 말을 했는데, 아 참, 그 애는 내 활력소였어."

"무슨 일이 있었는데요?"

할머니의 표정이 어두워졌다. "우리 앨리스의 가슴을 아프게 했어. 우리 모두의 가슴을 정말로." 펜던트를 꽉 쥔 손이 부들부들 떨렸다. 할머니는 이를 악문 다음 펜던트를 열었다. "자, 봐. 이 예쁜 아이를 봐. 열여섯 살 때 사진이야."

난 토비아스 호손 2세가 그의 조카 중 누구와 닮았는지 궁금해서 자세히 보려고 몸을 숙였다. 사진을 본 순간 숨이 턱 막혔다.

이럴 수가.

"이 사람이 토비예요?" 몸으로 산소가 들어오지 않았다. 두뇌 회전이 멈췄다.

"착한 애였어." 할머니가 퉁명하게 말했다.

그 말이 귀에 들어오지 않았다. 사진에서 눈을 뗄 수 없었다. 말을 할 수 없었다. 내가 아는 사람이다. 사진 속 모습은 훨씬 젊어 보였지만 얼굴은 틀림없었다.

"상속녀?" 문 앞에서 누가 날 불렀다. 제임슨이 그 자리에 서 있었다. 며칠 전과는 달라 보였다. 어딘가 밝아졌다. 화가 살짝 줄었다. 한쪽 입꼬리만 살짝 들어 미소를 지을 수 있게 되었다. "왜 그렇게 불편한 얼굴이야?"

난 다시 펜던트를 쳐다보고 폐가 뜨거울 정도로 숨을 들이마셨다. "토비." 내가 간신히 입을 열었다. "난 그를 알아요."

"뭐라고?" 제임슨이 내게로 왔다. 할머니는 미동도 하지 않았다.

"난 공원에서 그와 체스를 두곤 했어요. 매일 아침." *해리*였다.

"그건 있을 수 없는 일이야." 할머니가 떨리는 목소리로 말했다. "토비는 이십 년 전에 죽었어."

이십 년 전에 토비아스 호손은 그의 가족에게 상속하기를 포기했다. *이게 뭐지? 대체 뭐가 어떻게 돌아가는 거야?*

"확실해, 상속녀?" 제임슨은 바로 옆으로 다가왔다. *제임슨이 널 보는 눈길을 봤어.* 그레이슨이 말했었다. "진짜 확실해?"

난 제임슨을 쳐다봤다. 현실 같지 않다. *나에겐 비밀이*

있어. 엄마의 목소리가 다시 울렸다. *네가 태어난 날에 관한……*.

난 팔을 뻗어 제임슨의 손을 꽉 잡았다. "확실해."

알렉산더 호손은 일주일 동안 매일 그랬던 것처럼 편지를 보았다. 편지에는 별말이 적혀 있지 않았다.

알렉산더,
잘했다.
토비아스 호손

잘했다. 그는 형들이 게임을 끝낼 수 있게 만들었다. 에이버리도 그 자리에 있게 만들었다. 약속한 대로 정확히 해냈고 노인도 약속을 지켰다.

그들의 게임이 끝나면 너의 게임이 시작될 거야.

알렉산더는 형들의 방식으론 절대 경쟁이 되지 않았다. 그렇지만 그러고 싶었다. 알렉산더는 에이버리에게 딱 한 번 이기고 싶다고 맘에도 없는 소릴 했다. 그들을 마지막 방에 들어가게 만들었을 때, 에이버리가 상자를 열었을 때, 그가 자기 봉투를 열었을 때, 그는 기대했다…… 무언가를.

수수께끼.

퍼즐.

단서.

하지만 돌아온 거라곤 이것뿐이다. *잘했다.*

"알렉산더?" 레베카가 옆에서 조용히 물었다. "여기서 뭐 해?"

"멜로 드라마 주인공처럼 한숨을 쉬고 있겠지." 테아가 비꼬았다. "분명해."

그 둘을 같은 방으로 오게 한 건 큰 성과였다. 알렉산더는 증인이 필요하다는 사실 말고는 왜 그랬는지 확신조차 하지 못했다. 증인. 알렉산더가 자신에게 솔직했다면 레베카를 불렀을 거다. 왜냐면 그녀가 여기 있길 바랐으니까. 그리고 테아를 불렀을 거다. 왜냐면 그러지 않았다간……

레베카와 단둘이 있게 될 테니까.

"보이지 않는 잉크 종류가 상당히 많아." 알렉산더가 그들에게 말했다. 지난 며칠간 알렉산더는 성냥을 편지지 뒤에 놓고 표면을 달궜다. UV 조명을 사러 시내로 갔다. 편지에 숨은 메시지를 밝히려고 모든 방법을 동원했고 딱 하나 못한 게 있다. "메시지를 알리고 난 뒤 없애버리는 종류는 단 하나야." 그가 차분하게 말을 이었다.

예상이 틀리면 이걸로 끝이다. 게임도, 승리도 없다. 알렉산더는 혼자 하고 싶지 않았다.

"네가 찾으려는 게 정확히 뭔데?" 테아가 물었다.

알렉산더는 마지막으로 편지를 내려다보았다.

알렉산더,

잘했다.

토비아스 호손

어쩌면 할아버지의 약속은 거짓말일지도 모른다. 어쩌면 토비아스 호손에게 알렉산더는 그저 뒷전일 수도 있다. 그러나 그는 시도해야 했다. 그래서 자기 옆에 놓인 튜브로 몸을 돌렸다. 알렉산더는 튜브에 물을 채웠다.

"알렉산더?" 레베카가 다시 물었지만 그 목소리가 거의 들리지 않았다.

"모든 게 사라질 거야." 알렉산더가 편지를 물 표면에 조심스럽게 놓은 다음 눌렀다.

처음에는 자신이 끔찍한 실수를 저질렀다고 생각했다. 아무 일도 벌어지지 않았다. 잠시 후 할아버지의 서명 양옆에서 천천히 글씨가 나타났다. 토비아스 호손은 *미들네임 없이* 서명했는데 이제 미들네임이 빠진 이유를 분명히 알 수 있었다.

보이지 않는 잉크가 편지지 위를 진하게 물들였다. 서명 오른쪽에 두 글자가 나타났는데 그건 하나의 로마 숫자를 의미했다. *II.* 그리고 한 단어가 나타났다. *찾아라.*

토비아스 호손 II세를 찾아라.

THE
INHERITANCE
GAMES

상속 게임